# 사할린 ②

# 사할린 2

이규정 현장취재 장편소설

산지니

## 개정판을 내면서

출판된 지 20년이 넘은 소설을 다시 내게 된 동기는, 신문 기자(문학담당 기자였으나 지금은 간부)의 일깨움과 몇몇 뜻있는 문우들의 권유에 의해섭니다. 이 소설은 문학적 성취도나 일제에 의해 우리가 당한 그 숱한 수탈과 착취, 질곡의 현대사 등을 생각할 때 너무 읽히지 못한 채 묻혀버린 아쉬움이 있다는 것이었습니다. 그래서 다시 출간하려는 용기를 냈지만 출판사에 손해나 끼치지 않을지 내심 걱정이 됩니다.

부산의 일본 영사관 앞에 앉힌 위안부 소녀상 문제로 지금도 일본과는 껄끄러운 관계가 이어지고 있습니다. 사과 한 마디 없이, 10억 엔을 주었으니 이제 아무 소리 말고 소녀상도 철거하라는 일본 당국자를 텔레비전에서 볼 때마다 그 낯짝에 오물을 뒤집어씌우고 싶습니다. 2015년 말에 일본 당국자와 서툰 협상을 벌여 일본에 꼬투리를 잡힌 등신 같은 우리 정부 당국자가 한없이 원망스럽습니다. 우리 정부의 총체적 능력의 한계를 보는 듯한 비애를 느끼기 때문입니다. 정부가 무능하면 그것은 국가의 위상 추락은 물론, 국가 존망에까지 영향을 미칩니다. 대한제국 정부의 무능이 결국 나라를 망친 것은 역사의 교훈입니다. 위안부 문제 협상은 반드시 다시 이루어져야 합니다.

이 소설에도 우리 소녀들이 사할린에까지 끌려가 시달리는 대목이 여러 군데 나옵니다만, 이 소설을 쓸 때는 위안부란 말도 없었고 정신대(挺身隊)라고만 했습니다. 정신(挺身)이란 말은 무슨 일에 몸을 일으켜 앞장서는 것을 뜻합니다. 정신대는 그런 사람들의 무리란 뜻인데, 바로 말하면 왜병들의 성 노예로 꽃다운 우리 소녀들을 수없이 강제로 끌고 가면서 왜것들이 붙인 말입니다. 그런 소녀가 제 어릴 때 우리 동네에서도 있었습니다.

이 소설을 다시 읽어보니, 스스로 말하기는 쑥스럽지만 참 재미있고, 이런 소설을 쓰겠다고 사할린까지 갔던 1991년 5월이 어제의 일처럼 기억되면서 그때가 그립습니다. 다시는 그런 취재여행을 못할 정도로 저는 이미 늙었기 때문입니다. 그러나 몸은 늙었어도 저의 영혼은 늙지 않았습니다. 우리 국민들의 일본 관광 여행조차 저는 꺼리는 사람입니다.

이 소설을 쓰기 위해 여러 가지 문헌 자료를 구하느라고 애썼던 기억이 새롭습니다. 그 문헌들의 일부는 아직도 남아 있습니다. 지금은 쓰던 장편도 건강상의 문제로 일시 중단 상태에 있습니다. 이 장편도 재일동포의 설움과 애환을 다룬 것이고, 이를 쓰기 위해서 몇 번이나 일본을 다녀왔는데 그때마다 의식 없는 우리 관광객들을 수없이 보고 한숨을 쉬었습니다. 온천 여관에서 일시 제공한 실내복 왜옷을 입고 온 골목을 활보하고 다니는 우리 관광객들!

소설을 재출간하면서 제목을 『먼 땅 가까운 하늘』에서 그냥 『사할린』으로 바꾸었습니다. 뜻있는 몇몇 분들의 의견을 참고한 결과입니다.

감사해야 할 분들이 많습니다. 이 소설의 문학적 가치를 평가하면서 결코 그냥 묵힐 작품이 아니라고 저를 일깨워 주신 언론인, 저에게 재출간을 종용하면서 용기를 주신 문우들, 그리고 그 많은 분량의 원고를 다시 타자해 주신 중학교 영어 교사 이인경 님에게 고맙다는 인사를 합니다. 또 오래전에 읽은 감동만 가지고 촌철살인격의 촌평을 써 주신 이만열 교수님, 바쁘신 가운데도 작품을 다시 읽고 단평을 써 주신 소설가 조갑상 교수와 평론가 남송우 교수의 우정에 감사합니다. 그리고 꼼꼼하게 편집과 교정, 장정의 힘든 작업에 정성을 쏟아 주신 권경옥 편집장, 정선재 편집자 외 여러분과 강수걸 사장께도 깊은 감사를 드립니다.

다음 글은 이 책을 처음 낼 때인 1996년 여름에 쓴 '작가의 말'인데 그대로 여기에 다시 싣습니다.

2017년 1월의 아주 추운 어느 날
저자 이규정 씀

내가 사할린에 대하여 관심을 가진 것은 20년이 넘었다. 우리 역사의 상처, 우리 민족의 맺힌 한, 이런 것들에 대하여 정부 당국이 미처 손쓰지 못한 일이 있다면 이야말로 작가의 몫이라고 생각해 왔기 때문이다. 그래서 고의든 실수든 해결해야 할 문제의 완급에 정확한 판단을 내리지 못하고 있는 역대 정부 책임자들에 대하여 각성을 환기시키고 싶었다. 국내외적으로 처리해야 할 문제가 산적해 있기는 했지만, 그렇다고 언제까지나 사할린 동포의 그 단장의 망향을 방치해 두고만 있을 것인가, 하는 나름대로의 분노 때문이기도 했다.

또 있다. 이것은 우리 작가들 쪽에 대한 불만이기도 한데, 2차대전이 끝난 지 50년이 지난 지금까지 일제의 만행에 대하여 얼마만큼의 작품을 생산해 내었는가 하는 것이다.

가령, 독일의 나치가 유대민족에 가한 죄악과는 비교도 안 될 만큼, 일제가 우리 민족에 가한 죄악은 그 질량 면에서 크고도 많은데, 이 문제에 대하여 작가들조차도 거의 망각하고 있는 것이 불만스러웠다. 2차대전 당시 나치의 잔학상은 지금도 끊임없이 소설로, 영화로 제작되어 온 세계에 배포되고 있지 않은가. 이는 세계 곳곳에 흩어져 있는 유대인들의 무서운 민족의식 내지 유대계 지식인들의 투철한 역사의식의 소산이라고 생각한다.

이들 유대인들은 타 민족의 작가를 사서라도 나치 죄악상의 자료를 제공하고 거액의 원고료를 지불하면서까지 이를 작품화하고 그 작품을 바탕으로 다시 영화화하는 일에 끊임없이 열정을 쏟고 있는 것이다. 세계 각국의 유대인 출판업자들이 이러한 사업을 자진해서 맡아 하고, 또 유대계 영화인들의 그런 영화 제작에 온 열정을 쏟고 있는 것이다. 그래서 2차대전 영화라면 지금도 거의 히틀러 군대의 죄악상만 쏟아져 나오고 있는 것이다.

이러한 사실을 생각할 때, 그동안 우리 역대 정부는 무슨 일을 해 왔으며, 우리 작가들은 어떤 글을 써 왔으며, 출판사들은 어떠한 책을 출판해 왔는지 깊이 생각해 보지 않으면 안 될 것이다. 화해를 지향하는 국제화 추세에 우리도 마땅히 동참해야 한다. 이것을 반대하는 사람은 없을 것이다. 그러나 따질 것은 따져, 정리하고 청산해야 할 것을 마땅히 정리, 청산해야 하는데도 어느 정부가 언제 일본과 맞서 이 문제를 당당하게 따져 보았던가.

역사의 파수꾼이어야 하고, 현실의 증거자이어야 할 작가들은 과연 그 몫을 다해 왔던가. 이러한 나름대로의 생각 때문에 나는 사할린 동포의 한(恨), 사할린 동포와 이산가족이 돼 있는 기구한 운명의 국내 사람들의 분노와 슬픔을 소설로 쓰고 싶었다. 그래서 국내 일간지에 게재되는 사할린 관계 기사, 이미 출판된 사할린 관계서적을 보는 대로 모아서 정리하고 읽고 또 읽었다.

한편 나는 또 오래전부터, 아직도 해결의 실마리를 보이지 않고 있는 소위 '보도연맹' 문제에 대하여도 깊은 관심을 가지고 많은 자료를 수집하고 있었다. 그래서 지난 80년에 출판한 전작 장편 『돌아눕는 자의 행복』을 쓸 때, 이 문제를 다루었다. 79년에 박정희 대통령이 서거한 뒤 많은 사람들이 서울에 봄이 왔다고 착각했던 것처럼 나도 그때 이 땅에 진정한 자유가 온 줄로 착각하고 겁도 없이 보도연맹 문제를 다루었다. 소설의 제목도 『불바람』으로 해서 출판사에서는 다 된 책을 문공부에 납본했다. 검열을 받기 위해서였다. 그때 나는 서울에 봄이 오기는커녕, 이 땅에 진정한 자유가 오기는커녕, 살벌한 겨울이 되돌아왔음을 깨달았던 것이다. 신군부 정권은 『불바람』이라는 제목의 내 장편을 난도질해서 제목부터 불온하다고 쓰지 못하게 했다. 출판사에서는 내가 심혈을 기울여 다룬 보도연맹 문제를 몽땅 삭제한 채, 표제도 책 중의 한 장(章)의 제목인 『돌아눕는 자의 행복』이라고 적당히 붙여 출판했던 것이다. 그래서 나는 이 불구와 같은 장편을 지금도 잘 내세우지 않고 있다.

이번 이 작품에는 그때 쓰지 못했던 보도연맹 사건도 결부시켰다. 주인공 이문근이란 인물이 보도연맹에 연루되어 학살의 현장에서 기적적으로 살아나, 아내가 있는 사할린으로 찾아가도록 하고 싶었다.

그러나 작가의 상상력이란 한계가 있는 법이고, 한계를 넘어선 상상력이란 리얼리티를 상실하게 마련이다. 이제 남은 일은 사할린을 직접 가보는 일뿐이었다.

그러나 국교도 없는 소련 땅으로 들어가기는 불가능했다. 사할린의 정밀 지도 한 장도 국내에선 구할 수가 없었고, 일본에다 지도를 알아보아도 구할 수 없는 실정에, 작품을 어떻게 쓸 것인가. 그렇다고 앞서 말한 대로 민간인 개인 자격으로는 사할린으로 찾아갈 길도 없었고 재주도 없었다.

그런데 그 뒤에 KBS 촬영팀이 사할린을 다녀와 처음으로 우리 손에 의한 사할린 동포의 소식을 생생히 방영했다. 나는 그것을 녹화까지 해서 동포들의 표정이며, 살림살이 수준, 말씨, 집 내부 구조, 집 외부의 형태 같은 것을 세세히 보아 두었다. 또 그 뒤에는

MBC에서 연예인들을 데리고 사할린 동포 위문차 다녀오기도 해서, 이 방영 또한 눈물을 글썽거리며 보고 녹화하기도 했다. 그럴 때마다 그 팀에 끼여 가지 못한 것(그러한 계획조차 전혀 몰랐지만)을 못내 아쉬워하고 있었다.

그러던 중 지난 90년 7월, 대구에 '中 · 蘇 이산가족회'가 있고, 그 회를 이끄는 이두훈 회장이 국내의 사할린 이산가족들을 인솔하여 사할린으로 간다는 신문보도를 본 것이다. 나는 당장 그 사실을 보도한 신문사에 전화를 하여 대구의 중 · 소 이산가족회 전화번호를 알아내었다. 즉시 전화를 했더니 사할린 방문단의 인원 구성은 오래전에 확정되었고, 또 수속 등 밟아야 하는 절차가 하도 까다로워 이번 기회는 불가능하니 일단 회원으로 입회해서 다음 기회를 기다리는 게 좋겠다는 친절한 안내를 해주었다.

이렇게 해서 나는 이산가족도 아니면서 이 회에 입회했고, 회원으로서의 의무 또한 충실히 하면서 사할린 방문 날짜만 학수고대했던 것이다. 나는 물론 처음부터 이산가족이 아님을 밝혔고, 방문 목적은 오로지 소설취재에 있음을 분명히 했다.

이래서 대망의 날짜가 확정되었다. 1991년 5월 22일 상오 8시까지 김포공항 집결, 9시에 출발. 학기 중간이어서 께름칙했다. 신학기가 시작되자 미리부터 보강을 해 나가면서 만반의 준비를 하고 있었는데, 다행히도 중간고사 기간과 1주일간의 대학 축제가 사할린 방문 기간 중에 확정되어 있어 다소 마음이 놓였다.

나는 낯설고 물선 사할린으로 가서 정해진 날짜에 귀국하기까지 그야말로 한시도 쉬지 않고 뛰었다. 수많은 동포들을 만나 그들의 한 맺힌 이야기를 눈물 속에 들으면서 기록하고 녹음하고 사진을 찍었다. 사할린에서는 사정이 허락하는 한 우리 동포가 많이 모여 사는 여러 지역과 탄광들을 찾아다니며 폭 넓고 깊이 있는

취재를 했다. 그것을 기록한 공책이 대학 노트 3권이었다. 녹음테이프도 5개가 넘었고, 사진은 필름 10통이 넘었다. 이것을 가지고 와 기억을 되살려 가며 녹음을 문장화하고, 기록해 온 공책을 내가 가지고 있던 자료와 비교해서 고증하는 데 몇 달이 걸렸다.

방학만 이용하는 집필에 꼬박 5년이 걸려 탈고 기한도 많이 어겼다. 쓴 것을 다시 읽고 또 고쳐 쓰기를 수차례. 쓰다가도 눈물을 머금었고, 쓴 것을 읽다가도 눈물을 흘렸다.

이미 5년 전이지만 내가 사할린에서 머무는 동안 나를 곳곳으로 안내해 주고, 잠자리와 식사를 제공해 준 동포 여러분께 깊은 감사를 드린다. 그리고 선뜻 이 원고를 받아 출판을 결정해주신 동천사 사장께도 충심으로 깊은 감사를 드린다.

1996. 7.

저자 이규정 씀

## 차례

주요 등장인물

**이문근** 함안 출신. 경성사범학교를 나와 교사 생활을 하다가 보도연맹 사건에 연루되어 학살현장으로 끌려간다. 하지만 기적적으로 살아나 사할린으로 떠난 아내 숙경을 찾아 사할린으로 가서 조선 동포들에게 한글을 가르치며 동포들의 정신적 지도자로 살다가 생을 마감한다.

**최숙경** 개성 출신. 이문근의 부인. 이철환의 양모. 남편이 괴질에 걸리자 치료비를 벌기 위해 사할린으로 떠난다. 가와카미 탄광 노무자 숙사에서 일하다가 해방 후 천신만고 끝에 일본을 거쳐 한국의 집으로 돌아오지만 남편은 이미 죽은 사람으로 되어 있다.

**박판도** 거창 출신. 가와카미 탄광 조선인 감독. 배포가 있고 기백이 넘친다. 1944년 임신한 아내를 두고 강제 징용을 당해 사할린에 끌려간다. 해방 후 사할린에서 동포들의 어려운 일을 도맡아 해결해주는 지도자로 살아간다.

**허남보** 하동 출신. 가와카미 탄광에서 탈주했다가 잡혀와 모진 고문을 당한다. 해방후 귀국선을 타러 코르사코프 항에 갔다가 최해술을 만나 인연을 맺는다.

**김형개** 의령 출신. 1944년, 마산상업학교 학생 시절 집으로 돌아오던 중에 길에서 일제 트럭에 태워져 강제징용을 당해 브이코프 탄광으로 끌려간다. 탄광 가스분출사고를 막는 돌격대를 자청해서 포상으로 간부 전용 위안소를 갔다가 박소분을 만난다.

**박소분** 함안 출신. 정신대로 끌려가 일본을 거쳐 브이코프 탄광의 일본인 위안소에서 일한다.

**이시무라** 브이코프 탄광의 일본인 노무계원이면서 전쟁 전에는 천주교 신부였다. 비록 성무를 박탈당했지만 여느 일본인과 달리 조선인을 인간적으로 대한다. 탄광 쌍굴에 조선인 노무자를 모아 폭사시키려는 음모를 사전에 탐지하여 비극을 막는다. 양심적인 일본인의 전형이다.

**정상봉** 울산 출신. 천주교 집안에서 태어나 경성에서 신학교를 다니다가 방학 때 다니러 온 울산에서 납치되어 사할린으로 끌려간다. 브이코프 탄광에서 김형개, 이시무라와 같이 일한다.

**최해술** 합천 출신. 민족지사인 부친이 일본 경찰에 잡혀가게 되자 아버지를 구하기 위해 임신한 아내를 두고 사할린 징용을 자청한다. 아니바 도로건설현장에서 일하다가 일본인한테 학살당할 뻔하지만 기적적으로 살아나 유즈노사할린스크에서 조선민족학교를 세운다.

**김상문, 김상식, 김상주 형제** 청도 출신. 김해 김씨 민족지사 집안의 후예로, 일찍이 1933년에 일제식민지인 조선을 떠나 우글레고르스크에 정착한다.

**김종규** 김상주의 아들. 어린 시절을 사할린에서 보내고, 집안에 아들 하나는 교육을 시켜야 한다는 문중 어른들의 결정에 가족과 함께 일본으로 이주했다가 해방 후 귀국한다.

**이철환** 이문근의 조카. 문근과 숙경의 호적에 양자로 입양된다.

**정상규 신부** 정상봉의 동생. 형으로부터 편지를 받고 사할린을 방문한다.

**최상필** 최해술의 아들. 이철환을 통해 사할린 방문 소식을 듣고 방문단에 합류하지만 부친 최해술은 이미 별세한 뒤여서 유골을 안고 귀국한다.

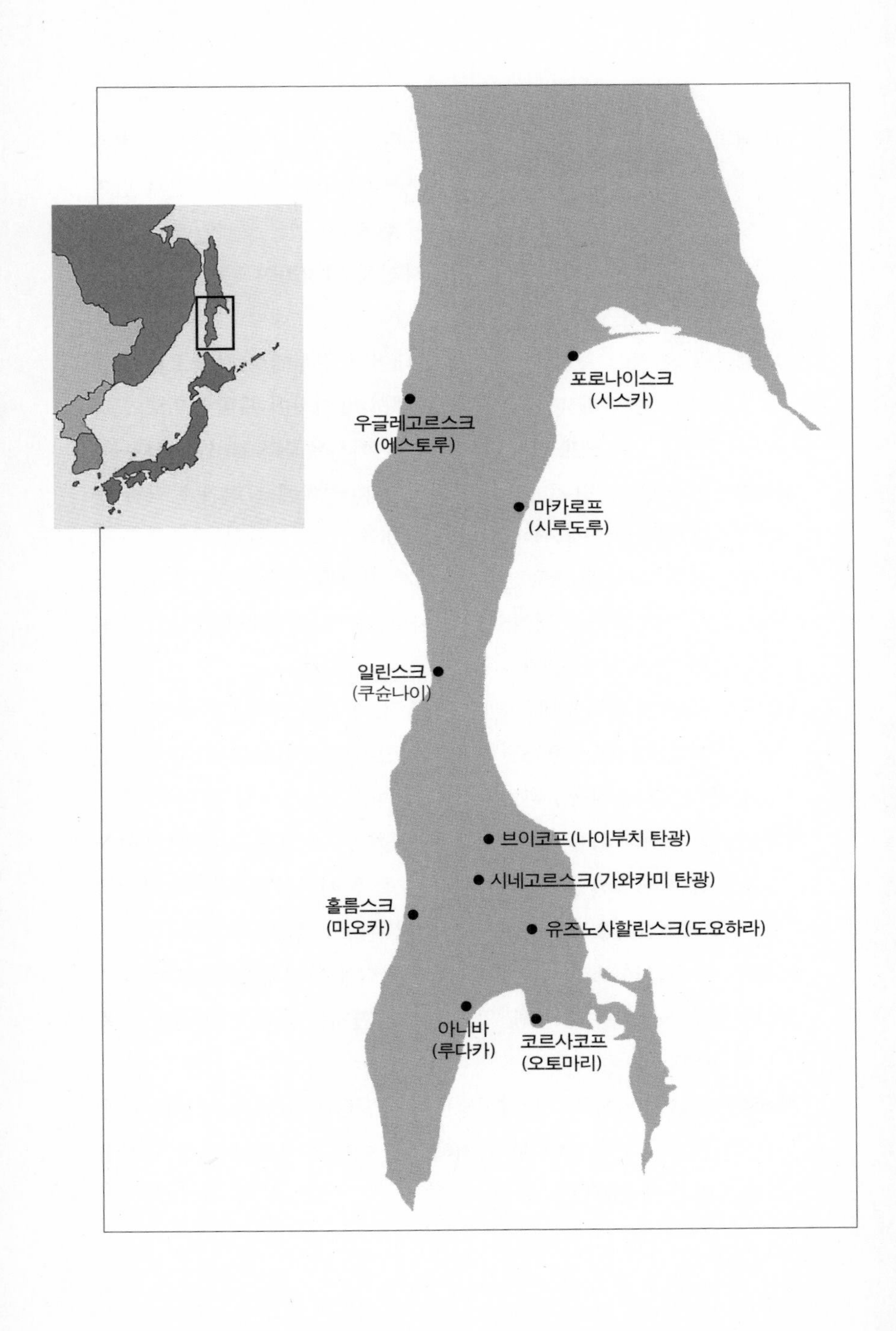
포로나이스크
(시스카)
우글레고르스크
(에스토루)
마카로프
(시루도루)
일린스크
(쿠슌나이)
브이코프(나이부치 탄광)
시네고르스크(가와카미 탄광)
홀름스크
(마오카)
유즈노사할린스크(도요하라)
아니바
(루다카)
코르사코프
(오토마리)

# 14장

# 흉몽 그리고 보도연맹

## 39

1949년 겨울방학, 문근은 화중과 함께 경부선 기차를 타고 개성으로 가고 있었다. 강화중의 누이 강복희와의 혼사를 결정짓기 위해서였다.

사할린 거주 일본인 귀환을 위한 '미 · 소협정'은 1946년 12월 19일에 체결되었다. 그 협정에 의해 1949년 7월 23일까지 모든 일본인을 본국으로 귀환시켰다. 그러나 그 구체적인 내용을 한국의 시골구석에 살고 있는 이문근이 잘 알 리가 없었다. 다만, 들려오는 풍문이 그랬다. 조선 사람들은 그대로 남아 있는데, 돌아올 가망이 현재로서는 전혀 없다고 했다. 따라서 숙경은 이제 영영 돌아올 수 없는 사람으로 굳어지고 있었다. 문근은 어머니의 성화가 아니더라도 무작정 아내를 기다리고 있는 일에 차츰 회의를 느꼈다. 게다가 강화중은 그의 누이 복희와의 혼사를 오래전부터 권유하고 있었다. 어차피 재혼을 해야 한다면 개성의 처가에라도 한번 가보고 와야 마음이 편할 것 같았다. 절대로 그럴 리야 없겠지만 혹시 숙경이 친정에 돌아와 몰래 숨어 있는 건 아닐까, 이런 옹

졸한 생각도 없지 않았다. 어쨌든 가부간 장인 장모에게 엎드려 사죄라도 하고 와야 재혼을 해도 할 수 있을 일이었다. 문근이 혼자 오랜 기간을 두고 생각하고 또 생각했던 그러한 심경을 화중에게 토로했더니 화중이 기다리고나 있었던 듯 기꺼이 동행을 자청하고 나섰다. 그뿐이 아니었다. 화중은 만족하게 웃으면서 이런 농담까지 했다. 두 사람은 그사이 서로 평어를 쓰고 있었다.

"희(噫)라! 인제야 뜸이 돌고 혼운(婚運)이 도래하야 지기(知己)가 면환(免鰥)하니 이 몸이 기쁘도다."

문근이 받았다.

"어쭈? 기미 독립 선언문 안 읽어 본 사람, 무슨 소린지 알기나 하겠나? 희(噫)자를 '억'으로 안 읽는 게 기특한데?"

"면환의 홀애비 환(鰥)자는 빈미(좀) 어려운가? 사람을 우째 보노?"

"우째 봐? 누이동생 못 치워 먹어 속 썩이는 가련한 친구로 보고, 그 친구가 하도 딱해 심사숙고 끝에 처남으로 봐 주려는 거지!"

"이거, 속담에 뭣 주고 뺨 맞는다더니, 아까운 누이동생 주기로 하고 좋은 소리 못 듣네? 정 그러면 나 개성에 같이 안 가겠네!"

"알았네. 개성까지 나 혼자 어찌 가노. 같이 가 줘야지."

문근과 화중이 기차로 마산을 거쳐 부산까지 와서 서울행 열차를 타기까지도 무진 고생을 했다. 유리창이 깨진 차창으로는 찬바람과 함께 석탄 연기가 눈을 뜰 수 없게 들어왔다. 코 밑이 새까매져서 서로 굴뚝 청소 좀 하라며 웃었다. 기차 좌석의 우단은 성한 데가 없었다. 사람들이 모두 칼로 오려 갔기 때문이다. 좌석은 용수철과 판자가 드러나 있어 자리가 비어도 앉기가 겁이 났다.

부산에서 서울로 갈 때의 고생은 더했다. 차 안이 얼마나 붐볐

던지 밀리고 쏠려 한쪽 다리로만 서 있어야 할 때도 있었다. 서울까지 가는데 꼬박 하루 밤 하루 낮이 걸렸는데, 나중에는 이문근조차 떠난 것을 후회할 지경이었다. 그러나 강화중은 얼굴 한 번 안 찡그리고 그 고생을 인내했다. 서울에서 개성 가는 기차를 바꿔 타고서는 그런 대로 큰 고생 없이 갈 수 있었지만, 개성에 도착했을 땐 벌써 땅거미가 지고 있었다. 부산에서 열차를 탄 지 거의 이틀이 가까워서였다.

"오늘은 여관에서 묵고 내일 아침에나 찾지."

강화중이 하얀 입김을 풀풀 날리며 말했다.

"그래야겠지. 혹시 매를 맞아도 도망쳐 나오려면 아무래도 낮이 유리할 테니까."

문근의 농 섞인 말에 화중이 다시 말했다. 비꼬는 소리였지만 본의는 장난이고, 기쁨이 밴 말이었다.

"이 사람, 날 보고 소심하다더니 자네야말로 간도 어지간히 작은가 보네."

문근이 정색을 하고 답했다.

"아니야, 나 때리면 맞을 각오 단단히 하고 있다네. 어느 부모가 귀한 딸을 말 한 마디 않고 데려간 도둑놈 중에 상도둑놈을 그냥 보고 있겠는가?"

"하긴 그럴 법도 하겠네만."

"입장을 바꿔 생각해 보라고, 자네 누이동생을 그 지경으로 만들어 놓았다면 자넨들 날 만나 그냥 보내겠나? 그래서 나는 매를 맞아도 야무지게 맞아 줄 각오를 하고 있네. 그렇게 맞아야만 속이 시원하겠고, 속이 시원해져야 재혼을 해도 하겠다 이 말이네."

문근의 이러한 말에 화중이 다시 받는다.

"그러니까, 큰 병 앓기 전에 예방주사 먼저 맞듯이, 자네는 결혼하기 전에 결혼을 위한 예비 매타작하러 가는 셈이군, 그래.”
“맞네. 그렇게라도 속죄를 해야만 마음이 편하겠다 이 말이지.”
그러나 이튿날 주소를 가지고 묻고 또 물어서 겨우 찾아간 문근은 허탈해지고 말았다. 고색창연한 고가(古家)가 이 집안의 내력과 지난날의 영광을 말해주는 것 같았으나 그들이 찾았을 땐 집안이 텅 비어 있었다. ‘산천은 의구한데 인걸은 간 데 없다’란 시조가 생각났다. 집을 두른 담장이 웬만한 성곽같이 높고 견고했으나 담을 덮은 기왓장이 여기 저기 떨어져 나가 맨흙이 드러나 있었다. 그들이 퇴락한 대문 밖에서 몇 번이고 소리치다가 그냥 대문을 밀고 들어갔을 때야 호호백발 꼬부라진 노파가 방문을 열었다. 노파는 짓뭉개진 눈으로 밖을 한참 동안이나 내다보더니 숨이 갈그랑갈그랑한 소리로 겨우 물었다.
“뉘귀요?”
문근이 큰 소리로 물었다.
“이 댁이 최선림(崔仙林) 어르신 댁이 맞습니까?”
최선림이란 문근이 알고 있는 장인의 이름이었다.
“그런데요?”
문근은 안도의 숨을 쉬면서 마루에 걸터앉았다. 화중도 마루에 엉덩이를 걸쳤다. 문근이 조심스럽게 물었다.
“혹시 숙경 씨 할머니 되십니까?”
“숙경이? 숙경이라고 했수, 방금?”
노파가 겨우 방에서 마루로 나왔다.
“네, 숙경이라고 했습니다, 할머니.”
“댁은 뉘신데 우리 숙경이 이름을 알구 있수?”
문근이 마루로 올라가서 공손히 절부터 했다. 그러고는 문근이 화중을 불러 올리자 노파는 이들을 방으로 안내하고 방문을 닫았다. 바깥바람이 차가웠기 때문이다. 문을 닫아도 세 개의 커다란 봉창 때문인지 방은 그리 어둡지 않았다. 노파는 얼굴의 여기저기에 거뭇거뭇한 저승꽃이 피어 있었지만 그래도 고운 태가 남아 있었다. 얼굴 윤곽이 젊었을 때는 퍽도 아름다웠으리란 생각이 들었다. 숙경의 이마가 시원하게 넓은 것, 콧날이 알맞게 선 것 등은 이제 보니 모두 할머니를 닮아 있었다. 할머니가 눈을 비비며 다시 물었다.

"그래, 뉘시오?"

"숙경 씨 남편이 됩니다."

화중이 문근을 대신해 설명했다. 그러자 노파가 놀라면서 무릎걸음으로 다가 앉았다.

"뭐라구? 그럼 우리 숙경인 지금?"

그러며 반색을 했다. 그러는 할머니의 음성이 당장 떨려 나왔다. 하지만 문근은 말할 수가 없었다. 그래서 답 대신 물었다.

"다른 분은 안 계십니까, 할머님?"

숙경에게는 부모님은 물론 남동생 인준이도 있었고 여동생 현경이도 있는 줄을 문근은 알고 있었다. 할머니가 갑자기 슬픈 표정을 지었다. 나이 든 노인네가 짓는 슬픈 표정은 어린애처럼 정직한 것인가. 문근은 당장 할머니의 입에서 곧 나올 말이 아주 안 좋은 내용임을 직감했다. 과연 그랬다.

"숙경이 부모는 3년 전에 호열자루 모두 죽었지."

1946년에 호열자가 전국에 창궐했다. 그때 많은 사람들이 죽었고 동네마다 금줄을 치고는 외부인의 출입을 막은 적이 있었다. 그런데 숙경의 부모님도 그때 호열자로 세상을 떠났다니….

이런 사실을 숙경이 알면 얼마나 슬퍼할까. 그렇게 생각하니 문근은 말할 수 없는 비감에 잠겼다. 인생이 참으로 허무하다는 느낌이 들어 무슨 말을 해야 할지 얼른 생각이 나지 않았다. 그러자 화중이 또 문근을 대신해 물었다.

"그럼, 부모님께선 그렇게 되셨고, 또 다른 가족들은 다들 어디에 계십니까?"

그러자 할머니는 화중이를 숙경의 남편으로 착각했는지 화중을 향해서 답 대신 다른 말을 했다.

"그래, 숙경일 데리구 자넨 어디서 살구 있나? 같이 오지 않구 설랑?"

문근이가 두 손으로 할머니의 손을 잡으며 큰 소리로 말했다. 귀도 많이 가신 듯했다.

"할머니, 제가 숙경이 남편입니다."

"뭐라구? 자네가 그럼 내 손서(孫壻)라 이 말인가? 잘도 생겼구나! 성이 뭐랬나? 들어두 금시 잊어버리니 원."

성은 아직 밝히지도 않았는데도, 한 번 들은 것을 잊은 줄로 착각한 모양이었다.

"이갑니다."

"이씨라? 관향은 어딘구?"

"네, 인천입니다."

"아, 인천 이씨! 내 여동생두 인주 이씨한테루다 출가를 했었지. 고려 때는 인주 이씨라고 했는데 여기 송도에서 인주 이씨가 떵떵 울렸다구들 내 여동생이 자랑을 했었지."

할머니는 식자도 꽤 든 분인 것 같았다. 문근은 가만히 듣고만 있었다. 할머니가 다시 물었다.

"그래 이서방, 이야기 좀 해보라니까. 숙경이가 집을 나간 뒤 우리 집안은 망하기 시작했어. 숙경이가 복덩이였던가 봐. 그런 숙경일 데리구 간 자네는 복두 많은 사람이야. 그래, 우리 숙경이가 지금 어떻게 지내냐구? 애는 몇이나 두었구?"

"죄송합니다. 애도 잘 크고 숙경 씨도 잘 있습니다."

문근이 그러고는 고개를 숙여버렸다.

"그래 다행이군. 우리는 죽은 줄 알구 얼마나 걱정들을 했는지…. 숙경이 아범 어멈이 호열자에 안 죽었어두 숙경이 때문에 애가 타서 죽었을 거구먼. 온 천지를 찾아헤맸으니 쯧쯧."

문근은 할머니의 말을 들을수록 고개를 들 수가 없었다. 화중이 다시 물었다.

"다른 가족들은 어디 갔습니까?"

"응, 손주 부부는 모두 일하러 갔지. 손주는 철도국에, 손주 며느리는 병원에."

그때야 문근이 고개를 들고 할머니를 향해 물었다. 인준의 처가 병원에서 무슨 일을 하는가보다도 현경의 소식이 더 알고 싶었다.

"할머니, 숙경 씨 여동생 현경 씨는 결혼했습니까?"

"결혼하다마다? 지금 애가 둘이지."

"어디에서 삽니까? 남편은 뭣하는 사람이고요?"

"서울서 살지. 현경이 남편은 판사질 허구…."

문근은 혼자 고개를 끄덕였다. 작은 딸이라도 고등문관시험에 합격한 사람에게 시집을 보냈으니 다행이다…. 그러다 다시 물었다.

"이 큰 집을 할머니께서 혼자 지키십니까?"

"아니야, 낮에만 혼자 있구, 밤에는 다 모이지. 손주며느리가 나가는 병원이 바로 요 앞에 있어. 점심 채려 주러는 꼭꼭 오지. 곧 올 때가 돼 가지 아마. 얼마나 착한 애라구…. 그런데 오늘은 귀한 손님들이 왔는데 뭘 어떻게 준빌 허나…."

그러면서 허둥거리는 품이 자신이 부엌에라도 직접 들어가야겠다는 거동이었다. 문근이 급히 손을 저으며 말했다.

"할머니, 아닙니다. 그냥 앉아 계십시오."

그래도 할머니는

"무슨 소리야? 사위는 백년지객이라구 옛말에두 있어. 또 사위 사랑은 장모라고 했는데 장모가 없으니 이 핼미가…."

하면서 일어서려고 했다. 점심 준비는커녕 부엌으로 찾아 들어가기도 전에 마루 끝에서 낙상이라도 볼 것 같이 위험스러웠다.

문근은 서둘러 일어섰다. 처남 인준의 얼굴도 안 봤는데, 그런 처남의 댁과 만나서 어떻게 할 것인가. 아무래도 그냥 있다가는 생면부지의 처수와 맞닥뜨릴 것 같았다. 그는 주머니에서 지폐 몇 장을 꺼내 할머니의 손에 잡혀 주면서 말했다.

"할머니, 또 오겠습니다. 편히 계십시오."

"아니, 이 사람들이 왜 이리 급하누. 얘길 더 하지 않구설랑. 숙경이 얘길 더 해주구 가두 가야지. 우리 숙경인 왜 함께들 안 왔느냐구?"

문근은 아무렇게나 둘러대었다.

"숙경이 몸이 무거워서요."

"그래에? 몇째냐, 그럼?"

"둘쨉니다…."

"에게! 둘째라니? 숙경이 나이 몇이라구. 이제 둘째 애를 갖은 게야?"

할머니의 이야기는 끝이 없을 것 같았다. 문근의 거짓말도 끝이 없을 터였다. 그는 벌써 일어서 있는 화중을 한 번 보고는 급히 말했다.

"또 오겠습니다."

"그래두 그러는 벱이 아니지. 처가에 와설랑! 처가가 옛날보담은 많이 가세두 기울구 허물어졌지만 첫 나들이에 맨입에 가다니! 그런 벱이 어딨어?"

할머니는 문근의 바지자락을 잡았다.

"할머니, 이젠 자주 오겠습니다. 다음엔 숙경이 데리고 오겠습니다."

"그래두 그러는 벱이 아니래두!"

문근은 뿌리치다시피 하고 방을 나왔다. 축담으로 내려서자 할머니가 돈을 던지며 말했다.

"이것 가져가! 우리 숙경이가 주면 받을 테니, 다음번엔 꼭 숙경일 데리구 와. 이서방, 알았는가?"

문근은 신발을 신으며 얼른 눈을 들어 대문께와, 거기 붙은 행랑채와 대문을 중심으로 주욱 둘러쳐진 높고 큰 고풍스런 담장을 다시 한 번 보았다. 문근의 고향 오석골에서는 이만한 집이 없었다. 이 집은 오석골의 재실보다 더 크고 으리으리했다. 그러나 낡고 허물어져 보는 이의 마음을 안타깝고 허무하게 했다. 문근은 할머니의 말을 들으면서 말했다.

"네, 알았습니다. 할머니 오래오래 사십시오. 숙경일 다음엔 꼭 데리고 오겠습니다."

"자네 장인 장모가 숙경을 찾아 얼마나 헤맸는지 모른다네. 그런데 어디서 살구 있었기에 여태 소식 한 번 없었나. 자넨 참 뭘 허나? 아마 일본에라두 가 있었던 게지…. 그래두 그렇지…. 이제 숙경이 소식을 들었으니 죽어두 한이 없겠군."

난생 처음으로 들어 보는 '이서방'이라는 소리, 문근은 그 큰 고가를 나와 개성 시내에서 화중과 낮부터 술을 마셨다. 목이 타서 마셨고, 목이 메어서 마셨고, 인생이 하도 서글퍼서도 마셨다. 그렇게 큰 집을 가진 숙경이 부모의 죽음과 가세의 몰락…. 숙경의 가출이 그 몰락하는 가세에 한몫했으리라. 이런 줄 알았다면 아예 안 올 걸 왔다는 생각도 들었다. 그런 말을 비치자 강화중이 문근을 위로했다.

"괜찮아 자넨 사람할 짓 다한 거네. 자네 말대로 꼭 매타작을 당하고 크게 꾸지람을 들었어야 마음이 편하다는 자네의 심경, 다 아네."

문근이 항의하듯 화중에게 말했다.

"하지만 나는 괜히 숙경이 할머님께 거짓말만 실컷 지껄였으니 죄를 벗으려고 왔다가 더 짓고 가는 셈 아닌가. 이럴 수가 있나…."

"악의의 거짓말도 아니잖은가?"

"아니야, 내가 좀 더 대범했더라면 철도국에 다닌다는 인준이도 만나보고 병원에 나간다는 인준이 처 되는 부인도 만나봤어야 하는 건데…."

"만나봐야 실망만 더 줬을 거 아닌가. 실망뿐이겠는가. 슬픔은 어떻겠는가. 그러니 안 만나고 그냥 나온 게 조금도 나쁠 게 없네."

그들 두 사람은 여관방에서 밤이 깊도록 통음을 거듭했다.

## 40

며칠 만에 문근이 강화중과 함께 개성에서 덕곡으로 돌아왔을 때 두 사람 모두에게 또 심상찮은 일이 생겨 있었다. 그러나 처음에는 문근에게만 그런 것이 와 있는 줄 알았다. 그것은 등기우편이었고, 주인집에서 대신 도장을 찍어 주었다면서 내주었다. 경찰에서 보낸 것이었다. 문근은 불길한 예감이 전신을 휘감아 오는 걸 느꼈다. 그것은 확실한 불길감이었다. 아득한 나락으로 한

정 없이 떨어져 내리는 무력감을 가까스로 진정하면서 봉투를 받아 떨리는 손으로 뜯었다. 그것은 엉뚱하게도 아니, 이유를 알 수 없는 그 불길한 예감에 걸맞게도 '국민보도연맹 가입 신청서'였다. 그는 무심코 중얼거렸다. 급할 때 튀어나오는 투박한 사투리로.

"이기 머꼬?"

이번에는 가슴이 화들거리면서 귀에서 쌔앵하는 헛소리가 지나갔다. 이런 일이 있을 줄 알았더라면 강화중이도 데리고 이리로 올 것을.

그렇잖아도 강화중은 이제 문근이가 자기의 누이동생 복희와 결혼하는 것은 기정사실이라고 치부하고는 그 일을 어른들과 의논하기 위해 기차에서 내리자 곧장 이리로 함께 오려고 했다. 그런 것을 문근이 바쁘게 서둘 것 없다고 바로 그의 집, 처자식이 기다리는 신촌으로 가게 했던 것이다. 그런데 이런 엉뚱한 등기 우편물이 와 있다니.

그는 대강 손발을 씻고 들어와 누웠으나 잠이 오지 않았다. 숙경을 단념하고 복희라는 처녀와 결혼하게 된다…. 어머니가 얼마나 기뻐하실까. 그렇게나 '새장개'를 노래처럼 하셨는데…. 이러한 생각, 달콤하고 낭만적인 생각에 잠길 만도 했지만 문근은 그럴 수가 없었다.

도무지 그런 한가한 마음일 수가 없었다. 자꾸만 강화중의 음성이 귀청을 울리고 있었다.

"이 기회에 당신과 나를 욕 좀 보이려는 거 아니겠소."

밤중에, 강화중이 집에서 테러를 당했을 때 찾아간 문근을 보고 한 말이었다.

"두고 보시오. 이제 보도연맹이란 올가미로 웬만큼 미운 사람들을 모두 잡아들일 거요."

지난여름 김구 선생이 암살되었을 때 강화중이 했던 말이다.

“보도연맹이란 일견, 의심받았던 사람들을 의심에서 해방시키는 조직이거든. 그러니 거기에 들지 않겠다고 해도 이상하고 그렇다고 덜렁 들어도 무슨 과오라도 있음을 스스로 인정하는 거라서 또 찜찜한 거 아니오.”

이건 지난 늦가을(11월) 서울시경국장이 보도연맹 가입 대상자에 대한 기자회견의 기사를 보고 강화중이 했던 말이다.

그때도 이문근은 설마 하면서 강화중의 소심한 짐작을 일축했던 것이다. 그런데 그런 일이 너무나 정확하게 현실로 다가서다니, 강화중의 소심한 짐작이 예리한 판단력으로 현실화되다니. 문근은 강화중이 우러러보이기까지 했다. 이문근은 당장 강화중을 불러 이 일을 어떻게 하면 좋겠느냐고 묻고 싶었다. 그러나 아까 이리로 오려는 그를 바쁠 것 없다고 마치 쫓아 보내듯이 냉정하게 헤어지고 말았던 것이다. 그는 밤새도록 뒤숭숭한 악몽에 시달리며 잠을 설쳤다.

평소에도 늘 꿈이 뒤숭숭한 문근이었다. 잠도 깊이 들지 않았다. 깊은 밤중, 주인집 외양간에 매인 소의 푸르르하는 숨소리까지도 그대로 눈을 감고 있는 문근의 귀에 들려왔다. 꿈은 언제나, 누구를 따라 혹은 누구에게 쫓겨 큰 강을 건너거나 높은 누각으로 숨가쁘게 올라가는 그런 것이었다. 그런데 강을 건너고 보면 돌아올 다리가 없고, 누각에 올라가 보면 내려올 사다리가 없는 그런 꿈이었다. 그뿐 아니었다. 걸핏하면 변소에서 변을 보다가 똥이 온몸에 들어붙는 꿈도 꾸었고, 신발이 남과 뒤바뀌거나 아주 없어지는 꿈도 자주 꾸었다.

학교로 가서 곧 있을 중등교사 자격시험의 공부를 해도 도무지 머리에 들어오지 않았다. 그저 강화중을 만나, 다시 그의 예리한 투시력, 현실을 꿰뚫어 보는 안목에 의한 시원한 이야기를 들어보고 싶었다. 갈증이 날 때 물이 자꾸 켜이듯, 그래서 마시고 싶은 대로 물을 마시고 나면 반드시 배탈이 날 줄을 알면서도, 물을 안 키고는 못 견디듯이 화중이를 만나고 싶었다. 너무 자주 만나면 예비 처남남매 지간이고 뭐고 서로 염증을 느낄 수도 있었다. 그런 것을 알면서도 문근은 화중을 안 만나고는 배길 수가 없었다.

마침 방학이어서 시간은 얼마든지 있었다. 그래서 그는 학교에서 바로, 자전거로 60여 리 길을 달려 강화중에게로 찾아갔다. 다행히 강화중은 집에 있었다. 문근은 농담을 섞어 말했다.

"어이, 처남! 또 무슨 일이 있을까 겁이 나는구나. 장인 장모 한 번 불러 보지도 못하고 끝난 것처럼 말이네. 그래서 미리 처남이라 불러 본다네."

물론 이 말은 화중의 누이 복희와의 혼사가 거의 성사단계에 있지만, 또 일이 뒤틀려 화중을 처남이라고 불러 보지도 못하고 말게 아닌가, 하는 일말의 불안과 불길한 느낌을 그렇게 나타낸 것이다.

강화중은 뜻밖의 문근의 방문, 그것도 엉뚱한 농담에 입을 벌리고 쳐다봤다. 그러다 화중이 소리를 낮춰 물었다.

"자네한테도 그 신청서 왔지? 그 일 때문에 왔지? 내가 갈까 하다가 아마 자네가 틀림없이 올 것이고, 그러면 길이 엇갈려 서로 허행이 될 것 같아 내가 안 갔더니, 역시 안 가기를 잘했네 그려."

문근은 놀라면서 되물었다.

"그럼 자네한테도?"

"내가 뭐라고 하던가? 비판 세력을 보도연맹이란 올가미로 잡아맬 거라 하지 않던가."

"그래, 처남의 선견지명이 존경스러워!"

"이 사람이 벌써 처남 처남, 하고 와 이라노? 떡 줄 사람이 떡 줄 생각이야 있지만, 그렇다고 자네, 김치국물 미리 너무 많이 마시는 거 아닌가?"

"김치국물이라도 미리 좀 마시자!"

"얼레?"

"그래, 어떻게 할 셈인가, 자네는?"

문근이 말하면서 심각한 얼굴이 되어 화중을 바라봤다. 화중도 표정을 바꾸어 얼굴에서 웃음을 거두었다. 그러고는 한참이나 생각하더니 말했다.

"일단 가입할 수밖에 없겠지. 괜히 가입 안 했다가 더 큰 의심 받기 십상이고, 서울의 유명 교수, 소설가나 시인들도 가입했으니까, 또 완전 전향이 인정되면 탈퇴도 시킨다는 말이 있고."

문근이 화중의 얼굴을 뚫어져라 보고 있다가 숨을 삼키며 물었다.

"무사할까?"

"당장 무슨 일이 생기지야 않겠지. 시국이 어떻게 변해 가느냐가 문제야. 사회가 안정이 되고 현재의 집권세력이 자신을 갖게 되면 별 문제는 없을 것 같지만, 집권세력이 안심할 만큼 사회가 안정이 되겠는가. 어쨌든 우리는 절대 입 다물고 조용히 지내야 하는 부담을 지게 됐네."

"나 참 더어러워서."

"마음에 안 들면 가입 안 하면 되네. 다만 그 뒤의 더 큰 제재가 문제지."

이문근은 정말 불쾌했다.

이게 무슨 꼴인가. 우리가 어째서 보도연맹 같은 단체에 강제 가입해야 하나? 생각하면, 그는 줄을 대어 이 일을 의논해 볼 만한 순경 한 사람, 면서기 하나도 없었다. 학교는 경성사범을 다녔으니 시골에는 은사들도 없었다. 보통학교 때의 한국인 은사들은 어찌 된 셈인지 해방 후 별세하거나 병중에 있다. 나머지는 일본인 교사였다. 일본인들은 일본으로 돌아간 지 오래였다.

"공부나 해 둬, 시험에는 붙고 봐야지."

강화중의 이런 말도 문근은 언짢았다. 마치 듣기에 따라서는 이제 손아래 매제이니 시키는 대로 하라는 투가 은근히 배어 있는 것 같았기 때문이다. 그래서 문근은 씹어 뱉듯이 짤막하게 말했다.

"그만둬! 감시받고 촌구석에서 더 살고 싶지도 않아."

강화중은 정색을 하며 물었다.

"무슨 소리지?"

그러고는 담배를 입으로 가져가다 말고 문근을 바라봤다. 그의 눈에는 문근에 대한 강한 의구의 빛이 어려 있었다.

"서울로 갈란다. 고향이라고 사시장천 붙어 살고 있으니 나중에는…."

"서울에 가도 배운 도둑질은 계속해야 할 거 아닌가?"

"계속해야지, 그럼."

"그러니까 시험이나 쳐서 합격해야지. 자격증은 어디서나 유효한 거니까."

"…."

생각해 보니 화중의 말에는 우정이 있었으면 있었지, 손위 처남이란 저의가 있었던 건 아닌 것 같았다. 신경이 날카로워지니까 엉뚱한 트집을 잡았구나, 문근은 혼자 반성했다. 그러나 그는 방금 강화중이 말한 '배운 도둑질'이란 표현은 마음에 거슬렸다. 다른 생업이라면 그렇게 비유할 수도 있을 것이다. 목구멍이 포도청이란 말은 전날 경찰서에서 문근을 닦아세우고 몰아붙이고 협박

공갈하던 형사가 쓴 말이다. 그만큼 인생은 생계가 무섭다는 뜻이고, 그 생계를 위해서는 도둑질을 바로 하지는 못할망정, 도둑질을 빼고는 어떤 일도 할 수 있다는 뜻일 것이다. 그러나 교육자는 단순히 생계를 위한 수단으로서의 직업이 아니라고 그는 생각하고 있었다. 마치 승려가 생계를 위해 승려 노릇을 해서는 안 되듯, 혹은 신부나 목사가 생계를 위해 신부나 목사 노릇을 해서는 안 되듯 교육자도 생계만을 위해 교단에 서서는 안 된다고 그는 진작부터 생각하고 있었다. 그런데 다른 사람도 아닌 강화중이 예사로 교편 잡는 일을 '배운 도둑질'이라고 표현하다니! 그러나 그것을 구태여 꼬투리잡아 탓하지는 않았다. 그런 걸 따지고 탓하기 위해서 그 먼 길을 자전거를 타고 오지는 않았다. 어쨌든, 그는 교편 잡는 일을 계속할 생각이었고, 그리고 이 고향이라고 하는 지긋지긋한 곳을 실제로 떠나고 싶었다. 사시장천 붙어 있어 봐야 상처밖에 남을 게 없었다. 서울로 가서 새로운 나래를 펴고 새로운 둥지를 틀고 싶었다. 강복희와…. 그런데 우연히 엉뚱한 기억 하나가 떠올랐다. 스스로 말한 사시장천이란 말의 '장천' 탓이었다. 실은 사시장천은 사투리고 사시장철이 표준말이지만.

이곳 덕곡으로 오기 전, 오석국민학교에 있을 때였다. 봄소풍을 갔을 때의 일이다.

일제 때부터 건설해 둔 큰 못, 그 못은 계곡 하나를 온통 막아 굽이굽이 길고도 큰 장천(長川)이란 이름의 못이었다. 그 못가에 소풍을 갔던 것이다. 학교에서 교사들이 점심 준비를 해 갔었다. 6명의 교사에 박충진 교장까지 해서 7명이었으나, 언제나 밖으로 나도느라고 바쁜 교장이 소풍에 참가할 리는 없었다. 점심시간이 돼서 점심을 먹게 되었다. 교사들은 모두 둘러앉아 학교에서 준비한(소사집에서) 음식들을 풀었다. 교장 너구리만 안 보이면 교사들은 서로 눈치도 볼 것 없이 이문근이나 강화중에게 스스럼없이 접근, 친밀감을 나타내곤 하던 터여서 그날의 점심시간도 즐거웠다.

그런데 한 아이가 커다란 됫병 하나를 안고 위험스럽게 교사들 앞으로 왔다. 바로 이문근 반의 학생이었다.

"어? 황장철이, 니 그것 뭣고?"

이문근이 물었다.

"이거예, 청줍니더. 울 옴마가예, 선생님들 갖다 드리라 했어예."

"그래? 이걸 우찌 갖고 왔노?"

"릭구사꾸(륙색)에 넣어 가지고 지고 왔습니더."

장철이가 두고 간 청주는 탁주를 거르지 않은 진국이었다. 노르스름한 빛의 그 술은 아주 독했다.

장철이란 이름은 마당쇠란 뜻이었다. 하도 자손이 귀한 집안이라, 이름을 마당쇠라고 천하게 지어 불렀는데, 그것을 호적에 올릴 때 면직원이 장철(長喆)로 바꾼 것이다. 그 면직원은 처음 마당쇠를 직역해서 '場鐵'로 했다가 마침 창원 황씨의 항렬자가 '喆'자여서 좋게 '長喆'로 했다고 한다. 그 장철의 아버지 황수복은 사할린으로 징용을 갔으나 돌아오지 못하고 있었다. 같은 마을의 선생이기도 한 이문근의 이런저런 사연을 알고 있는 황수복의 아내가 밀주 단속의 그 위험을 무릅쓰고 정성스레 술을 담가 그대로 이문근에게로 보냈던 것이다. 물론, 이런저런 사연이란 이문근의 아내가 사할린에서 아직 못 돌아온 것이고, 게다가 자신의 남편 역시 돌아오지 못한 것이 동병상련의 정을 느꼈던 것이다. 그날도 이문근은 그 술을 거의 혼자 다 마시듯 해서, 학생들이 다 내려간 뒤에, 강화중과 다른 힘센 선생들의 부축을 받고서야 겨우 집으로 돌아왔던 것이다. 이렇게 술 마시는 것을 교편 잡는 보람이라고는 하지 못할 것이다. 그러나 이문근은 그 술맛, 그 인정, 그 순박을 잊지 못하고 있었다. 따라서 자주 만나 친해 보지도 못한 장철의 아버지 황수복이란 사람도 늘 기억하고 있었다. 이문근보다 훨씬 나이도 많은데, 아내 숙경이 떠나던 날 일본인 모집계원들에 의해 강제 연행되어 화물차에 올려졌던 사람.

"무슨 생각을 한다고 그래 눈을 감고 있는가?"

강화중의 말에 이문근은 정신을 차렸다. 문근이 말했다.

"그때 우리 오석국민학교에 있을 때 장천 못으로 소풍간 거 기억하지?"

"그기 얼마 전 일이라고 기억 못하겠는가? 그날도 자네는…."

"알아. 술이 많이 취했었지. 누가 가지고 온 술이었던가?"

"마당쇠가 가져왔지."

"그래. 지금 마당쇠 어머니는 어찌 살고 있는지."

"난들 알 수 있나…. 자네 마을 사람인데 자네가 알아야지…."

"동병상련이란 말처럼 마당쇠 아버지도 화태로 끌려가 못 오고 있으니…."

그날도 문근은 화중의 집에서 늦도록 이야기하고 놀다가 돌아올 때는 오석골로 가서 잤다. 어머니가 또 결혼 문제를 꺼냈으나 문근은 어쩌면 새장가를 가게 되겠다는 말은 하지 않았다. 어머니를 기쁘게 해 드리고는 싶었지만 어쩐지 그런 말을 하기에는 내키지 않는 심경이었다. 왜 그랬을까. 만에 하나 일이 뒤틀어지고 말무슨 빌미가 안 생긴다고 어찌 장담하겠는가. 어쩐지 그런 예감이 스스로도 방정맞다고 생각될 만큼 자꾸 들었다. 그뿐도 아니었다. 새장가 아니라 헌장가를 든다고 해도, 옆에 붙어 앉아서 이것저것 꼬치꼬치 캐물어 올 어머니가 부담스러웠다.

거처하던 사랑방에다 어머니는 혀를 끌끌 차며 군불을 지폈고,

문근은 아직 냉기가 가시지 않은 방에 몸을 눕혔다. 모처럼 누워 보는 방, 아내와 함께 그 짧은 신혼 시절을 보냈던 방, 아직도 구석구석에 아내의 체취와 아내의 손때가 묻어 있을 방에 누우니 새삼스럽게 아내가 미칠 듯 그리웠다.

밤에 문근은 또 꿈을 꾸었다.

아내와 숨바꼭질을 하고 있었다. 소를 먹이러 다니던 앞산이라고도 했고, 나무를 하러 다니던 먼 산이라고 했다. 하기는 문근은 소도 아내와 함께 먹여 봤고, 나무도 아내와 함께 하러 간 적이 있었다. 소를 먹이다 보니 숙경이 없어졌다. 문근에게 주기 위해 산딸기를 따러 갔다고 했다. 그래서 문근은 숙경을 찾아 나섰다. 그런데 문근의 등에는 무거운 나뭇짐이 지워져 쩔쩔 매고 있었다. 숙경이 있는 데로 갔더니, 이번에는 숙경이가 원래 지점으로 돌아가 있었다. 문근은 헛걸음만 했다. 그래서 목청껏 숙경을 부르다 잠을 깨었다.

## 41

1950년 신학기, 문근은 지난겨울의 중등교사 자격 검정시험에 합격했다. 그러나 중학교 발령이 나지 않았다. 그것은 강화중도 마찬가지였다. 문근은 국어과 자격증을 취득했고 화중은 사회과였다.

자리가 없는 것은 아니었다. 함께 시험 쳐서 합격을 한 같은 과목의 다른 사람들은 시골 학교도 아닌 마산이나 진해 등지의 학교에도 척척 발령이 났는데 문근과 화중만은 예외였다. 박충진 교장의 장난이 원인이라는 설, 보도연맹에 가입된 불온분자이기 때문이란 설, 워낙 실력 있는 교사여서 현재의 국민학교에서 도통 놓아주지를 않기 때문이라는 설 등이 문근의 귀에 들어왔으나 그 누구도 어느 설이 옳은지 확실히는 알 수 없었다. 그렇다고 누굴 붙들고 꼬치꼬치 캐묻기도 쑥스러웠다. 어쩌면 이 세 가지가 한꺼번에 복합작용이라도 하고 있는지 몰랐다.

사실이 그랬다. 너구리 박충진 교장은 이전부터도 학무과의 장학사들을 만나면 입버릇처럼 말하곤 했다.

"요새 젊은 것들하고 같이 못 있겠어. 나를 딴 데로 보내 주든지, 아니면 몇 사람 전출을 시켜 주든지 해야지…."

오만상을 찡그리며 못 해먹겠다고 고개를 내저었다. 그러면 장학사들은 으레 왜? 하고 묻는다. 그때부터 박충진은 입에 게거품을 물고 늘어놓기 시작하는 것이다.

"이건 제 똑똑한 것만 믿고 교장이고 뭐고 마구 해대면서 어른도 아이도 없고, 전부 제멋대로니 어찌 데리고 있겠어. 그런 것들일수록 언필칭 참교육이 어떻느니, 민족정기가 어떻느니, 역사가 어떻느니 하고 떠들면서도 막상 어른 아이 구별은 전혀 안 하는 쇠쌍놈이거든. 교육이란 예절에서 시작해 예절로 끝나는 것일 텐데, 예절은 개 물어 갔고, 꼭 지 고집대로만 할라고 드니, 이런 사람들을 어찌 데리고 한 솥에 밥을 묵노. 하루이틀도 아니고…."

이런 푸념을 만나는 장학사들마다 붙들고 늘어놓았다. 그러면 반드시 장학사들은 그게 누구냐고 이름을 묻고, 박충진은 못 이긴 체하고 이름까지 넌지시 밝혀 놓곤 했다. 그래서 이문근과 강화중은 오석국민학교를 떠나게 됐던 것이다.

지난번 중등교사 자격 검정시험에서 문근은 응시자 중 수석을 했다. 마침 시험 문제가 문근이 즐겨 읽은 글이나 책에서 출제되었던 것이다. 이희승 선생의 수필 「딸깍발이」에서 남산골 샌님의 기질을 논하라는 문제가 나와 문근은 자신 있게 썼다. 최현배 선생의 『우리말본』도 숙독했었고, 등사판으로 된 조윤제 선생의 『국문학 개설』 등을 읽어 둔 것이 큰 도움이 되었다. 이런 덕택으로 문근은 응시자 중 국어과의 수석을 했다. 당연히 도 학무과 중등계에서는 문근을 중등학교 교사로 발령할 모든 준비를 갖춰 놓고, 도경에 조회를 의뢰했더니 '사상이 의심스러운 자'라는 회신이 왔다. 중등계에서는 현재 재직하고 있는 덕곡국민학교 교장한테 이 문근이란 사람이 도대체 어떤 사람이냐고 물었다. 교장은 아무것도 모르고 이렇게 말했다.

"함부래(절대로) 빼 갈 생각 마이소이! 우리 학교 기둥입니더."

물론 이런 일들은 문근이가 전혀 모르는 사이에 일어났고 진행되었다. 도 학무과에서는 문근을 그냥 둘 수밖에 없었다. 그렇다고 이문근이 직접 부산의 도 학무과로 찾아가서 왜 발령이 안 나느냐고 따지지도 않았으니, 그냥 두기는 아주 쉬웠다. 만약 학무과의 장학사가 덕곡국민학교 장민섭 교장에게

'그게 아니고, 이문근 선생이 검정시험에 합격해서 중등학교에 발령 내려고 도경에 조회했더니, 사상이 의심스럽다고 해서 그럽니다.'

이렇게만 말했어도, 자신도 과거가 있는 데다가 정의감이 있는 장민섭 교장은 아마 십중팔구 이렇게 말했을 것이다.

'사상이 와 의심스러버? 벨소리 다하요! 아, 학생들 잘 가르치겠다, 창의적이겠다, 진취적이겠다…. 이런 사람의 사상이 의심스럽다몬 누가 사상이 온건한 사람인고?'

그도 일제 때 한때는 농민운동에 연루되어 곤욕을 치른 적이 있는 것을 알고 있는 장학사는 두말 않고 입을 닫았던 것이다. 장민섭 교장은 오석국민학교의 박충진 교장과는 차원이 다른 교육자였다.

사정은 강화중도 비슷했다. 강화중 역시 우수한 성적으로 검정 시험에 합격했으나 역시 도경의 조회에서 사상이 의심스럽다는 회신이 왔었다. 담당 장학사는 신촌국민학교 교장을 부산에까지 불러 신원조회 결과 강화중의 사상이 의심스럽다는 회신이 왔음을 실토했다. 그러자 교장이 물었다.

"강 선생이 강직한 데는 있어도 안 할 말을 한다거나 하는 경솔성은 없습니다. 유능한 교산데 왜 사상이 의심스럽다고 했을까요?"

장학사가 교장의 귀에다 입을 대고 속삭였다.

"보도연맹에 가입 돼 있습니다."

"네?"

교장이 깜짝 놀라자 장학사가 말했다.

"그래서 열 길 물속은 알아도 한 길 사람 속은 모르는 겁니다."

"그럼 어쩌면 좋겠습니까?"

"중등으로 전보하면 지금 있는 신촌국민학교에서도 쫓겨나고, 중등학교 발령도 못 받고 마니 그냥 두는 게 상책입니다."

"그렇겠네요. 강화중 선생은 뭐라고 합니까?"

"아직 안 만났어요. 인사 기밀을 본인과 의논합니까?"

앞서도 잠시 말했지만, 보도연맹 가입은 강제적이었고 억지가 많았다. 우선 살기 위해서 가입한 사람이 많았다는 얘기다. 자기도 모르게 가입돼 있는 사람의 수도 엄청나게 많았다.

자기도 모르게 가입된 보기를 하나만 들면, 이석근(李碩根)의 경우다. 이석근은 문근의 일가 동생 되는 사람으로 역시 대구에서 학교를 다니고 있었다. 석근은 1948년 대구 농림학교 3학년으로 학생조직인 '민주학생연맹'에 가입, 활동하고 있었다. 민주학생연맹은 요즘 말로 하면 불법단체였고 당국의 눈에는 가시였다. 그는 이른바 학내 투쟁을 하다가 붙들려 민주학생연맹의 조직원이 란 게 탄로나면서 구속되었다. 그러다 49년 8월 출감해서도 계속 대구에서 법률 공부를 했다. 그러다 오석골에 내려왔다가 자신이 '보련'에 가입돼 있는 것을 그의 아버지로부터 듣고 처음 알았다.

석근의 아버지는 서에서 석근을 보련에 가입시키라고 했을 때 당연히 반대했다. 학생들이 철없이 동맹휴학한 건 학교에서 처벌할 일인데도 데려가서 징역까지 살렸으면 됐지, 또 보도연맹에 가입해야 하나, 석근의 부친이 그렇게 항의하자, 경찰이 점잖게 충고했다.

"경찰이 못할 짓을 하라고 하겠소?"

그러면서 아들을 보련에 가입시키지 않으면 부자(父子)가 모두 의심을 받을 거라고 겁을 주었다. 정미업을 하면서 돈을 모은 석근이네는 동네에서는 가장 부자였다. 석근의 아버지는 사상을 의심받는다고 위협하는 기세에 주눅이 들어 망설이고 있는데 경찰이 다시 말했다.

"다아 댁의 아들을 보호하겠다는 뜻이요. 여기에 가입해서 2, 3년만 얌전히 지내면 아들에게 전과자란 흔적도 없애 준다니 얼마나 좋은 기회요. 그냥 두면 또 불순분자들이 아들을 꾀어서 어떤 일이 있을지 모를 일 아니요. 자아, 여기에 도장을 찍으소. 설마 우리가 귀한 아들을 잘못 되게야 하겠소?"

그런가 하면 이런 경우도 있었다. 역시 오석골의 이야기다.

지서에서 나온 경찰이 선량한 농민인 박학수에게 말했다.

"당신은 보도연맹에 드는 게 좋겠소."

그러자 박학수는 황송하다는 듯이 말했다.

"그기 뭐하는 긴데 지가 그런 데 들 자겍이 됩니꺼?"

"자격이야 되고도 남지. 당신 친구들 가운데 좌익이 많으니까 당신은 보호를 받아야 한다 말이오."

한참 생각해 보던 박학수가 말했다.

"안 들랍니더. 회비도 낼 끼고…."

"회비 같은 것 없소. 거기에 들어 3년만 지나면 당신 친구들이 잡혀 당신 이름을 대도 당신은 보호를 받는 거요."

이렇게 해서 밑져야 본전이 아니고, 들어두는 게 여러 모로 이로울 것 같아 든 사람도 있었던 것이다. 그런데 그런 사람들도 모두 죽었다.

이와 같은 일은 그 당시 다음과 같은 분위기도 작용해서 더욱 가속도가 붙었던 것이다.

> 사상범은 일벌백계의 엄벌주의로서 임하는 동시에 그 사상의 시정 교화 즉 전향시키는 데 목적이 있다. 그러므로 선량한 국민으로 잘 보호선도 교화하여 내심으로 완전 전향함과 동시에 우리 민족을 절대 지지 육성할 수 있게 할 보호 지도기관을 급속히 국가예산으로 전국적으로 방방곡곡에 설치할 것.

이것은 오제도가 쓴 '국가보안법 실무제도'란 책에 나와 있는 글이다. 이 글을 보면 보도연맹의 강령은 다음 5개항으로 돼 있다.

1. 오등(吾等)은 대한민국 정부를 절대 지지 육성을 기함.
1. 오등은 북한 괴뢰정권을 절대 반대 타도를 기함.
1. 오등은 인류의 자유와 민족성을 무시하는 공산주의 사상을 배격 분쇄를 기함.
1. 오등은 이론 무장을 강화하여 남북로당의 멸족 파괴정책의 폭로 분쇄를 기함.

1. 오등은 민족진영 각 정당 사회단체와는 보조를 일치하여 총력 결집을 기함.(동아일보 1949. 4. 23.)

이 안을 구상했던 당시의 오제도 검사는 뒤에 이렇게 술회한 적이 있다.

"공산주의는 처벌만으론 안 됩니다. 사상의 발전만이 공산주의의 뿌리를 뽑을 수 있습니다. 그래서 나는 전향한 당사자들에게는 전향이라 하지 않고 발전이라 했습니다. 나는 사상 검사로서 좌익을 다뤄 본 경험과 일제 때 대학 시절에 공산주의 책을 탐독해서 얻은 지식, 2차대전 때 나치가 공산주의에 대처한 것 등을 참작하여 이 안을 내놓았습니다. 이를 내무, 국방, 법무부 등 관계기관과 사회지도자들의 동의를 얻어 실시했습니다."

이래서 오제도 씨의 말에 따르면 맹원 수는 1950년 초반에 30만명이 넘었다. 나중에는 국회 프락치 사건에 연루된 원장길, 김영기 의원, 시인 정지용, 김기림 등이 있었고, 한국에 남아 큰 업적을 쌓은 유명한 소설가 ○○○, 국문학자 ○○○, 평론가 ○○○, 만화가 ○○○ 등이 포함되어 있었다. 그중에서도 좌익계의 거물이었던 정백은 조선공산당 장안파의 핵심인물로 1949년 12월 26일 전향, 50년 3월 1일 보도연맹 3·1절 기념대회에서 명예간사장으로 추대되기도 했었다.

보련의 활동은 대개 이러했다. 일부 적극적인 맹원들은 경찰의 정보원으로서 자수하지 않은 좌익들의 검거에 한몫했다. 그 밖에도 반공시위(49년 11월 6일), 국민사상선양대회(49년 12월 28일), 국민예술제(50년 1월 8일~1월 10일), 문화강좌(50년 4월), 영화강좌(50년 5월), 문학강좌 시낭독회 연극 음악공연(50년 6월 19일~6월 24일) 등 다양한 활동을 했다.

또 50년 6월 5일에는 보련 서울특별시 본부에서 완전히 전향했다고 인정되는 사람 6천 9백여 명을 탈퇴시키기도 했다. 그러나 지방에서는 그런 기회가 주어지지 않아 한 번 가입된 사람은 누구나 피해자가 되었다. 강화중이 듣거나 추측한 말은 다 옳았으나 다만 그들이 지방에서 살았다는 게 문제였다. 특별히 운이 좋아 살아난 사람들도 없지는 않았지만 그 수는 지극히 적었다. 그런 사람들 중에는 학살 현장에서 요행히 살아남은 사람도 있었지만 대개는 큰 배경이 작용해서 위로부터 명령을 받은 하급 기관에서 명단을 지워준 경우가 대부분이었다. 또 큰 부자로 보도연맹에 가입된 사람 중에는 쌀이 귀한 당시에 쌀가마니를 몰래 경찰 서장 등 간부에게 갖다 바치고 풀려나기도 했는데, 이 경우에는 다른 무고한 사람이 대신 보충되어야 했다. 그래서 오석골에서만도 모두 희생이 되어 한동네에서 제삿날이 한날 밤에 네 집이나 되었던 것이다.

보련과 비슷한 조직으로 일제 치하에서 사상 탄압의 일환으로 만들어진 '시국대응전선 사상보국연맹'이란 게 있었다. 이것은 1938년 7월 24일 결성된 것으로 사상범 보호 관찰령의 실시와 병행해서 사상범 보호 관찰소의 외곽단체로 탄생했다. 사상보국연맹은 각 관찰소와 협력, 비전향자를 포섭하고 일본 정신 함양, 내선일체 완성, 반국가적 사상의 궤멸, 국책협력 등을 이념으로 하면서 사상 선도 작업을 추진해 나갔다. 한국의 국민보도연맹이 일본의 사상보국연맹과 일치하지는 않으나 매우 비슷한 것은 사실이었다.

결국 중등학교로 옮겨 가지 못한 문근은 그냥 덕곡국민학교에 근무하고 있었다. 사실 반드시 중학교(6년제)로 가야만 재미있는 것은 아니었다. 다만 이 지긋지긋한 고장을 떠나자면 중학교로 가야 했는데, 그게 뜻대로 안 되어 좀 섭섭했을 뿐 아이들을 가르치는 것은 여전히 재미가 있었다. 게다가 나이가 들었어도 어딘지 이문근과 통하는 데가 있는 장민섭 교장이 1950년 신학기가 되자 더욱 신경을 써 주는 것이 고마웠다.

장민섭 교장은 처음에는 이문근이 다른 학교로 뽑혀 가려는 걸 붙잡은 것만 다행스럽게 생각했다. 그러나 나중에야 알고 보니 그가 중등 검정에 합격하고도 보도연맹 문제로 못 떠났고, 더군다나 아무것도 모르는 교장인 자신이 절대로 빼 가지 말라고 당부까지 했던 게 얼마나 후회스러웠는지 몰랐다. 그래서 그는 이문근에게는 매사 특별한 관심을 가지고 호의를 베풀고 있었다.

1950년으로 접어들자 문근은 시시각각 불길한 낌새를 감지하게 되었고, 눈에 보이지 않는 올가미가 점점 목을 죄어 오는 불안과 위기감을 느끼고 있었다. 그것은 다분히 육감적이고 영감적인 것이기도 했다.

그저 어디든지 훨훨 날아서 이 불길한 올가미에서 멀리 벗어나고 싶었다. 어디든지 자신을 아는 사람들이 전혀 없는 한국 안의 새로운 땅, 그런 땅에서 자기 나름의 이상과 꿈을 개간해 보고 싶었다. 그래서 사람이 사람답게 살아가는 모습을 꽃 피워 보고 싶었다. 그러자면 이 새장 속같이 갑갑한 이 환경, 매일 하루가 다르게 조여드는 듯한 올가미를 벗어나야 하는데 날개가 없었다.

# 15장

# 실종과 매몰

## 42

새장 안에 갇혀 있는 그는 날개가 없는 대신, 더욱 퍼덕거렸다. 그렇게 퍼덕거려야만 순간순간의 불안을 견뎌낼 수 있었다. 6학년을 맡고 있는 그는 매일 아침 일찍 학교로 출근하느라고 퍼덕거렸고, 학교에서는 학생들을 가르치느라고 퍼덕거렸다. 그렇게 열심히, 마치 갇힌 새가 퍼덕거리듯 맡은 일에 온 정열을 다 쏟는 그 순간만은 모든 불안과 갈등에서 벗어날 수 있었다.

학교에서 우리나라 역사를 가르칠 때는 더욱 힘을 쏟았다. 특히 신라의 3국 통일을 가르치는 대목에서는 신라가 당나라를 끌어들인 일에 대하여, 이문근 나름대로의 생각을 차근차근 밝혀주기도 했다. 나라의 통일이란 명목으로 당나라 군사의 말발굽 아래 짓뭉개지는 우리 백성들을 생각해보라고 했다. 외세의 경계를 말하고자 한 것이나 어린 아이들이 얼마나 이해했는지는 알 수 없었다. 고구려의 뒤를 잇는다고 건국된 고려가 드넓은 고구려 땅을 모두 잃어버리고 현재의 국경선인 두만강과 압록강 이남을 겨우 차지하게 된 배경에 대해서도 자세히 이야기했다. 조선조로 넘어와서는 세조 때 이징옥의 반란을 교과서와는 다르게 가르쳤다. 이징옥이야말로 단순한 반역자가 아니고, 잃었던 고구려 땅을 되찾겠다는 포부와 패기를 지닌 남아 중의 남아로 볼 수 있지 않을까, 하는 자신의 의견을 아이들과 함께 생각해 보자고도 했다. 특히 이징옥의 고향이 경남의 양산임을 밝혀주었고, 본관이 인천이었으나 반역자의 일족으로 9족을 멸하는 참화에서도 요행히 살아남은 후손들은 뿔뿔이 흩어져 본관마저 양산으로 바꿨다는 이야기도 해주었다.

그때 철환이는 이문근 반의 6학년이었다. 철환이는 처음 듣는 이야기이므로 눈을 똥그랗게 뜨고는 입을 벌리고 있었다. 그러나 수업을 마친 후 자기의 본관이 인천이란 말은 하지 않았다. 그런 말을 하면 결국 담임인 삼촌이 자기 집안 자랑을 한다는 것으로 오해를 받을 것 같아서였다.

조선조 후기, 나라가 결국 일본으로 넘어가려는 때의 이야기는 교과서보다 더 자세히 가르쳤다. 특히 이완용을 위시한 매국노들과, 민비가 일본 깡패들에 의해 시해되는 장면은 눈물까지 글썽거리며 그가 알고 있는 여러 가지 일화 혹은 비사(秘史)를 함께 곁들여 흥미진진하게 이야기해 주었다.

그러나 어느 과목보다도 재미있게, 그리고 열심히 가르친 과목은 국어였다. 사실 그는 영어에도 취미가 있었고 또 영어를 썩 잘했다. 경성사범 1학년 때부터 졸업 때까지 영어 교과서를 처음부터 끝까지 외워가면서 공부한 것이 무엇보다도 실력향상에 큰 도움이 되었기 때문이다. 특히 그것은 회화 공부에 결정적인 힘이 되었다.

그러나 그것은 개인적인 장기일지언정 해방된 조국에 진정으로 봉사할 일은 영어를 가르치는 일이 아니라고 생각했다. 그는 학생들에게 우리의 말과 글과 얼을 옳게 가르치고 바르게 집어넣어 주는 일이 보다 시급하다고 보았던 것이다. 그래서 중등 검정 시험도 영어를 두고 국어를 쳤던 것이다.

그는 무엇보다 우리말을 바르게, 우리글을 옳게 쓸 수 있도록 전심전력을 다했다. 한국 사람은 한국 사람다운 정신을 지녀야 하는데, 그게 평소 쓰는 말과 글에서 우러나온다고 보았기 때문이다. 그래서 그는 학생들에게 일본어의 찌꺼기를 절대 못 쓰게 했고, 의무적으로 일기를 쓰게 했다. 그것을 정기적으로 제출케 하여 꼭꼭 읽고, 붉은 잉크 펜으로 잘 쓴 대목은 밑줄을 쳐서 왜 잘 쓴 것인지를 설명해 주었다. 또 표현이나 맞춤법이 틀린 곳은 그것을 직접 달리 표현해 주고 맞춤법도 일일이 고쳐 주었다.

이문근의 이러한 노력은 해방 직후, 시골 덕곡국민학교 학생들의 언어 구사, 글짓기 능력, 맞춤법 등의 실력을 향상시키는 데 결정적인 역할을 했다. 그뿐이 아니었다. 아이들의 거짓 없는 일기를 읽음으로써 학생 개개인의 가정환경, 개성, 정서의 방향 등 여러 가지를 종합적으로 알 수 있어 학생의 생활지도에 그럴 수 없이 큰 도움이 되었다. 특히 다음과 같은 대목의 일기는 문근의 머리속에 지워지지 않을 것처럼 각인되기도 했다.

나는 오늘도 똥이 안 나와 욕을 봤다. 선생님이 이 글을 보시면 얼마나 흉을 보실까 걱정이 된다. 할머니가 대꼬쟁이로 홍문(항문을 잘 못 쓴 것임)을 후비어내어도 똥은 쪼끔빼께 안 나왔다. 똥이 안 나오니 아랫배도 아프고 머리도 아픈 것 같다. 똥의 색깔이 염소 똥 맨키로 새까맣기만 했다. 나도 언제쯤이면 다른 애들처럼 누런 똥을 술술 누어볼까. 날마다 먹는 쑥밥, 쑥범벅 때문에 똥이 안 나온다고 했다. 홍문이 째졌는지 지금은 홍문이 아파 교실에서도 걸상에 바로앉기가 힘이 든다.

너무 가난한 집 아이의 눈물겨운 일기였다. 이런 일기를 보면서 문근은 철환이 몰래 눈물을 감춰야 했다.

우리 아버지는 첩산이를 얻어 도망을 쳤다. 그래서 어머니는 밤새도록 울었다.

우는 소리가 씨끄러워 이 일기도 못 쓰겠다. 아버지의 첩산이는 우리 동네 감동아지매다. 감동아재는 내한테 9촌인데, 내가 1학년 때 보국대에 가서 안 돌아왔다. 그런데 우리 아버지는 그 감동아지매하고 도망을 쳐버렸다. 부끄러워 죽겠다.

학교에서 좀 떨어진 동네에 사는 아이의 딱하고도 정직한 일기였다. 일기 쓴 아이가 1학년 때라면 1944년이었다.

의령으로 시집간 우리 누나가 오늘 집으로 왔다. 그러나 참 슬펐다. 왜 그렇느냐 하면 외사촌 누나가 자살했다는 말을 전해 주었다. 외사촌 누나의 이름은 안점옥이다. 참 예뻤는데 내가 1학년 때 데이신따이로 일본에 갔는데 지난 봄에 돌아왔다. 살아 돌아온 것만 해도 우리 아버지는 천오신주(天佑神助의 오해)라고 했다. 우리 누나의 시집은 외가집의 이웃인 때문에 점옥이 누나의 소식을 시집간 우리 누나한테서 들어 오고 있었다. 점옥이 누나가 좋아하는 남자의 이름은 김형개라고 했다. 김형개라는 사람도 화태로 갔다고 한다. 점옥이 누나는 그 김형개라는 사람의 이야기를 우리 누나한테 다 털어놓고, 김형개라는 사람이 돌아오면, 자기는 그 남자한테 시집갈 자겍이 없다고 전하라고 하고는 목을 매서 죽었다고 한다. 아버지 어머니도도 이 말을 듣고 모두 눈물을 흘렸다. 나도 슬퍼서 눈물이 흘렀다.

이것은 남창우란 아이의 일기였다. 무슨 이유인지 이문근은 김형개, 안점옥… 이런 이름이 잊혀지지 않았다. 아마 숙경과 자신의 일 때문일 터였다. 조카 철환의 일기는 그중 문장이 매끈하고 맞춤법도 정확했다. 내용에도 인상적인 대목이 있었다.

삼촌은 이제 복희 처녀와 결혼을 하셨으면 좋겠다. 화태로 가신 숙모님이 못 돌아오신다고 한다. 할머니도 할아버지도, 아버지도 어머니도 삼촌의 결혼을 재촉하신다. 나도 삼촌이 술을 많이 잡수시고 어두운 표정을 짓고 계시는 것을 보면 마음이 슬퍼진다. 그래서 복희 처녀가 얼른 나의 새숙모님이 되었으면 좋겠다.

이런 일기들을 보는 것도 큰 보람이었다.

이렇게 열심히 가르친 덕분으로 그해 5월의 중학교 입학시험에는 많은 합격자를 내었다. 마산이나 진주로 가서 좋은 중학교에 입학한 학생도 있었다. 그러나 철환이는 성적이 아주 우수했으나 집안 형편 때문에 함안의 중학교에 입학을 했다.

문근은 또 그때 학교의 교무실에서 종을 편하게 칠 수 있는 방법을 고안해 내기도 했다. 교무실이 교사(校舍)의 중앙에 있었으면, 종을 교무실 밖에 달아 놓고 쳐도 온 학교에 그 종소리가 다 울릴 터였다. 그러나 조그마한 교무실이 교사의 맨 끝인 귀퉁이에 붙어 있어, 교무실 밖에 종을 달아 놓으면 온 교실에 다 들리지 않는다. 그렇다고 종을 학교의 중앙에 달면 사환이 종을 칠 때마다 밖으로 나가야 하는 어려움이 있었다. 겨울에는 추웠고, 비올 때도 여간 불편한 게 아니었다. 그런 것을 문근이, 종을 학교의 중앙에 달아 놓고도 교무실에서 쉽게 칠 수 있도록 고안해 냈던 것이다. 종의 방울 끝에 긴 줄을 매어, 교무실까지 연결해 들이되, 중간중간에 도르래 같은 것을 설치하고 또 고무줄을 연결하기도 해서 희한하게 교무실 창문도 열지 않고, 급사가 책상에 앉아 종을 칠 수 있도록 고안했다. 문근은 불안한 가운데서도 이렇게 보람 있는 학교생활을 하고 있었다.

그러나 초여름인 6월 하순에 충격적인 소식이 들렸다. 그것은 또 전쟁이 터졌다는 소문이었다. 불과 5년 전에도 그놈의 몹쓸 전쟁 때문에 징병과 징용에 끌려간 수많은 사람들이 지금도 돌아오지 못하고 있는데 또 전쟁이 터졌다는 소문이었다.

북쪽에서 38선을 넘어 쳐내려오고 있다는 것이었다. 통일이야 언젠가는 돼야 하고, 그것도 양쪽의 체제가 더 굳어지기 전에 이루어져야 하는 건 옳다. 하지만 동족이 동족에게 총부리를 겨누어 살상하면서 짓밟고 쳐내려오다니, 이건 통일이란 목표가 아무리 정당하고 신성해도 결코 용납할 수 없는 일이라고 문근은 생각했다.

강대국 일본제국주의에 눌려 그렇게나 고생하다가 또 강대국의 힘에 의해 해방이 되더니, 결국 강대국의 입김으로 분단이 된 민족, 그러다 어느 한쪽의 결정이긴 하지만 겨우 스스로 결정한 게 동족상잔의 형제 싸움이란 말인가.

문근은 전쟁의 소식에 한동안 넋을 잃고 있었다. 지구상의 도처에 분쟁이 끊이지 않고 있지만, 이 한반도만은 안전하다고 판단한 나머지 군정으로 이 땅을 지배하던 미군이 떠난 지 얼마나 됐다고 전쟁이 났다는 말인가. 아니, 불과 며칠 전까지만 해도 북쪽에선 여러 가지 이유를 대면서 남북회담을 열자고 했다고 하지 않는가.

그런 북쪽이 기습적으로 침공을 감행해 오다니!

더군다나 이렇게 되면 사할린에 있는 사람들은 어찌 되는 것인가. 아무리 생각해도 더 불리해졌으면 불리해졌지 이로울 수 없으리란 생각이 들었다.

철환은 군(郡)에서 하나밖에 없는 중학교에 입학한 중학생이 되고서도 계속 덕곡의 삼촌 자취방에서 학교를 다녔다. 읍내의 중학교까지는 덕곡에서 다니는 게 훨씬 가까웠기 때문이다.

그런데 사변이 터지고 인민군의 남침 속도가 예상 외로 빨라서 이승만 대통령의 큰소리에도 불구하고 전세는 날로 위태로워지고 있었다. 서울을 사흘 만에 빼앗겼다는 소식이 들리더니 이내 수원 대전까지 차례로 무너졌다. 그러자 학교에서는 조기방학에 들어가 1학년 1학기 시험도 치는 둥 마는 둥하고 그만 집에서 놀게 되어버렸다.

철환은 덕곡에서 오석골 집으로 갔다. 집으로 간 철환은 먼저 어머니에게 복희란 아가씨에 대하여 이야기했다. 어머니는 반색을 하면서 반기더니 이내 할머니에게 알렸다. 할머니가 철환에게 침이라도 꼴딱 삼킬 듯한 호기심으로 물었다.

"철환아, 처자(처녀)가 우찌 생겼더노?"

"얼굴 복판에 코가 세로로 섰고, 코 밑에 입이 가로로 나 있던데예."

철환이 정색을 하고 말하자 할머니는 다시 물었다.

"야야, 시방 머라 캤노? 그기 무신 소리고?"

"머리는 까맣고 이빨은 하얗던데예."

그때야 할머니는 철환을 쥐어박는 시늉을 하면서 말했다.

"이 핼미 기 고만 채우고 말해 바라. 니 숙모될 처자가 우찌 생겼더노?"

"다른 건 다 좋은데 한 가지 병이 있다 캅디더."

"병이랑이? 무슨 병이 있는공?"

"오줌을 앉아서만 눈다 캅디더."

이번에는 어머니가 나무랐다.

"이 머스마가 중핵교 가덩이 다 베리뺀 거 앙이가. 할매한테 그기 무슨 말 버릇이고?"

그러나 어머니도 할머니도 함께 웃고 있었다. 철환은 이번에는 좀 과장되게 말했다.

"이름은 강복흰데예, 가라후토로 간 숙모카마(보다) 언충(훨씬) 예쁩니더!"

할머니가 다시 말했다.

"살림이나 살 여자가 짜다라 예뿌기만 하몬 머하노, 복이 있어야제. 여자가 좀 예뿌다 싶우몬 꼭 꼴값을 하니라."

철환이 다시 말했다.

"안 예뻐도 꼴값만 합디더. 그라고 이름도 복희라서 그런지 복이 있게 생겼습디더. 부끄럼도 많이 타고예."

어머니가 말했다.

"숙모가 될 사람을 니가 머한다고 그리 꼼꼼시리 봤더노?"

할머니가 말했다.

"하모 꼼꼼시리 봐야제. 이름이 복희라고 다 복이 있으까마는, 우짜든지 너그 삼촌만 좋다 쿠몬 됐제. 만분 다행이다."

철환이는 복희가 음식 솜씨가 있더라는 말과, 삼촌이 마음에 들어 하는 것 같더라는 말도 했다.

"그런데 난리가 났는데 결혼을 하겠습니꺼?"

철환이 말하자 할머니가 나무랐다.

"난리 났다고 시집 장개 몬 가는 벱이 오데 있더노? 처자 성씨가 강씨라 캤나?"

"예, 전에 오석국민학교에서 삼촌캉 같이 있던 강화중 선생님의 여동생입더."

"그래? 집안도 괜찮다!"

할머니는 이렇게 말하고 혼잣소리처럼 중얼거렸다.

"둘이 삼시로(살면서) 하나가 아푼 거로 봤으몬 봤제, 혼자 사는 거는 몬 보겄더라…."

지난날 문근의 병고를 떠올린 말이었다.

그러자 할머니의 성급한 주장에 어머니가 제동을 걸었다.

"그래도 어무이, 가실(추수)이나 하고 대사를 쳐야 안 되겠십니꺼?"

"그래, 사람만 정했으몬 대사사 쪼매이 늦어도 안 갠찮켔나."

"우짜든지 새 동서 본다 쿠이 좋기는 좋건마는, 가라후토로 간 동서는 우찌 됐을꼬예?"

어머니가 이렇게 말하자 할머니가 한숨을 휴우 쉬면서 받았다.

"이왕 못 올 사람, 생각지도 말자. 즈그 친정에서도 오죽이나 답답켔노? 쯧쯧. 문근이가 새 사람 들랴도(들여도) 개성 며느리는 평생 몬 잊을 끼다."

들려오는 전쟁 소문은 날마다 사람들의 마음속을 걱정과 두려움으로 채우고 있었다. 국군은 어디까지 밀려올지 모를 지경이었다. 유엔에서는 군대를 한국에 파견한다고 했으나 쉽게 도착하지 않았다. 벌써 서울 쪽에서 내려온 피난민들이 시골구석까지 찾아오고 있었다. 물론 그들은 연고를 찾아 온 사람들이었다.

## 43

문근은 방학을 하고서도 내처 덕곡의 자취방에서 혼자 머물러 있었다. 오늘은 종일 가만히 누워서 책만 읽었다. 루소의 소설『에밀』이었다. 교육자로서 한번 읽어 볼 만한 것이라고 생각되어 일어판을 사 둔 지가 오래된 책이었다. 소설이라고 하지만 소설 형식을 빌린 일종의 교육론이었다. 사범학교 시절에 배운 루소의 주정적 자연주의 사상을 인간 형성 과정에서 전개시키고 있었다. 책머리에 '조물주에게서 태어날 때에는 모든 것이 선하다. 인간의 수중에서 모든 것이 나빠진다.'라는 명제가 인상적이었다. 에밀을 고아로 설정하고 이상적인 가정교사의 지도로 사회의 나쁜 영향에서 격리된 시골에서 자라게 하는데, 이 글의 최후의 목적은 사회 속에서 생활하는 자연인의 자연스러운 성장인 것 같았다. 이것은 실천론이기보다는 원칙론이요, 이상론이지만 이문근에게 많은 것을 생각하게 하였다. 따라서 어린이 교육에 임하고 있는 자신을 돌이켜 보게 했고 반성할 기회를 주었다.

이어서 4부에서는 루소의 사상이 집중적으로 나타나 있었다. 기성 종교를 부정하고, 자기가 발견한 신에 대한 치열한 사랑이 서술되어 있었다.

삶의 새로운 가치관을 안겨주는 신을 발견하는 사람은 어떤 계기, 어떤 동기에서 그런 것이 가능해질까. 매사가 우울하고 매일이 불안하기만 한 이문근은 루소가 정성을 다해 바칠 수 있는 구원의 신을 자기도 발견할 수 있었으면 좋겠다고 생각했다. 신에 대한 사랑이 아니라도 좋았다. 모든 것을 던져 사랑할 수 있는 대상이 현실적으로 눈앞에 있다면 그 또한 이 어려운 삶의 터널을 지나는 데 큰 힘이 되리라 생각되었다. 신에 대한 사랑이 아니면 이성에 대한 사랑이라도 필요하다는 걸 절감했다. 그러나 그것이 자기가 가르치는 어린이들만일 수는 없었다. 그는 교직을 단순한 직업이 아닌 천직이어야 한다고 생각한 것이 조금은 가식이 아니었나 하고 다시 반성해 봤다. 그러다 어제 저녁의 일을 곰곰이 떠올려봤다. 그것은 작은 행복이었다. 웃지 못할 희극을 연출한 어제 저녁답의 일이.

막 저녁을 하려고 쌀을 씻고 있는데 옆에서 인기척이 났다. 얼른 눈을 들어 보니 복희가 쟁반에다 뭣인가 담아 들고 얼굴을 붉히며 서 있었다. 그사이 몇 번인가 와서 밥을 해놓기도 하고 방 청소나 빨래를 해놓기도 했지만 그건 언제나 문근이 방을 비웠을 때였다. 그런데 이날은 연방 김이 모락모락 오르는 것 같은 쟁반을 들고 웬 일인가.

문근은 얼른 몸을 일으켜 물에 젖은 손을 수건으로 닦으면서 말했다.

"아이구, 복희 씨 오셨습니까?"

복희는 더욱 귓불을 붉혔다. 시골 아가씨답지 않은 그녀의 새하얀 피부가 눈이 부실 지경이었다.

"이거 좀 자셔보라고 어무이가…."

말끝도 맺지 못하였다. 그녀가 갖고 온 것은 부추와 풋고추를 밀가루 반죽에 섞어 구운 부침개였다. 문근이 그것을 받으며 말했다.

"잠깐 올라오십시오. 오빠 소식도 들을 겸."

강화중이 벌써 보름 가까이나 소식이 없었기 때문이다.

"오빠 오늘 오실 낀데예."

그러면서 그녀는 조심스럽게 쪽마루에 걸터앉았다. 문근은 젓가락을 가지러 도로 부엌으로 나왔다가 들어가면서 그녀를 방으로 안내했다. 그녀는 얼른 주위를 한번 살피고는 순순히 방으로 들어왔다. 문근이 방문을 닫아버렸다.

방문을 닫아버린 것은 괜한 소문을 꺼렸기 때문이다. 동네가 원체 말이 많아서 문근이 덕곡으로 온 지 오래 되지도 않았는데 그의 귀에는 온갖 되잖은 소문이 다 들렸다. 동네 사람들은 무책임하게 하나같이 꼬리처럼 무슨 소문이라도 달고 다녔다.

누구의 딸이 누구와 어디에서 만나고 있는 걸 봤다느니, 마산 여학교에 다니는 곰바구(熊岩)의 어느 처녀는 내를 건너다 폭우에 갑자기 냇물이 불어버린 바람에 오도가도 못 하게 된 것을 누구가 구해 주어서 지금 그와 어떤 관계라느니….

이 폭우에 의한 홍수 광경은 문근이도 보았다. 지난 5월이었다. 자취방에서 그는 들었던 것이다. 여름 소나기처럼 내린 폭우로 한내[大川]에 갑자기 물이 불어 여학생 하나가 한내 가운데서 오도가도 못 한다는 것이다. 그 말을 들은 문근은 부리나케 한내까지 나가봤다. 폭이 100미터는 되게 넓은 한내의 중간쯤에 과연 여학생 하나가 서 있었다. 커다란 돌의 징검다리가 놓여 있는 내여서 웬만한 비에는 그 징검다리가 잠기지 않았다. 그 내는 덕곡과 곰바구[熊岩] 사이에 있었다. 냇물은 점점 불어나 그 여학생은 이제 허벅지까지 물에 잠겼다. 징검다리 돌 위에 서 있었는데도 그랬다. 한발만 움직여 내의 바닥에 서면 물이 허리 위까지도 닿을 터였다.

물살이 무섭게 세었다. 아무도 들어갈 수 없었다. 냇가의 둑 위로 모여든 덕곡 사람들은 모두들 발만 동동 구르고 있었다. 문근은 자신이 모험을 해볼까 망설였다. 마침 그때 건장한 남학생 하나가 굵은 밧줄을 어깨에 메고 나타났다. 줄다리기용 밧줄이었다. 밧줄을 둘둘 말아서 어깨에 걸치고 온 그는 둑의 위쪽으로 한참이나 걸어 올라갔다. 그러고는 굵은 수양버들 둥치에다 밧줄의 한

끝을 매었다. 다른 끝을 허리에 감아 매고는 냇물 속으로 들어가 떠내려오면서 비스듬히 안쪽으로 헤엄쳐 들어갔다. 사람들은 모두들 손에 땀을 쥐며 그 용감한 남학생이 여학생을 무사히 구출해 내기를 빌었다. 그사이에도 냇물은 무섭게 불어나 여학생은 이미 허리까지 물에 잠겨, 그 거센 물결에 몸을 지탱하기도 어려웠다. 드디어 남학생은 무사히 여학생 앞에까지 접근해 갔다. 그러자 바로 그 순간, 여학생은 기어코 물살에 몸의 중심을 잃고 쓰러졌다. 그러나 남학생이 마치 맹수가 먹이를 덮치듯 물속에서 몸을 솟구쳐 여학생을 덮쳤다. 그러나 남학생은 여학생과 함께 물속으로 잠겼다, 물위로 떠올랐다 하며 떠내려갔다. 사람들은 혀를 차며 발만 동동 굴렀다. 그런데 드디어 남학생이 자기 몸을 묶었던 밧줄로 그 여학생마저 함께 묶었다. 둘은 한 덩어리가 되어 몇 번씩이나 물에 잠겼다 솟았다 하며 차츰 둑으로 가까이 오고 있었다. 이윽고 둑까지 나왔다. 둑으로 나오자 여학생이 입에서 물을 토하며 쓰러졌고, 남학생도 그대로 벌렁 드러누워 버렸다. 밧줄에 묶어 한 덩어리가 된 채였다. 덕곡의 어른들이 밧줄을 풀어주고 쓰러진 남녀를 각각 업고 그 자리를 떠났다.

문근은 돌아오면서 문득 그 남학생의 용기가 참 부럽다는 생각을 했다. 그러면서 자신에게도 지금 이런 폭우와 홍수가 바로 앞을 막고 있다는 생각을 했다. 그러나 자신의 앞을 가로막고 있는 홍수는 아까 그 남학생처럼 밧줄을 몸에 감고 들어가지도 못할 그런 홍수가 아닌가. 그래서 그 물속에 있을 숙경을 그냥 둔 채 복희라는 여자에게 하릴없이 눈길을 보내고 있는 자신이 한없이 밉고 불쌍해 보였던 것이다. 후딱 현실로 돌아온 문근은 그 여학생과 남학생이 지금 어떤 관계다… 하는 소문은 충분히 그럴 수도 있을 것이라고 생각했다.

그러나 누구 집, 혼자된 며느리와 그 집 머슴이 밤에 보리밭에서 나오는 걸 봤다는 등의 말은 믿자니 망측스러웠다. 그렇다고 쓸데 없는 소리! 하고 나무라면

"내가 뭣이 답답해서 헛소리 하겠노? 이 두 눈으로 똑똑히 보고, 이 선생한테만 처음으로 발설하는데. 내 말은 그런 젊은 과부들은 시집에서 붙들고만 있다고 좋은 기 앙이고 놓아줘야 한다 그 말이다!"

하고 흥분하는 동료 교사들을 보면, 정말 얼마나 마음 놓고 살기가 힘든 세상인지를 생각하게 했다.

그래서 어제, 문근은 복희가 방으로 들어오자 방문을 닫았던 것이다. 게다가 마침 주인집에서는 모두 들에 나가고 없었지만 곧 돌아올 시간이기도 해서 그렇게 한 것이다. 문근이 부침개를 집으면서 말했다.

"같이 좀 드시지요."

"아니예, 저는 먹고 왔습니더."

복희는 고개를 들지도 못하고 조심스럽게 말했다.

문근은 맵싸한 부침개를 먹으면서 술이 한 잔 있었으면, 하는 생각을 했다. 고개를 숙인 채 한쪽 무릎을 세우고 다소곳한 모습으로 앉아 있는 복희에게서는 무슨 향내가 풍기는 듯했다. 화장품 냄새인지, 아니면 성숙한 여자에게서 본래부터 풍기는 냄새인지 구별할 수는 없었지만 정말 오랜만에 맡아보는 향긋한 냄새였다. 우직하리만치 스스로를 절제해온 문근이었다. 항상 엉뚱한 데가 있는 문근에게는 이렇게 굳게 본능을 억제하고 있는 일 자체도 그 엉뚱한 기질의 한 부분인지 몰랐다.

문근이 복희의 모습을 한참 동안이나 유심히 살펴보고 있다가 천천히 말했다.

"내가 없을 때 방청소도 해주시고 밥도 해주신 일, 늘 고맙게 여기고 있었습니다."

빨래를 해준 일은 말하지 않았다. 하기는 속옷이야 손수 빨아 입고 있었으므로, 그나마 덜 미안했지만 빨래를 해줘서 고맙단 말은 어쩐지 하기가 쑥스러웠던 것이다.

"대단치도 않은 일인데예…."

"오빠가 나를 복희 씨와…."

문근의 이 말에 벌써 복희는 다시 볼이며 목덜미까지 붉어지고 있었다. 그런 복희가 기어드는 소리로 말했다.

"선생님만 괜찮으시다면 저는…."

문근이 그녀 곁으로 다가앉으며 무릎에 모아 쥐고 있는 복희의 하얀 손을 두 손으로 눌러 잡았다.

복희는 얼굴을 더욱 깊이 숙인 채 가만히 있었다. 순간 숙경의 모습이 복희 얼굴에 겹쳐져 나타났다. 숙경은 웃는 것도, 그렇다고 우는 것도 아닌 야릇한 표정을 짓고 있었다.

문근이 정신을 가다듬듯 가볍게 머리를 흔들었다. 그러자 이번에는 또 하나의 기억이 떠올랐다.

해방 전 학창시절, 문근이 숙경을 데리고 산사를 찾았던 날, 문근은 그 절 방에서 숙경을 안고 속삭였던 것이다.

"사랑해! 숙경이가 없는 세상이라면 살고 싶지도 않아."

그러자 숙경은 숨을 할딱이며 겨우

"저두요."

했던 것이다. 그런데 숙경이 없는 세상에 그는 살아 있고, 지금 다른 여자를 얻으려 하고 있다!

복희에게도 똑같은 소리를 할 수 있을까. 해도 괜찮을까. 이것이 과연 사람 사는 모습인가….

그는 복희의 하얀 두 손을 자신의 손으로 잡은 채 한참이나 눈을 감고 있었다. 그러다 복희의 귀에 대고 말했다.

"고맙습니다, 복희 씨."

"그냥 복희라고 하시이소."

그녀는 처음으로 얼굴을 들어 문근을 바라봤다. 하기는 문근이 금년에 35살인데 비해, 복희는 겨우 스무살이었다. 스무살밖에 안 됐는데도 과년한 처녀라고들 하고 있었다. 문근은 팔을 벌려 복희를 조용히 감싸 안았다. 문근은 복희를 보듬고 눈을 감았다. 복희의 머리에선가 아주 향긋한 냄새가 더 강하게 코끝을 자극했다. 그러자 문근의 본능이 그의 내부 깊숙한 곳으로부터 맹렬한 기세로 얼굴을 내밀며 눈을 부릅떴다.

그때 사립문께로부터 딸랑딸랑 소의 목에 달린 요령소리가 울려왔다. 들에 나갔던 주인집 사람들이 돌아온 것이다. 복희가 화들짝 놀라며 그의 품 안에서 빠져나가려 했다. 문근이 복희의 귀에다 대고 속삭였다.

"가만히 있어요. 내 이야기를 들어요."

그러더니 큰 소리로 말했다.

"그래, 오빠가 이 희귀한 책을 갖다 주라고 했어요?"

그래놓고는 작은 소리로 속삭였다.

"예, 하고 큰 소리로 답해요."

복희가 한술 더 뜨며 답했다.

"예, 어제까지 갖다드리라는 걸 깜빡 잊고 오늘에야 가져왔습니더."

"이 책은 문을 열어놓고 보면 왜 안 될까?"

문근이 복희를 살그머니 놓아주며 눈을 껌뻑하자, 이번에도 복희가 잘도 받아 넘겼다. 복희는 임기응변이 비상한 아가씨였다.

"하도 오래된 책이라서 바깥바람이 들어오면 책장이 잿가루맨치로 삭는답니더. 그래서 절대로 바깥에서는 보시면 안 된다고 했어예. 방에서만 문을 닫고 보시고, 다 보시면 꼭 돌려도라고 하셨습니더."

문근은 복희의 기지에 혀를 내두르면서 만족한 표정을 온 얼굴에 담아 복희에게로 보냈다.

공범, 공범의식, 공범의식이 가져다주는 일체감과 신뢰감…. 이런 것을 만끽하며 문근이 다시 말했다.

"오빠가 오늘 내한테서 저녁 먹기로 했다고요?"

"예, 그래서 제보고 선생님한테 미리 가서 밥을 해놓으라고 하셨어예."

문근은 역시 그 오빠에 그 누이로구나, 감탄하면서 복희를 만난 것은 역시 하나의 행운이라고 스스로에게 다짐하고 있었다. 자꾸 떠오르는 숙경의 생각을 애써 머리속에서 지우듯.

복희가 머리와 옷맵시를 매만지면서 살그머니 문을 열고 나갔다. 문근도 뒤따라 나왔다. 그러나 밖에는 아무도 없었다. 소만 그 큰 눈을 디룩거리면서 주인집 부엌 앞 뜨물통에 주둥이를 처박고 꿀꺽꿀꺽 물을 마시고 있었다. 그런 소의 배가 북통같이 불렀고 고삐는 양 뿔에 잘 감겨 있는 걸로 봐서 소 혼자 풀을 뜯다가 집으로 내려온 모양이었다. 소나 염소까지 누가 몰고 오지 않아도 해가 지면 제 발로 집으로 돌아오곤 했다. 문근은 사람이라고는 아무도 없는데 괜히 복희와 헛소리를 주고받은 게 멋쩍었지만 그러나 얼마나 다행스러웠는지 몰랐다.

복희는 아까 올 때와는 달리 말로 표현하기 어려울 만큼 정다운 눈길을 보내면서 급히 사립을 나갔다.

한참 뒤에 주인집 사람들은 논에서 돌아왔고 문근은 혼자 밥을 해 먹었다.

강화중이 문근에게로 와서 저녁을 같이 먹겠다는 말은 거짓말이었지만, 그가 온다는 말은 거짓말이 아니었을 텐데도 그는 끝내 오지 않았다.

전쟁이 나서 전세가 날로 불리해지고 있었지만 모처럼 어젯밤은 문근이 유쾌한 기분으로 지냈던 것이다. 순전히 복희 덕분이었다. 그리고 오늘은 종일 누워서 루소가 쓴 『에밀』을 읽고 있었다. 그러다 문득, 강화중이 또 생각났다. 보름째나 소식이 없을 이유가 없는데 왜 강화중은 어제도 오지 않았을까. 이런 생각을 하고 있자 책을 떠난 잡념이 우연히, 정말 우연히도 엉뚱한 생각을 몰아왔다. 그것은 책의 제목인 『에밀』에서 연상된 것으로, 프랑스의 작가 에밀 졸라가 떠오른 것이다. 드디어 연상은 발전해서 에밀 졸라의 유명한 논설 '나는 탄핵한다.'란 말로 이어졌고, 에밀 졸라가 그런 글을 쓰게 된 동기인 '드레퓌스 사건'에까지 생각이 미쳤다.

드레퓌스란 사람은 프랑스의 군인이다. 독일 국경 가까운 알자스 태생의 유태인이다. 그가 11살이 되던 해인 1870년 보·불 전쟁에서 프랑스는 패배했다. 고향 알자스는 독일 영토가 되고 말았다. 그는 이런 현실을 보고 정치(전쟁)가 개인의 삶에 미치는 영향이 너무 큰 데 대하여 깊이 생각하게 되었다. 그리고 불의가 정의를 이길 수도 있다는 것을 깨달았다. 그래서 군인이 되기로 결심하고 나이 들자 입대했다. 31세 때인 1890년에는 포병대위로 승진하여 참모 본부에 근무하고 있었다.

근무 중인 1894년 독일에 군사 기밀을 팔았다는 혐의로 체포되어 군법회에 회부된다. 그러나 그는 아무 죄도 없었다. 프랑스군 참모본부 정보국이 프랑스 주재 독일 대사관의 우편함에서 훔쳐

낸 한 장의 편지가 문제의 발단이었다. 그 편지는 프랑스 기밀문서의 명세서였는데, 그 필적이 드레퓌스의 것과 비슷했다. 당시 독일 대사관은 스파이 활동의 거점이었고, 프랑스 정보국은 프랑스 내의 독일 스파이를 잡으려고 혈안이 되어 있던 중이었다. 이런 상황에서 그는 억울하게도 필적이 비슷하다는 이유 하나로 엄청난 혐의자가 되었다. 게다가 그는 유태인이었다. 당시 프랑스 내에서는 반유태주의자들이 각계 각층에서 군부와 손을 잡고 보수 집단을 형성하고 있었다.

마침내 드레퓌스는 1894년 비밀 군사 재판에서 종신형을 선고받는다. 1895년 2월, 그는 아무도 모르게 아프리카 기니아의 적도 해안에 있는 악마도라는 고도로 끌려가 단독감방에 유폐된다. 발에는 족쇄가 채워진 채 살인적인 무더위와 싸워야 했다.

한편 프랑스의 신문들은 연일 이 사건을 경쟁적으로 보도하면서 진상을 공개하라고 했다. 각 신문은 매일 드레퓌스에 대한 온갖 날조된 혐의와 근거 없는 추측 죄상을 대서특필로 보도했다. 이제 참모 본부가 드레퓌스의 유죄를 입증하지 못하면 그 위신이 땅에 떨어질 판이었다. 그런 와중에 드레퓌스는 변명 한 마디 할 기회도 얻지 못한 채 비밀군사재판에서 종신형을 받았던 것이다. 참모 본부는

"국가 안보를 위해 증거는 공개할 수 없다. 증거를 공개하게 되면 독일과의 전쟁을 각오해야 한다."

는 거짓말로 사태를 얼버무려 나갔다. 1년 넘게 세월이 흘렀다. 이제 드레퓌스라는 이름은 세인의 기억 속에서 차츰 사라져 가고 있었다. 그런데 정보국 피카르 중령이 또 다른 스파이 사건을 조사하는 과정에서 우연히 드레퓌스 사건의 서류철을 보게 되었다. 거기에는 드레퓌스의 유죄를 인정할 만한 증거가 아무것도 없었

다. 그리고 결정적인 것은 문제의 그 군사기밀 명세서의 필적이 보병대대장 에스떼라지 소령의 것과 똑같았다. 피카르는 정의감과 책임감이 강했고, 드레퓌스와는 군사전술학교 동창생이었다.

피카르는, 평소에도 동생의 무죄를 주장하면서 백방으로 동생을 구출하려고 애쓰고 있는 드레퓌스의 형 마티외와 이 일을 의논하고, 진상을 군사 상부에 보고했다. 그러나 군고위층은 피카르에게 이미 지난 일을 새삼스럽게 건드리지 말라고 엄중히 경고했다.

"도대체 뭣 때문에 이 유태인을 위해 그렇게 애쓰나? 국방장관과 참모총장이 이 사건은 종결됐다고 했으면 그게 진실이야! 자네만 입 닫고 있으면 아무도 몰라!"

그러나 그는 상관의 위협에 굴하지 않고 변호사와도 의논하고 상원의원 한 사람에게도 이런 사실을 알렸다. 이래서 군법 회의가 다시 열렸다. 그런데도 군부의 위신을 국가안보와 동일시한 군고위층의 아집과 독선은 드레퓌스에게 또 유죄를 선고했다.

사건은 눈덩이처럼 커져 프랑스 국내뿐만 아니라 전 세계의 이목을 집중시켰다. 이제 드레퓌스 개인의 명예회복의 차원을 떠나, 프랑스 국가의 명예가 걸린 것으로 확대되었다. 국내에서도 군인, 종교인, 정치가, 문화인, 학생 일반에 이르기까지 모두 흑백의 두 파로 갈라졌다. 즉 군부의 처사를 지지하는 보수 세력과, 군부 및 그 일파를 규탄하는 자유주의 및 진보주의 세력으로 양분되어 격렬한 논쟁을 연일 벌였다. 한편 에스떼라지는 돈 많은 과부들을 유혹하여 날마다 쾌락과 방탕한 생활을 하면서도 앙리 중령과 공모하여 연일 드레퓌스의 엉터리 죄상을 신문사에 제보했다.

이때 특히 문인들과 지식인들은 법률의 이름으로 가해지는 박해와 정치적 협박에 굴하지 않고 끝까지 투쟁했다. 그 대표적인 인물이 에밀 졸라였다. 이 무렵에 그의 유명한 선언 '나는 탄핵한다.'가 신문에 보도되었다. 이 글은 사회에 커다란 파장을 일으키며 더욱 큰 물의를 빚었다. 이 글은 에밀 졸라가 대통령에게 보내는 공개장 형식의 논설이었다. 졸라는 이 글 때문에 붙잡혀 1년의 금고형과 3천 프랑의 벌금형을 받았고, 나중에는 영국으로 망명하는 신세가 되기도 했으나 끝내 신념을 굽히지 않았다.

그러나 1898년 8월 30일 예기치 못한 사건이 일어났다. 일찍이 피카르 중령을 모함하기 위해 에스떼라지와 짜고 문서를 날조했던 참모본부 앙리 중령이 사건의 진상이 차츰 발각될 위기에 몰리자 자살을 해버렸다. 그동안의 모든 음모와 거짓은 모두 드러나고 말았다. 이로써 참모본부의 위신은 땅에 떨어지고 대세는 끈질기게 재심을 요구하는 자유 진보주의자들 쪽에 유리하도록 돌아갔다.

이리하여 1899년 6월 3일 고등법원은 1894년의 첫 재판이 무효임을 선언하고 재심을 명령했다.

이런 우여곡절 끝에 드디어 드레퓌스는 1906년 7월 12일 최고재판소로부터 무죄를 선고받고 명예를 회복, 군에 복귀했다. 1894년부터 1906년까지 만 12년을 끌어온 사건이 막을 내린 것이다.

이 사건은 프랑스 국론을 분열시켜 정치적으로 대혼란과 위기를 초래하기도 했으나, 프랑스의 자유와 민주주의에 대한 양심과 저력을 과시한 일대 쾌거이기도 했다. 또한 역사의 발전이란 언제나 진보적 세력의 용기와 신념에 의해 이루어진다는 것을 후세에 교훈으로 남기었다.

문근이 일찍이 읽어 알고 있는 이러한 프랑스의 역사를 통해서 깨달은 것은, 지식이 지식으로 끝나면 그것은 비겁이 되지만, 지식이 행동 곧 실천으로 연결되면 역사를 바로잡는 힘이 된다는 것이었다. 그는 오늘도 지식은 실천과 병행해야 한다는 것을 깨닫게 했다.

그러나 오늘의 문근은 그 지식을 실천할 상황도 아니었다. 그 자신을 포함한 많은 이들이 한국의 신판 에스떼라지나 앙리처럼 여겨졌고, 한국에는 단 한 사람의 피카르나 에밀 졸라도 없는 것 같았다.

## 44

이날도 그럭저럭 해가 지려고 할 때였다. 그때 바로 강화중이 땀을 뻘뻘 흘리면서 나타났다. 그러나 그의 표정에는 반가움보다 뭔가 수심이 가득했다. 다가온 강화중이 인사도 없이 바로 말했다. 이런 일은 처음이었다. 그는 바로 이 한 마디를 하기 위해 수십 리를 단숨에 달려온 것 같았다. 온 얼굴이 마치 소낙비를 맞고 안 닦은 것처럼 땀투성이가 되어 있었다.

"아무래도 수상해!"

강화중은 땀을 훔치면서 목소리를 낮추었다. 은밀하고 긴장된 말투였다.

"경북 문경에 내 고종형님이 살거든. 부부가 어제 왔어. 처가가 우리 동네에 있어. 처가에 오면 꼭꼭 우리 집에도 들르거든. 그 형님의 말씀이 문경군 내의 모든 보도연맹원들을 지서를 통해 싹 불러 모았다는 거네. 불러 모은 사람들을 경찰서로 데려가 하룻밤 재웠는데, 가족들이 면회를 가자 밥을 굶고 있으니 밥을 집에서 해다가 먹이라고 했다는 거네."

문근이 화중의 말을 가로막았다.

"누가 그랬단 말인가?"

"경찰이 보도연맹원 가족을 보고…."

"그래서?"

"집으로 돌아와 밥을 해가지고 서너 시간 뒤에 다시 경찰서로 갔더니 수백 명이나 되던 사람들이 그사이에 싹 없어졌더라는 거네."

"다 어디로 갔는데?"

"글쎄, 들어 보라니까. 그 많은 사람들을 산으로 데리고 가 모두 총살을 시켜버린 거네."

"말도 아닌 소리 ! 그런 소릴 누가 하더라고?"

"어제 문경에서 온 내 고종형님이 전하는 말이라고 하니까! 내가 허튼소리 하려고 여기까지 들숨날숨하면서 달려왔겠나?"

"그게 사실인가?"

문근은 절망적인 소리로 확인하듯 물었다.

"가족들이 울고불고하면서 총소리가 난 산으로 올라갔는데, 고종형님도 같이 산으로 올라가봤다는 거네."

"그랬더니?''

"올라가는데, 위에서 군복 입은 사람들이 올라오지 말라고 고함을 치더라네."

"군복을 입었어? 군인이란 말인가?"

"그야 모르지. 전시니까 경찰도 군복을 입을 수 있고…. 그러나 그게 문제가 아니고, 남편을 찾겠다고 끝까지 산 위로 올라가던 부인이 산 위에서 쏜 총을 맞아 죽는 걸 우리 고종형님이 직접 봤다는 거네."

문근은 말을 더 할 수가 없었다. 가슴이 마구 뛰는 걸 억제하면서 화중의 다음 말을 기다렸다.

"그래서 고종형님은 장모의 제사이긴 하나 흉한 일을 봤으므로 제참사(祭參祀)는 못하고, 대신 이런 소식을 나에게 전하기 위해 왔다는 거네."

"자네가 보도연맹에 가입한 줄 알고 있었나?"
"알고 있었지. 전에 내가 만나서 이야기했거든."
문근이 작은 소리로 물었다.
"여기서도 그런 일이 일어난다 그 말인가?"
"국군이 후퇴하고 있는 모든 곳에서 그런 일이 벌어지고 있다고 했네. 형님 말에 의하면, 충청도를 위시해서 전라도, 경북의 각 지에서도 이런 일이 벌어지고 있다네. 전국적인 현상이라고 봐야 하네."
"그렇다면…."
"경남의 각 경찰서에서도 이미 보도연맹원을 불러들이고 있다는 소식이야. 거창, 산청, 함양, 진주…. 그런데 이미 일을 저지른 경찰서도 있는 것 같네. 다만 모든 맹원이 이런 일을 아무도 모르고 있네. 자네도 내가 말 안했으면 모르고 있을 것 아닌가?"
화중은 침통한 눈빛으로 문근의 창백한 얼굴을 바라봤다.
"그건 그래!"
"진주 경찰서에서도 보도연맹원을 모두 불러다 며칠씩이나 가두어 두었다는 소문이야. 갇혔던 사람에게 밥을 날라다 준 가족들이 이야기를 들었는데, 거기서도 갑자기 갇힌 사람들 수백 명이 온데간데없이 사라졌다는 거네. 내 고종형님이 말한 문경 경찰서와 모두 같은 현상 아닌가. 우연의 일치가 아니고, 모두 이런 식으로 보도연맹원들을 불러들이고, 불러들여서는 처치하고 있는 거네."
"진주에서도?"
"진주 경찰서에서도 그런 일이 있었으니 이곳 함안 경찰서에서도 곧 보도연맹원을 불러 모으리라는 예감이 들거든."
"글쎄, 아무리 그래도 수백 명의 사람을 그렇게 학살할 수 있을까? 그런 일이 대명천지 밝은 이 세상에 어찌 있을 수 있나?"

"그러니 내가 달려온 거 아닌가. 자네나 나나 보도연맹원이 아니면야 내가 왜 이러겠나?"

"이 사람 강 선생, 우리는 국가 공무원이야. 그것도 교육 공무원이라고. 신분이 보장된…."

"글쎄, 그렇기는 하네만 그래도 난세에는 신분 보장이란 말이 제 값을 못하는 것을 자네는 여태 몰랐는가?"

"그것은 옳은 소리네. 그건 그렇고, 내가 더 들을 만한 이야기는 없는가?"

"있지. 우리 반 학부형 하나가 보도연맹원인데 신촌에 살다가 작년에 진양군 나동면으로 이사를 했네. 그러나 그 사람 아이만 신촌국민학교에 그냥 다니게 했지. 그런데 나흘 전에 나동 지서에서 비상종을 두드려 동네의 보도연맹원을 모두 불러 모았다는 거네. 그래가지고 그날 오후에 진주 경찰서로 넘겨졌는데 그곳에는 수백 명의 보도연맹원들이 경찰서 유치장과 창고에까지 빽빽하게 갇혀 있었다는 거네. 가족들이 삼시 세끼 밥을 날라다 먹였다는 거지. 그런데 그 사람 부인이 어제 점심밥을 가지고 갔더니 그 많은 사람들이 모두 다 없어졌더라는 거야. 그래서 사방 알아볼 만한 데는 다 찾아다녀도 없더라면서 이곳 함안 경찰서에까지 왔다가 허탕을 치고 오늘 오전에 내게 왔더란 말이네. 우리 반 아이 어머닌데 말이네."

"그럼 진주 경찰서의 그 사람들도 그렇게 죽였단 말인가? 안 그럴 거네. 혹시 국군으로 징집해 간 건 아닐까?"

당시 군인이 될 수 있는 장정들은 이른바 모병꾼에 의해 길에서고 시장판에서고 붙잡히기만 하면 강제 입대되고 있었다. 그만큼 갑작스런 전쟁에 군인이 필요했던 것이다. 그래서 그런 사정을 알고 있는 문근이 그렇게 말했다. 그러나 강화중은 문근이 생각지도 못한 무서운 말을 꺼냈다.

"보도연맹원을 군대에 데리고 갈 만큼 믿어만 주면 내가 왜 이렇게 불안해하겠는가. 그리고 우리는 국가 공무원이고, 자네 말대로 그것도 교육 공무원이라고 좀 낫게 봐 줄 것 같은가! 천만의 말씀이네. 큰 배경이 있던가 쌀 몇 가마니만 있으면 보도연맹에서 빠져나올 수 있다고도 하네."

"큰 배경이나 쌀 몇 가마니만 있어도 빠져나올 수 있다고?"

"그렇다네. 대신 다른 사람을 잡아 넣어 수만 채우면 된다고 하니까."

"그런 말을 누가 하던가?"

"역시 고종형님이 그랬네. 그 양반, 실은 미군정 때 미군 정보기관에 있다가 그만둔 분이어서 아는 게 많다네. 하지만 지금 우리가 이 한여름에 쌀 몇 가마니를 어디서 구할 것인가? 그리고 우리에게 무슨 배경이 있는가?"

"세상이 완전히 썩어문드러졌네."

"지금은 그렇게 비분강개할 때가 아니네! 우리의 목숨이 경각에 달려 있다니까."

화중은 심각한 얼굴로 문근을 바라보느라고 잠시 입을 닫았다가 곧 이었다.

"아무래도 우리에게 곧 무서운 일이 닥쳐올 거네. 틀림없이!"

강화중의 예리한 투시력과 정확한 판단력을 알고 있는 문근이었다. 그래서 문근이 바짝 긴장하며 물었다.

"어쩌면 좋은가, 도망을 쳐?"

문근이 떨리는 목소리로 물었다. 화중이 문근의 손을 잡으면서 말했다. 그의 음성에는 비감과 침통에 잠겨 마치 노인의 그것처럼 들렸다.

"생각해 보게. 보도연맹원이 전국적으로 수십만 명에 달할 거네. 그중에는 가짜 전향자도 숱하게 포함돼 있어. 인민군 치하가 됐을 때 그 가짜 전향자가 어떻게 나올지는 명약관화한 일 아닌가. 내 고종형님의 말이 아니라도 경기도, 충청도, 전라도, 경북 쪽에서 이미 많은 보도연맹원을 불러다가 흔적 없이 처치했을 거란 생각이 들지 않나. 적의 수중으로 들어갈 차례가 진양군이 여기 함안군보다 먼저야. 그래서 진주에서 그런 일이 여기보다 먼저 일어난 거네. 그러니 함안 경찰서에서도 아마 내일쯤 보도연맹원을 불러 모을 거네."

"그래서 그 많은 보도연맹원을 모두 없앤단 말인가?"

문근의 목소리가 더 떨리고 있었다. 화중이 답했다.

"나의 추측이 그렇다는 거네. 틀림없이 내일이나 모레는 여기서도 잡으러 올 거네."

그러나 화중의 이 추측은 빗나갔던 것이다. 문근이 말했다.

"오늘밤에 도망을 쳐야겠네."

"그래서 내가 60여 리 길을 달려온 거 아닌가?"

그들은 잠시 불안과 절망에 찬 얼굴이 되어 멍하니 마주보고 있었다. 그러다 문근이 다시 말했다. 억지였다.

"그래도 경찰도 사람인데, 설마 그 많은 사람을 그렇게 죽이겠나?"

문근의 소리에는 화중의 추측이 현실이 아니기를 바라는 간절한 소망이 넘쳐 있었다.

"그게 어디 경찰의 결정이겠는가. 더 높은 어느 쪽의 결정이자 경찰은 하수인에 불과하지. 경찰이 경찰 본래의 기능과 권위를 못 찾으면 끝내 경찰은 정권의 시녀 노릇이나 하고 마는 거니까."

강화중은 오늘 오전에 학교를 찾아온 학부모를 떠올리고 있었다. 그녀는 땀에 전 옷도 옷이려니와 머리와 얼굴이 정상이 아니랄 만큼 헝클어지고 초췌해져 있었다. 답답해서 아이의 학교까지 찾아와 봤다는 그녀는 완전히 절망 상태에 빠져 있었다.

"선상님, 우리 이 양반은 무슨 탈이 난 기라예. 지난밤에는 밤새도록 꿈자리가 우짜몬 그리 어지러운지…. 일이 나도 큰일이 안 났으몬 꿈이 그렇지나 숭칙할 수 없을 껍니더."

남편을 둔 여인의 육감 같은 것, 그 육감에 의해 그녀는 이미 남편이 죽었을 거라고 생각하고 있었다. 그렇기에 몰골이 그 정도로 인사불성이 돼 있었을 것이다. 그런 것을 알아차린 강화중은 순간적으로 이 일이 이 학부모의 일만이 아닌, 자기 발등에 떨어진 불이란 것을 직감했다. 그러한 생각이 그야말로 전광석화처럼 퍼뜩 화중의 뇌리를 스쳤던 것이다. 그렇다면 이 일은 촌각을 다투는 위급한 것이었다.

일이 촌각을 다투는 위급한 것이어서 그 여자와 헤어져 바로 60여 리의 먼 길을 걸어서 단숨에 덕곡까지 온 참이었다. 잠시 뒤 강화중은 본가(아버지 집)로 간다면서 일어섰다.

"저녁 먹고 나서 다시 오겠네."

"그래, 꼭 와!"

화중이 나가고 잠시 뒤, 한 10분이나 지났을까, 느닷없이 사이렌 소리가 와앙, 하고 울렸다. 학교 앞 지서의 사이렌 탑에서 울려오는 것이었다. 1950년 7월 20일 오후 5시경이었다. 문근은 쌀자루에서 쌀을 퍼내다가 뜻밖의 사이렌 소리에 움찔했다. 저녁을 해 먹기 위해서였는데, 사이렌 소리를 듣는 순간 어쩐지 아랫도리에서 힘이 싹 빠져나가 버리는, 알 수 없는 위기감에 사로 잡혔던 것이다. 사이렌 소리는 단 한 번으로 그쳤지만 그는 쌀을 퍼내려던 조랑바가지를 쌀자루 속에 도로 넣고는 마당으로 나왔다. 전쟁이 났다고는 하나 아직은 먼 곳에서 싸움이 벌어지고 있어, 인심이야 흉흉하지만 크게 동요가 없던 마을이었다. 그런데 방금 그 우악스럽게도 큰 사이렌 소리에 온 동네가 갑자기 수런거려진 느낌이었다. 학교는 자취방에서 불과 1백여 미터 거리에 있었고, 지서는 학교 바로 앞에 있었으므로 사이렌 소리는 귀를 멍멍하게 했던 것이다.

바로 그때 사립께로 정복의 순경 두 사람이 걸어왔다. 낯익은 사람들이었다. 순경들은 문근을 보자 반갑게 인사했다. 순경 한 사람이 말했다.

"아, 안녕하십니까? 마침 계셨네요. 안 계시면 우짜노 했더니."

문근은 다시 하체가 찌익 소리라도 내며 오그라드는 긴장감에 잠기며 말했다.

"아이구, 웬 일이십니까?"

"이 선생님, 안 바쁘시면 지서에 잠깐 가입시더."

인사한 순경이 말했다. 안 바쁘시면… 이라고 했지만 총까지 메고 온 두 사람의 순경은 문근의 양쪽에 붙어 섰다. 그러나 문근은 태연한 척할 수밖에 없었다. 절망 바로 그것이었다. 이렇게 빨리 나타나다니. 내일쯤 여기서도 보도연맹원을 불러들이리라 짐작했던 강화중도 큰 오산을 한 것이었고, 오늘밤에 도망을 치겠다던 이문근 자신은 정확한 강화중을 너무 믿은 게 잘못이었다. 화중이 집으로 간다고 나갈 때 따라나서서 달아났어야 했다. 그러나, 이미 때는 늦었다. 문근은 뻔히 알고 있으면서도 시치미를 떼고 물었다.

"무슨 일인데요?"

"가 보시면 압니다. 잠깐이면 됩니다."

순경이 메마른 소리로 말했다. 문근이 다시 말했다.

"옷이라도 갈아입어야 안 하겠습니까?"

그러나 순경들은 반대했다.

"아니, 그럴 필요 없습니다."

한 순경이 이렇게 말하자 또 다른 순경이 재촉했다.

"갑시다."

문근은 순경 사이에 끼여 집을 나오지 않을 수 없었다. 도망이라도 치고 싶었으나, 두 사람의 순경이 총까지 메고 있지 않은가. 게다가 그는 맨발에 신발도 밑창이 거의 닳고 뒤꿈치도 닳아 헐렁해진 고무신을 신고 있었다. 도망을 치려야 칠 수가 없었다.

# 16장

# 죽음의 골짜기로

## 45

지서로 가니 몇 사람의 동네 사람들이 이미 먼저 와 있다가 공손히 인사를 했다. 문근이 교사임을 알고 있기 때문에 보내 오는 예우였다. 문근은 자신의 몰골이 너무 초라해서 인사를 받기가 창피스러웠다. 허리띠도 매지 않은 반바지에 맨발, 그러고 다 떨어진 고무신 차림의 문근에게 인사를 한 그들은 하나같이 들에서 일하다 바로 지서로 붙들려 온 차림이었다. 그러나 서로 인사하고 지내는 지서 주임은 평소와는 달리 냉정한 표정으로 문근이 인사를 해도 어색하고 민망한 표정만 지었을 뿐, 한 마디도 하지 않고 왔다 갔다 하면서 뭔가 초조한 기색을 감추지 못하고 있었다. 그때 벽에 걸린 전화기에서 요란한 신호음이 울렸다. 주임이 수화기를 들어 귀에다 대고 악을 쓰듯 소리쳤다.

"예, 덕곡지섭니다…. 예 거의 다 모았습니다. 다 모으는 대로 전화 드리겠습니다. 옛, 알겠습니다."

그러고는 순경들에게 명령했다.

"자, 빨리 가서 마저 데리고 와!"

그날 두 사람씩 짝을 지은 순경들은 마치 솜씨 좋은 사냥꾼처럼 나가기만 하면 동네 남자(보도연맹원)들을 하나씩 혹은 둘씩 잡아왔다.

문근이 주임에게 물었다. 떨려 나오는 목소리를 겨우 정상적인 것으로 가장하고 있었다.

"아니, 무슨 일입니까? 잠깐이면 된다고 해서 옷도 안 갈아입고 왔는데."

그러나 주임은 한숨을 푸르르 쉬더니 간단히 말했다.

"좀 기다려 보이소."

그의 말 속에는, 자신은 전혀 당신들을 괴롭히고 싶지 않습니다라고 하는 뜻이 숨어 있는 것 같았다. 한 시간 가까이 걸려 붙들려 온 사람들의 수는 열세 사람이나 됐다. 주임이 전화기의 손잡이를 빵빵 돌리더니 송화구에다 대고 말했다.

"작전 완료했습니다."

문근은 화중으로부터 들은 말이 있어 절망상태에 빠져 달아날 기회만 엿봤지만 입구는 순경들이 막고 있어 꼼짝할 수 없었다. 그러면서도 문근은 설마 이런 생대 같은 양민들을 어떻게 하랴 하는 생각이 자꾸 났고, 이날 이때까지 큰 죄 짓지 않고 살아온 내가 남이 죽는다고 함께 죽을 까닭이 있느냐, 나는 절대로 안 죽는다! 하는 억지를 부리고 있었다.

주임은 전화기에다 대고 다시 악쓰듯 큰 소리로 말했다.

"알았습니다. 그럼 차 올 때까지 기다리겠습니다."

아마 본서인 함안 경찰서에다 전화로 보고하고 또 다른 약속을 받고 있나 보다. 그런데 그 약속은 차를 보내 주겠다는 약속임에 틀림없었다.

화중은 붙들려 오지 않았다, 화중의 현주소지 신촌 지서의 경찰들이 아마 그를 찾아 갔으리라. 그러나 화중이 부재중임을 알고는 혀를 차고는 다른 집으로 갔으리라. 어쨌든 화중이 붙잡혀 오지 않은 건 참으로 다행이었다.

문근은 어쩌면 달아날 수 있을까 하고 궁리했다. 그러면서도 아까 화중의 말을 더 신중히 안 들은 게 후회되기도 했다. 하기는 신중하게 들어봤자 경찰이 이렇게 빨리 들이닥친 이상 어쩔 수 없기도 했을 것이다. 그러나 붙잡혀 와 있는 다른 사람들은 아무 사정도 모르고 웃고 떠들고 있었다. 마치 논을 매다가 잠시 논두렁으로 나와, 가지고 온 중참을 먹으며 웃고 떠들 때와 같은 모습들이었다. 대개들 무슨 간단한 교육이나 훈련이 있는 줄로만 아는 모양이었다.

구릿빛 얼굴에, 볼과 턱이 수염투성이로 텁수룩한 30대 농부가 걸걸한 음성으로 순경을 보고 말했다.

"두벌논을 매다가 왔는데, 언제 돌려보내 줍니꺼? 하루가 무섭게 지슴이 돋아나서 나락 논 다 베리겠심더!"

태평스런 소리였다. 문근은 그를 멀거니 바라보고서도 아무 말도 못하고 속으로 절망의 한숨만 쉬었다.

또 한 사내가 말했다.

"올해는 그래도 비가 자주 찔끔거려서 시절은 좋을 모양이지. 나락이 다 세벌논 맬 때맨키로 컸다 캉이."

그러자 순경 한 사람이 시큰둥하게 받았다. 바로 문근에게로 와서 그를 연행해 온 순경 중의 한 사람이었다.

"시방 당신들은 농사 걱정할 때가 앙인 것 같소."

문근이 떨리는 목소리로 물었다. 자긴들 어쩔 수는 없었겠지만, 곧 보내 준다고 한 거짓말이 괘씸하고 얄미워서였다.

"무슨 일로, 어디로 데리고 간다는 말도 없이 이게 뭡니까? 아깐 분명히 곧 돌려보내 준다고 하지 않았습니까?"

그때서야 순경 대신 주임이 말했다. 그는 짜증과 피곤과 미안함이 뒤범벅이 된 소리로 쥐어짜듯 말했다.

"본서에서 시키는 대로 했기 때문에 우리는 아무것도 몰라서 그러니 양해를 해야만 돼요!"

지서로 연행돼 온 사람들은 저녁도 굶은 채 계속 붙잡혀 있었다.

벌써 밖은 땅거미가 지면서 시원한 바람이 실내로 스며들어 왔고, 지서 마당의 버드나무에서 울어대던 매미 소리가 그친 지도 오래였다. 사정 모르고 붙들려 온 사람들은 배가 고프다고 투덜거렸지만 문근은 공포와 불안으로 배가 고픈 줄을 까맣게 잊고 있었다. 다만 어떻게 하면 도망칠 수 있을까 하는 궁리만 하고 있었다. 그러나 순경들이 지서의 입구를 지키고 있어서 도망은 엄두도 낼 수 없었다. 그래서 그는 동정도 살필 겸 또 실제로 소변이 마렵기도 해서 화장실을 찾아 나섰다. 그랬더니 순경이 주인 따르는 강아지처럼 졸졸 따라다니면서 꼼짝달삭을 못하게 했다.

문근이 소변을 하고 막 돌아서 나오는데 지서 앞에 트럭 한 대가 와서 멎었다. 트럭 위에는 20여 명의 남자들이 웅기중기 쭈그리고 앉아 있었다. 트럭 위의 네 귀퉁이마다 순경이 총을 들고 서 있었다. 덕곡 지서에 붙들려 있던 열세 사람은 한 사람씩 순서대로 지서 안에서 나와 트럭에 타게 했다. 트럭에 모두 오르자 차는 이내 떠났다. 문근은 다른 사람들과 함께 말 한 마디 못하고 짐승처럼 차에 실려 머리를 숙이고 있어야 했다. 그들이 차에 오르자 순경이 지시했던 것이다. 덕곡 지서의 순경들은 같은 동네 사람들을 붙잡아다 놓은 죄에다, 모두 아는 얼굴이라 조금은 미안한 표정도 짓고, 마구 해대지는 못했다. 그런데 트럭 위의 순경들은 달랐다. 안면도 체면도 없었으므로 인정사정없이 함부로 굴었다.

"모두 고개를 숙이시오. 어떤 말도 하지 마시오. 고개를 들거나 말을 하면 그냥 두지 않을 거요!"

경찰은 노골적으로, 그리고 마음 놓고 죄인 취급을 하고 있었다.

그때야 함께 차에 오른 사람들의 인상이 단박에 사색이 되었고 부들부들 떠는 사람도 있었다. 문근은 오석골의 집 생각을 했다. 아버지 어머니가 이 소식을 모르는 게 다행이라는 생각을 했다. 어른들이 안다면 얼마나 큰 걱정을 하실 것인가. 어른들의 걱정은 문근에게 오히려 마음의 부담만 될 뿐이었다. 답답하고 억울하기는 해도 어른들이 모르는 게 훨씬 속이 편했다.

자동차는 어둠 속을 달렸다. 어둠은 상상 외로 빨리 찾아와 아주 캄캄해져 있었다. 바퀴에 자갈이 튀는 소리가 계속해서 엔진 소리에 섞여 들렸고, 코 안이 매캐한 것을 봐서 먼지가 심하게 일고 있는 걸 알 수 있었다. 내리막길을 달리는지 자동차의 엔진 소리가 작아질 땐 길가 논에서 개구리 우는 소리가 마치 차에 실려 가는 사람들을 슬퍼해서 울부짖는 비명같이 들렸다. 어릴 때 잘못을 저질러 이웃 어른으로부터 심한 꾸지람을 들으면서도 그것이 집안 어른들에게 알려지지 않기를 바라던 때가 많이 있었다. 그런데 이렇게 죽으러 가면서도 어른들이 모르기를 바라는 마음은 어릴 때와 같았다.

살그머니 고개를 들어 좌우를 보니 양쪽 모두 저만치 어둠속에서 시커먼 솔숲만 보일 뿐이었다. 차는 골짜기 사이로 난 길을 달리고 있음이 분명했으나 도대체 어디쯤 되는지, 어느 곳을 지나는 길인지 구별할 수가 없었다. 차가 달려서 그렇기도 하겠지만 골바람이 차 위에 엎드린 사람들의 뒤통수와 등허리를 쉴새없이 어루만지고 있었다. 달리는 차가 오르막을 오르고 내리고 하느라고 엔진 소리가 높아졌다 낮아졌다 하기를 여러 번.

이윽고 자동차가 멎었다.

그러나 그동안 내내 고개를 숙이고 있어야 했기 때문에 어디가 어딘지 알 수 없었다. 순경이 소리쳤다.

"자, 이쪽에서부터 한 사람씩 차에서 내린다."

말투가 완전히 해라로 바뀌어 있었다. 경관이 계속해서 차가운 소리로 말했다.

"내린 사람은 경관의 지시대로 움직인다. 허튼짓하면 안 된다!"

그들은 한 사람씩 트럭 위에서 땅으로 훌쩍훌쩍 뛰어내렸다. 그때야 문근은 고개를 들고 얼른 주위를 둘러봤다. 읍내의 경찰서였다. 전깃불이 유리창마다 비쳐 나오고 있었고, 사람의 그림자도 유리창에 어른거렸다.

트럭에 실려 온 사람들은 경찰관들이 앞과 뒤 옆으로 붙어 호위하는(?) 가운데 유치장으로 들어갔다. 문근은 유치장 입구에서 무심코 하늘을 봤다. 하늘에는 별 하나 안 보였다. 바람도 한 점 없었다. 무던히 물쿠는 날씨였다. 비가 올 징조였다.

유치장 안에는 이미 많은 사람들이 꽉 들어차 있었다. 그런데도 이번에 실려 온 문근의 일행이 비집고 들어가자 먼저 와 있던 사람들이 투덜거렸다.

"또 옇나(넣나), 이거는 콩나물 시리카마(시루보다) 더하다!"

"니기미 씨발놈들, 밥은 영 굶길라 쿠나. 무신 죄를 지었다고 생사람 이 고생을 시키노! 잡아 가다도(가둬도) 밥을 믹이야 할 거 앙이가."

그러다 누군가 문근의 일행에게 물었다.

"당신들은 오데서 왔소?"

"덕곡에서 왔소. 당신들은?"

"여기는 막 섞였소. 지산, 법하, 동천…."

"대관절 와 잡아 가둔다 쿠던교?"

"그걸 알빼끼사 안 답답하거로? 눈치 봉이(보니) 보도연맹에 든 사람은 전부 붙잡아들이는 모양인데, 들어라고 꼬울(꾈) 때는 운제며, 또 잡아 가두는 이유는 뭐꼬? 조또 씨바! 우리 겉은 어진 백성은 어느 장단에 춤추야 되노!"

밥 안 준다고 투덜거린 사내가 또 욕을 말꼬리에 달면서 한숨을 쉬었다.

"이 바쁜 농사철에 곽중에(갑자기) 이라몬 우짜노?"

어디선가 또 누군지 이렇게 투덜거렸다. 그들은 아무도 자기들이 장차 어찌 될지를 모르고 있었다. 다만 일철에 갇혀 있는 것만이 불만이었고 설마 죽이려고 든다는 것은 꿈에도 생각하지 않고 있었다.

유치장 안은 한증막이었다. 퀴퀴한 땀 냄새까지 진동해서 숨이 막힐 지경이었다.

문근은 눈을 감고 강화중을 생각하다가 복희를 떠올리기도 했다. 복희와 새로운 보금자리를 꾸며보려던 생각이 일장춘몽이란 말인가. 예쁘고도 재치에 넘치는 복희, 순진하면서도 깜찍한 데가 있는 시골 아가씨. 35살이나 된 나, 그것도 이미 결혼한 적이 있는 나에게 다소곳이 고개를 숙인 채 선생님만 괜찮으시다면… 하고, 얼굴을 붉히던 20살의 복희를 다시는 못 본단 말인가. 아니지, 그럴 수는 없어. 무슨 죄를 지었다고? 하다가 그는 다시 현실로 돌아와 고개를 흔들었다. 죄지은 사람만 잡혀 왔다면 이 유치장이 이렇게 비좁아터질 만큼 사람으로 가득 찰 수가 없지. 세상에 죄인이 이렇게 많다면 전쟁이 안 나도 절로 세상은 끝장이 날 것이다…. 천벌을 받을 테니까.

문근은 공포 속에서, 그 공포를 잊어버리기 위해 복희를 생각하다가 화중을 생각하다가 집안 가족들을 생각하기도 했다. 그래도 밤이 깊자 사람들은 모두 그 자리에서 서로 기대거나 포개어져 잠을 잤다. 대부분 농사꾼이었다. 종일 고된 농사일을 하다가 붙잡혀 온 사람들이어서 그런가 보았다. 그러나 문근은 잠이 오지 않았다. 문근은 온갖 생각을 다 떠올렸다. 학생 시절에 읽은 『몬테크리스트 백작』이 생각나기도 했고, 온 프랑스를 12년간이나 발칵 뒤집어 놓았던 불운의 군인 드레퓌스가 다시 떠오르기도 했다. 그러다 꿈인지 생신지 분간 못할 잠 속에서는 절해의 고도 암굴 속에 갇힌 드레퓌스가 자기로 바뀌기도 했다. 그러다 소스라쳐 깨면 이 엄청난 비극이 꿈이 아닌 현실임에 깊은 절망감에 빠지곤 했다. 그것은 그대로 온 신경이 곤두서는 긴장감에 휩싸이게 하곤 했다. 밖에서 빗방울 소리가 나고 있었다. 날이 새는지 출입구 반대편 벽의 높다란 창문, 아니, 창문이 아니고 삿갓만큼의 크기로 둥근 유리만 박은 유리창을 통해 희미한 빛과 함께 주룩주룩 빗소리가 새어들고 있었다.

"비가 오는데 설마…."

문근은 혼자 이런 억지로 자위를 해 봤다. 비가 오는데 어찌 수십 명을 끌어다 죽이겠는가…. 이런 생각을 하면서 새벽녘에 또 설핏 잠이 들었다.

## 46

얼마나 잤는지 모른다. 누가 흔들어 깨우고 있었다. 소스라쳐 눈을 떴다. 비좁은 유치장의 여기저기에서 밥을 먹는 사람들이 보였다. 밥그릇이며 반찬들이 제각각인 걸 봐서 각자의 집에서 가져

온 밥인 것 같았다. 그러나 문근을 깨운 사람은 밥을 먹고 있지 않았다. 문근이 눈을 떠서 두리번거리자 그가 문근을 보고 물었다.

"혹시 이문근 씹니까?"

"네, 그렇습니다만?"

"누가 밖에서 찾던데요."

"저를요?"

"네, 아마 아침밥을 가져온 모양이던데요."

20대 후반으로 보였다. 바로 그때 순경이 출입문을 빼꼼히 열어 얼굴만 내밀고는 소리치고 있었다.

"이문근이 없어? 밥 가져가!"

문근이 사람들 사이를 비집고 나가자 삿갓을 벗어 겨드랑이에 끼고 있던 사람이 다가왔다. 그는 놀랍게도 강화중의 부친이었다. 더욱 놀라운 것은 그러한 강 노인 뒤에는 복희가 비에 후줄근히 젖은 몰골로 뭘 들고 서 있었다. 반가웠다. 너무 반가운 나머지 눈물이 나오려는 걸 겨우 참았다. 남자들은 불안할수록 성적 욕망에 빠져든다든가. 문근은 마음 같아서는 남의 눈치고 뭐고 모두 팽개친 채 복희를 얼싸안고 온몸을 비비고 싶은 충동을 느꼈다. 그러나 꾹 참고 화중의 부친에게 말했다.

"아이구, 어르신!"

"어서 밥이나 들게. 기다리고 있겠네."

그러면서 딸이 들고 있던 걸 받아 건네주었다. 빈 그릇을 받아 가겠다는 뜻이었다. 문근은 얼른 복희를 바라봤다. 복희와 눈길이 닿았다. 복희는 곧 울음을 터뜨릴 것 같은 표정을 지었다. 문근은 보자기에 싼 것을 들고 제자리에 돌아왔다. 그러고는 문근을 깨워 준 옆 사람에게도 같이 먹자면서 보자기를 풀었다. 된장에 풋고추 오이김치 고추장 간갈치구이 등의 반찬에, 보리쌀과 쌀이 반반으로 섞인 밥이었다. 점심밥까지인지 밥이 많았다. 누구나 꽁보리밥을 먹는 형편이었는데 정성을 들인 도시락이었다. 그는 사양을 하는 청년에게 숟가락을 주고 자기는 젓가락으로 밥을 먹었다. 청년은 숟가락을 왼손으로 받아 들고는 고개를 숙이더니 오른손으로 가슴에다 십자를 그었다. 천주교인인가 보았다. 워낙 시장해서 밥은 맛이 있었다. 역시 죽을 때 죽더라도 밥은 먹고 봐야 할 일이라는 생각이 들었다.

그는 밥을 다 먹고 빈 그릇을 다시 싸서 문께로 나갔다. 문밖은 밥을 가지고 온 사람, 아들이나 남편을 찾으러 온 사람들로 대목 장날같이 붐볐다. 순경 몇이 그런 사람들을 상대로 고래고래 소리를 치면서 주의를 주고 있어 소란스럽기가 흡사 굿판이 끝난 뒷마당 같았다. 아무개야, 어딨노? 우리 아들 안 봤나? 저그 아부지 오데 있습니꺼?

문근은 저만치 복희가 보이자 소리쳤다.

"복희이!"

복희가 얼른 뛰어왔다. 그는 밥그릇을 넘기며 재빠른 소리로 물었다.

"오빠는 어찌 됐소?"

"어제 곧바로 신촌으로 갔어예."

그때 순경이 매정스럽게 문을 쾅 닫는 바람에 문근은 이마를 되게 부딪치며 안으로 밀려 들어오고 말았다. 잠시라도 복희를 만났다는 게 얼마나 다행인지 몰랐다. 그러나 시간이 너무 짧았다. 단 1분이라도 눈길을 맞대고 이야기를 나누었더라면….

문근은 함안 경찰서에서 꼬박 하루를 갇혀 있었다, 이날은 종일 비가 내렸다. 점심때쯤에는 아침에 문근을 깨우던 옆 사람에게도 밥이 와서 문근은 그의 밥을 얻어먹었다. 순 쌀밥에 반찬도 쇠

고기 장조림이 다 있었다. 구경을 못하던 귀한 반찬이었다. 문근이 그에게 물었다.

"실례지만 무엇을 하십니까?"

그도 소리를 낮춰 말했다.

"대구 의대에 다닙니다."

"어쩌다가?"

"지난번 대구 폭동에 가담했지요."

그도 문근에게 뭘 하느냐고 물었다.

"네, 저는 국민학교 교삽니다. 이문근입니다."

"반갑습니다. 김종하라고 합니다."

그들은 속삭이는 소리로 인사를 주고받았다. 종하가 입구로 나가 밥그릇을 건네주고 왔다. 그는 누구에겐가 몇 번이나 곧 나간다고 안심을 시키고 있었다. 그가 돌아왔을 때 문근이 물었다.

"곧 나가게 된다는 확신이 서십니까?"

"아니요, 그러나 어머니께 뭐라고 하겠습니까."

문근이 침을 삼키며 그의 귀에 대고 속삭였다. 그의 입을 통해서 한 오라기라도 희망적인 무슨 정보를 얻고 싶었던 것이다.

"어떻게 될 것 같습니까?"

그러나 종하의 말은 문근이 설마 하며 품고 있던 작은 희망마저 무너뜨리는 것이었다.

"제가 타고 온 차에는 40여 명이나 붙잡혀 타고 있었습니다. 순경도 네 사람이 탔습니다, 그런데 차가 절벽 위를 달릴 때 어떤 사람이 아래로 뛰어내렸어요. 차는 섰지만 순경은 따라 뛰어내리지는 못하더군요. 그러나 순경들은 벼랑 아래를 향해 마구 총을 쏘았습니다. 총까지 쏠 줄은 몰랐거든요. 죽었는지 살았는지…."

문근은 강화중의 말(죽일 거라는)이 사실임을 확인하면서 다시금 눈앞이 캄캄해졌다. 종하가 이었다.

"죽이기로 되어 있지 않고서야 도망친다고 총까지 쏘겠어요? 성서의 말씀에, 세상에 죄인 아닌 사람이 없고 올바른 사람은 한 사람도 없다고 했습니다. 지금이 바로 그런 때입니다."

그렇게 속삭이고는 다시 말을 이었다.

"하지만 이 선생님, 용기를 가지고 이 시련을 이겨 내십시다. 성서에는 사람이 겪는 시련은 모두 사람이 능히 감당해 낼 수 있는 시련이라고 했습니다."

문근이 낮은 소리로 받았다

"이것은 이미 시련은 아닌 것 같습니다. 김 형의 말씀대로 사람이 감당해낼 수 있는 시련이라면 그것이 죽음일 수는 없지 않습니까? 죽음을 어떻게 감당합니까?"

"이 선생님, 그래도 희망을 잃지 맙시다. 설령 이것이 시련이 아니고 죽음이라 해도 말입니다."

"김 형은 언제부터 천주교를 믿었습니까?"

"어릴 때부텁니다."

"그런 분이 대구 폭동에는 왜?"

"가담했느냐 그 말씀이겠지요. 역시 성서에는 '예' 할 것은 '예' 하고, '아니오' 할 것은 '아니오' 하라고 했습니다. 저는 아니오 할 것을 아니오라고 한 것뿐입니다, 그런데 세상은 아니오 할 것을 모두 예 하라고만 강요하고 있지 않습니까. 신앙인은 바로 생각하고 바로 말해야 하지요. 저는 공산주의자가 될 수 없는 사람입니다."

"김 형의 용기와 신념이 부럽습니다."

"아닙니다. 다만 살아나겠다는 의지를 가지자는 겁니다."

"희망이 있습니까?"

"그러나 끝까지 살 궁리를 해야죠. 살아서 우리 시대의 부끄러운 이 만행을 후세에 전해야 합니다."

종하는 야무진 표정으로 이렇게 말했다. 이문근은 이 젊은 의학도의 말과 설득에 깊은 감명을 받았다기보다는 매우 인상적이어서 오래오래 기억에서 사라지지 않을 것 같았다.

오후, 해도 지기 전에 다시 밥이 왔다. 이번에는 화중의 부친이 혼자서만 왔다. 복희가 오지 않은 게 차라리 잘됐다고 생각됐지만, 그렇다고 화중의 부친으로부터 밥을 받아먹는 것도 참으로 부담스럽기만 했다. 문근이 밥을 받으면서 목소리를 낮춰 물었다.

"화중인 어찌 됐습니까?"

"피했네."

"어디로요?"

"나도 모르네."

그는 잠시 쉬었다 다시 말했다.

"내일 낮에 보세. 밥은 내일 아침꺼정 먹게."

"고맙습니다. 어르신."

"별일 없을 거네. 많이 먹고 마음을 넉넉히 가지고 지내게."

고마움이 마음에 사무쳤다.

이튿날은 비가 개고 날씨가 맑았다. 점심때쯤 화중의 어머니와 복희가 또 점심을 갖고 왔다. 화중의 어머니는 안색이 말 못하게 변해 있었다.

"이 선상, 우짜든지 밥이나 많이 묵으소. 쯧쯧…. 이 더분데 시상에…."

이러한 말이 문근을 더욱 공포에 몰아넣기만 했다. 복희가 도시락을 주면서 울상이 되어 있었다.

"오늘 저녁하고 함껩니더."

"수고를 끼쳐서…."

"어언지예(천만에요)…. 오빠 말씀을 들으면…."

그러는데 순경이 지나다 고함을 쳤다.

"밥만 전달하고 가라고 몇 번이나 말했소?"

순경은 복희를 왈칵 떠밀어내었다. 오빠의 말을 들으면 극히 위험하다는 이야기이리라. 그래서 문근이 붙잡혀 있는 게 불안해서 견딜 수 없다는 뜻을 비치고 싶었던 것이다. 문근은 억지 미소를 지으며 돌아 나가는 복희 모녀에게 손을 흔들어 보였다. 어제와 마찬가지로 다시금 복희를 끌어안고 싶다는 동물적 충동을 느끼면서 문근은 유치장 안으로 들어왔다. 죽음을 앞둔 자의 본능인가.

그러나 문근은 이날 낮에 남긴 저녁밥을 먹지 못했다. 석양 무렵에 그들은 다시 차에 실려 어디론가 떠났기 때문이다. 유치장에 갇혀 있던 사람들 40여 명이 트럭에 올라 앉아, 올 때처럼 고개를 숙이고 있었다. 이번에는 경찰도 8명이나 총을 메고 함께 타고 갔다. 고개를 숙이라고 했지만 기왕 죽을 몸이란 생각에 문근은 얼른얼른 고개를 들고 주변을 살폈다. 길이 점점 좁아지면서 깊은 산골로 들어가고 있었다. 그때 트럭에 실린 사람들은 모두 창백한 안색으로 턱을 덜덜 떨며 공포에 질려 있었다. 벌써부터 훌쩍훌쩍 울고 있는 사람도 있었다. 트럭에 실려 가는 사람들에게 그 누구도 당신들은 죽을 몸이오, 죽으러 가는 것이니 마음의 준비나 하시오! 이런 말을 해주지 않았다. 그러나 그들은 이제 모두 자신들의 운명을 깨닫고 있었다. 이 역시 본능인지 올랐다. 소가 도살장으로 끌려갈 때 발버둥치고 눈물을 흘리는 것이 지혜나 이성이 아닌 본능이듯이, 죽음의 골짜기로 끌려가고 있는 이 사람들 역시 본능으로 죽음을 깨닫고는, 혹은 울고 혹은 사시나무 떨듯 전신을 떨고 있었다.

그들을 실은 차는 어디론가 달리고 있었다. 오전에 비가 갠 하늘은 군데군데 가벼운 구름자락이 돛폭처럼 하얗게 떠 있었고 막 서산으로 지는 해가 그 산 위의 구름을 붉게 물들이고 있었다. 바람은 선들거렸고, 길가 나무에서는 매미 소리가 건강했다. 그런 풍경들만 본다면 산하는 참으로 평화롭고 아름다운 한 폭의 그림이었다. 그러나 그 그림 가운데로 40여 명의 생목숨이 숨을 죽인 공포 속에 죽음의 행진을 하고 있을 줄이야! 그래서 차에 탄 사람들은 누구 하나 그 아름다운 하늘도, 석양도 보지 못했다.

모두들 총을 든 경관의 명령에 따라 고개를 깊이 속이고 있어야 했기 때문이다. 아니, 경찰들조차도 하늘의 그 신선하리만치 아름다운 구름이나 황홀한 석양을 보지 못했다. 모두들 극도로 긴장된 얼굴에, 충혈된 눈에 불을 켜고는 총대를 두 손으로 굳게 잡고, 누가 이상한 짓을 하는가에만 신경을 곤두세우고 있었기 때문이다.

김종하는 문근의 바로 옆에 붙어 앉아 있었다. 그는 침착했다. 다른 사람들이 모두 사색이 되어 부들부들 떨거나 흑흑 흐느껴 울고 있는데 비해 김종하는 다소 초라한 얼굴이긴 하나 냉정하게 무엇을 골똘히 생각하는 모습이었다. 문근이 그를 집적였다. 마침 그들은 트럭의 복판쯤에 앉아 있었으므로 가장자리에 띄엄띄엄 붙어 앉아 있는 순경들의 눈에는 잘 띄지 않았다. 문근은 제 왼손 바닥에다 오른 손으로 글을 썼다. 지금 우리는 죽으러 갑니다. 그러자 종하도 문근의 손바닥에 글을 썼다. 알고 있습니다. 문근이 다시 썼다. 살 궁리를 합시다. 종하가 썼다. 하고 있습니다. 그들은 잠시 필담을 중단했다. 그때 종하가 번쩍 손을 들면서 외쳤다.

“죽을 때 죽더라도 알 건 알고 죽읍시다. 우리를 지금 어디로 데리고 가는 거요?”

느닷없는 종하의 소리에 고개를 숙이고 있던 모든 사람들의 시선이 일제히 그에게로 집중됐다. 경찰관들도 긴장하면서 모두 그를 주시했다. 그 순간이었다. 총소리가 탕탕, 하고 울렸다. 그러나 종하는 쓰러지지 않았다. 트럭 뒤쪽에 앉아 있던 사람 하나가 경찰의 눈이 종하에게로 집중된 순간 달리고 있는 차에서 가볍게 뛰어내리다, 바로 옆의 순경이 쏜 총에 맞아서 그대로 길바닥에 나뒹굴었다. 차가 멎었다. 경관 한 사람이 고함쳤다.

"봤지? 살고 싶으면 그대로 앉아 있어!"

그러더니 이번에는 다른 순경을 향해 지시했다.

"어이, 박 순경 김 순경, 내가 뭐라고 했어. 여기에서 엮어!"

그러자 명령한 경관을 포함한 나머지 순경 여섯이 총을 겨눈 채 지키고 있는 가운데, 박 순경 김 순경으로 불린 두 사람이 운전대로 내려갔다. 그들은 총을 운전대에 두고 다시 포승 다발을 갖고 올라왔다. 그러고는 앞에서부터 사람들의 두 손을 뒤로 돌려 묶기 시작했다. 사람들은 앉은 채 줄줄이 묶였다. 여러 사람을 한꺼번에 한 줄에 묶고 보니 엮은 셈이었다. 경찰이 말한 엮어!란 표현은 참으로 적절했다. 마치 굴비처럼 차 위의 모든 사람들이 엮어지자 처음 명령한 경관이 다시 말했다.

"잡소리하면 당장 총살이다."

종하는 그만 입을 다물고 말았다. 사람들을 엮었던 두 사람의 순경이 차에서 훌쩍 뛰어내려 길바닥에다 피를 쏟고 숨진 사람을 질질 끌고 논두렁을 지나 산자락의 수풀 속으로 한참이나 들어갔다. 들어가서도 꽤 지체했다. 솔가지를 꺾는 소리가 뚝 뚝, 산 속의 정적을 울리고 있었다. 4, 5분 뒤에 순경들이 다시 나타났다. 돌아오던 순경은 볏논의 물꼬에서 손을 씻었다. 그러고는 손에 묻은 물을 뿌리고 운전대에 둔 총을 갖고 올라왔다. 그러자 차는 다시 달렸다. 이때부터 사람들은 앉은 채 트럭 바닥에 오줌을 질금질금

쌌다.

문근은 각오를 했다. 죽을 수밖에 없구나. 그러자 이상하게 정신이 맑아지는 느낌이었다. 새삼 옆 자리의 김종하를 돌아봤다. 그는 눈을 감고 열심히, 그리고 빠르게 입속말을 혼자 하느라고 입술만 달싹거리고 있었다. 기도를 하고 있는 모양이었다. 그러한 그의 얼굴은 아까보다는 핏기를 회복한 것 같았다. 모든 것을 체념한 평화가 그의 온 얼굴에 넘치는 것같이 보였다.

## 47

문근은 남의 기도를 보고 있을 수만은 없다는 생각이 들었다. 불현듯 남은 시간이 너무 짧게 느껴지면서, 그 짧은 시간을 활용할 궁리를 했다. 그것은 자신도 기도하고 싶었으나 아직 한 번도 기도란 걸 해 본 적이 없었으므로, 마음속으로 그가 알고 있는 모든 사람들에게 작별 인사를 하기로 했다. 문근은 눈을 감고 부모님께 작별 인사를 고했다. 이 못난 자식 먼저 갑니더, 불효를 용서하이소. 쓸모없는 자식 공부 시키느라고 장에 가셔도 막걸리 한 잔, 국수 한 그릇 안 자시고 오시던 아버지 어머니…. 그러자 자신도 모르게 뜨거운 눈물이 솟았다. 숙경아, 살았으면 용서해라. 이런 운명인 줄 알았다면 내 어찌 너를 아내로 데리고 왔겠노. 형님, 형수씨, 아부지 어무이를 잘 모시이소. 화중아, 자넨 살아서 이 비극을 세상에 전해다오. 복희야, 미안하다. 짧은 시간이나마 너를 만나 행복했고, 한바탕 꿈이 되었지만 새로운 미래를 설계했더니라. 조카들 경환아, 철환아 훌륭히 자라서 한 세상 후회 없이 살아야 하느니라.

이러는 사이 이윽고 차가 멎었다. 모두들 일어섰다. 그러나 차에서 뛰어내릴 수가 없었다. 사람과 사람을 묶은 줄 사이가 짧아서였다. 명령하던 경찰이 다시 신경질을 부렸다.

"소견머리 없이 엮어 가지고는…."

엮었던 순경이 투덜거렸다.

"그래서 처음부터 내라가지고(내리게 해서) 엮을라고(엮으려고) 안 했습니꺼."

그러면서 그는 주머니에서 칼을 꺼내 네 사람 단위로 포승줄을 끊었다. 그러고 네 사람 씩 차에서 한꺼번에 뛰어내리게 했다. 그러나 사람들은 이미 혼이 반쯤 나간 상태여서 네 사람씩 한꺼번에 땅바닥으로 뛰어내리기에도 힘들어했다. 세 사람이 먼저 뛰어내리니까 나머지 한 사람은 그냥 차에서 땅바닥으로 곤두박질을 치면서 피를 흘리기도 했다. 이런 식으로 뛰어내리는 데만도 시간이 걸렸다. 어떤 사람은 뛰어내리다가 고무신이 떨어져 달아나자, 그걸 주우러 넷이 고무신 있는 데까지 가기도 했다. 순경은 이런 모습을 딱하다는 표정으로 얼굴을 찡그리며 흘겨봤고, 또 어떤 순경은 노골적으로 타박을 주었다.

"천 년 만 년 더 살아도 더는 못 신을 헌신짝을!"

모두 뛰어내리자 다시 포승줄을 이어 맺어 본래처럼 줄줄이 엮었다. 이래저래 시간이 허비되어 이미 해가 지고 길가의 풀잎에는 이슬이 맺히고 있었다. 그들은 묶인 채 한 줄로 서서 순경이 이끄는 대로 산길을 올랐다.

7월 22일, 산은 푸르렀고 들판은 자라는 곡식의 생명으로 넘쳤다. 콩밭에는 콩이, 옥수수밭에는 옥수수가, 볏논에는 벼의 생명이 하늘을 향해 소리치며 자라고 있었다. 소나무와 오리나무가 뒤섞인 황토산, 그 황토산 숲 사잇길을 그들은 말없이 걸었다. 앞에서 끌고 뒤에서 따르던 순경들은 저마다 팥죽 같은 땀을 흘렸으나 엮여 가는 죄인들은 아무도 땀을 흘리지 않았다. 모두들 입을 꾹 다문 채 곧 쓰러질 것 같은 걸음으로 한 발 한 발 힘겹게 비탈진 황톳길을 오르고 있었다. 비틀거리며 길옆으로 빠져나오는 사람이 있으면 순경은 말없이 총대로 그런 사람의 옆구리나 엉덩이를 톡톡 쳐서 몰아넣었다. 어떤 사람의 고무신이 벗겨지면 모두 멈춰 서서 고무신을 다시 신기를 기다리기도 했다. 싱싱한 초목의 생명이 하늘을 향해 치솟고 있는 가운데로 40여 명의 죄인 아닌 죄인들만이 8명의 경찰을 따라 죽음의 행진을 계속하고 있었다.

문근은 이미 모든 것을 체념하면서 걸었다. 바로 앞의 종하도 그런 것 같았다. 문근은 자신이 어떻게 살아왔는지 돌이켜 보았다. 그러나 크게 후회될 만한 부끄러운 일은 없었다. 다시 태어나도 살아온 방식대로 살 수밖에 없으리라 생각했다.

지금 생각하니 너구리 박충진 교장도 그렇게 밉지 않았다. 오히려 가련한 생각이 들어 동정이 갔다. 다만, 두어 가지 기억이 또렷이 떠오르며 그분들이 무섭도록 보고 싶었다. 어머니와 아버지였다.

문근은 오석골에서 경성사범학교에 입학을 해, 온 군이 떠들썩했으나, 당시 경성까지 올라가 공부할 아무 건덕지도 없었다. 어머니는 문근을 데리고 외갓집으로 갔다. 외갓집은 부자였지만 외할아버지와 외할머니는 별세하신 뒤라 어머니는 결국 말 한 마디 못하고 빈손으로 돌아 나오다 대성통곡을 했다.

"쇠가 열 마리나 되는데 그 쇠 한 마리만 조도(주어도)…."

어머니의 울음 속에 섞인 넋두리였다.

불현듯 까마득한 옛날 기억은 왜 살아나면서 어머니가 이렇게 미치도록 보고 싶을까.

오석골에서 학교를 가는 데에 큰 내[川]가 있었다. 어릴 때 비만 오면 온 동네의 학생들은 아예 결석을 했다. 그때까지만 해도 그 내에는 다리가 없었다. 그러나 겨울이고 여름이고 문근은 결석 한 번 하지 않았다. 아버지 덕분이었다. 아버지가 늘 문근을 업어다 내를 건너 주었다. 그러다 경성사범에 입학하고서는 아무리 비가 와도 제 발로 건넜는데, 겨울철 냇물이 그렇게 차가운 줄 몰랐다. 그 차가운 물속을 아버지는, 당신의 바짓가랑이를 둥둥 걷어 올리고는 어린 문근이를 업고 내를 건넜던 것이다. 그 아버지도 어머니와 똑같이 사무치게 그리웠던 것이다. 그러나 이젠 모두 끝난 일….

이윽고 선두가 길이 아닌 수풀 사이로 들어섰다. 인가에서 얼마나 떨어진 곳일까. 후미질 대로 후미진 곳이었다. 그렇게 후미진 곳 저만치에 벌건 구덩이가 커다랗게 보였다. 누가 미리 와서 파둔 듯했다.

경찰들은 사람들을 구덩이 속으로 몰아넣었다. 그러나 땅바닥에 퍼질러 앉아 엉엉 울면서 살려 달라고 애원하는 사람도 있었다. 그들의 비명 섞인 울음이 저무는 골짜기를 마치 귀신 소리처럼 섬뜩하게 울리며 메아리쳐 나갔다. 그 바람에 일부 사람들은 구덩이 속에 들어가 있는데 또 일부 사람들은 그냥 구덩이 밖에서 아우성을 치는 형국이 되었다. 경찰들이 총대를 가로눕혀 잡고는 그들을 강제로 구덩이 속으로 밀어 넣었다. 종하와 문근이도 구덩이 속으로 떠밀려 들어갔다. 구덩이는 별로 넓지 않아서 40여 명의 장정들이 들어가자 가장자리 쪽의 사람들은 구덩이 벽에 몸이 붙을 지경이었다. 구덩이는 깊이가 한 길이 훨씬 넘어, 묶이지 않았어도 한 번 빠지면 밖으로 나오기가 힘들었고, 비가 오기 전에 파둔 것인 듯 바닥에는 흙탕물이 흥건히 괴어 있었다. 트럭에서와 마찬가지로 문근과 종하는 구덩이의 한복판에 끼여 서게 되었다.

"벼락 맞아 죽을 놈들아, 죄 없는 사람 죽이고도 뒤탈 없을 줄 아나?"

누군가가 고함을 쳤다. 그러나 경찰들은 아무 소리도 하지 않았다. 죽을 사람의 마지막 발악이라고 그냥 듣고 넘겼다. 경찰들이 구덩이 주위에 빙 둘러서고 있었다.

"저승에서도 네놈들을 잊지 않겠다!"

이것도 같은 사람의 소리였다.

"오냐 알았다. 그러나 우리만을 원망 마라."

어느 경찰관이 말했다. 곧이어

"거총!… 쏴!"

하는 소리가 들리고는 콩 볶는 듯한 총소리가 온 산을 울리기 시작했다. 사람들은 저마다 외마디 비명과 함께 픽픽 쓰러졌다. 순식간에 사람들은 피를 흘리고 흘린 피를 뒤섞으며 서로 뒤엉킨 채 한 무더기 주검으로 돌변했다. 종하도 문근도 모두 쓰러졌다. 한참 뒤 경찰관이 말했다.

"끝났다."

"잘 살펴봐."

"총알 하나에 다섯 사람은 죽을 낀데, 수백 발을 쐈응이 누가 명을 붙이고 살아 있을 끼라고!"

"공비 토벌 열 번을 했지, 이 짓은 못하겠다."

"하고 싶어 하건데? 오늘 밤 또 잠자기는 틀렸다."

"참, 더러운 때에 태어나서 이 무슨 못할 짓고?"

"시끄럽다! 패내키(빨리) 내려가서 독한 술이나 퍼마시자."

경찰들은 어둑어둑 땅거미가 지기 시작한 산길을 요란한 군화 소리를 내면서 허둥지둥 내려갔다. 한참 뒤 먼 곳에서 자동차의 엔진 소리가 부르릉 들리고는 이내 주위가 적막해졌다. 어둠이 점점 더 짙게 죽은 사람들의 몸 위로 이불처럼 내려 덮이기 시작했다.

시간이 얼마나 지났을까. 시체들 속에서, 시체 하나가 꼼지락거리기 시작했다. 움직이는 시체는 어둠 속에서 눈을 뜨자마자 먼저 묶여 있는 손으로 다른 손을 꼬집어 봤다. 아팠다. 그는 주변을 살펴봤다. 죽음처럼 아니, 실제로 주검만 있는 고요한 밤이었다. 살았단 말인가! 문근은 속으로 말하면서 그대로 시체들 속에 끼여 동정을 살폈다. 역시 산 사람은 구덩이 밖에도 구덩이 안에도 없었다. 그제야 문근은 부들부들 떨면서 뒤로 묶여 있는 노끈을 풀어보려고 안간힘을 다했다.

그로부터 두 시간쯤 뒤에야 그는 양 손목에서 피를 철철 흘리며 구덩이 밖으로 기어 나왔다. 방금 손목을 풀어내려고 흘린 피 말고는 몸의 어느 곳에도 피 한 방울 흘리지 않고 있었다. 그는 기적처럼 총알을 맞지 않고 살았던 것이다. 문근은 손목에서 피를 철철 흘리며 시체들을 딛고 구덩이 밖으로 기어 나왔다. 그러고는 곧장 아래쪽으로 내려왔다. 그러나 밤중이라도 큰 길로는 나설 수가 없었다. 온 옷이 흠뻑 젖어 있었는데, 옷을 젖게 한 것이 결코 땀만은 아니었다. 땀도 비 오듯이 흘렸지만 옷의 앞뒤를 흠뻑 젖게 한 것은 문근의 몸을 둘러쌌던 죽은 사람들이 흘린 피였다. 아니, 죽으면서 흘린 피였다. 그러나 문근은 그런 것에 신경 쓸 겨를이 없었다. 아직도 꿈인지 생신지 모르게 정신이 얼떨떨했다. 마치 섯다판에서 밤새도록 잃기만 하다가 어쩌다 장땡을 잡았을 때처럼 가슴이 벌렁거리면서 살아 있는 자신이 믿어지지 않았다. 그러나 시간이 흐를수록 덤으로 얻은 생명이 너무나 소중해 다시는 붙잡히지 않아야겠다는 생각만 굳히고 있었다. 그는 짐승처럼 산길을 벌벌 기다시피 더듬어 내려오다가 처음으로 커다란 바위에 등을 기대고 쉬었다. 무심코 하늘을 올려다봤다. 저게 뭔가? 한 마리 거대한 누에 같은 게 하늘 한복판을 가로질러 허옇게 누워 있었다. 은하수였다. 아, 은하수가 저리도 아름답던가, 저렇게 아름다운 밤하늘을 두고 죽을 뻔하다니! 그러자 갑자기 울컥 눈물이 솟구쳤다. 한 번 솟구친 눈물은 마치 폭포수처럼 그의 두 뺨을 타고 내렸다. 그는 소리 없이 울음을 삼키며 자신이 왜 울고 있는지를 생각해 봤다. 자신이 이렇게 된 줄도 모르고 걱정하고 있을 가족들 때문에? 아내 숙경이가 그리워서? 복희가 보고 싶어서? 그러나 아무것도 아니었다. 그것은 이렇게 생사람을 아무런 망설임도 없이 죽일 수 있는 사람이란 존재를 그래도 가장 신뢰해 온 자신이 불쌍해서였다. 히틀러의 나치는 그래도 자민족의 우월성에 도취돼 유태인을 학살했다. 그런데 우리는 이게 뭔가. 세상에서 가장 저주받은 백성, 그래서 인륜도 저버린 채 모두 환장을 해버린 백성, 그 백성 중의 한 사람이란 사실이 그럴 수 없이 부끄럽고 슬펐다.

그러나 산속의 공기는 신선했다. 어쩌다 불어오는 바람마저 오히려 훈훈했다. 그래서 문근은 울다가 바위에 기대어 잠이 들었다. 새벽녘, 찬 공기에 으스스 몸을 움츠리다 잠이 깨었다. 눈을 뜨자 그는 깜짝 놀랐다. 이런! 옷이 피칠갑이었다. 양 손목은 포승줄을 푸느라고 얼마나 실랑이를 했던지 살점이 떨어져 나갔고 피가 엉킨 채 퉁퉁 부어 있었다. 손바닥에도 피와 황토가 범벅이 되어 있었다. 문근은 살그머니 서서 아침 햇살이 빗살처럼 퍼져 내리고 있는 아래쪽을 내려다봤다. 신작로 하나가 아래로 아래로 꼬불꼬불 틔어져 있을 뿐, 인가라고는 없었다. 우선 안심이 되었다. 그는 천천히 걸어서 산을 내려왔다. 이윽고 물소리가 좔좔 들렸다. 그는 물소리가 나는 개울로 찾아가 우선 손만 담가 손바닥에 붙은 피와 흙을 씻었다. 그리곤 두 손으로 물을 움켜 몇 번이고 마셨다. 그는 피 묻은 상하의를 벗어 물에 담가 두 발로 마구 밟았다. 옷에서는 벌거스름한 핏물이 끝도 없이 빠져 나왔다. 옷에서 핏빛이 가시자 그는 옷을 바위에 널었다. 해가 돋자 바위 위의 옷에서는 김이 피어오르는 게 보였다.

문근은 원시인 같은 모습으로 앉아 옷이 마르기를 기다렸다. 기다리면서 생각하고 정리했다. 덤으로 얻은 이 귀한 목숨 다시 잡혀서는 안 되리라. 잡히지 않기 위해서는 이 땅을 떠나야 하리라. 아니, 설령 이제부터는 아무도 그를 건드리지 않는다 해도 지긋지긋한 이 땅에서 살기가 싫었다. 비록 부모님과 가족 그리고 복희 같은 그립고도 아까운 사람들이 산다고 해도 생사람들을 이렇게 거리낌 없이 학살하는, 인간성이 매몰된, 도덕성이 실종하고 없는 이 땅에서는 단 하루도 살기가 싫어졌다. 어디로 가서 살아야 하나? 어디로 가야만 이 목숨 하나 온전히 보전할 수 있을까. 생각이 떠오르지 않았다. 그는 한참이나 궁리했다. 땅 밑으로 꺼져 숨나, 하늘로 솟아 숨나, 그저 막막하기만 했다. 그러다 그는 무릎이라도 칠 듯 혼자 큰 소리로 외쳤다.

"그렇다! 사할린으로 가자. 사할린은 땅 밑도 하늘도 아닌 땅 위다!"

그러자 숙경을 만나 같이 살아야 한다는 생각이 갈증처럼 전신을 죄어왔다. 이 오랜 갈증을 해소해야만 한다…. 그렇고 말고! 숙경이 나 때문에 사할린으로 가서 지금 오도 가도 못하고 고생하고 있는데, 내가 숙경이를 그곳에 두고 어디로 간단 말인가, 숙경이 보고 싶지 않아도 마땅히 사할린으로 가서 그녀를 위로하고 그녀를 감싸주는 것은 남자 된 자의 마땅한 도리다. 이제 문근은 자신이 사할린으로 가야 하는 것이 오래전에 정해진 숙명이기나 한 듯이 마음속 깊이 결심했다. 어떤 일이 있어도 사할린으로 간다!

그는 거의 마른 옷을 꿰어 입었다. 핏빛과 황톳빛이 대강 가셨을 뿐, 쭈글쭈글 말려든 광목 셔츠와 삼베 반바지, 그리고 낡은 흰 고무신 차림으로 그곳을 떠났다. 사방을 둘러봐도 어디가 어딘지 모를 깊은 산속. 일단 그는 멀지 않은 산마루까지 올라가 보기로 했다. 해가 뜬 방향으로 보아 동서남북은 구별이 가능했다.

산마루에 올라 내려다보니, 저 아래쪽 까마득한 곳으로 기찻길이 보였고 마침 그때 수십 량의 화차만 연결한 기차가 고물고물 달려오는 게 보였다. 기관차가 앞뒤에 붙어 있었다. 가만히 생각하니 기차가 가는 쪽이 마산 방향이었다. 출발한 방향이 진주 쪽이었다. 그는 배가 몹시 고팠지만 그 고개 위에 서서 기차를 바라보며 생각했다.

사할린이란 땅의 지도를 머릿속에 그려봤다. 숙경이 떠난 뒤 수십 번도 더 들여다본 사할린이란 섬과 그 주변의 지도를 다시 그려봤다.

일본에서는 북해도 바로 위였다. 소련 대륙에서도 바로 동해 타타르 해협 건너편에 있었다. 일본으로 가기 위해서는 부산으로 나가 배를 타야 하나 도무지 불가능한 일이었다. 게다가 북해도에 가서 다시 배를 타고 들어가야 한다…. 그러나 북한으로 올라가 두만강을 건너 소련 땅으로만 들어갈 수 있다면, 북사할린 어느 곳이든 소련 대륙과 거의 붙어 있다시피 가까운 지점이 있다…. 북한 쪽을 택하는 수밖에 없었다. 이러한 결심은 두고두고 심사숙고해 봐야 함에도 그는 북한으로 가서 소련을 통해 사할린으로 건너가는 것만이 유일한 사할린행 통로라고 생각해 버린 것이다.

그렇게 생각을 굳히자 우선 어떤 길을 택해 북한으로 가느냐가 남았다. 아무래도 인민군이 점령한 곳으로 가는 것이 안전할 것 같았다. 그렇다면 진주 쪽으로 가야 한다. 진주 산청 함양 무주를 거쳐 영동으로 빠져나가 곧장 북상한다!

문근은 드디어 산을 내려오기 시작했다. 나무꾼의 길인지 경사가 급한 산 속으로 길이 꼬불꼬불 나 있었다. 한참을 내려오다 보니 높은 바위 밑에 작은 절 하나가 보였다. 바위 벽에 은해암(恩海庵)이란 커다란 글자가 새겨져 있었다. 그는 허기를 면할 겸 그 절로 들어갔다. 마침 쉰은 넘어 보이는 스님 한 분이 있었다. 그는 거기에서 절 밥으로 요기를 했다. 스님이 유심히 그의 차림이며 거동을 보고 있다가 말했다.

"위급한 경지를 벗어나 망명도생(亡命圖生)의 여정에 있는 것 같소이다. 혹시 필요하다면 소승이 입던 장삼이라도 한 벌 드리리까? 날씨가 더우니 가사는 필요없을 것 같고…."

스님이 다시 말했다.

"혹시 실례가 된다면 이 질문을 거둬들이겠습니다만, 무슨 사연으로 이런 위기에 처하게 됐습니까? 소승도 한때 선생과 같이 절박한 상황에 놓였던 때가 있었습니다."

문근이 스님을 향해 물었다.

"스님께서도 쫓겼던 경험이 있으시다고요?"

"그렇습니다. 소승은 해방 전 만주에서 살았는데, 처자식을 해친 왜놈을 둘이나 살해하고 쫓기고 또 쫓기면서 도망치고 있었습니다. 마침 압록강을 건너는 날 해방의 소식을 듣고 무사할 수 있었습니다."

"스님께 처자식이 있었다고요?"

"그때는 출가 전이었으니까요."

"왜놈을 둘이나 죽였다고요?"

"처자식을 왜놈 손에 잃었으니까요."

이런 대화를 나누는 중 문근은 꾸벅꾸벅 졸고 있었다. 허기를 면하자 잠이 쏟아졌던 것이다. 절방에서 모처럼 비록 짧은 낮잠이지만 잠 같은 잠 한숨을 자고, 오후에 한 사람의 승려가 되어 머리에 삿갓까지 쓰고 절을 떠났다. 생각 같아서는 스님의 입산출가 사연을 더 듣고 싶었지만 그럴 여유가 없었다.

## 17장

# 망명도생(亡命圖生)

### 48

화중은 그날, 문근이 지서로 연행되던 날 문근의 자취방을 나와 본가로 와 얼마 안 있어 귀청을 찢을 만큼 큰 싸이렌 소리를 들었다. 그는 아뿔싸, 하며 내일이나 모레쯤 닥쳐오리라고 예측했던 불행이 상상 외로 빨리 닥쳐왔음을 직감했다. 그는 위험을 무릅쓰고 바로 문근의 자취방으로 뛰어갔다. 빨리 걸어도 10분은 걸리는 거리였다. 그러나 뛰었으므로 한 4, 5분밖에 안 결렸다. 물론 저녁을 먹기도 전이었다. 그런데 문근의 자취방 골목으로 들어서자 막 문근이 두 사람의 경찰에 의해 연행돼 가고 있는 뒷모습을 볼 수 있었다. 두 사람의 순경은 모두 총을 메고 있었다. 판단 착오였고 속수무책이었다. 내일이나 모레쯤 여기도 곧 잡으러 오겠지, 라고 한 생각의 근거는 어디에서 연유한 것일까. 왜 그렇게 태평스럽게 늦잡아 생각했을까. 얼른 몸을 숨긴 화중은 그길로 되짚어 본가로 가서 급히 그 사실을 어른들께 알리고는 바로 신촌으로 갔다. 60여 리 밤길을 단숨에 걸어 집 앞에 닿자 동정을 살폈다. 꼭 누가 잠복해서 자기가 나타나기를 기다리고 있을 것만 같았기 때문이다. 그러나 그런 기색이 없어 얼른 집으로 들어갔다. 아내가 반색을 하고 반기면서 말했다.

"어데 갔다 인자 오십니꺼? 아까 지서에서 순경이 몇 번이나 왔던데예."

아내는 아무것도 모르고 있었다. 화중은 급히 아내에게 말했다.

"날 잡으로 온 기요. 그러니 또 와서 물어도 내가 왔더란 말 하지마소."

"그람 당신은 지금?"

"피해야 하오. 이문근 선생도 붙들려 갔소!"

그는 자는 아이들의 볼을 한 번씩 만져 보고는 집을 나왔다. 아내에게 특별히 무엇을 당부할 말도 잊었다. 그냥 조심하고 잘 있으라는 말도 잊었고, 손을 한 번 잡아주는 일조차 잊어버렸다. 순경이 다시 나타나면 죽을 판이 아닌가. 그냥 입은 옷에 급히 집을 뛰어나왔다. 되도록이면 샛골목길만 더듬어 산 밑으로 붙어 걸었다. 어디로 가야 할지 생각이 막막했다. 그래서 그는 무턱대고 걸으면서 생각을 다잡기로 했다. 급한 것은 이 시간을 무사히, 아니 이 밤을 탈 없이 넘기는 것이었다. 그렇게 생각하자 이렇게 걷고 있는 일조차 위험스럽게 느껴졌다. 어느 구석에서 경찰이 총을 겨누며 불쑥 나타날지 몰랐다. 그래서 그는 산속으로 들어가 몸을 숨겼다. 모기가 살판났다는 듯 앵앵거리며 달려들었고 거미줄을 건드렸는지 커다란 왕거미 한 마리가 이마 위로 스멀스멀 기어 내려왔다. 그는 도로 일어서 산을 내려왔다. 경찰도 이렇게 늦은 시간까지 집집을 찾아다니지는 않을 것 같았다. 그래서 다시 생각했다. 우선 오늘 밤은 딴 데서 지내고 내일부터의 일은 내일 생각하자.

그는 어둔 밤길을 20여 리나 걸어서 기차역이 있는 곳으로 내려왔다. 일제 때에 지은 낡고 좁은 대합실 의자에는 밤중인데 몇 사람의 나그네들이 있었다. 나그네들의 행색을 자세히 살펴봤다. 모두들 크고 작은 보퉁이들을 가지고 있었다. 말씨도 영남 말씨가 아니었다. 위쪽 서울에서 피난을 온 사람들이었다. 아마 막차로 이곳 시골로 아는 사람들을 찾아온 모양이었다. 그러다 대합실에서 밤이라도 새우고 뿔뿔이 흩어져 연고자를 찾아가 신세를 지리라.

화중은 그곳에서 밤을 새우며 생각했다. 어떻게 하나, 이 땅에서는 살 수 없게 되었다. 죽은 것처럼 살아도 이 땅의 부모님 곁에서, 사랑스러운 아내와 아이들을 데리고 살고 싶었지만 그것이 가능할 것 같지 않았다. 그는 밤새도록 이 궁리 저 궁리를 하며 거의 뜬눈으로 밤을 새웠다. 그러다 다시 결심했다. 이 역에 먼저 닿는 기차를 타고 종착역까지 가고 본다. 기차는 진주행과 부산행이 있었다. 서로 반대 방향이었다. 그러다 다시 결심을 바꾸었다. 아니다, 기차를 타고 여기를 떠나되 부산으로 간다. 부산의 누님이 생각났기 때문이다. 아니, 누나보다도 자형을 생각했기 때문이다. 그는 호주머니 속에 들어 있는 돈으로는, 만일을 위해서는 어림도 없을 것 같았다. 하지만 누님이라면 여비도 보태줄 수 있으리라 생각했다. 그리고 배편 마련도 쉬울 것 같았다. 남동생이 화중뿐이었으므로 누님은 화중을 극진히 아끼고 위했다. 그러다 마산으로 시집을 갔는데, 자형 되는 사람이 배를 타면서 부산으로 이사를 갔던 것이다. 화중은 지금쯤 경찰서 유치장에 갇혀 있을 문근을 떠올리며 한숨을 쉬었다. 문근을 살리기 위해서 60여 리 길을 달려간 정성이 순간적인 판단 착오로 헛수고가 되고 말다니….

그날 오후에 부산에 닿은 화중은 먼저 초량역전에서 가게를 내고 있는 누님 집을 찾아갔다. 누님은 자형이 배를 타면서 돈을 꽤 많이 벌어 오는데도 그냥 놀기가 심심하다고 잡화가게를 내어 거기에 재미를 붙이고 있었다. 하기는 결혼을 하기 전 처녀 때는 길쌈에 농사까지 거들었던 억척이었으니, 결혼을 해서 남편이 월급을 받아 온다고 그냥 살림에만 매달릴 사람이 아니었다.

누님은 화중의 후줄그레한 모습, 몇 끼나 굶어 눈까지 움푹 들어간 초췌한 몰골에 깜짝 놀라며 동생을 맞았다.

"곽중에(갑작스럽게) 웬 일이고? 얼굴이 이기 머꼬? 무슨 일이 있었나?"

"이야기는 나중에 하고 우선 밥 좀 주소!"

"그래, 시상에 우짜다가 이 모양이 돼서 기별도 없이 들이닥치노?"

누님은 당장 더운 쌀밥을 짓기 시작했다. 차리는 동안 화중이 부엌을 향해 물었다.

"요새 자형은 집에 안 계시능교?"

그의 누님은 손을 재게 움직이면서 말했다.

"자앙(늘) 일본으로 댕기고 안 있나. 한 달이몬 반은 배에서 지내는 셈이다. 아매 내일 모레쯤에는 돌아올 끼다."

화중은 일단 안심하면서 침묵을 지켰다.

이윽고 작은 냄비에다 급히 지은 하얀 쌀밥을 상에다 차려 왔다. 생선도 푸짐하고 먹음직하게 구워 놓았다. 화중은 수북하게 담은 밥 한 그릇을 후딱 먹었다. 이 한여름에 하얀 쌀밥을 먹을 수 있는 사람은 시골에서는 아무도 없었다. 물론 여기에서도 보리밥을 먹을 터였다. 화중이 숭늉까지 마시고 나자 누님이 연거푸 묻기 시작했다.

"그래, 무슨 일이고? 집안은 편나? 올케랑 아아들은 우떻노?"

"다아 편하요."

"덕곡에는 가 봤나?"

"어제 다녀왔소."

"아부지 어무이도 편안하시더나? 복희도 잘 있고?"

"편하시고 잘 있소."

"그라모, 니 얼굴이 와 그리 됐노? 똑 쫓기는 사람 맹키로."

"안 그래도 쫓기고 있소."

그러면서 담배 한 대를 피워 무는데 누님이 다그쳤다.

"쫓기당이? 무신 소리고?"

"누님, 놀라지 마소. 보도연맹에 든 사람들을 이번에 몽땅 잡아다가 죽이고 있소. 나도 보도연맹에 가입돼 있소!"

"그기 뭐하는 긴데, 니가 와 가입됐다 말이고?"

"좌우간 그런 기 있고, 내가 가입하게 됐소. 내 친한 친구 이문근이란 사람도 어제 저녁에 붙잡혀 갔는데 아마 오늘 아니면 내일 죽을 끼요."

"저런! 저그 마누래 가라후토로 갔다는 그 사람이?"

"그렇소. 복희를 그 사람한테로 시집보낼라 캤는데 다 틀렸소."

"복희를?"

"복희 나이 스물이고, 그 사람은 35살이라도 총각 한가지요. 그래서…."

"시상에…. 그 생대 겉은 사람이 죽는당이…. 니는 우째 안 붙잡힜노?"

"덕곡 집에 간 바람에 피하게 됐소. 그새 경찰이 신촌 우리 집으로 날 잡을라고 몇 번이나 왔더라고 안 하요."

"조상님이 도우셨구나, 우찌 될 뻔했노… 내가 간이 다 떨린다."

화중이 잠시 입을 닫고 있다가 말했다.

"그래서 누님한테 부탁이 있어서…."

"그래 뭐꼬?"
"자형한테 말해서, 내 일본으로 좀 보내 주소. 돈도 좀 주고…."
"일본만 가면 아무 일 없겠나?"
"설마 일본까지 잡으러 오겠는교?"
"그래, 우짜든지 살고 봐야제."
"요새도 그런 길이 있겠지요?"
"몰라, 내사 아나. 너그 자형 오몬 물어보자. 그라모 올케랑 아부지 어무이는 니가 일본 가는 거 아시나?"
"모르시오. 집사람한테서 떠날 때도 우선 피하고 보자고 집을 나온 기고, 일본까지 갈 생각은 안 했는데, 역으로 나와 가만히 생각하니까, 누님 생각이 나서 이리로 왔소."
"그래, 잘했다. 니가 이리로 온 줄은 경찰에서도 아무도 모를 거 앙이가?"
"알면 귀신이지."
화중은 부산에 머물면서 전쟁의 소식과 그 파급 영향에 귀를 세웠다. 우선 시골보다 피부로 느낄 수 있는 것이 물가였다. 전쟁이 나기 전에 쌀 1되 350원 안팎이었던 것이 전쟁이 터지자 550원으로 올랐다고 한다. 그것도 상인들이 매점매석을 하는 바람에 쌀을 구하기가 힘이 든다고 했다.
유엔군은 지난 7월 4일 부산에 상륙했지만, 전세는 계속 밀리고 있어 부산까지도 언제 적의 수중에 떨어질지 모를 지경이었다. 거리에는 미군들의 군용차가 꼬리를 물고 다녔고, 부산은 갑자기 피난민과 군인들로 북적대는 거대한 대합실로 변한 것 같았다,
전쟁이 처음 터진 때 한국군의 수는 육해공군 합해서 9만 8천 명에 불과했다. 그러나 인민군은 소련과 중공에서 훈련받은 정예병인데다 당시로서는 최신 중장비를 갖춘 13만 5천 명이 일시에

공격했으니 한국군은 밀릴 수밖에 없었다. 이래서 길거리에서는 젊은 남자라면 무조건 훑어가는 식의 소위 '강제 모병'이 실시되었고, 여기에 걸린 젊은이들은 불과 일주일의 훈련 끝에 전선으로 나갔다.

화중은 나이 30대 중반이 지났지만 그래도 위험해서 두문불출, 누님의 집 안에서만 지냈다. 자형이 일본에서 돌아와 배편을 구하는 대로 이 땅을 뜰 생각이었고, 그 기회만 기다리고 있었다. 마침 자형은 그즈음 일본으로 밀항하는 한국의 부잣집 자제, 권력층의 세력 있는 집안 자제들을 몰래 일본으로 태워다 주고 있었다. 전쟁을 피해, 군입대를 피해 너도 나도 일본으로 도피하고 있었던 것이다. 하루 종일 누님 집안에서만 지냈던 화중은 전쟁이 터진 지 5일 뒤에 유엔군 사령부에서 비행기를 통해 공중 살포한 격려 전단을 읽을 수 있었다. 누님 집 아이들이 주워 온 것이 그때까지 책갈피 속에 끼워져 있었다.

유엔은 일본에 주둔한 미군에게, 평화를 사랑하는 대한민국이 북한의 불법적인 침입에 대하여 반항하는 귀국을 원조하라고 요청하였습니다. 우리는 귀국을 적극적으로 원조하겠습니다. 그러니 귀국민들은 견고, 침착, 대담하게 그리고 맹렬히 적에 대항하십시오. 우리는 한국과 힘을 합하여 침략자를 귀국으로부터 격퇴하겠습니다….

이러한 전단 살포에도 불구하도 인심은 날로 흉흉해져 갔고, 피난민은 하루가 다르게 불어나고 있었다. 그동안 서울에서 대전으로, 다시 대전에서 대구로 옮겨와 있던 정부의 이윤영(李允榮) 사회부장관이 7월 24일 부산으로 왔다. 이 장관은 경남도지사실에서 기자회견을 가졌다는 보도였다. 기자회견 내용은, 피난민의 수가 110만 5천 명이라는 것, 그중 38만 명만 피난민 수용소에 수용되고 있다는 것, 쌀값이 드디어 600원을 넘어 650원이 되었다고 하면서 매점매석은 반민족행위라고 악덕상인을 비난했다. 그리고 피난민들의 구호를 위해 매월 3억 7천만 원의 예산을 책정했다고 밝혔다. 또 이 장관은 피난민이 가장 많이 수용돼 있는 영도 봉래동의 대한도자기회사로 가서 피난민들을 격려했다고 했다.

화중은 이윤영 장관의 행차가 피난민에 대한 대책강구나 격려가 목적이 아닌, 부산으로 정부를 옮겨올 사전 답사가 아닌가 하고 생각했다.

드디어 배편이 마련되었다고 했다. 그의 자형은 10명을 태우고 가면 수지가 맞는데 8명뿐이어서 하루를 더 기다렸다며, 내일 밤에 출발한다고 했다. 2명을 마저 채웠다고 하면서, 쑥시개(무질서)판에 돈이나 버는 기지, 라고 했다.

강화중은 7월 26일 밤, 영도 남항동으로 가서 작은 발동선에 올라 배 밑창으로 내려갔다. 컴컴한 가운데 먼저 와 있는 사람들이 자리를 비켜 주었다.

그는 누님이 준 금 2냥이 든 호주머니에 손을 넣어 그것을 꼭 움켜잡았다. 일본에 가서 살 길은 이 금덩이를 잘 간수하는 일뿐이었다.

## 49

이문근은 은해암에서 밥을 배불리 먹고 낮잠 한숨을 잤다. 그러고는 승복에 삿갓까지 쓰고 승려로 변장, 곧장 길을 떠났다. 암자가 있는 산을 벗어나는 데만도 2시간 이상이 걸렸다. 산길은 험했다. 계곡이 나타나면서 물이 흐르는가 했더니 이내 바짝 마른 계곡이 나타나기도 했다. 전쟁이라고는 하나 이런 산속에서는 전혀 전쟁 같은 것을 느낄 수 없고 평화와 자연의 조화만이 충만해 있었다. 가끔씩 길섶에서 까투리와 장끼가 끼르륵 소리를 지르며 푸드덕 일직선으로 날아올라 건너 산으로 간다든지, 풀꾹풀꾹 하면서 구성지게 울다가 뚝 그치는 풀꾹새 소리. 그리고 귀가 왜앵 하니 시끄러운 매미 소리가 오히려 산속의 정밀(靜謐)을 더하고 있었다.

그는 드디어 산마루에서 바라봤던 기찻길까지 내려왔다. 그러나 기찻길은 산과 산 사이로만 틔어 있을 뿐 근처에 인가라고는 찾아볼 수 없었다. 그는 진주 쪽이라 생각되는 방향으로 바삐 걸었다. 산모롱이를 하나 돌자 드디어 산 밑에 옹기종기 십여 가호의 초가집들이 보였다. 해가 서산에 걸리려면 아직 꽤 시간이 지나야 했다. 그는 잠시 망설였다. 이 동네에서 자느냐, 좀 더 가다가 자느냐, 그러다 시간이 너무 이른 것이 마음에 걸려 그 동네를 지나쳐 다시 걷기 시작했다. 약 1시간 정도 걸었을 때 제법 큰 동네가 철로 좌우로 보이면서 간이역이 나타났다. 이제 해도 설핏했고 더위도 한풀 꺾였다. 그는 역원 한 사람 없는 간이역의 의자에 앉아 망연히 진주 쪽을 바라봤다. 지금 어디쯤 전투가 벌어져 있을까. 격전지를 통과하여 북상하기가 쉽지 않으리라.

한참을 쉬다가 일어선 그는 동네를 향해 걸어갔다. 동네 입구의 정자나무 밑에 몇 사람의 노인들이 앉아 있었다. 그는 그들 곁으로 다가가 삿갓을 쓴 채 허리를 굽혔다.

"어르신들 안녕하십니까? 소승 길을 가다가 좀 여쭈어 볼 게 있어서…."

그러자 눈썹이 검은, 그중 좀 젊은 사람이 말했다.

"뭔데예?"
"지금 싸움이 어디쯤에서 붙어 있습니까?"
"우린들 우찌 알겠습니꺼? 스님은 오데서 오는 길입니꺼?"
"저 산너머에서 옵니다. 진주로 가려고 합니다."
"기차는 벌써 떨어졌고, 군용열차가 밤에라도 진주로 갈지도 모르지예."
"간이역에서 군용열차가 쉬겠습니까?"
"안 쉬지예. 철길을 한참 지나면 높은 재가 나옵니더. 그 재에서는 기차가 걸어가는 속력밖에 몬 냅니더. 그때 올라타이소."
문근은 그들에게 인사하고 돌아섰다. 그의 뒤통수에 대고 누가 말했다.
"삿갓 밑에 머리가 진 거로 보이 중은 앙인갑다!"
문근은 간이역을 지나 철로를 곧장 걸었다. 1시간가량 걸었을 때 과연 가파른 고갯길이 시작되었고, 고갯길 저 위로 터널이 보였다. 그는 경사가 시작된 곳에서 한참을 더 걸어 올라갔다. 기차의 속도가 가장 떨어질 만한 곳에서 무작정 기다리기로 했다. 해는 지고 서늘한 바람이 불어왔다. 철로의 양편에는 볏논이 있었다. 다 자란 벼가 시퍼렇게 물결치고 있었다. 그는 철로변의 개울로 내려가 삿갓을 벗고 손과 발, 얼굴을 씻었다. 그리고 뜨뜻미지근한 물을 손으로 떠 몇 모금 마셨다. 그 물은 볏논의 물꼬를 통해 흘러나온 물일 터였다.
만약 기차가 안 오면 어떻게 되나? 무작정 기다리는 것도 대단히 무모한 짓이라는 생각이 들었으나 어두워지기까지만 기다려보다가 그래도 기차가 오지 않으면 다시 동네를 찾아가야겠다고 마음먹었다.
한참을 앉아 있으려니까 철로를 울리는 가느다란 소리가 들려

왔다. 기차소리였다. 그러나 점점 커지는 그 소리는 반대방향인 진주에서 오는 기차소리였다. 터널을 빠져나온 기차는 쏜살같이 문근의 눈앞을 스쳐 지나갔다. 유개화차였다. 그런데 그 차에는 머리며 몸에 붕대를 감은 군인들이 타고 있었다. 싸움에서 다친 군인들을 마산 쪽으로 후송하는 것이리라.

이제 해는 완전히 져버렸고, 곧 어둠이 짙어질 때가 되었다. 그는 엉덩이를 털며 일어섰다. 동네를 찾아가야 할 판이었다. 왔던 길을 되짚어 1시간쯤 가면 아까 그 노인들을 만난 동네가 있다. 하지만 그냥 진주 쪽으로 간다면 얼마나 걸어야 동네가 나올지 몰랐다. 그러나 그는 진주 쪽을 향해 걷기 시작했다. 터널 입구에서 저쪽 끝을 바라보니 하얀 구멍이 빠꼼하게 보였다. 거리가 얼마 되지 않을 것 같았다. 그는 바로 터널 안으로 걸어 들어가기 시작했다. 그런데 얼마 걷지 않아서 다시 철로에서 달그락달그락 소리가 들려 왔다. 얼른 엎드려 귀를 철로에 대었다. 기차가 오고 있었다. 그것은 마산 쪽에서 울려오는 소리였다. 그는 도로 되짚어 뛰어서 터널을 빠져나왔다. 아까 쉬었던 경사진 곳으로 내려오자 저 아래 산모롱이를 돌아 올라오고 있는 기차가 보였다. 그는 칡넝쿨을 걷어다 떨어진 고무신을 발등과 함께 싸맸다. 기차를 따라잡기 위해 뛸 때를 대비해서였다. 가까이 오는 기차를 보니 무개화차에는 탱크며 기관포가 장착된 트럭, 지프차 같은 군용 차량들이 잔뜩 실려 있었다. 군인들은 보이지 않았다. 다행이었다. 기차는 마치 혀를 빼문 황소처럼 가쁜 숨을 몰아쉬며 올라오고 있었다. 문근은 기차의 속도를 가늠해 보았다. 걷는 속도와 같다는 것은 거짓말이었고, 충분히 올라 탈 수는 있을 것 같았다. 그는 철로 변에 몸을 낮추고 앉아, 거친 피스톤 소리를 내며 다가오는 기관차가 눈앞을 지나는 것을 보고는 일어섰다. 그런데 멀리서는 안

보이던 군인들이 무개화차에 실린 탱크, 트럭, 지프차마다 타고 있었다. 그것도 모두 미군들이었다. 흑인도 있었다. 문근은 그때 흑인을 처음 보았다. 차량의 행렬은 길었지만 차량마다 미군들이 있으면 어떻게 탈 것인가. 그런데 미군들은 이상한 차림의 문근을 보고는 괴성을 지르기도 하고 손을 흔들기도 했다. 한 흑인은 하얀 이빨을 드러내며 웃다가 뭣을 획 던져주기도 했다. 그것은 껌이었다. 그러나 문근은 껌을 주울 새도 없이 그런 호의를 베푸는 흑인이 탄 차량을 향해 달려갔다. 흑인은 처음엔 놀라는 눈치였다. 문근은 빈손을 들어 흔들며 고함쳤다.

"헬프 미, 헬프 미!"

그러면서 기차를 붙들고는 단숨에 무개화차 위로 뛰어올랐다. 이쪽저쪽 차량의 미군들이 한꺼번에 뭐라고 소리치면서 아우성이었다. 문근이 탄 차량의 흑인병사가 웃음을 거둔 얼굴로 그에게 다가와 물었다.

"당신 뭐요?"

문근이 천천히 답했다.

"나는 한국의 승렵니다."

문근의 영어에 흑인은 일단 안심하는 듯한 표정을 취하면서도 계속 경계의 눈초리를 늦추지 않고 물었다.

"왜 이 차를 탔소?"

"동족의 전쟁에 외국인이 고생하는데 어찌 그냥 구경만 하겠습니까. 비록 무기는 없더라도 당신들의 노고에 보답하기 위해 함께 싸우겠습니다."

그러자 그는 문근의 괴상한 차림을 한참이나 아래위로 내리훑고 치훑다가 퉁명스럽게 말했다.

"잠시 기다리시오."

그런 흑인이 옆 차량으로 옮겨갔다. 잠시 뒤에 백인 장교 한 사람을 데리고 왔다. 문근이 먼저 일어서서 손을 내밀려 악수를 청했다.

"수고하십니다. 나는 한국인 승려입니다."

미군장교가 말했다.

"신분은 들었습니다. 요망 사항을 이야기해 보시오."

"우리 싸움에 외국 군인이 고생하는 것이 미안해서 무슨 일이든 도와 드리고 싶습니다."

"한국군도 지금 군인이 모자라는데?"

"나는 나이가 많아서 군인은 될 수 없습니다."

"신분증을 보여줄 수 있소?"

"승려는 이러한 의복이 신분증입니다."

"가족은 없습니까?"

"승려는 부모 형제 등의 가족이 있어도 속세와는 인연을 다 끊습니다."

"위험한 전쟁에 참여하려는 의도를 이해 못 하겠소."

"나는 우리 동포끼리의 싸움에 외국 군인이 도와주는 일에 대하여 크게 감사하고 있습니다. 그래서 종군이라도 하겠다는 겁니다. 무기를 주면 같이 싸우겠습니다."

"속세와의 인연을 끊는다는 것과 방금 싸우겠다는 말은 어떤 관계가 있소?"

"속세와의 인연은 사적 개인적인 문제이고, 전쟁에의 참여는 대의와 명분의 문제입니다. 옛날부터 우리나라의 승려는 정의로운 싸움에는 많이 참여했었습니다. 이것은 한국 승려들의 전통이기도 합니다."

장교도 흑인처럼 문근의 아래위를 훑어보더니 다시 말했다.

"이 전장의 시간에 제 발로 찾아온 당신을 어떻게 믿겠소. 가령 북한군의 첩자인지 아닌지 말이오."

이 말에는 문근도 얼른 답할 말이 생각나지 않았다. 잠시 미군 장교의 얼굴을 바라보다가 두 손을 내밀며 다시 말했다.

"나는 공산주의자로 몰려 한국 경찰에 붙잡혀 죽음의 현장에서 어제 기적적으로 살아난 사람입니다. 이 팔목의 상처가 그 증거입니다. 포승에 묶였던 이 자국을 보십시오."

"그럼 승려라는 당신의 말은 어떻게 되는 거요?"

"사실대로 말하면 이 승복은 절에서 얻어 입은 것이고, 나는 승려가 아닙니다."

"왜 그런 거짓말을 하시오? 그런 거짓말부터가 당신을 믿을 수 없게 하는 것 아니요."

"우선 살기 위해서였고 실제로 나는 미군 속에서 여러분을 돕고 싶기 때문이었습니다."

"영어는 어디에서 배웠소?"

"나는 경성사범학교라는 교사 양성 학교 출신으로 현직 교사입니다. 영어는 학교에서도 배웠고 독학으로도 익혔습니다."

"그래, 진정으로 우리와 함께 싸우겠소, 목숨을 내걸고?"

"나는 지금 장난을 치거나 헛소리를 하자고 이 기차에 탄 것이 아닙니다."

미군 장교의 표정이 풀리면서

"복장이 이래서는 안 되겠는데 옷을 갈아입겠소?"

하고 진지한 표정으로 물어왔다.

"옷을 주면 고맙겠습니다."

그러자 그는 흑인 사병을 시켜 군모와 군화, 양말, 군복을 가져오라고 명령했다. 완장도 가져다주었는데 거기에는 G2라고 씌어 있었다.

문근은 차 위에서 승복을 벗어 던지고 군복으로 갈아입었다. 그 기차는 전선으로 보급물자를 싣고 가는 중이었고 그 장교는 미군 24사단 19연대 참모본부로 갓 전속된 정보장교였다. 따라서 통역 요원이 절대 필요했던 참이었는데, 문근이 제 발로 굴러온 것이다. 장교는 문근을 데리고 다른 차량으로 갔다. 기관차 바로 뒤에 붙어 있는 1량의 유개화차였다. 거기가 그의 방이었다. 그 장교는 대위였고 이름은 워렌이었다. 그가 직접 Warren이라고 써 주었다. 문근은 Lee, Moon-Keun이라고 써 주었다. 워렌은 문근에게 먹을 것을 주었다. 모두 캔에 든 것이었다. 갑자기 G2가 된 문근은 완장의 G2가 무슨 뜻인지 워렌에게 물었다. 워렌이 답했다.

"그룹 투(group two)란 말의 약어로, 그룹 투는 정보업무를 맡은 부섭니다. 전시에는 민간인을 G2로 임용할 수도 있고, 특히 정보장교에게 그 임명권이 주어질 수도 있습니다. 앞으로 많은 활동을 기대합니다. 유의해 둘 것은 당신이 우리를 배신하면 즉시 사살될 수 있다는 겁니다."

"잘 알겠습니다. 힘껏 해 보겠습니다."

문근은 혼자 짐작했다, 그럼 G1은 전투요원을 뜻하는가 보다 하고.

종착역인 진주에 기차가 닿았을 땐 저녁 9시가 다 되었다. 워렌의 팔목시계로 시각을 알 수 있었다. 기차에 싣고 온 차량과 보급품을 내리는 데 많은 시간이 걸렸다. 그러나 문근은 워렌과 함께 역 근방의 들판에 쳐진 막사로 갔다. 워렌은 귀한 통역관을 만났다며 막사의 많은 장교들에게 문근을 소개했다. 사실 문근은 통역을 자유자재로 하기에는 영어가 짧았다. 학교시절에 영어를 열심히 한 것은 사실이고, 해방 후에도 영어를 공부했으나 모두 독해

공부였다. 미국 소설을 여러 권 읽은 게 독해에는 도움이 되었겠지만 회화에는 전혀 도움이 안 됐을 터였다. 그런데도 급해서 손짓 발짓 섞어 하는 영어도 그 당시로서는 대단한 것으로 미군들에게 인정되었다.

모처럼 미군 막사에서 발을 뻗고 잘 수 있었다. 며칠 만의 편한 잠인가. 덕곡에서 순경들에게 붙잡혀 자취방을 떠난 뒤로는 처음이었다. 워렌은 문근에게 모기를 쫓는 약이라며 피부에 바르라고 약을 주었다. 팔목의 상처를 보고는 어쩌다 다쳤느냐고 물었으나 그냥 얼버무렸다. 외국인에게까지 보도연맹원에 대한 당국의 만행을 말하기는 싫었다. 워렌은 상처에 바르는 연고도 주었다. 문근은 워렌을 따라 모기약을 얼굴, 목, 손 등 노출된 피부에 발랐다. 왜앵왜앵 모기 소리는 요란했지만 한 마리도 얼씬하지 못했다.

막사에는 전투병, 특히 기갑부대 장교들이 대부분인 듯 늦도록 자기들끼리 무엇인가 의논을 하고 있었다. 작전회의는 아닌 듯했으나 전투에 관한 의견교환들이었다. 문근이 듣기에는 말씨가 너무 빠르기도 해서 잘은 알아들을 수 없었지만 대강 이런 뜻의 말이 오가고 있었다.

"북한군 점령지대의 주민은 공산주의자로 급변하고 있다는데."

"북한군 선발부대는 고도의 정치교육을 받은 엘리트여서 주민들의 환심을 사고 있다고 하더군."

"그러니까 피난 안 간 주민들은 적색분자로 볼 수밖에 없지 않아."

"물론이지, 그러니까 공군 폭격 시 마을 전부를 초토화하는 거지."

"마을이 북한군에 점령됐는데도 공군 폭격이 안 됐으면 지상군으로 하여금 마을을 화염방사기로 불태우게 해야 할 거야. 피난

안 간 사람은 모두 일단 공산주의자로 보고 소탕해야 돼."
"한국군에게 맡기는 게 좋지 않을까."
"글세…."
문근은 이 무서운 말들을 더 들으려고 애썼으나 며칠 동안 못 잔 잠이 마구 쏟아져 그만 깊은 잠에 빠지고 말았다. 문근이 잠을 깼을 땐 해가 솟아 있었다. 기갑부대 장교들은 한 사람도 없었다. 워렌이 웃으면서, 준비해 두었던 치약, 칫솔, 비누, 면도기, 타월 같은 일용품이 든 작은 가방을 문근에게 주었다. 그리고 워렌은 문근의 어깨를 치면서 물었다. 마치 오래 사귄 친구와 같이 대했다. 영어에 경어와 평어의 구별은 안 됐지만 분명 평어투였다.
"잘 잤어? 아주 곤하게 자기에 못 깨웠지."
문근이 답했다.
"응, 잘 잤어. 모처럼."
"모처럼이라니?"
"응 그런 일이 있었어."
"왜? 모기 때문에?"
참 팔자 좋은 소리 하고 있구나, 생각하면서도 문근이 대꾸했다.
"그래 모기 때문에, 아주 큰 모기 때문에."
그때 한국인 G2 한 사람이 미군 장교와 함께 지프차로 급히 와 닿더니 다른 막사로 들어갔다. 그 막사는 작전본부라고 했다.
아침 식사 후 그 한국인 G2가 나타났다. 그는 이미 며칠 전에 진주에 와 있던 사람이라고 했다. 부산 출신의 고경호라고 했다. 경호가 문근에게 물었다.
"직장에 다니다 왔습니까?"
그러나 경호의 말씨는 부산 말씨가 아니었다.
"예, 교편 잡다가 왔습니다."

경호가 다시 반색을 하며 말했다.

"그래요? 실은 저도 교사 출신입니다."

"아, 그래요? 반갑습니다. 고형은 고향이 부산이라고 했습니까?"

"태어나기는 제주에서 태어났고, 현재는 부산에서 살고 있습니다. 대학은 서울에서 다녔고요. 그리고 다시 부산에서 영어를 가르쳤습니다."

"그럼, 영어에는 능통하시겠습니다."

"아니요, 저 애들 영어는 학교에서 배운 것과 달라서 오래 같이 있지 않으면 잘 못 알아듣지요."

"저는 영어가 짧아서 말씨를 알아듣기가 아주 힘이 듭니다."

"차차 익숙해질 겁니다."

"어제 저녁에 들으니까 인민군 점령지대의 주민들이 모두 공산주의자로 바뀌기 때문에 피난을 안 간 주민들을 죽이겠다고 하던데요."

"그건 우리도 어쩔 수가 없지요. 실제로 피난 안 간 주민들 속에는 공산분자가 많이 섞여 있기도 합니다."

"공산주의자는 모두 잡아다가 이미 없애지 않았습니까? 보도연맹원 처벌 모르십니까?"

"그건 실제 공산주의자 수에 비하면 극소수에 지나지 않지요."

"그래서 고형은…."

"물론 미군들의 양민학살에 동의할 수는 없지요. 그러나 불가항력이거든요."

"불가항력이라…."

문근이 망연한 눈길을 하늘로 향하자 고경호가 말했다.

"저는 지난번 제주도 4·3 폭동 때까지 제주도에서 살았습니다. 그때는 외국군인 아닌 한국 사람들이 소위 불순분자와 양민을 구별 없이 학살하는 걸 봤습니다. 불가항력이었습니다. 살아남은 것만도 천행으로 여겼습니다. 이번 전쟁에서도 살아남는 것은 어쩌면 천행일지 모릅니다. 더군다나 우리를 도우려고 온 외국 군인들의 작전계획이나 전략을 군인도 아닌 우리가 어떻게 간섭합니까. 전쟁은 이 땅의 것이지만 제사상은 남의 것인데 감 놔라 대추 놔라가 가능하겠습니까?"

고경호는 잠시 쉬었다가 이었다.

"어젯밤에는 미군 정보장교와 함께 산청에서 밤을 지냈습니다. 진주가 언제 적의 수중으로 들어갈지 모릅니다. 수집한 정보로는 8월 15일까지 인민군은 부산을 해방시킨다고 합니다. 20일가량 남았지요."

문근은 착잡한 심경을 달랠 수가 없었다. 그러다 다시 물었다.

"지금 전투는 어디에서 계속되고 있습니까?"

"대구, 진주, 마산, 부산만 빼고는 온통 전장인데요 뭐."

"여기 진주 가까운 곳의 전투 말입니다."

"하동 서쪽, 함양, 합천… 진주가 위급합니다."

## 50

드디어 8시 정각에 워렌은 움직이기 시작했다. 워렌 대위는 문근을 지프차의 자기 옆자리에 앉혔다. 그는 지프차를 몰면서 문근에게 많은 이야기를 해 주었다. 어제 낮에 진주에 도착한 미군은 오키나와에서 10일간이나 배에 시달리며 부산에 도착한 미 제 24사단 19연대라고 했다. 단 한 시간의 휴식 여유도 없이 그대로 어제 진주에 도착, 겨우 한밤을 자면서 그것도 휴식을 한 것이 아니고 새로 보급받은 장비를 밤늦도록 손질했다고 한다. 그러나 화기

점검도 다 끝내지 못한 채 출전하게 됐다는 것이다. 심지어 12.5밀리 기관총에서는 기름을 닦아 내지도 못했다고 했다.

전세가 너무 급박했기 때문에 19연대는 다시 둘로 나뉘어 제3대대는 하동을 공격하고 제 1대대는 안의 지구의 방어를 맡게 되어 워렌은 지금 안의 방면으로 가고 있다고 했다. 안의 지구 방어 임무를 맡은 미 19연대 1대대의 대대장은 윌슨 중령이라고 했다.

워렌은 일본에서 며칠 전에 부산으로 와 있다가 어제 이 19연대로 전속됐다고 했다. 명색이 정보장교인데도 통역관이 배정되지 않아 걱정하고 있던 중이라고 했다. 그는 부산에서 며칠 머무는 동안 들은 정보를 문근에게 말해주었다. 진주에는 주로 학도병 700여 명으로 편성된 오독중 부대가 있었으나 인민군 6사단에 의해 지난 7월 18일 금강 전투에서 깨졌다고 했다. 그러면서 한국에서 듣는 정보는 도무지 종잡을 수가 없어서 어떤 말이 진실인지 상부에 보고할 수가 없다고 했다. 문근은 사람 이름에 독중이란 게 있을까 생각하다가 안의에 도착해서야 그것이 오덕준임을 알고, 외국어 소통의 어려움을 실감했다.

어제 오후에는 한국인 G2 고경호가 다른 미군 정보장교와 함께 산청에 가서 정보를 수집했는데, 그 정보에 의하면 인민군 제4사단이 군산-전주-함양-산청-안의를 거쳐 진주로 진출할 것이 틀림없다고 보고했다는 것이다. 진주가 무너지면 마산이 그다음 차례이고 부산이 위험하다고 워렌은 심각한 표정으로 말했다. 그래서 전투부대는 이미 미명에 하동과 안의로 떠났다고 했다. 문근이 워렌과 함께 안의에 도착했을 때는 한국군 민기식 대령 지휘하의 지대와 김성은 중령의 부대가 고전하고 있었고, 오덕준 부대는 깨진 것이 아니고, 남원에서 싸우고 있다는 것이었다. 워렌이 다시 한탄했다.

"갓뎀, 정보가 이래서야! 오독중이 살았으니 다행이군!"

27일 오후, 제 19연대장 무어 대령은 안의 지구에 와 있는 제 1대대(윌슨 중령 지휘)를 21대대와 교대했다. 그러나 윌슨의 명령을 받고 워렌은 거창의 제 34연대에 전황 연락차 나섰다가 안의 북방에서 침공한 인민군에게 기습을 당했다. 금산에서 진안을 거쳐 동쪽으로 침공한 인민군 제 4사단이 안의를 포위하고 공격준비를 갖추고 있었던 것을 몰랐던 것이다. 워렌은 권총을 뽑아 응사하다가 전사했고, 무기가 없는 이문근은 인민군의 포로가 되었다. 사실 이문근은 워렌을 따라 격전지에 뛰어든 것을 후회하고 있던 참이었다. 들판에 멋모르고 짤짤거리고 다니다 갑자기 쏟아지는 우박에 놀란 똥개 팔자란 말인가. 그러나 강아지는 우박을 맞아도 죽지 않는데, 이문근은 이 탄우 속에서 죽기가 쉬웠다. 하나뿐인 목숨, 덤으로 얻은 귀한 목숨이 아니던가. 다시는 쉽게 죽지 않겠노라고 다짐했던 이문근은 인민군의 총탄 세례를 받자 워렌의 지프차에 덜렁 올라탄 걸 후회하고 있었던 것이다. 그러나 후회하고 있을 시간은 지극히 짧았다. 워렌이 차를 몰다 집중사격을 받자 즉시 차를 산길 언덕 밑으로 붙여 세우면서 권총을 빼 들었던 것이다. 그 순간 그는 왼쪽 가슴에 총알을 맞고 핸들 위로 엎어졌다. 그때 이문근은 지프차에 탄 채 자세를 낮추어 엎드려 있었다. 워렌의 늘어뜨린 팔에서 권총이 떨어졌다. 그것은 마치 이 총을 들고 너라도 싸워! 하는 것 같았지만 문근은 그럴 마음이 아예 없었다. 그때 몇 사람의 군화 발자국 소리가 거칠게 나면서 누군가가 지프차로 다가왔다.

"간나 새끼들 다 죽었어?"

"조심하라우!"

그러더니 문근을 발견하고는 총구를 그의 뒤통수에 대고 소리쳤다.

"양키! 손들엇!"

문근은 손을 번쩍 들고 상체를 일으켰다. 그러자 온몸에 풀과 나뭇가지로 위장한 인민군이 소리쳤다.

"이 간나새끼는 조선사람 아니가. 국방군이가?"

문근이 손을 든 채 소리쳤다

"아닙니다. 저는 군인이 아닙니다."

"그런데 이건 뭐야? 뭐, 지 이(G2)?"

그러면서 총의 개머리판으로 문근의 가슴을 쥐어박았다. 그러자 다른 인민군 병사가 말했다.

"동무레 와 이래?"

그러면서 그가 문근을 차에서 끌어내렸다. 문근은 함양까지 후송되어 갔다. 함양은 이미 '해방'되어 있었고 인민군 제 4사단의 참모부가 거기에 있었다. 참모부에서 심문이 시작되었다. 이문근을 심문한 사람은 군관이었고 서울 말씨를 쓰고 있었다. 나이는 20대 후반으로 보였고, 까무잡잡한 얼굴에 눈길이 날카로웠다. 그러나 인상보다는 훨씬 신사적으로 대했다. 바지가랑이 옆에 빨간 선이 위에서 아래로 붙어 있었다.

"제대로 된 G2 같지도 않은데? 어쨌든 여기까지 살아서 온 당신을 환영합니다."

"감사합니다."

"묻는 말에 정직하게 대답해 주시겠소?"

"그렇게 하겠습니다."

문근은 사실을 숨기고 자시고 할 아무 이유가 없었다. 그는 오로지 북쪽으로, 두만강이 가까운 북쪽으로 올라가는 것만이 목적이었던 것이다. 그런 의미에서 여기까지라도 단시간에 온 것은 일종의 행운이 아닌가.

"이름이 무엇입니까?"

군관은 묻는 것과 답하는 내용을 꼼꼼히 적고 있었다. 그래서 시간이 많이 걸렸다.

"이문근입니다."

"직업은 무엇이었소?"

"국민학교 교사였습니다."

"고향은?"

"경남 함안입니다."

"교사라면 출신학교는?"

"경성사범입니다."

"가족은?"

"부모님, 형님 가족들이 계십니다."

"결혼을 했소?"

"예."

"그럼 부인은 왜 가족 속에 포함시키지 않소?"

"아내는 사할린에 있습니다."

"사할린? 가라후토 말이요?"

"예."

"거긴 왜 갔소?"

"제가 몸이 아파 제 대신 돈을 벌러 갔었습니다."

"그래서 여태 못 돌아왔군."

그는 딱하다는 듯이 오른손에 쥔 필기구의 끝으로 탁자를 톡톡 두드리며 이문근을 유심히 건너다보았다. 그러다 다시 물었다.

"G2가 무엇이오?"

"실은 어제 이 완장을 얻어 찼고, 이 군복도 군화도 어제 얻어 입고 신었습니다."

그러자 그 군관은 짙은 눈썹을 꿈틀거리며, 그 눈썹만큼 검은 눈동자를 치뜨고 다소 위협적인 어투로 문근의 말을 잘랐다.

"잠깐! 어제 어제, 하는데 어제가 어쨌다는 거요?"

"제 말씀을 들어 보십시오."

"혹시 허튼 소릴 해서 우리 공화국의 영용한 인민군의 판단력을 흐리게 하면 비록 포로라도 용서할 수 없소. 아시겠소?"

"알겠습니다. 다만 저의 말씀을 믿어 주시지 않으면 제가 아무리 참말을 해도 소용이 없습니다. 믿어 주십시오."

"계속해 보시오!"

"그럼 어제란 말부터 설명하겠습니다."

문근은 젊은 군관의 눈을 바라봤다.

"좋소."

"저는 그저께 한국 경찰의 학살 현장에서 구사일생으로 살아난 사람입니다."

"그 이유는?"

"제가 보도연맹에 가입돼 있었기 때문입니다."

"보도연맹이란 무엇이오?"

문근은 아는 대로 차근차근 보도연맹이 무엇인지 설명해 주었다. 그러자 군관이 다시 물었다.

"그렇다면 당신은 공산주의 운동을 했다 이 말입니까?"

문근은 잠시 망설이다 정직하게 답했다. 공산주의 운동을 했다고 거짓말을 했다가 누구누구와 어디에서 무슨 활동을 했느냐고 물으면 답할 자신이 없었기 때문이었다.

"아닙니다. 저는 사범학교를 졸업하고 바로 교편을 잡았습니다.

따라서 공산주의 운동은 하지 않았습니다."

"그런데 왜 보도연맹인가 하는 조직에는 가입했습니까?"

말씨가 한결 부드러워졌다. 이문근은 이 대목에서 또 한참을 설명해줘야 했다. 군관의 태도와 표정이 조금씩 이문근에게 호의적인 것으로 변하는 것 같았다.

"그랬군요. 그렇다고 보도연맹원을 왜 모두 잡아다 학살했나요?"

문근은 그것도 한참이나 걸려서 설명해주었다. 그러자 군관은 엉뚱하게도

"당신의 말은 모두 정확합니다."

라고 했다. 그는 남한의 보도연맹이란 것과 연맹원을 학살한 사실들을 모두 알고 있었던 것이다. 문근은 참으로 불쾌했다. 사람을 이런 식으로 시험해도 되는 것인가. 그가 입을 닫고 침묵을 지키자 군관이 다시 말했다.

"그런데 이제야 어제란 말을 해명할 차례가 되었습니다. 그래 그저께 학살 현장에서 구사일생으로 살아났다고 했는데 그 증거라도 있습니까?"

이문근은 두 팔목을 내밀어 보였다. 팔목은 그때까지 부어 있었고, 뒤로 묶었던 밧줄을 푸느라고 살점이 떨어져 나간 상처가 아물지 않고 부스럼 상태로 남아 있었던 것이다. 군관이 문근의 두 손목을 자세히 들여다보더니 고개를 끄덕였다. 그러고는 다시 물었다.

"그래서요?"

문근은 22일 밤의 그 비극의 현장을 벗어나 산에서 1박, 23일 산을 넘어 은해암이란 절에서 잠깐 쉰 것, 어제 23일, 경전남부선 철도의 경사진 곳에서 미군용 열차에 승차하게 된 경위, 그리고 거기에서 오늘 전사한 워렌을 처음 만난 것 등을 이야기했다.

문근의 설명을 듣고 난 군관은 다시 물었다.

"그렇더라도 우리 공화국 인민군에게 참고가 될 만한 무슨 말이라도 있을 듯한데요?"

문근은 워렌으로부터 오늘 지프차에서 들은 이야기를 그대로 해 주었다.

"그럼 미 19연대 중 일부는 하동으로 갔다 이 말입니까?'

"네, 제가 들은 바로는 그렇습니다."

"미 19연대의 병력은 얼마나 됩니까?"

"그것은 잘 모릅니다. 새벽에 날이 새기 전에 전선으로 나갔다고 합니다."

"그것뿐입니까?"

"네."

문근은 그렇게 대답했다가 아참, 하면서 다시 어제 저녁에 들은 이야기, 인민군이 점령한 마을의 주민은 모두 공산주의자가 돼버리기 때문에 인민군 점령 마을은 모두 공습으로 초토화시키겠다고 하더란 말을 했다.

그러자 군관이 말했다.

"그게 문젭니다. 미국놈들은 온 마을을 불태워버리고 있습니다."

그러더니 군관은 다시 잊고 있었다는 듯 물었다.

"그래, G2란 무슨 뜻입니까?"

문근은 역시 어제 워렌으로부터 들은 것을 그대로 설명해 주었다. 그러자 또 군관은 그것도 알고 있었고, 오히려 잘못된 설명까지 고쳐주었다.

"G2만 비전투요원이 아닙니다. 당신의 말을 들으면 G1과 G2를 대립된 개념으로 보고 있는 것 같은데 G1도 비전투요원입니다. G2가 참모부에 속한 정보업무 요원이라면 G1은 참모부에서 인사나 경리 업무를 맡은 부서이지요."

문근은 두 번이나 시험을 당한 셈이어서 기분이 몹시 나빴지만 그런 것을 따질 계제가 아니었다. 군관이 말했다.

"당신은 포로이긴 한데 포로수용소로 보내기는…."

문근이 말했다. 포로수용소에 가서 몇 년씩이나 갇혀 있다가 송환이라도 되면 곤란한 일이 한두 가지가 아니었기 때문이다.

"군관님께서 힘이 닿으신다면 저를 포로수용소에는 보내지 말아 주십시오. 제가 어제 기차를 탈 때 마산 방향의 기차를 타지 않고 진주 방향의 기차를 탄 것만 봐도 저의 진정한 의도를 아시지 않겠습니까. 저는 인민군 쪽으로 제 발로 찾아온 사람이지 결코 미군의 G2가 된 것이 제 진심은 아니었습니다. 그리고…."

그러는데 군관이 손을 들어 문근의 말을 막았다.

"알았습니다."

"당신 나이 몇 살입니까?"

"서른다섯입니다."

문근을 조사하던 젊은 군관은 메모한 종이를 간추려 들고 자리를 뜨면서 말했다.

"잠시 기다리시오!"

다시 말투가 냉정해졌다. 아마 이상한 포로 문근의 처리를 상부에 문의하기 위해 나가는 것 같았다. 이문근은 인민군 사병들이 지켜보고 있는 가운데 나무 의자에 우두커니 앉아 있었다. 스스로를 돌아봐도 인민군 속에 미군복이 전혀 어울리지 않았다. 마치 참깨 들깨 노는 데 아주까리 끼인 격이라고나 할까. 문근은 그제야 방 안을 둘러보았다. 출입문 맞은편 벽에 인공기가 걸려 있었고, 그 밑에 카이젤 수염의 스탈린과 우랑아같이 생긴 김일성의 사진이 나란히 붙어 있었다.

무려 30분이나 지나서야 아까 그 군관이 돌아와서 문근을 데리고 방을 나갔다. 문근은 어찌 보면 사람이 좋아 보이고 또 어찌 보면 매몰차 보이는 젊은 군관을 따라 다른 방으로 안내되었다. 먼젓번 방보다 훨씬 깨끗했고 어떤 위엄의 분위기가 지배하고 있는 것 같았다. 방을 지키는 사람들도 사병이 아닌 군관들뿐이었다. 출입구 맞은편 벽에는 역시 먼젓번 방과 같이 인공기와 스탈린 사진과 김일성의 사진이 나란히 붙어 있었다. 그 사진 밑의 군관이 들어서는 이문근을 예리한 눈길로 바라보았다. 문근을 데리고 온 군관이 부동자세로 서서 거수경례를 붙이고는 돌아서 나갔다. 문근이 이 방으로 오기 전에 문관을 조사한 군관과, 경례를 받은 군관은 많은 이야기를 나누었기 때문에 문근을 조사한 군관은 그 방에 더 있을 필요가 없었다. 이 방에는 책상 위에 선풍기도 돌고 있었다. 선풍기 앞에서 문근을 맞이한 군관은 30대 초반으로 보였다. 이마가 훤했고 이목구비도 단정했다. 특히 눈이 크고 깊어 어딘가 생각이 깊은 사람처럼 보이면서 귀티도 풍겼다. 그 군관이 의자를 가리키며 말했다. 그의 손에는 아까 문근을 조사하던 군관이 작성한 메모지가 들려 있었다.

"경성사범을 졸업하셨다구요?"

그는 말씨도 정확한 서울 말씨였다. 그가 잠시 사이를 두다 이었다.

"저도 개성고보를 졸업했거든요."

문근이 자기도 모르게 탄성을 지르다시피 받았다.

"아, 개성, 개성고보를 나오셨습니까?"

"왜, 개성이란 말씀만 들어도 감개가 무량하십니까?"

군관은 짐짓 그렇게 말하면서 이문근의 표정을 살폈다.

"예, 아 아니, 어떻게 그런 것을?"

"혹시 알 수 있습니까. 개성에는 미인도 많으니까 개성 여성과 사랑이라도 하셨는지?"

이문근은 깜짝 놀라, 방금 이 낯선 고급군관으로부터 들은 말을 간추려 보았다. 개성이란 말만 들어도 감개가 무량하냐, 개성 여성과 사랑이라도 했느냐, 이런 말이 뜻하는 것은 무엇인가. 자신과 숙경의 사연을 모르고서는 할 수 없는 말이었다. 그렇다면 이 고급군관은 누구란 말인가. 이런 여러 가지 의문을 풀지 못한 채 문근이 얼버무렸다.

"군관님께서는…?"

"예, 개성고보를 졸업했다고 했습니다."

그러자 이문근에게도 얼른 생각나는 것이 있었다. 숙경의 동생 최인준이 개성고보를 다니지 않았던가, 그래서 다시 얼버무렸다.

"그럼 혹시 최인준과…?"

"예. 역시 생각나셨군요. 저랑 최인준은 동깁니다. 저 오세호라고 합니다."

문근은 생각했다. 최인준으로부터 나와 숙경에 관한 이야기를 들어 알고 있는 사람이로구나.

오세호는 얼른 지난날을 떠올렸다. 최인준은 학교로 오면 거의 정해놓다시피 누나 숙경의 걱정을 했다. 온 가족이 누나의 행방을 찾아 난리라고 하면서, 최인준도 답답해죽겠노라는 푸념을 하곤 했다. 한 번은 누나가 사귀는 남자의 편지를 가지고 와서 자신에게 보이면서 말했다.

"이만한 편지를 쓰는 사람이라면 학교 졸업도 하지 않은 여자를 꾀어 갈 사람은 아닌 것 같잖아?"

오세호가 읽어보아도 우선 글씨가 뛰어난 달필이었다. 게다가 편지 내용도 다소 낯간지러운 대목이 있었지만 명문장이었던 것으로 기억하고 있었다. 게다가 오세호는 경성사범에 한 번 응시했다가 낙방한 적이 있었으므로 이문근이란 이름을 똑똑히 기억하고 있었는지 몰랐다. 다만 지금은 최인준과는 헤어진 지도 오래인지라 이문근과 최숙경의 사이가 어떻게 되어 있는지, '이상한 포로 이문근'에 대하여 보고받고 그의 인적 사항을 읽으면서 그 궁금증이 발동했던 것이다. 오세호는 개성고보 재학 시절 최인준의 집으로 자주 놀러가 밥을 함께 먹거나 잠을 자고 오기도 하면서, 그때마다 인준의 누나 숙경을 만나곤 했다. 머리칼 끝이 약간 고불고불한 누나, 하얀 얼굴에 오똑한 코, 다물면 너무 작아져 버리는 입, 웃을 때마다 살짝살짝 볼우물이 보이던 그 최숙경 누나, 그녀가 빠져버린 남자 이문근이란 사람은 대체 어떻게 생긴 사람일까. 이런 호기심과 궁금증을 가지고 이문근을 대한 오세호였다. 그러면서 그는 생각했던 것이다. 세상이란 참 좁은 곳이다. 이런 곳에서 그 화제의 인물, 그 문제의 인물 이문근을 만나게 되다니.

오세호가 물었다.

"개성 소식은 들었습니까?"

"웬걸요. 몇 년 전에 개성으로 한번 가 봤더니 인준의 부모님도 돌아가시고 할머님은 계시더군요. 인준이도 만나지 못하고 왔습니다."

"아니, 왜요? 그렇게 먼 길을 가셔가지고 인준이를 안 만나고 오시다니요?"

"그때는 그럴 만한 사정이 있었지요."

"그래, 지금 숙경 누나는 잘 계십니까?"

문근은 너무 할 말도 많고 가슴이 벅차 잠시 말을 하지 못했다. 누구 때문에 내가 지금 이런 꼴이 되어 있는가.

"지금 숙경 씨는 사할린에 억류되어 있습니다. 그건 그렇고 오세호 동무는 개성 출신인데 어떻게?"

"어떻게 인민군 군관이 되었느냐구요?"

"그게 궁금합니다."

"저는 개성고보를 졸업하자마자 평양으로 갔지요. 평양에서 김일성대학을 다니다가 출전했습니다. 저도 사실 이 선생님과 비슷하게 개성에다 사랑하는 여자를 두고 평양으로 갔던 것입니다. 그러나 자랑스러운 인민군으로 저는 그 일을 가끔 생각할지언정 후회하지는 않습니다. 공화국 인민군답게 조국 해방 전투의 최선봉에서 싸우는 사람이 옛날 여자를 생각해서야 되겠습니까. 그러나 이 선생님의 말씀에 대해서는 인간적으로 동정이 갑니다."

문근은 숨을 죽이고 다음 말을 기다렸다.

"그런데 중요한 질문이 늦었군요. 숙경 누나는 어쩌다가 사할린으로 가게 되었습니까?"

문근은 실내를 한 번 둘러보면서 다른 사람들이 있는 앞에서 여러 가지 이야기를 하기가 꺼려졌다. 그러자 오세호가 눈치를 채고 다른 사람들에게 잠시 자리를 피하게 했다.

문근은 이 생명부지의 오세호에게 여러 가지 이야기를 해야 하느냐 말아야 하느냐 잠시 망설이다가 어차피 밑져 봐야 본전이라는 생각도 들고 해서 자초지종을 털어놓았다. 숙경과 절에서 간단한 예식을 마치고 시골로 내려와 있다가 자신이 다친 이야기, 이 치료비를 구하기 위해 숙경이 사할린으로 간 이야기, 그 뒤 교편을 잡고 있다가 보도연맹 사건으로 경찰에 끌려가 학살 현장에서 살아난 이야기, 그리고 승복, 미군 G2 군복을 입었다가 포로가 된 지금까지의 이야기를 털어놓았던 것이다.

이야기를 모두 듣고 난 오세호는 한참이나 눈을 감고 무릎 밑을 내려다보다가 천장을 쳐다보다가 했다. 그러고는 무겁게 입을 떼었다.

"이 선생님, 아까 이 선생님을 조사한 사람과도 숙의를 한 바 있습니다. 이 선생님은 원칙적으로는 포로수용소로 가야 됩니다. 그러나 정규 군인도 아닌데 포로수용소로 보내 어떻게 하겠습니까. 어차피 이 선생님은 사할린으로 가시는 것이 목적이니까 포로수용소로 가서는 더욱 안 되겠지요. 이것은 저의 권한에 속하는 문제여서 하는 말입니다만, 이 선생님께서는 일단 함경북도 두만강까지 가시는 것이 일차 목표가 아니겠습니까. 그래서…."

이문근은 마른 입술을 혀로 축이면서 오세호의 얼굴을 주시하기만 했다. 다시 오세호가 무겁게 입을 떼었다.

"내 이 선생님을 놓아 드리겠습니다."

문근이 떨리는 소리로 물었다.

"오 동무, 그게 정말입니까? 그렇더라도…."

"놓아 드려도 그냥 놓아 드려서는 도와드리는 것이 아니겠지요. 그래서 내가 동무의 신분을 보장하는 증명서를 끊어 드리겠습니다. 그것을 가지고 당분간은 우리 인민군을 따라다니시기 바랍니다. 그러다 내가 이제 우리 부대를 떠나시라고 할 때 부대를 떠나 재주껏 북쪽으로 올라가십시오."

한참 뒤 오세호가 만들어 준 신분증은 인민군 정보요원 신분증이었다. 어디에서나 내보이기만 하면 차량 편승은 물론, 인민군 어느 부대 내의 식사 제공도 받을 수 있는 것이었다.

문근은 그날로 다시 옷을 인민군복으로 갈아입었다. 이틀 사이에 옷을 세 번이나 갈아입었다. 승복, 미군복, 인민군복….

이래서 그는 다시 인민군 4사단에 속한 군속이 되어 또 진주까지 내려왔는데, 진주가 인민군에 점령된 것은 7월 31일 오전 4시였다. 그는 본의 아니게 인민군 속에 끼여 죽을 고비를 수없이 넘졌으나 그때마다 죽지 않고 살아남았다. 8월 초였다. 인민군은 파죽지세로 밀고 내려오다가 드디어 대량 투입된 유엔군에 의해 제동이 걸리기 시작했다. 7월 31일 진주를 점령한 인민군은 8월 중순에 함안까지 왔으나 여기서부터 일진일퇴를 거듭했다. 함안에는 문근의 고향 마을이 있다. 세상이 바뀌었고, 그 세상을 바꾼 인민군 군속으로 다시 고향 땅을 밟게 된 그는 착잡한 심경을 금할 수 없었다. 지긋지긋한 이곳을 피해 떠났던 자신이 아닌가. 그리고 문근은 북쪽 깊숙이, 함경북도까지 올라가는 게 목적이지, 민족상잔의 싸움터에서 어느 편을 들고 싶은 생각은 전혀 없었기 때문에 더욱 착잡했다. 그런데 이문근의 이러한 심경의 동요를 눈치 챈 오세호가 어느 날 문근을 은근히 불러 물었다. 그사이 격렬한 전투에 시달려서인지 오세호도 많이 수척해졌고 얼굴도 검게 그을려 있었다.

"이 선생님, 고생이 많으시지요?"

"그야 저뿐이겠습니까."

"저는 쉽게 남조선 전제를 해방시킬 수 있으리라 믿었는데, 시간이 걸리는군요. 아마 이 선생님께서는 속으로 안달이 나실지도 모르겠습니다. 전에 제가 만들어 드린 신분증 좀 보여 주십시오."

이문근이 신분증을 꺼내 건네자 그는 뒷면에다 이 신분증의 유효 기간이 11월 말까지라고 다시 쓰고는 시퍼런 스탬프를 찍고 또 그 옆에 자필 서명도 해서 돌려주었다. 그러면서 말했다.

"이것을 가지고 바로 오늘 우리 부대를 떠나십시오. 아마 함경북도 웅기까지 가셔야만 될 겁니다. 그 이후는 이 선생님께서 재주껏 하십시오."

그는 그 신분증을 가지고 8월 7일, 다시 함안 땅을 떠나 진주로, 진주에서 거창 김천 영동 서울을 거쳐 곧장 함경북도 웅기까지 갔다. 16일밖에 걸리지 않았다. 그러나 8월 23일의 웅기 기온은 이미 남쪽의 가을 날씨였다.

두만강을 건너면 바로 소련 땅이었고, 두만강이 동해로 흘러드는 바로 그 바닷가에서 며칠이고 머물지 않으면 안 되었다.

우선 강은 건너기가 어려웠고, 강을 건넌다 한들 어떻게 소련 땅의 여행을 할 것이며, 또 무슨 방법으로 사할린까지 건너갈 것인가.

# 18장

# 허망한 귀환

## 51

1951년 7월 21일 저녁 무렵 오석골로 낯선 여자 나그네가 찾아오고 있었다. 그녀는 동네 입구의 냇가에 있는 한길, 커다란 포구나무가 숲을 이루고 있는 그늘 밑에서 잠시 걸음을 멈추었다.

포구나무들은 하나같이 큰 가지들이 벼락에라도 맞은 듯 중동이 부러져 있었다. 지난번 비행기의 폭격 때문이었다. 그러나 이 여인은 그런 사실은 모른 채 다만 해방 전 그때, 자신이 트럭에 올랐던 자리라 짐작되는 곳만 물끄러미 바라보다가 다시 동네를 향해 걸음을 옮겼다. 30대 초반으로 보이는 이 여인은 동네의 집들이 모두 변해버려서 더욱 어리둥절했다. 떠난 지가 10년 가까이 되기는 했지만 집들이 이렇게 초라해져버리다니. 전쟁 중이라고는 하지만 그녀는 지난해에 이 동네를 인민군이 점령했다는 사실도, 그래서 미군 폭격기가 온 동네를 초토로 만들었다는 사실도 몰랐다. 모두들 피난을 간 사이에 그렇게 타버렸던 것이다. 그래서 피난에서 돌아온 사람들은 임시로 비바람만 막을 수 있는 움막 같은 집을 지어 살고 있었다. 미처 새집을 지을 여유가 없었던 것이다.

큰 가방 한 개를 힘겹게 들고 있는 여인은 집 모양은 변했지만 변하지 않은 골목의 기억을 더듬어 어느 집 앞에 멈췄다. 안으로 기웃기웃하고 있는데 소년 하나가 뒤꼍에서 돌아 나오다가 이 여인을 봤다.

철환은 사립 밖의 여인이 사할린으로 간 숙모임을 단박에 알아봤다. 그래서 고함을 냅다 지르며 뛰어나가 얼싸안았다. 숙경도 소년이 둘째 조카 철환임을 이내 알아보고는 같이 얼싸안았다. 금방 가족들이 모두 나와 느닷없이 나타난 숙경을 보고는 모두들 놀라움과 반가움과 슬픔 때문에 잠시 제정신이 아니었다. 돌아오기 글렀다고 생각한 사람이 아니던가. 그러니 어찌 놀라지 않으랴. 그러나 그런 가족이 꼭 9년 만에 다시 집으로 돌아왔으니 더욱 반갑지 않으랴. 하지만 그녀를 가장 반갑게 맞이할 문근은 이미 이 세상 사람이 아닐 뿐 아니라, 오늘이 바로 문근의 제삿날이니 이 기구한 해후를 어찌 슬퍼하지 않으랴.

온 마당이 한동안 왁작하니 소란스러웠다. 서로 붙든 채 아무개야 부르며 우느라고. 그런 가운데서도 숙경이 정신을 차린 듯 먼저 철환의 할아버지 할머니에게 말했다.

"아버님 어머님, 올라가시지요."

철환의 할아버지 이 노인이 허연 수염을 떨며 간신히 말했다.

"오냐, 작은며느리도 올라오이라!"

이 노인 부부가 먼저 방으로 들어가자 숙경이 마루에서 두 손을 올려 이마에 갖다 대고는 큰절을 했다. 그러자 철환의 아버지 어머니도 숙경과 방에서 맞절을 했다. 어른들의 절이 끝나고는 철환도 형 경환과 함께 마루에서 숙경에게 절을 했다. 숙경은 방에서 반절로 받았다. 가족들이 정중한 절로써 인사를 끝내자 기다렸다는 듯이 철환의 할머니가 방바닥을 주먹으로 치면서 다시 울기 시작했다.

"아이구우, 문근아아! 니가 그렇기나 지다리던 사람이 돌아왔다아! 아이구 원통해라아, 내 자식아!"

이 노인이 굵은 손마디로 눈가를 찍어 누르며 그러는 할멈을 나무랐다.

"그래도 이라는 기 아니제!"

그제야 숙경의 얼굴이 백짓장처럼 변하면서 떨리는 음성으로 이 노인에게 물었다.

"아버님, 애들 삼춘이 어떻게 되었다는 거예요?"

숙경의 목소리는 사뭇 떨리고 있었다.

숙경의 다급한 질문에 이 노인은 허연 수염만 푸들거렸다. 차마 얼른 답할 수가 없었기 때문이다. 가족들도 하나같이 고개를 숙이고 울기만 했다. 이윽고 두 손바닥으로 쉴 새 없이 눈물만 훔쳐내고 있던 철환의 아버지가 말했다.

"제수씨, 동생은 잡혀 죽었습니더. 오늘이 그 첫 제삿날입니더."

시숙으로부터 이런 엄청난 말을 들은 숙경이 그대로, 마치 무슨 나무토막처럼 옆으로 쿵 쓰러져버렸다. 기절을 해버린 것이었다.

이날 저녁 철환의 집은 마치 벌집을 건드린 것처럼 소란스러웠다. 먼저, 기절한 숙경을 깨우기 위해 쌀을 갈아 무리를 만들어 허연 그것을 연방 입으로 떠 넣는가 하면, 철환의 어머니와 할머니는 숙경의 손발을 주무르기에 정신이 없었다. 이렇게 한 시간은 좋이 실랑이를 치르고서야 그녀는 깨어났다. 그러나 이때부터는 인정만 넘쳤지 분별력 같은 건 별로 없는 동네 사람들의 발걸음이 밤늦도록 이어졌다. 숙경이 겨우 깨어나기는 했지만 아직 인사불성이 되어 누워 있는데도 동네 아낙네와 할멈들은 혀를 끌끌 차며 꼭 숙경의 손을 잡거나 이마를 만져보고서야 마당의 멍석으로 나왔다. 모깃불을 피워둔 마당의 멍석에는 동네 아낙네들의 이야기가 밤 깊은 줄을 몰랐다. 가라후토 이야기, 남양군도 이야기, 만주 이야기….

그러나 무엇보다도 오석골에서 이날 밤 한꺼번에 네 사람의 제사를 지내야 하는 사연이 단연 이야기의 주가 되었다. 아낙네들은 무슨 약속이나 한 듯이 그 이야기를 할 때만은 목소리를 낮춰서 혀를 끌끌 차거나 습관처럼 주위를 두리번두리번 살펴보곤 했다. 작년 이맘때 어디에서는 2백여 명이나 되는 사람들을 배에다 싣고 가서는 사람 몸에 돌을 매달아 바다에 빠뜨려 다 죽였다더라, 어디에서는 일제 때 파두었던 금광의 굴속에다 수백 명을 집어넣고는 총으로 쏴 죽였다더라, 또 어디에서는 죽을 사람들 손으로 구덩이를 파게 하고는 그 속에다 사람들을 처넣고 쏴 죽였다더라, 어떤 사람은 지서에서 이름을 하나하나 확인할 때 무식한 순사가 그 사람 이름의 한자(漢字)를 잘못 부르는 바람에 나 그런 사람 아니요, 라고 해서 풀려나 살았다더라, 어떤 사람은 구덩이 속에서 용케 총알을 빗맞아서 새벽에 동네로 내려왔지만 구장이 밀고를 해서 결국 경찰에 붙잡혀 죽었는데, 그 구장은 이내 들이닥친 인민군한테 또 총을 맞아 죽었다더라….

이러한 동네 아낙네들의 이야기는 사실 하나도 틀린 데가 없었다. 다만 문근이 총알 하나 안 맞고 살아나 어디론가 종적을 감추었다는 사실은 모르고, 오늘이 그 첫 제사날인 것만 알고 있을 뿐이었다.

작년의 이맘때, 그러니까 1950년 7월 20일 문근이 덕곡의 자취방에서 저녁때 두 사람의 순경에 의해 지서로 연행돼 가는 것을 보고 화중은 급히 자신의 아버지의 집으로 가 간단히 인사만 하고 나왔다. 그러고는 신촌 집으로 급히 달려갔다.

세상이 날로 뒤숭숭해져 가는데 덕곡의 문근으로부터는 오석골로 아무런 소식이 없었다. 문근의 집에서는 7월 25일경 철환을 덕곡으로 보냈다. 그러나 삼촌은 없었다. 주인집에서 순경이 붙잡아 갔다는 걸 이야기해 주면서 복희 처녀 집으로 가보라고 했다. 복희네 집에서 문근의 밥을 해다 나른 것을 알고 있었기 때문이다. 철환은 복희네 집으로 가서 삼촌의 행방을 물었다. 복희는 아예 방에서 나오지도 않았고, 철환이 삼촌의 안부를 묻는 말소리를 듣고는 흐느끼는 소리만 내었다. 복희의 아버지가 철환에게 말했다.

"우리가 경찰서로 너그 삼촌 밥을 해다 날랐는데 사흘째는 내가 갔지. 그날이 아레(그저께)다. 그렁께네 23일이었다. 그런데 그 많던 사람들이 한 사람도 없더라. 경찰서에서는 모두 모른다고 해서 경찰서 옆 동네 사람들을 붙잡고 물었디이, 어제 정때(오후) 차에 실려 갔는데 오드로(어디로) 갔는지 모른다고 해서 그냥 돌아왔다."

그때까지도 철환은 아무것도 몰랐다. 복희 아버지도 그 이상은 말하지 않았다. 들려오는 소문이 하도 흉칙해서 아무래도 이문근이 무슨 큰 변을 당한 것 같은 느낌이야 들었지만 선불리 그런 말을 할 수가 없었던 것이다.

그날로 오석골로 돌아온 철환은 할아버지와 아버지에게 그대로 말했다. 할아버지와 아버지도 걱정은 되었지만 그렇다고 자세한 것을 물어볼 만한 데도 없었다. 더군다나 같은 동네에 그런 일을 당한 사람이 네 집이나 더 있었으므로 서로 만나 수소문해 보았으나 깜깜하기는 매일반이었다. 그러면서 소식을 기다리고 있는 중에 어느덧 8월 10일께는 드디어 인민군이 마을을 점령했다. 그러나 밤에는 인민군, 낮에는 국군과 유엔군의 무서운 눈초리가 밤낮으로 교대되는 세상이 한 일주일 지나자 국군과 유엔군은 후퇴를 했다. 국군이, 동네 사람들도 모두 피난을 가라고 해서 동네를 떠났다. 그러나 피난을 안 가고 집에 남은 사람들은 미군의 총에 죽고, 폭격기가 교대로 동네를 쑥밭으로 만들어 버리는 통에 또 죽었다. 바로 눈앞에서 수많은 동네 사람들이 죽는 판에 눈앞에 보이지 않은 문근은 당분간 잊혀질 수밖에 없었다. 철환의 가족들은 며칠이고 걸으면서 밤에는 들판에서 자기도 했다. 사냥꾼에 쫓기는 짐승처럼 인민군에 쫓기고 유엔군에게도 쫓기고 있었다. 어떤 날은 수많은 피난민들이 잠시 다리도 쉴 겸 솔밭에서 점심을 해 먹고 있었다. 그때 미군이 나타나 피난을 빨리 안 가고 어물거린다고 공중에다 대고 권총을 쏘는 바람에 밥을 먹다가 쫓겨 볏논으로 숨기도 했다. 인민군도 만나면 안 되었고 유엔군도 만나면 안 되었다.

피난길의 산이나 내에서는 벌써 죽은 사람들의 썩은 모습을 심심찮게 볼 수 있었고, 배가 북통같이 부풀어 올라 죽어 나자빠진 소도 수없이 볼 수 있었다. 피난민들이 버리고 간 듯한 귀한 재봉틀 대가리며 농짝들도 지천으로 나뒹굴고 있었다. 그러다 곤천내란 내를 건너고 중리 역에서 피난 열차를 타고 마산을 지나 한밤중에 한림정(당시에는 유림정) 역에 내려졌다.

소나기가 퍼부었고 뇌성번개가 무섭게 치고 있었다. 철환의 가족은 한림정의 국민학교에서 한 달 이상의 피난살이를 하고 9월에야 집으로 돌아왔다. 온 동네가 다 타버리고 성한 집은 한 집도 없었다.

이때부터 철환의 아버지는 며칠을 두고 사방으로 다니면서 삼촌의 행방을 수소문한 결과, 삼촌은 7월 22일 어디에선가 죽은 게 틀림없다는 결론을 내렸다. 문근이 끌려가 죽은 곳은 너무 외딴 곳의 깊은 산골이어서 오석골에서는 아무도 몰랐다. 또 온 산야가 시체 투성이었는데 그 먼 산의 시체들이야 아랫마을 사람들에 의해 발견됐다 한들 그게 그렇게 중요한 일도 못 되었다. 그래서 오석골 사람들은 아무도 시체를 확인 못한 채 제사만 7월 21일로 정하고 오늘 그 첫 제사를 맞이했는데, 공교롭게도 숙경이 찾아온 것이다.

숙경이 돌아온 지도 벌써 닷새나 되었다. 그동안 숙경은 완전히 식음을 폐하고 있었다. 불과 5일 사이에 그녀는 몰라볼 만큼 다른 모습으로 변해 있었다. 수척하고 창백한 얼굴에는 그새 기미인지 뭣인지 꺼먼 얼룩까지 여기저기 번져 있었다. 입술은 탔고 눈은 움푹하니 꺼져 있었다. 그녀는 그사이에 자살 소동을 벌였던 것이다. 오래전 일본 센다이에서 있었던 말숙의 자살이 그녀를 유혹했다 할까? 죽음이란 이렇게 간단한 것이구나, 라고 생각한 말숙의 죽음.

닷새 전 며느리가 기절에서 깨어나자마자 이 노인은 장으로 가 곰거리를 사 왔다. 숙경은 그러나 곰탕도 미음도 약도 마다했다. 심지어 물 한 모금도 안 마셨다. 그렇게 굶기를 닷새가 지나자 그만 이렇게 무서운 몰골로 변해버린 것이다. 그녀는 그런 가운데도 처음 이틀간은, 그동안 문근이 혼자 거처하던 옛날 그녀의 방에서 종일 울다가 문근의 책이나 옷을 넋을 잃고 보거나 만지작거렸다. 그러다 발견한 것이 옛날 자신이 쓰던 일기장이었다.

숙경은 그 일기장에서 지난날 그녀가 남편의 병을 고치기 위해 다리의 살을 베어 내던 무렵의 일기를 찾아 읽었다. 그녀는 그때의 일을 눈앞에 떠올렸다.

숙경은 그때 무섭게 갈아둔 칼과 냄비를 가지고 혼자 방으로 들어가서 안에서 문고리를 걸었던 것이다. 속옷을 벗었다. 준비해 둔 소독약과 가는 올의 무명베와 붕대를 방바닥에 늘어놓았다. 벽시계를 봤다. 오후 3시 10분 전이었다. 3시 정각에 그 귀한 카시기리(택시)가 집 앞까지 와서 대기하도록 신신당부를 해두었던 것이다.

그녀는 준비해 둔 양초에 불을 켰다. 그리고 새파랗게 날이 선 칼날 전체를 이쪽저쪽 번갈아 촛불에 달구었다. 심호흡을 크게 두어 번 했다. 왼손으로 허벅지 바깥 살을 움켜쥐었다. 오른손으로 칼을 들고는 이를 악물고 아래쪽에서부터 위로 살점을 떼어냈다. 뜨거운 건지 아픈 건지 구별 못할 통증에 그녀는 짐승처럼 앓는 소리를 내면서 천천히 조심스럽게 허벅지 살 한 움큼을 떼어 냄비에 담았다. 그러고는 급히 상처 위에다 소독약을 부었다. 다음, 몇 겹으로 접힌 무명베를 덮고 붕대를 감았다. 두 손으로 힘주어 붕대를 감고 있는 손이 부들부들 떨렸다. 코끝에는 땀이 방울방울 맺혀 있었다.

그때 밖에서 자동차의 경적 소리가 빠앙, 하고 울렸다. 숙경은 얼른 속옷을 다시 입고는 미리 써두었던 편지를 냄비와 함께 방에 둔 채 절뚝거리며 밖으로 나왔다. 그때까지 문근이 위채의 마루 끝에서 우두커니 앉았다가 차 소리가 나는 바깥쪽으로 고개를 빼고 봤다. 그러는 문근은 이미 사람 노릇 하기 다 틀린 폐인처럼 보였다. 숙경이 문근에게 말했다.

"저 병원에 가요. 방문 열어보세요!"

그러자 문근이 무슨 뚱딴지 같은 소린지 모르겠다는 눈으로 숙경을 바라봤다. 하지만 숙경은 골목 밖에 서 있던 차에 올랐고 차는 이내 떠났다.

숙경은 그 길로 읍내의 병원으로 가서 의사의 치료를 받았다.

왜 이렇게 되었느냐는 의사의 물음에는 끝내 입을 다물고 있었다.
의사가 말했다. 물론 일본말이었다.

"희한하게 다치긴 했어도 병원으로 바로 오신 건 참 잘했습니다. 지혈을 한다고 이렇게 묶어만 두면 당장 살이 썩게 되고, 그러면 다리를 잘라야 하지요."

그런 것쯤 알고 있었기 때문에 숙경은 의사의 이 말에도 입을 다물고 있었다. 다만 자신의 이런 희생으로 남편의 병이 낫기만 한다면 몇 번이라도 더 할 수 있다는 생각만 속으로 되뇌고 있었다,

옛날의 추억은 아름다웠다. 숙경은 하염없이 흐르는 눈물을 훔치며 그 흉터를 손으로 만져봤다. 하지만 모든 게 헛수고였다. 눈을 감았다. 어른들에게는 죄송스러웠지만 말숙이처럼 죽는 게 나을 뻔했다.

죽는 게 낫지, 낫고말고…. 하다가 그녀는 개성을 떠올렸다. 그렇지 부모 형제라도 보고 와서 죽어도 늦지 않다.

숙경은 사할린에서 그 모진 고생을 견뎌냈던 일, 그리고 구사일생으로 북해도까지 탈출했던 지난 일을 돌이켜봤다. 그렇게 할 수 있었던 용기와 집념은 오직 고향의 그리운 사람을 만나기 위해서였다. 그렇기에 숙경이처럼, 보고 싶은 남편이 없는, 그러면서 몸도 마음도 병든 상태였던 김말숙은 끝내 북해도를 거쳐 센다이까지 와서는 더 지탱하지 못하고 스스로 목숨을 끊었던 것이다. 하기는 병이 깊어 가망이 없기도 했다. 그것은 북해도에서 센다이로 와서 지낼 때의 일이었다.

## 52

센다이는 일본 동해안에서 가까운 도시였다. 사할린에서 빠져나온 숙경과 말숙은 북해도의 삿포로에 잠시 머물렀다. 삿포로는 일본의 서해에 가까운 도시였다. 그러나 눈이 오기 전인 9월 말에 삿포로를 떠났으니까 약 1달 남짓 머물렀다. 거기에 있을 때만 해도 말숙은 그런대로 명랑했고 기운을 잃지 않고 지냈다. 그러다 센다이로 내려와서부터는 가슴에서 쿵쿵쿵 북 치는 소리를 낸다고 호소하기 시작했다. 그러면서 조선이 가까워지는 게 싫다고 했다. 요컨대 조선으로 돌아가기 싫다는 주장이었다. 그때 숙경과 말숙은 일본 사람의 집에서 구석방 하나를 얻어 살고 있었다. 전쟁 직후여서 물자도 귀했고 인심도 흉했다. 특히 일본 사람은, 일본 사람도 살기 힘든데 조선 사람이 왜 제 나라로 가지 않고 기생충처럼 일본에 들어붙어 괴롭히느냐고 노골적으로 구박했고 천대했다. 조선 동포들은 귀국하려야 할 수가 없었다. 합법적으로 보내주는 일본도 아니었고, 어서 오라고 환영하는 조선도 아니었다. 그래도 많은 동포들은 한결같이 한두 번쯤은 귀국의 꿈을 안고 동분서주해 봤다. 그러나 배가 없었다. 시모노세키까지 이삿짐을 가지고 내려갔다가 1달이나 고생만 하고 도로 돌아온 동포도 있었고, 돌아오는 길에 센다이까지 오지 않고 가까운 고베나 나고야에 주저앉은 동포도 수없이 많다고 했다. 그러나 최숙경이나 김말숙은 그런 사람들의 대열 속에 끼지도 못했다. 첫째 수중에 돈 한 푼이 없었고, 둘째 김말숙이 한사코 귀국을 꺼렸기 때문이다. 그래서 둘은 밤마다 다투기도 했고, 다툴 때마다 김말숙은 서럽게 울었다.

"지는 돌아가몬 신랑도 있고 친정도 있어 좋지마는 나는 머꼬!

이 꼬라지로 우찌 고향이라고 낯짝 들고 찾아가노! 몬한다. 몬해. 아이구 내 신세야….”

신세 타령에 이제 숙경도 질릴 만큼 질려 있었다. 숙경은 몇 번이나 설득했던 것이다.

“문제는 네 건강이야. 네 말대로 그런 몸으로 결혼은 못한다고 하더라도, 꼭 결혼하기 위해 고향으로 가는 건 아니야. 우리는 우리의 자존심이 있어. 그 자존심이 우리를 여기에서는 살 수 없게 해. 돌아가면 이 원수의 땅에서 끝내 멸시받구 천대받는 굴욕에서 벗어날 수 있다는 거야!”

“니는 많이 배워서 내하고는 말이 안 통한다. 나는 우선 니가 쓰는 에러븐(어려운) 말도 몬 알아듣겠다. 멸시받고 천대받는 것도 그렇지, 내 겉은 기 조선에 간다고 멸시 안 받고 천대 안 받겄나. 그렁이 니 혼자 조선으로 가거라. 내 걱정은 말고….”

“그러는 게 아니래두! 우선 네가 건강을 회복하면 마음이 달라질 거야. 자 그러니까 이걸 먹자구.”

숙경은 일본 사람들의 생선 가게에서 내버린 생선 대가리를 주워 와서 만든 매운탕을 말숙의 앞으로 밀어 놓으며 먹기를 권했으나 눈을 내리깐 채 창백하다 못해 푸른 기가 감도는 얼굴을 끝내 들지 않았다. 이런 매운탕으로는 원기를 회복시키기가 힘들 거란 생각이 들어 어떤 때는 일본인 푸줏간으로 가서 지천으로 버려진 쇠뼈나 내장 같은 것을 주워 와서 고거나 삶아 주었다. 곰탕은 진하기가 말할 수 없었고 내장 수육도 맛이 그만이었다. 그러나 말숙은 번번이 입에 대다 말곤 했다.

그런 것을 주워 가는 사람들은 조선인뿐이었고 그래서 더욱 일본 사람들의 멸시와 천대를 받았다. 그러나 그것은 어쩔 수가 없었다. 우선 굶어 죽지 않기 위해서는 어떤 짓이건 해야만 했다. 붙잡힐 염려가 없다면 도둑질도 해야 할 판이었고 힘만 세다면 강도질이라도 해야만 살아남을 수가 있었다. 실제로 도둑질을 하다가 붙잡혀 몰매를 맞고 있는 동포도 더러 봤고 강도질을 해서 한몫 잡고는 다른 곳으로 야반도주해 간 동포도 있었다.

이런 참상을 보고 이런 안타까운 일을 곁에서 당할 때마다 숙경은 이를 악물며 그 수모와 사무치는 서러움을 참아야 했다. 이런 숙경을 위로하고 용기를 북돋워 줘야 할 말숙이마저 먹지도 않고 투정을 부리는 데는 정말 견딜 수가 없었다.

그 무렵 말숙은 집을(사실은 방을) 지키고, 숙경이 혼자 나가 무슨 일이건 닥치는 대로 했다. 주로 전쟁에 허무러진 가옥을 수리하는 일이 많이 얻어 걸렸다. 어떤 때는 남자들과 함께 망치질도 했고 톱질도 했다. 그러나 운수가 좋은 날은 도배 같은 일이 걸렸다. 일본 사람들은 일을 시키고 나면 삯은 비교적 정직하게 계산해 주었다. 그러나 간혹은 조선 사람에 한해서만 꼭 며칠씩 미루었다가 주는 사람도 있었다.

일본 천지가 무질서와 불법의 도가니였고 온갖 범죄가 꼬리를 물었지만 치안 당국도 속수무책이었다. 이 무렵 조선인은 조선인끼리의 안전을 도모해야 한다는 생각이 도쿄 쪽에서 불어와 센다이에서도 한때 조선인 자위대가 조직되기도 했으나 착실한 지도자가 없어 그랬는지 유야무야 되고 말았다. 도쿄 쪽에서 불어온 조선인 자위대 바람은 말할 것도 없이, 김상주의 발상에서 비롯된 것이었다.

아들 종규를 공부시킬 목적으로 사할린의 에스토루(우글레고르스크)에서 일본의 해군 도시 쓰치우라(도쿄에서 가까운 곳)로 옮겨와 살고 있던 김상주가 처음으로 조직한 조선 동포 보호 목적의 거주지 단위 자생 단체가 조선인 자위대였던 것이다.

어쨌든 이 무렵의 숙경은 사할린에서 지낼 때와 거의 같은 고생을 하고 있었다. 육체적인 피로와 정신적인 고통을 함께 겪으면서 오로지 하루 빨리 고국으로 돌아가 남편 이문근을 만난다는 생각 하나로 모든 시련과 난관을 이겨내고 있었다. 고국으로 돌아가기 위해서는 무엇보다도 여비를 모아야 하고 또 여비가 모이는 대로 남쪽으로 내려가야만 했다. 그런데 말숙은 건강이 악화되어 일을 할 수가 없어, 혼자 벌어 둘이 먹고, 방세 내는 것도 늘 빠듯했다. 게다가 말숙의 약값 같은 것도 숙경은 신경을 쓰지 않을 수가 없었다. 이쯤 되면 일을 함께 못할망정 기나 안 채우고 속이나 안 썩여야 할 처지가 말숙이었다. 그런데도 말숙은 마치 시어머니처럼 숙경에게 시집살이를 시켰다. 물론 말숙의 본의는 아니었다. 악화된 건강에 신경이 극도로 날카로워져 걸핏하면 신경질을 부렸고 되지 못한 소리로 숙경의 허파를 뒤집곤 했다.

"미남 신랑 만난 배운 사람하고 내겉이 천한 기 한 집에 더 있을 수 있나! 인자 지도(자기도) 씬물증이 나겄지."

이런 소리에도 숙경은 귀를 막고 있었다. 생각하면 정말 기가 찼다. 한 푼이라도 더 모아 남쪽으로 내려가서 조선으로 가는 배를 찾아야 할 판에 이 무슨 업보인가. 전생에 무슨 죄를 지었다고 이 애물단지가 옆에 붙어 이렇게 사람 속을 뒤집어 놓아도 참아야 하는가.

"불쌍한 인간 하나 도와준다고 지는 그래도 마음도 편코 맨날 바깥 바람 쏘인께네 몸도 기운이 팔팔하겠지. 그런데 나는 이기 뭐꼬. 천날 맨날 방구석에 처박아 놓고…."

숙경은 더 이상 참을 수가 없었다.

"방구석에 처박아 놓고?"

"그라문 니가 운제 내보고 같이 한분 밖에 나가자 캐 봤나?"

"나가자고 해야 나가니? 왜, 넌 생각도 없구 발도 없니? 내일이라도 나가서 일하면 될 거 아냐! 난 맨날 니가 아프다는 통에 차마 일하러 가잔 소릴 못한 것뿐이야. 사람 속 좀 뒤집지 마!"

숙경의 음성은 떨렸고 그녀의 얼굴엔 분노의 빛까지 어려 있었다. 내일이라도 팽개쳐 두고 혼자 남쪽, 시모노세키 가까운 곳으로 떠났으면 싶었다. 한사코 조선은커녕 남쪽으로도 더 이상 안 내려가겠다는 말에 언제까지나 붙잡혀 있어야 하느냐 말이다.

"나도 내일은 일하로 간다! 사람 구경도 하고 싶고…. 지사 만날 신랑이 눈이 빠지게 지다리고 있응께네 남자들은 예사로 보이겄지마는 나는 남자들이라도 좀 실컨 보고 싶다."

숙경은 하도 분해서 입술을 깨물다가 그만 울음을 터뜨리고 말았다. 사람이 저렇게 변할 수가 있는가. 저걸 도대체 말이라고 입에 담는가. 극한 상황에 처하게 되면 누구나 저런 원색적인 본능을 드러내는 것일까. 게다가 가장 듣기 싫은 소리는 미남 신랑이란 말이었다. 사할린에서 숙경의 지갑 속에 감춰둔 문근의 사진을 꺼내 본 이후는 걸핏하면 미남 신랑이었다. 처음엔 예사로 들었다. 아니 듣기 싫지 않았다. 그러나 몇 번 거푸 듣자 그 말만 들으면 머리끝이 일어서는 듯한 거부감을 주체할 수가 없었다. 도대체 미남 신랑이 말숙이에게 어쨌단 말인가. 이제 와서는 언제나 비꼬는 투로만 내뱉는 저 소리를 한 번만 더하면 죽여 버리든지 무슨 수를 내야겠다고 생각했다. 그래서 숙경도 울면서 악을 썼다.

"그 미남 신랑 소리 한 번만 더 했다간 내 손에 죽는 줄 알어! 못된 계집애 같으니라구."

니년은 수천 번의 남자를 거쳤어도 정말 우리 신랑 같은 남자는 한 번도 못 만났을 걸…. 이런 소리가 입을 밀고 나오려는 걸 억지로 참았다.

이런 신경전으로 밤에는 자는 둥 마는 둥했고, 아침밥도 숙경은 혼자 한 술 뜨고는 나가버렸다.

이날의 일은 센다이에서도 변두리의 종마 목장을 돌보는 것이었다. 40대의 조선인 남자가 일을 맡아 하게 된 것을 숙경이 조선인 인부들 속에 끼어든 것이다. 여자도 더러 있었다. 목장의 허물어진 울타리를 다시 세우고 고치는 작업이었는데 무거운 장나무를 나르고 그것을 세워주는 일을 거들었다. 점심시간이 되었다. 공사를 맡은 조선인 책임자가 한꺼번에 준비해 온 도시락을 먹었다. 말도 여기저기 흩어져 평화로운 모습으로 풀을 뜯고 있었다. 초가을이어서 이제 하늘은 높아지고 말은 살이 찔 때였다. 그런데 점심을 먹고 혼자 화장실로 가는 길이었다. 화장실은 마굿간 옆을 지나게 돼 있었다. 마굿간에서 말을 교미 붙이고 있었던 것이다. 일본인 남자들이 숫말의 거대한 성기를 손으로 잡고 암말의 성기에 대어주고 있는 장면이었다. 얼른 그 앞을 지나쳐 화장실에 들어간 숙경은 이상스럽게도 가슴이 설레고 있음을 깨달았다. 얼굴도 달아올라 불 앞에 선 것처럼 화끈거렸다.

그러자 불현듯 어제 저녁의 말숙의 말이 떠올랐다.

나는 남자들이라도 좀 실컷 보고 싶다…. 그랬다. 사실 숙경도 문근이 보고 싶었고 결국은 문근의 그 억센 남성을 그리워하고 있었던 건 아닐까. 그는 한참 뒤 화장실을 나왔다. 마굿간에서의 말의 교미는 이미 끝나 있었다. 다시 일을 하면서도 내내 마음이 설레었다. 그러면서도 이상하게 말숙에게 말 한 마디 하지 않고 나와 버린 자신의 행위가 후회스러웠다. 말숙이도 사람들이 그리웠으리라. 특히 남자가 그리웠으리라. 오늘은 과연 제 말대로 일을 나갔을까. 일을 하고 싶다고 일자리가 쉬운 것도 아니고, 설령 일자리가 있다 해도 말숙에게 일을 시킬 사람은 아무도 없을 것이다. 병자의 모습이 완연한 말숙, 그것도 숨까지 헐떡거리는 말숙이었다. 가슴이 두근거린다… 갑자기 가슴 안을 누가 두 손으로 쥐어짜듯 심한 통증을 느낀다… 숙경의 판단에도 말숙은 심장 질환이었지만 반반한 병원에 한 번 가보지 못했다.

어차피 조선으로는 함께 가지 못할 것 같았다. 자신도 한사코 그걸 마다했고, 또 건강도 그래서는 버티어 낼 것 같지도 않았다. 숙경은 참으로 서글프고 쓰라려지는 마음을 가눌 수가 없었다.

일을 마치고 돌아오는 길에는 말숙이가 좋아하는 나마가시(양과자)를 좀 사가지고 왔다. 어제 일을 사과도 할 겸…. 사실 사과야 말숙이가 해야 할 일이었다. 하지만 몸도 마음도 병든 사람을 감아서 몇 마디 쏘아준 것, 그리고 아침에도 말 한 마디 하지 않고 나와 버린 것이 못내 마음에 걸렸던 것이다.

숙경은 생나무(상록수의 관목) 울타리가 쳐진 집 안으로 들어가 그녀들이 살고 있는 뒤로 돌아갔다. 과연 말숙은 집에 있었다. 말숙의 신발이 가지런히 마루 밑에 놓여 있었다. 그럼 그렇지. 그런 몸으로 어디로 간다고. 괜한 생트집이었지, 생각하면서 말숙을 불렀다. 그리고 방문을 열었다. 평소에 늘 그렇게 말숙을 불러놓고 방문을 열었다. 그러면 말숙은 누웠다가도 숙경이 방문을 열기 전에 답을 해오곤 했다.

"말숙아!"

"…."

잠이 깊이 들었나. 혼잣말로 중얼거리며 방문을 연 숙경은 그 자리에서 얼어붙듯이 멈춰 섰다. 간이 쿵 하면서 떨어지는 소리를 내는 듯했다. 이런 변이 있나!

말숙이 옷을 깨끗이 갈아입고 공중에 떠 있었다. 그녀는 천장을 가로지르는 장골 팔목 굵기의 들보(들보라고도 할 수 없는 정도의)

에다 목을 매 늘어져 있었던 것이다. 천장은 꽤 높았으므로 말숙은 주인집의, 바깥에 나뒹굴고 있는 헌 의자를 가져다 딛고 올라서서 목을 맨 모양이었다. 목을 매고는 의자를 발로 차서, 그것은 마치 죽은 짐승처럼 방 한구석에 자빠져 있었다.

숙경은 얼른 이 엄청난 사실을 주인집에 알렸다. 주인집에서는 즉시 경찰에 알렸다. 이내 경찰이 달려와서 현장을 검증했고, 또 경찰은 법의를 불러와서 말숙의 시체를 검안했다.

그러는 동안 내내 숙경은 울고 있었다. 이렇게 죽을 줄은 정말 몰랐던 것이다. 생각하면 만 3년 이상을 동고동락해 온 유일무이한 친구가 아닌가. 그런데 이렇게 죽어버리다니! 숙경은 죽은 말숙이 원망스러웠고 불쌍해서 정말 견딜 수가 없었다. 그러고는 깨달았다. 아아, 이렇게 간단히 죽는 수도 있구나!

경찰이 울고 있는 숙경에게 물었다.

"죽은 여자와는 어떤 사인가요?"

"친굽니다. 만 3년을 동고동락해 온 사이였습니다."

"죽은 사람은 병이 있었던가요?"

"그렇습니다."

"무슨 병이었습니까?"

"뭐라고 말씀드리면 좋을까요? 조선에서 데이신따이로 끌려 나와 가라후토까지 갔다가 겨우 탈출해 온 사람이었으니까요."

"죽은 사람의 내력을 질문한 게 아니고 병을 물었는데요."

숙경이 경찰을 쏘아보면서 흐느꼈다. 흐느끼느라고 말이 잘 되지를 않았다.

"내력 자체가 병이 아니고 뭐예요? 어떤 여자가 이런 내력을 가지고 병이 안 들겠어요?"

"알았습니다. 흥분하지 말고 진정하십시오. 직무상 묻는 거니까 마음에 내키지 않더라도 대답해 주시면 고맙겠습니다."

"좋아요. 직무상이라고 하셨으니까 저도 말씀드리겠어요. 죽은 사람 죽은 이유 캐는 것만 직무이고, 죽지 않으면 안 될, 죽을 수밖에 없는 조선 사람들을 무책임하게 방치하는 것도 일본 경찰의 직무인가요?"

"그런 말씀은 말단인 우리에게 하지 말고 더 고위층에게 하십시오."

"저희들은 말단 일본 경찰에 의해서 끌려나왔고 가라후토에까지 갔어요!"

"알겠습니다. 당신도 조선에서 데이신따이로 뽑혀 왔다 이 말씀입니까?"

"뽑혀 온 게 아니고 강제로 끌려왔다니까요!"

숙경은 처음부터 의도적으로 거짓말을 하고 있었다. 경찰이 머쓱해졌고 법의란 40대의 사내가 끼어들었다.

"어쨌든 죄송합니다. 이건 장차 조선이 정부를 수립하고 나서 일본 정부와 타협을 봐야 할 문제가 아니겠습니까. 우리는 단지 자살 사건에 대하여 그것을 처리하러 온 사람들이니까…."

"그렇다 칩시다. 물론 그래야겠죠. 수십만 아니 수백만 조선 사람을 데려다 죽이고 부리고 한 일들에 대해서 그럼 조선 정부가 그냥 있겠어요? 일본인들 그냥 있어 되겠어요? 그러나 그렇더라도 죽은 사람에 대해서는 어떻게 해야 하죠?"

"글쎄, 어떻게 해야 하겠습니까. 우리 입장으로서는…."

40대 사내의 얼버무림에 숙경이 쐐기를 박듯 말했다.

"저희들은 조선으로 돌아가려고 준비 중이었어요. 그런데 친구가 병이 악화되는 바람에 치료비를 대느라고 여비를 다 쓴 겁니다. 그래도 병은 차도가 없었어요. 하긴 병원엔 한 번도 못 갔으니까요. 그래서 친구는 스스로 목숨을 끊은 겁니다. 저는 여기에 이제 더 머물 까닭도 없고 그러고 싶지도 않아요!"

"그래서요?"

경찰이 물었다. 숙경이 단호하게 답했다.

"말단 경찰에겐 이야기하기 싫군요. 대신 경찰서에까지 같이 좀 가야겠습니다."

"그러시죠."

좀 뒤 말숙의 시체는 실려 갔고, 숙경은 경찰을 따라 경찰서로 가서 서장을 만났다. 서장은 50대 초의 사내였고, 숙경에게 비교적 인간적인 대접을 해주었다. 부하 경찰로부터 대강 들어 숙경의 신분(정신대 출신)을 알고 있는 서장은 정중하게 말했다.

"일본 국민을 대신해서 먼저 정중한 인사와 함께 유감의 뜻을 표합니다."

숙경이 말했다.

"일본인을 대신하신 정중한 인사 고맙습니다. 서장님은 말단이 아니겠지요?"

"무슨 말씀이신지…?"

"아까 그분은 자긴 말단이라고 해서 아무것도 책임질 수 없다고 하더군요."

"그야… 그럴 수밖에 없지 않겠습니까?"

"그래서 제가 여기까지 온 겁니다. 바로 말씀드리겠습니다. 저는 조선으로 가고 싶습니다. 여비를 좀 지원해 주십시오. 죽은 친구는 경북 의성 출신의 무남독녀 귀한 딸입니다. 저는 개성 출신으로 경성에서 여학교를 졸업했습니다. 약혼까지 했었습니다. 약혼자는 경성 사범 졸업반이었습니다. 그런데도 저는 강제로 끌려왔습니다. 저는 당당히 약혼자를 만나고 싶습니다. 약혼자는 저를 이해하고 더러워진 몸일지라도 받아줄 것입니다. 그러니까 조선으로 돌아갈 길을 마련해 주시거나 그게 안 되면 여비를 주십시오!"

숙경의 일본어 실력, 그 이론정연한 언변, 그 인상에서 풍기는 지성미가 거짓말 같지는 않아 보였다. 서장은 여학교에 다니는 자기 외동딸을 떠올리고 입장을 바꾸어 생각해보다가 말했다.

"잠시만 기다려 보십시오. 나 역시 큰 권한이 주어져 있는 건 아닙니다. 그걸 이해하셔야 합니다."

그는 다른 방으로 가서 누구와 한참을 의논하는 모양이었다. 그러고는 선자리에서 부하 경찰관들로부터 성금을 거두었다.

시모노세키까지 가는 기차비가 될 만한 액수였다. 서장은 그걸 봉투에 넣어 봉투에다가 '寸志'라고 써가지고는 숙경에게 주었다. 숙경은 차마 얼마냐고 물어볼 수는 없었다. 돌아나오면서 그녀는 중얼거렸다.

'이판사판 막가는 식으로 나올 수밖에 없었지.'

숙경은 집으로 돌아와서야 말숙이 남긴 유서를 읽을 수 있었다. 국문으로 쓴 서툰 글씨였다.

사랑하는 동무애께

동무야 나를 용서하여라.

너에게 곤연한 소리로 애도 믹이고 너 쏙을 써켰다. 나는 죽어서도 너 은해를 이절 수가 업슬 것이다. 아무리 해도 살아 날 가망이 안보이고 몸은 더 아파가서 너만 더 욕을 보인다는 생각이 던다. 어재 밤에도 너가 내 때민에 쏙 써건 것을 나는 알고 후회하고 울었다. 오늘 바께 나가 보앗지마는 일할 대도 업섯고, 잇어도 몬 하겟더라. 나는 혼자 울엇다. 부모님도 보고 집고 고향 산천이 눈앞에 선하지마는 기림애(그림에) 떡이구나. 나를 용서하고 부대(부디) 조선에 가서 미남 신랑캉 잘살아라. 빌고 또 빈다.

너에 몬난 동무 金末淑

숙경은 이 유서를 읽고 많이 울었다. 미남 신랑이란 말이 그렇게도 듣기 싫었는데 이 유서에서 쓴 말은 그렇지도 않았다. 숙경은 간단한 짐을 챙겨 이튿날 센다이를 떠났다.

## 53

센다이를 떠나 도쿄로 와서도 마찬가지였다. 사할린이나 만주, 한국에서 돌아온 일본 사람들의 한국인에 대한 보복 감정과 그로 인한 냉대, 치가 떨리는 모멸을 견디기 힘든 것도 마찬가지였다. 그러나 숙경은 끝내 희망을 버리지 않고 견뎠다. 말숙이 자살하자 그녀에 대한 연민보다도 자신이 불쌍해서 눈물을 삼켰던 숙경이었다. 북해도에서 센다이로, 센다이에서 도쿄, 고베까지 내려오는데 5년이 걸렸던 것이다. 가는 곳마다 무슨 일이든 하면서 여비를 모았다. 그러면서 그녀는 일본에서 우리 동포들이 어떻게 살고 있는지를 똑똑히 봤다.

고베에서 지낼 때였다. 그러니까 작년 겨울 1950년 12월의 일이었다. 그때는 이미 숙경도 남조선이 한국으로 불리고 있다는 것을 안 지가 오래되었고, 남북이 전쟁 중이란 것도 듣고 있었다. 아니, 남쪽이 압록강까지 밀고 올라가 통일이 거의 되었다는 소식도 들었는데, 뜻밖에 중공군이 나오는 바람에 다시 밀리고 있다는 소문도 들은 때였다. 고베도 일본의 다른 도시와 마찬가지로 동포들은 언제나 남북이 갈라져 있었다. 갈라져 있어도 북쪽 편을 드는 사람이 훨씬 많았다. 그러나 개성이 본래 서울에서 가까운 곳이고, 무엇보다도 남편 이문근이 남쪽 사람이므로 숙경은 어쩔 수 없이 남쪽 편에 서 있었다. 그래서 고베의 동포들도 한국의 전쟁 소문에 따라 남쪽 편 드는 사람이 와아, 하고 기세를 올리는가 하면, 어떤 때는 북쪽 편 사람들이 기고만장이 되기도 했다. 이번에는 남쪽이 다시 밀려 내려오고 있었기 때문에 북쪽 편 사람들이 기세를 올리고 있었다.

그때 숙경은 고베에서 파친코와 여관업으로 돈을 모으고 있는 어떤 동포의 집에서 일을 하고 있었다. 처음에는 여관의 부엌데기로 들어갔으나 숙경의 학력과 능력, 그리고 외모를 인정한 주인은 숙경을 여관의 출입구의 안내실에 앉혔다. 손님 안내도 하고 숙박비 계산도 하는 자리였다.

출입하는 손님은 간혹 일본인도 있었지만 주로 동포들이었다. 그런데 동포들은 몰려와서 술을 마시거나 밤새워 도박을 했다. 어떤 때는 전문 도박단이 어리숙한 동포를 꾀어 와서 옷까지 홀딱 벗겨 버리는 일도 있었다. 그런데 그런 것은 또 약과였다. 전쟁 중인 고국으로 마약을 들여보내는 모의도 했고, 온갖 나쁜 짓은 그 여관에서 다 이루어지고 있었다. 숙경은 비록 여자의 몸이었지만 우리 동포들의 모습에서 한없는 환멸을 느꼈다. 그러나 때로는 정말 감동을 주는 일도 없지는 않았다. 그것은 고베 지역의 조선인 청년들이 자진해서 조국의 전선에 참가하겠다고 그 지원자를 모집하고 있는 일이었다. 또, 조국이 전란으로 피폐해 있으니 우리가 그냥 있을 수 있느냐, 뿌리 없는 나무가 어디 있으며 샘 없는 물줄기가 어디 있느냐면서 구호금품을 모집하는 일도 있었다. 그러나 이런 때도 남북이 갈라져 으르렁거렸다. 마약 밀수출이나 도박을 할 때만은 전혀 표가 없는데도 무슨 지원을 한다거나 원조를 하겠다면 반드시 시비가 벌어지곤 했다.

그런 중에서도 숙경은 잊을 수 없는 동포 손님 한 사람을 만났다. 그는 그 여관에서 약 일주일간 머물면서 일자리를 찾는 눈치였으나 결국 나고야로 간다면서 떠난 사람이었다. 종전 전부터 일본에서 살았던 사람은 아닌 것 같았고, 일본에 가족이 있는 것 같지도 않았다. 언제나 우수에 찬 얼굴을 하고 있었고 자나 깨나 신문만 찾았다. 신문을 빌려 보기 위해서는 언제나 안내실의 숙경이에게 오지 않으면 안 되었다. 대개의 동포들이 흔히 일본인 행세를 하려 들고 또 여간한 일이 아니면 언제나 일본어를 일상어로 쓰는데 이 사람은 철저히 한국말만 썼다. 그리고 신문을 펼치면 정해 놓고 한국전 소식을 먼저 읽었다. 그래서 어느 날 숙경은 물었던 것이다.

"남조선에 가족이 있는 모양이죠?"

"예, 그렇습니다."

"일본엔 언제 오셨죠?"

"지난여름에 왔습니다."

아아, 그러면 그렇지. 아직 일본 사회에 뿌리를 못 내린 뜨내기로구나. 쯧쯧. 무슨 볼 일이 있다고 조국을 버리고 일본으로 왔을까. 하긴 전쟁을 피해 일본으로 도망 온 수많은 청년들도 이 여관에서 만나긴 했지만, 이 사람은 나이도 전쟁에 나갈 청년은 아닌 것 같은데…. 어쨌든 참으로 점잖은 사람인데…. 이곳의 조선 동포가 이 사람만큼만 품위를 지켜도 얼마나 일본 사회에 체면이 설까.

그러나 숙경은 그 남자의 이름이 숙박부에 강화중이라고 기록된 것을 예사로 볼 수밖에 없었고, 강화중 역시 이 지적인 여자가 설마 죽은 친구 이문근의 부인인 줄은 꿈에도 몰랐다. 이문근은 숙경이 사할린으로 떠난 뒤, 해방되던 해에야 강화중을 만나 사귀게 되었으니 숙경이 강화중이란 이름을 예사로 본 것은 당연했다. 다만 고향이 어디냐고 서로 한 마디씩만 말을 더 했어도 어쩌면 서로는 서로를 알 수 있었을지도 몰랐다. 그러나 강화중 역시 이문근의 아내는 사할린에 있는 줄로만 알았지, 설마 일본에 와 있는 줄은 몰랐던 것이어서 그냥 그 여관을 떠났던 것이다. 그러나 숙경은 강화중이란 이름만은 기억하고 있었다.

숙경은 일본에서 지내는 동안 때로는 동포의 도움을 받기도 했지만 어떤 때는 동포로부터 사기를 당하기도 했다. 그야말로 파란만장한 천신만고의 생활이었다. 아니, 하루에도 몇 번씩이나 좌절을 맛봐야 하는 칠전팔기의 지난날이었다. 그런데 그 결과가 이 모양이라니, 차라리 일찌감치 목숨을 끊은 김말숙이 정말 현명했다는 생각이 들었다. 그러나 그녀는 마지막으로 친정 부모라도 한 번 보고 싶었다. 그래서 숙경은 철환을 불렀다. 자기를 가장 따르는 철환이었다. 하기는 철환도 전쟁의 피해를 톡톡히 보고 있었다. 철환은 지난해에 중학교에 입학했다가 난리 통에 그만 학교를 더 못 다니고 집에서 농사를 거들고 있었다.

철환이 곁으로 오자 숙경이 말했다.

"개성에 한 번 가 보구 싶구나."

"그러시겠지예. 재작년 겨울에 삼촌도 개성에 다녀오셨지예."

"그래? 삼춘이 개성에 다녀오셨다구?"

"예, 삼촌 친구 강화중 선생님캉…."

숙경은 자신의 귀를 의심했다. 그래서 다시 물었다.

"방금, 삼춘이랑 개성에 다녀오신 분이 누구라고 했지?"

"강화중 선생님이라고…."

"강화중 선생님? 그분 지금 어디 계시니?"

"삼촌이 붙잡혀 가시던 날 강 선생님은 삼촌을 만나러 왔다가 집을 비우는 바람에 살았지예. 강 선생님도 보도연맹에 들었거든예."

"그래? 그분이 지금 어디 계시냐니까."

"제 이야기 들어보이소. 그래서 삼촌이 잡혀가시던 날 강 선생님은 도망을 쳐서 부산까지 가신 기라예. 부산에서 일본으로 가셨다고 합디더. 지금은 모릅니더. 숙모는 와 그라는데예?"

철환의 이야기를 들은 숙경은 어처구니가 없었다. 그리고 알 수 있었다. 그 사람의 우수에 잠긴 얼굴과 신문만 펼치면 전쟁 소식을 먼저 읽던 이유를. 숙경의 놀라는 표정을 지켜보던 철환이 다시 물었다.

"숙모님도 강 선생님을 아십니꺼?"

"아니야. 그게 아니구, 숙모가 일본에 왔을 때 이분을 만난 적이 있어. 하지만 난 그분이 네 삼춘의 친구 분인 줄은 몰랐지. 물론 그분두 날 모르셨구…."

숙경은 참으로 인생이란 사연도 많고 곡절도 많지만 희한한 우연도 많음을 느꼈다. 그러다 다시 개성 이야기로 돌아가 철환에게 물었다.

"그래, 개성 우리 집에선 어떻게 지내신다던?"

"그거는 몬 들었습니더."

이것은 사실이었다. 철환은 삼촌 이문근이 강화중과 함께 개성으로 간 것만 알지 그 뒤의 얘기는 일절 못 들었던 것이다.

숙경은 남편이 개성에 다녀왔다는 게 정말 고마웠다. 아, 그리운 부모님, 그리고 할머님, 동생들, 다들 어떻게 지내고 계실까. 숙경이 다시 철환에게 말했다.

"철환아, 나랑 개성에 가자꾸나."

"예? 개성에예?"

"그래, 개성에 다녀와야겠구나."

철환은 숙모에게 무슨 말을 해야 할지 난감했다. 식음을 전폐하고 있는 숙모를 살리기 위해서는 무엇이든 도와주고 싶었다. 하지만 개성에는 갈 수가 없었다. 전쟁 중이 아닌가. 전쟁이 지금 중부 전선에서 한창이었고, 특히 개성은 지난 7월 10일부터 휴전회담이 시작되고 있는 중립지대였다.

작년 9 · 28에는 서울이 수복되면서 그대로 북진해서 전선이 완전히 북쪽으로 이동되었다. 그런데 중공군이 압록강을 건너왔던 것이다.

그것이 지난날의 1 · 4후퇴 사태였다. 철환이 이를 어떻게 숙모에게 설명할까?

"숙모예, 개성에는 다음에 가시고 우선 좀 잡수시기나 하이소."

그런데 그날 오후부터 철환은 또 학질을 앓게 되었다. 여름 내내 학질 때문에 고생이었다. 그런데 철환이 누운 지 사흘째 되는 날 오후였다. 그러니까 숙경이 식음을 폐한 지 꼭 5일째 되는 날이었다. 갑자기 숙모 방으로 내려가보고 싶었다. 이야말로 무슨 영감 같은 것의 작용이었다. 그래서 철환은 아픈 몸으로 숙모방 밖에서 인기척을 내고는 방문을 열었다. 순간 그는 혼비백산이 될 정도로 놀랐다. 숙모가 하얀 옷을 갈아입고 시렁에 목이 매여 덜렁거리고 있었다. 그러나 다행히도 두 손과 늘어진 두 발이 요동치고 있었다. 그때까지도 숨이 끊어지지 않았던 것이다. 그는 급히 달려들어 숙모의 목에 감긴 삼촌의 넥타이를 풀어 내렸다. 그리곤 숙모를 방에다 눕히고 소리쳐 부르면서 얼굴을 좌우로 흔들었다. 숙모는 이내 깨어났다. 철환은 너무 기쁜 나머지 그만 숙모를 끌어안고 와락 울음을 터뜨렸다. 자기에게 잘해주었던 삼촌이 생각나자 더욱 걷잡을 수 없는 눈물이 나왔다.

그날 저녁 철환의 할아버지가 눈을 감고 누워 있는 숙경에게 말했다.

"철환이를 작은아 앞으로 입적시키끄마. 그라이 철환이는 작은 며느리 니 자식이다. 그래 알고 살아라. 살다가 니가 우리 집안을 떠나는 기사 우짜겄노. 말길(말릴) 수 없제. 그러나 다시는 지 목숨을 지가 끊는 모진 짓은 하지 말거라. 그거는 천륜을 어기는 짓이니라."

숙경은 이러한 시아버지의 말을 들으면서 하염없이 눈물만 흘렸다.

학질은 놀라면 떨어진다던가. 금계랍(키니네)을 그렇게나 먹어도 안 떨어지던 철환의 학질이 그날 이후부터 씻은 듯이 나았던 것이다.

숙경은 다시 음식을 입에 대기 시작했고 며칠 후 몸이 회복되자 철환과 함께 들일도 다니기 시작했다. 이듬해 철환의 아버지는 새 집을 지으면서 아예 숙경의 집도 바로 이웃에다 새로 지어주었다. 휴전이 되기 전이었다. 이때까지만 해도 숙경에게 희망이 하나 더 있었다면 전쟁이 끝나고 개성 친정으로 가보는 일이었다. 남편 문근이 49년 겨울에 개성에 다녀왔다고는 들었으나 누구를 만났는지, 무엇을 보고 왔는지도 알 수 없음이 더할 수 없이 안타까웠지만 어쩔 도리가 없었다.

그러나 1953년 휴전이 되었건만 개성은 저쪽 땅이 되는 바람에 또 한 번의 좌절과 슬픔에 잠겨야 했던 숙경이었다.

남편의 병을 구하려고 스스로 머나먼 사할린으로 가서 고생한 보람으로 남편을 구하기는 했다. 그러나 돌아올 수 없는 역경 속에서도 기적적으로 일본을 거쳐 그리운 남편의 집으로 돌아왔다.

하지만 남편은 이미 유명을 달리하고 말았다. 그래서 부모 가슴에 못을 박고 떠난 딸자식이기에 그 부모를 한 번만이라도 다시 만나 지난 일을 사죄하고 싶지만 이제 친정 땅 개성에도 갈 수가 없게 되었던 것이다. 이래서 남편과의 이산과 사별, 친정과의 이산, 이중 이산의 고통과 슬픔 속에서 숙경은 살았던 것이다.

철환이가 자기 앞으로 입적이 되어 호적상으로 자식이 된 것도 큰 보람이기는 했다. 또 자신의 주장으로 철환의 가출을 할아버지로부터 용서받도록 해서, 고학이지만 철환이 마산에서 야간 중학교, 부산에서 사범학교를 졸업하는 걸 본 것도 보람이라면 보람이었다. 그러나 섭섭한 것은 철환의 변화였다. 삼촌을 그렇게나 따랐다고 했고, 또 숙경이가 일본에서 갓 돌아왔을 무렵만 해도 가장 가까운 식구는 철환이었다. 또 자기의 목숨을 살린 사람도 철환이었다. 그러나 철환은 학교를 다시 다니기 시작하면서부터는 숙경에게 도무지 정이라고는 주지 않았다. 고학을 하는 몸이니 바쁘리라, 피곤하리라 싶으면서도 언제나 마음 한구석으론 참으로 서운했던 것이다.

숙경은 철환이 새삼스럽게 대학에 들어간 뒤에야 그동안 몇 번이나 보였던 낡은 사진 1장. 사할린의 가와카미 탄광에서 탈출하여 급히 지름길로 고개를 넘다 발견한 한국인 노무자, 학생으로 그곳까지 끌려와 고생하다가 숙경이와 말숙이 앞에서 숨을 거둔 남자가 준 사진을 다시 철환에게 맡기면서 사정하듯 말했다.

"얘야, 이 사진 인제 네가 맡으려므나. 그리고 시간 나면 꼭 한 번 이 사진 뒤의 주소를 찾아가 보아라."

그때 철환은 마지못해 받으면서도 말 한 마디가 없었다. 그게 미심쩍고 불안해서 다시 다짐했다.

"잘 보관해라. 이 에미의 마지막 부탁이다. 에미 노릇도 못하면서 에미라고 하기도 미안하구나."

그제서야 철환은 대답했다.

"별 말씀 다 하십니더. 염려 마이소! 시간 나면 지가 어무이 모시고 한번 가보께예."

그러나 철환은 좀처럼 시간을 낼 수 없었고, 시간은 그냥, 그야말로 물 흐르듯 지나가기만 했다.

그러다 숙경은 1971년 53살의 나이로 한 많은 생애를 마감했던 것이다.

## 19장

# 북녘 기행

### 54

1950년 8월 23일 함경북도 웅기에 도착한 이문근은 우선 주변 정세부터 살폈다. 싸움의 현장이 한반도의 남단에 있었으므로 화약 냄새는 나지 않았지만 주민들의 표정이나 눈빛에서는 싸움터 이상의 긴장과 살벌함을 느낄 수 있었다. 그것은 무엇보다도 식량난의 고통에서 오는 것이었고, 집집마다 젊은이들을 싸움터로 내보낸 불안감에 기인하는 것 같았다. 그래서 그런지 문근은 마치 머나먼 외국처럼 생소한 느낌을 주었다.

문근은 웅기 인민위원회로 찾아가 신분을 밝히고 모종의 사명을 띠고 여기까지 왔으니 숙식할 곳을 주선해 달라고 당당한 음성으로 요구했다. 문근의 인상은 지식인다운 데가 있어 군대 안의 요직에 앉을 만한 사람으로 보였지만, 그의 말씨는 전형적인 영남 억양이어서 인민위원회 간부는 그가 내민 신분증과 그의 행색을 몇 번이고 번갈아 살폈다. 그러더니 매우 난감한 표정을 지으며 이렇게 말했다.

"알다시피 시방은 어느 곳 없이 양권이 없으면 한 끼 해결하기가 힘듬메. 그러나 동무는 군사적 임무에 복무 중니까니 마땅히 편의를 봐 드려야지만 인민위원회에서는 그렇게 해 드릴 권한이 없슴메. 딱하게도 공걸음(헛걸음)했수다. 더군다나 시방은 전시니까요. 그러니 인민군 부대로 가 봅세(보시오). 나진에 인민군 부대가 있슴메."

처음부터 순조롭게 목적을 달성하기는 어려우리라 예상했지만 인민위원회 측의 고충을 완전히 무시할 수도 없는 것이어서 문근은 잠시 망설였다. 그러다 다시 한 번 억지를 부렸다. 그러나 억지라도 억지임을 노출시켜서는 안 되겠기에 그는 그럴듯하게 둘러대었다.

"인민위원회의 그러한 사정쯤 모르고 왔겠습니까? 내가 띠고 있는 임무는 인민들 속에 끼어서 군부대의 비리를 내사하는 것이지, 부대 속에 들어가서 숙식을 해결받자는 목적이 아닙니다. 등잔 밑이 어둡다는 말처럼 인민군 부대 속에 들어가서는 부대의 비리를 찾아낼 수 없습니다. 따라서 나는 부대 밖에서 부대를 관찰 내사하도록 상부의 명령을 받고 있습니다. 정 어려우시다면 동무의 댁에 단 하루라도 신세를 질 수밖에 없습니다."

인민위원회 간부가 조심스럽게 물어왔다.

"한 가지 질문하갔수다."

문근이 아랫배에 힘을 주면서 담담히 대답했다.

"좋습니다. 기밀에 속하는 사항만 아니라면."

"방금 동무께서는 군부대의 비리란 말씀을 하셨지비, 제가 볼 때 우리 인민군 부대에는 아직 비리 같은 것이 없수다레."

"좋은 말씀이십니다. 마땅히 없어야 합니다. 조국 해방 전선에 투입된 전방 부대에서는 젊은 군인들의 피와 땀과 생명까지도 요구되고 있는데 후방 부대에서는 인민들의 원성을 살 수 있는 자질

구례한 민폐가 있다는 정보가 입수되었습니다. 그리고 부대의 군관들이 부대 밖의 개인 살림집으로 부대 내부의 양곡이나 부식을 빼내 온다는 정보도 있고…. 그런 것을 이 기회에 철저히 발본색원하여 척결하자는 상부의 방침에 따라 나는 웅기, 나진 일대를 책임 맡아 오게 된 것입니다. 사실 나의 이러한 임무 자체가 일종의 기밀 사항인데 동무께서 인민위원회 일꾼답게 정확한 판단력과 언동을 보여주셨기 때문에 믿고 말씀드린 겁니다."

문근의 이러한 말에 인민위원회 간부는 뒤통수를 긁으면서 표정을 바꾸어 말했다.

"과분한 말씀이심메. 저의 집이 비록 누추해서 여얼하지만(부끄럽지만) 제가 모시갔수다."

문근도 고맙다고 말하면서 한술 더 떴다.

"길주에서는 나의 이러한 요구를 끝내 묵살한 인민위원회 간부를 상부에 보고하여 징계하도록 한 적이 있습니다. 전시엔 민간인이나 군 기관이나 하나가 되어 군사적 임무수행에 최선을 다해야 함에도 불구하고 관료주의적 사고방식에 의해 이러니 저러니 핑계만 댄다는 것은 용납할 수 없는 일이지요."

그날 저녁 문근은 그 인민위원회 간부와 함께 그의 집으로 갔다. 옥수수와 감자를 섞어 삶은 것이 저녁밥이었다. 밥이 그런 것이니 반찬은 필요 없기도 했지만 그래도 열무김치와 가지나물과 애호박볶음이 먹을 만했다. 그러나 조금은 매워야 할 것이 전혀 맵지 않았다.인민위원회 간부가 말했다.

"탕추(고추)가루가 없어 이렇수다."

"모두 맛이 좋은데요."

식사 후 이런저런 이야기를 나누다가 문근은 이 사람이 함남 함흥 출신임을 알았다. 그러다 기회를 봐서 슬쩍 떠보았다.

"전쟁이 나자 군대를 기피할 목적으로 많은 사람들이 웅기 홍의 쪽의 두만강을 건너간다는 말이 있는데 그게 사실입니까?"

홍의는 소련과 맞닿아 있는 국경선의 작은 면 소재지였다. 그러자 그가 펄쩍 뛰며 부정했다.

"그쪽 두만강을 건너면 거기가 어딥네까? 바로 소련 땅 아님메? 조선 사람이 소련에 살다가도 제 땅으로 건너왔는데, 전쟁이 났다고 다시 소련으로 도망칠 까닭이 있겠슴메? 저는 금시초문입니다."

"허허허, 동무의 말씀은 항상 원칙론만 강조하는데 실제로 그쪽 두만강을 건너 도망치는 사람이 있다는데 어쩝니까? 내가 묻고 싶은 것은 그 가운데 군인들도 끼여 있고 그러한 군인들을 붙잡아 와야 하는 것이 내 임무이니까 두만강을 어떻게 건너느냐 하는 것이 질문의 요지지요."

"글쎄요. 두만강을 어떻게 건너야 하는지 그런 건 저로서도…."

문근은 혼자 곰곰이 생각했다. 설령 헤엄을 쳐서 두만강을 건너간다 하더라도 건너간 다음이 문제였다. 소련 말 한 마디 모르는 형편에 어디를 어떻게 찾아다닐 것이며, 설령 요행히 소련과 사할린 사이의 타타르 해협의 연안까지 올라간다 한들 무슨 수로 사할린까지 건너갈 것인가. 북쪽으로 올라오면서 줄곧 궁리해본 일이지만 도무지 뾰족한 수가 떠오르지 않았다. 그래서 일단 부딪쳐놓고 보자는 식으로 두만강 국경 가까운 웅기까지 올라왔지만 결과는 예측했던 대로 암담할 뿐이었다.

그는 그 인민위원회 간부 집에서 하룻밤을 지내는 사이 밤새도록 이 궁리 저 궁리 하느라 잠을 한숨도 못 잤다. 그러다 새벽녘에야 잠시 눈을 붙였다. 아침 식사를 끝내자 그와 헤어졌다. 그 길로 그는 도로 나진, 청진, 경성, 길주, 성진, 단천, 이원, 북청, 함흥, 영흥, 고원, 양덕, 성천을 거쳐 평양으로 왔다. 눈앞에 보이는 차량은 가리지 않고 얻어 탔지만 이만저만한 고생이 아니었다. 무엇보다도 불안한 것은 인민군 군관 오세호가 만들어 준 신분증의 효력이 가는 곳마다 확실히 통할 수 있을까 하는 점이었다.

보름이 넘어 걸려 평양에 들어온 그는 전쟁이 교착상태에 빠져 있음을 알았다. 국군과 유엔군은 낙동강을 최후의 교두보로 삼아 사력을 다해 방어태세를 취했고, 특히 증강된 유엔군의 무서운 화력 앞에는 아무리 영용한 인민군이라 하더라도 더 이상 배겨내기 힘든 전세임을 문근은 간파하고 있었다.

문근은 전쟁이 나기 전에 일찍이 월북하여 북조선 고위직에 오른 고향의 형님뻘 되는 이준근을 만나기 위해 평양으로 온 것이다. 이준근은 일본 경도제국대학을 졸업한 수재로 지난 46년 10월 월북하여 한때 농림성의 농림국장을 맡기도 한 인물이었다. 그는 고향에서 문근을 만났을 때 문근과 숙경의 사랑에 대해서도 부르조아들이나 행할 일로 폄하하면서, 젊은 의기에 값싼 사랑놀음 말고도 해방된 조국을 위해 해야 할 일이 많음을 은근히 충고한 적도 있었다.

이문근은 이준근을 찾기 위해 여러 사람에게 수소문해 보았으나 이미 이준근이 공직에서 물러나기도 했지만, 전쟁 중이어서 더욱 행방을 찾기가 어려웠다. 그러나 문근이 준근을 찾아야 할 이유는 많았다. 우선 평양에서 안전하게 생명을 부지하기 위해서도 그랬고, 그보다 더 중요한 것은 그를 만나면 사할린으로 가는 길을 찾을 수 있을 것 같았기 때문이다. 아직 날씨가 따뜻해서 망정이지 이제 곧 찬바람이 불어오면 어떻게 될 것인가. 인민군 군관 오세호가 만들어 준 신분증으로 하여 아직까지는 숙식을 해결하고 있지만 언제까지나 그 위험천만한 모험을 계속할 수는 없을 터였다.

9월 9일 해거름이었다. 문근은 평양역 앞에서 뜻밖의 친구를 만났다. 경성사범 입학 동기인 엄호섭이었다. 결과적으로는 아무 보람도 없는 만남이었지만, 만나는 순간에는 지옥에서 보살을 만나는 기분이었다. 문근은 1, 2학년을 줄곧 그와 같은 반이었고, 특히 조선민요 수집반이라고 하는, 요즘 말로, 같은 동아리 회원이기도 했다. 그래서 2학년 여름방학 때는 문근의 고향인 함안 오석골까지 내려와 함께 민요를 수집 채록한 일도 있고, 3학년 여름방학 때는 문근이 그의 고향인 해주에까지 간 일도 있었다. 그렇게 절친한 사이였지만 졸업년도가 엇갈리는 바람에 지금까지 소식이 끊어진 상태에 있었다. 그런데 이 친구를 뜻밖에도 평양에서 만난 것이다. 반갑기가 한량없었다. 하지만 엄호섭의 신분을 확실히 알 수 없는 한, 자신의 애매한 신분을 밝힐 수가 없었다. 먼저 악수부터 해놓고 근황을 물었다. 호섭은 평소의 성격대로 활달하게 말했다.

"배운 도둑질인데 우리가 선생 말고 할 일이 무엇인가. 왜, 자네는 지금 교편생활을 하지 않는다 그 말인가? 건 그렇고 영남하고도 함안 촌사람이 북조선 평양까지는 웬 일로 왔는가?"

"이 사람, 조국이 통일 다 된 마당에 산 사람이 어디로 안 다녀? 남조선 함안이 내 고향이라면 북조선 평양도 내 나라 땅인데."

"허허허, 자네 말이 옳아. 그나저나 길거리에서 이러고 있을 게 아니라 어디 앉을 데로 가세."

그러나 어디 앉을 데로 가자는 말은 했지만 갈 곳이 없는 평양이었다. 다방도 술집도 없었다. 문근이 얼른 머리를 굴리며 말을 돌렸다.

"이 사람, 자네 집이 어딘지 자네 집으로 가세나. 옛날에 자네 집이 꽤 부자라고 자랑했었지? 내 집에는 다음에 모시겠네."

"내가 언제 우리 집이 부자라고 했두게?"

아, 얼마 만에 들어보는 '했두게'인가?

황해도 출신인 그는 언제 그랬느냐는 말을 항상 언제 그랬두게 라는 사투리를 써서 당시 동급생들을 웃겼던 것이다. 이문근은 다시 말했다.

"어쨌든 자네 집에 가보고 싶네."

"그래? 그럼 그렇게 하세. 졸업 후 처음 만나는 귀한 친구를 길거리에서 그냥 떠나보낼 수야 없지. 우리, 할 이야기가 얼마나 많겠는가. 나는 무엇보다도 로미오와 줄리엣 이상으로 열렬하던 자네 사랑이야기, 그게 궁금하거든. 물론 개성출신의 그 여학생과는 결혼은 했을 테고, 그래 지금 슬하에 자녀는 몇이나 두었어?"

그는 앞장서 걸으면서 문근을 만나면 할 이야기를 미리 외어두기라도 한 듯 일사천리로 말하고 있었다. 그러나 문근은 그저 가서 앉아 이야기하자며 얼버무리면서 우선 자신의 신분을 어떻게 밝힐까를 궁리하고 있었다. 그러나 무엇보다도 마음이 놓이는 것은 엄호섭이 자신과 최숙경과의 관계를 기억하고 있다는 사실, 특히 그것을 로미오와 줄리엣에 비유하면서 그 뒷이야기를 듣고 싶어 하는 점이었다. 엄호섭의 말대로라면 문근이 여태까지 살아온 이야기가 엄호섭의 동정을 사고, 그의 도움을 받기에 충분할 터였다. 지금도 문근은 그 줄리엣인 최숙경을 찾아 사할린으로 가는 것이 목적이니까.

호섭의 집 살림살이도 웅기의 그 인민위원회 간부의 집보다 나을 게 없었다. 그러나 호섭은 저녁 식사 때 오래전 인민군 창설기념일에 배급받아 둔 것이라고 술을 내놓았다. 정말 얼마 만에 입에 대보는 술인지, 그 술로 하여 그들 두 사람은 정말 학창시절로 돌아간 듯 많은 이야기를 주고받았다. 많은 이야기를 주고받았다고는 했지만 아무래도 문근은 듣는 쪽이었다. 아직까지도 문근은 정확하게 자기의 신분을 밝힐 수가 없었기 때문이다. 다만 한 가지 안심이 된다면 엄호섭이 열렬한 공산주의자가 아닌 것 같다는 점. 따라서 사범학교를 졸업하고 고향인 해주로 온 것을 한때 후회했으나, 어차피 서울까지도 인공 치하가 되고 보니 마음이 착잡하다는 것을 내비친 점이었다. 이런 여러 가지 사정을 확인하고서야 문근은 호섭의 손을 힘껏 잡았다.

"호섭이, 나도 남쪽이 싫어 스스로 북쪽을 택한 사람이지만 지금 평양의 기류를 알 수 없어 답답하네. 전쟁은 전쟁이고, 평양의 정치적 실권자들의 근황은 어떠한지 알고 싶네 그려."

"그런 걸 난들 어떻게 잘 알겠는가마는 김일성 수령님의 힘이 남조선의 이승만 박사보다는 우월하다는 것이네. 북조선에서는 그래도 친일 매국노는 다 정리가 되었지만 남조선에서는 전혀 친일파들이 처단되지 않았거든. 김일성 수령님은 해마다 신년이 되면 신년사를 통해 모든 조선 사람들이 희망하는 단합된 민주조선의 건설은 남조선에 있는 반동적인 매국노들에 대한 궁극적인 승리를 통해서만 가능하다고 말했네. 금년(1950)의 신년사에서도 김일성 수령님은 인민군과 보안대를 강화시킴으로써만 통일이 가능하다고 했거든. 따라서 이번 조국해방전쟁에 기여하지 못하는 정객들은 도태되도록 돼 있어. 설령 조국해방전선에 헌신적인 인물이라 할지라도 소련파가 아니면 힘을 못 쓰게 돼 있어. 지금 평양뿐 아니라 북조선 전역의 당, 군, 정부, 언론 및 간부양성학교의 많은 직책들을 소련파가 독차지하고 있거든."

"자네 혹시 인민공화국 정부수립 직후 농림성에서 농림국장을 맡았던 이준근 씨란 분 아는가?"

문근은 크게 기대하지 않고 물었다. 그런데 엄호섭은 눈을 동그랗게 뜨며 문근을 한참 주시하더니 무릎이라도 칠 듯한 음성으로 말했다.

"오옳아, 그러고 보니 그 양반 고향이 자네와 같구만 그래. 아니 이름도 비슷하구만 그려. 혹시 자네 친형님이신가? 그런 말 못 들었는데?"

"내 친형님은 아니고 고향마을 일가 형님이네. 자네는 어떻게 그 분을 잘 알고 있는가?"

"그분 아들을 내가 가르쳤지. 이명환이라고 총명한 학생이었는데, 지금은 졸업하고 상급학교에 다니고 있지."

문근은 내심 손뼉이라도 치고 싶었지만 예사롭게 다시 물었다.

"그분 지금 어떻게 지내고 있는가?"

"끈 떨어진 갓 신세지. 어디서나 마찬가지지만 고등직책에서 물러나면 다시 등용되기 전까지는 형편없지. 지금 평양 변두리 어느 지역에 산다는 말은 들었는데…. 그건 그렇고, 자네는 여태 자네가 지금 어디에서 무엇을 하는지, 그리고 평양에는 언제 어떻게 왔는지, 자세한 이야기는 하지 않았어. 그것부터 밝혀야 순서가 아닌가."

그때야 문근은 자초지종을 이야기했다. 최숙경과 억지 결혼을 하고 시골에서 살다 다쳐 괴상한 병에 걸린 이야기, 그 치료비를 위해 숙경이 사할린으로 자원해 간 이야기, 숙경의 송금으로 자신의 병을 치료한 이야기.(여기까지는 문근이 경성사범 졸업 전의 이야기지만 병 때문에 휴학을 하느라고 엄호섭은 먼저 졸업을 했으므로 잘 알지 못하고 있었다.) 경성사범을 졸업하고 교편을 잡다가 보도연맹에 연루되어 죽음의 현장에서 기적적으로 살아난 이야기, 그 길로 유엔군의 통역관이 되었다가 인민군의 포로가 되고, 자기를 취조하던 군관이 최숙경의 남동생 최인준의 친구임이 밝혀져 그 인민군 군관 오세호의 도움으로 여기까지 오게 되었는데, 목적은 사할린으로 최숙경을 찾아가는 것이라고 밝혔다.

이야기를 다 듣고 난 엄호섭은 두 손으로 문근의 손을 꼭 움켜쥐었다. 그러고는 띄엄띄엄 말했다.

"자네야말로 이 땅, 이 시대가 낳은 전형적인 비극인물이구만. 그래, 사할린으로 가는 길이 예사 힘든 길이 아니지만 같이 노력해보세. 자네가 말한 이준근 씨가 그 길을 찾는 데 도움이 된다면 이준근 씨의 거처 또한 내가 알아보겠네. 그러고 보니 자네는 지금…?"

"그렇네, 지금 나는 올 데 갈 데도 없는 형편이네."

"알았네. 이준근 씨 거처를 찾을 때까지는 나한테 있게. 다만 외출은 하지 않는 것이 좋을 듯하구만."

문근은 엄호섭의 집에서 사흘이나 묵었다. 엄호섭으로서는 대단한 모험이며 결단이었을 것이다. 사흘 뒤에 그는 엄호섭의 안내로 이준근의 집을 방문했다.

이준근의 집은 평양시 서남쪽 변두리의 대동강 변에 있었다. 처음에는 제법 잘 지은 집인 듯했으나 대개의 적산가옥이 그렇듯이 낡고 허물어져 도무지 사람이 살고 있는 것 같지도 않았다. 사람 키 높이의 판자 울타리는 콜타르 같은 칠도 되어 있었지만 땅에 박은 기둥뿌리가 허물어지면서, 있으나 마나 할 정도로 망가져 있었고, 명색이 현관인 미닫이문은 유리창이 깨진 상태였다. 그러한 문을 조심스럽게 열고 들어선 엄호섭이 조용하고 낮은 음성으로 안을 향해 소리를 내었다.

"선생님 계십니까? 선생님 계십니까?"

두 번이나 소리를 낸 다음에야 안에서 인기척이 들렸다.

"누구시오?"

낮으면서도 우렁찬 소리가 준근의 음성이었다. 다시 엄호섭이 덧붙였다.

"저어, 학교에서 나왔습니다만…."

그제야 준근이 모습을 드러내었다. 시골농부나 입는 중의적삼 차림이었다. 벌써 사오 년 전이긴 하지만 고향에서 볼 때보다는 엄청나게 변해 있었다. 하기는 나이도 문근과는 15년 이상의 차이가 나기 때문에 이미 늙을 때도 됐다. 하지만 벗겨진 이마며 거의 백발이다시피 한 머리카락이 나이보다 훨씬 더 늙어 보였다. 엄호섭과 문근이 공손히 허리를 굽혀 절하자 준근은

"어허, 이게 누구야?"

하면서 두 손으로 엄호섭과 문근 두 사람의 손을 한꺼번에 잡았다.

방으로 안내되어 들어간 그들은 다시 큰절을 올렸다. 준근도 맞절을 했다. 문근은 그때까지도 입을 닫고 있었고 엄호섭이 먼저 말했다.

"선생님, 저를 기억하시겠습니까? 명환 군의…."

"알다마다! 우리 명환이 인민학교 때 선생님이었지요. 그런데?"

이번엔 문근이 말했다.

"형님, 정말 오랜만에 뵙습니다. 제가 형님을 찾아 여기까지 왔지만 이 친구가 아니었다면 형님을 영 뵙지 못할 뻔했습니다. 그런데 이제 뵙게 되어…."

엄호섭이 이준근에게 그간의 안부를 물었다.

"선생님, 건강은 어떠하십니까? 그리고 명환 군은 계속 공부를

잘 하겠지요?"
"고맙소. 건강도 괜찮고 명환이도 학교 잘 다니오."
준근은 잠시 말을 중단하고 시선을 문근에게로 향했다. 뜻밖이라는 표정이지만 그래도 반가운 기색을 감추지 못했다.
"그래, 자네는 예까지 웬 일로?"
이번에도 호섭이 마치 문근의 보호자인 양 말했다.
"선생님, 이 친구의 말씀을 들어보십시오. 사연이 하도 유별나고 기막혀서 도무지 저 혼자 듣고 넘길 문제는 아닌 것 같습니다."
그러나 준근은 그 풍모나 연륜에 어울리게 저 먼 고향 소식부터 문근에게 물었다.
"오석골 고향 소식은 아는 게 있는가?"
"예, 어른들은 대개 무고하십니다만 젊은 사람들은 더러…."
"전쟁이 났으니 젊은 사람들이 상하는 거야 어쩔 수 없는 일이고, 그래 자네는 그때 경성사범을 나왔지?"
"예, 이 친구랑 동창입니다."
"그러면 지금 교육 사업에 투신 중일 텐데 임지가 어데기에 오늘 예까지 왔을꼬?"
엄호섭이 문근을 대신하여 말했다.
"선생님, 방금 제가 말씀 올린 대로 이 친구의 사연이 참으로 기구합니다. 한번 들어보시지요."
문근은 먼저 준근이 충고한, 해방된 조국에 뭔가 크게 이바지를 하지 못하고 이러한 사사로운 사연을 말씀드리게 되었음에 양해를 구했다. 그리고 엄호섭에게 했던 이야기를 되풀이했는데, 같은 말을 두 번째 한 것이어서 훨씬 더 조리가 서고 사건마다 상황을 더 여실하게 말할 수 있었다. 말하는 중간중간에 문근은 준근의 표정을 관찰하는 것도 잊지 않았다. 역시 문근이 숙경과 결혼을 하는 대목 같은 데서는 준근은 거의 무표정한 모습으로 눈을 감고 있었다. 그러나 문근이 담장을 고치다 돌에 치어 다친 것이 괴질로 바뀌고 이를 고치기 위해 그의 아내가 허벅지 살을 도려낸 대목에서 준근은 눈을 감은 채 표정을 일그려뜨렸다. 숙경이 문근의 치료비를 위해 사할린으로 떠나고 송금을 해주고 문근이 치유 불가능으로 보이던 병을 고친 대목에서야 준근은 눈을 떴다. 그리고 한 마디 했다.

"자네가 결혼상대는 야무지게 잡은 셈이네. 옛날 이야기에야 그와 같은 일이 있었지만 실제로, 그것도 오늘날 지식인 여성이 자신의 다리 살을…."

문근은 계속했다. 이야기가 보도연맹으로 접어들자, 이때부터 준근은 안절부절 못하는 눈치였고, 학살현장에서 문근이 기적적으로 살아남은 대목에서는 한숨까지 쉬었다. 이런 연유로 해서 남조선 땅이 지긋지긋하게 느껴져 불과 2, 3일 사이에 승려복, 유엔군군복, 인민군복을 차례로 갈아입으면서 평양에까지 오게 된 경위를 소상히 밝힌 뒤, 목적은 생명의 은인이기도 한, 아내 최숙경을 만나기 위해 사할린으로 가는 것이라고 했다. 기나긴 이야기를 다 듣고 난 준근은 신음에 가까운 소리를 낸 뒤 말했다.

"으음… 자네 심경은 백번 이해하고도 남겠네마는 일이 보통 어렵지 않네. 우선 북조선에서 화태로 가는 교통편이 전무할뿐더러, 소련 땅으로 넘어가 화태란 섬으로 건너가는 방법도 생각해 볼 수 있으나 이 역시 현재로서는 불가능할 것 같으니…."

엄호섭이 조심스럽게 제안했다.

"선생님, 이 사람이 남조선에서 교편을 잡았으니 어떻게 여기에서 다시 교원으로 복직하는 수는 없을까요? 저의 생각으로는 우선 북조선에서 신분보장을 받고, 안정된 생활을 하면서 기회를 기다리는 것이 좋다고 생각됩니다만."

"으음, 지금 젊은 교육자들이 전선으로 많이 뽑혀 나갔으니 자리는 없지 않겠지만, 교육성 내 각 사무국의 심사와 6개월의 강습을 거쳐야 하니…."

결코 쉽지 않으리라는 뜻이었다.

한참 동안 셋은 침묵을 지켰다. 이윽고 문근이 무겁게 입을 열었다.

"형님께서 저의 최종 목적지가 사할린이란 것만 인정해 주신다면."

"인정하는 게 무슨 문제가 되나? 방법이 문제지. 우선은 내한테 있어야겠지만 그것도 며칠이나 될지…."

사실 문근은 북녘 땅에서는 그 어떤 벼슬을 준다고 해도 머물러 있을 이유가 없었다. 그는 본래부터 공산주의에는 관심이 없었다. 더군다나 북녘은 민족상잔의 전쟁을 일으켜 수많은 동포의 목숨을 희생시키고 있지 않은가. 그 어떤 명분으로도 문근은 이를 용납할 수 없다는 생각이었다. 아니, 용납은커녕 인정조차 하기 싫었다. 목숨 하나 부지하면서 사는 것이 목적이라면, 이런 고생을 하지 않고서도 이남 땅 어디에서든 잘 살아갈 수 있을 것이 아닌가.

## 55

며칠 뒤 문근에게 다시 찾아온 엄호섭은 귀가 번쩍 뜨이는 이야기를 들려주었다. 그것은 인민군에 입대한 사람 중에는 사할린에 강제 징용되어 간 조선 사람들이 있다는 것이다. 젊은이가 부족했던 터라 김일성 정권은 소련 당국의 양해 아래 사할린에 강제 억류되어 있는 조선 청년들의 성분을 심사하여 인민군으로 합당한 사람들을 골라 입대시켰다고 한다. 그런 사람들 중 이미 전상을 입고 제대한 사람들도 있는데, 그 사람들의 대부분은 북조선에 남아 있기보다는 도로 사할린으로 돌아가고 싶어 한다고 했다. 그러나 북조선 당국에서 허락하지 않는다는 것이었다. 엄호섭이 문근의 귀에 대고 속삭였다.

"이런 사람들과 손잡으면…."

"그런 사람들을 자네가 알고 있는가?"

"아직 만나보지는 않았지만 자네가 원한다면…."

"내가 그런 사람을 만나기를 바란다는 건 물어보나 마나 한 이야기가 아닌가."

"하지만 그런 사람들이야 기왕 사할린에 가족이 생겼으니 도로 가고 싶다고 하더라도 자네야…."

"나는 가족이 거기 없는가? 내가 여기까지 와서 이 고생을 하는 이유를 자네가 몰라서 그러는가?"

"모른다기보다도 자네 듣기 섭섭할지 모르지만 사할린에는 여자가 아주 귀하고, 남편 있는 여자라도 서로 뺏으려고 혈안이 돼 있다는 소문이거든. 그렇다면 자네 부인인들 어떻게 지금까지 혼자 살고 있으리라 장담하겠는가?"

"이 사람아, 내가 여태까지 혼자 살고 있지 않은가?"

"자네야 별종 아닌가. 아니 별종 위의 독종이지. 그리고 참, 사할린 동포 중에서도 해방 직후에는 더러 그곳을 빠져나갔다고도 하고."

"그 사실은 나도 조금은 알고 있네. 그러나 해방된 지 5년이 넘도록 집사람은 돌아오지 않았어."

"내가 지금 하고 싶은 이야기는 기왕 자네가 여기서 뿌리를 내리고 있으니 재혼을 하라는 거네. 좋은 아가씨를 봐 두었거든."

문근은 순간 강화중이 떠올랐다. 강화중도 꼭 같은 말을 하면서 그의 누이동생 복희를 소개해 주지 않았던가. 아, 지금 화중은 어찌 되었으며, 복희는 어떻게 살고 있을까. 문근이 잠시 지난 일을 생각하느라고 침묵을 지키자 호섭은 재혼의 권유에 문근의 마음이 움직인 줄로 오해를 했다.

"쇠뿔도 단김에 빼랬다고 오늘 당장 그 처녀를 만나 볼까?"

"말도 안 되는 소리 그만두게. 그것보다도 사할린으로 돌아가고 싶어 하는 그 제대군인들이나 만나도록 주선해 주게."

문근의 이 말에 호섭은 한숨을 쉬는 듯한 표정으로 문근을 물끄러미 바라보더니 혼자 말하듯 중얼거렸다.

"내가 괜히 이 말은 꺼내가지고 또 하나 과업을 안았구만."

호섭이 돌아간 뒤 문근은 실낱같은 새로운 희망을 가져보았다. 문근은 준근의 집에서 며칠 묵는 동안 준근으로부터 많은 이야기를 들었다.

"내가 농림국장 자리에서 밀려난 것도 소련파가 아니어서였지. 소련파라고 해서 반드시 소련에 오래 살다 귀환한 사람들을 두고 한 말은 아니지."

준근은 처음으로 해방 직후부터 전쟁이 난 뒤까지의 김일성을 둘러싼 북조선의 정세를 이야기 해주었다. 그의 이야기를 간추리면 이러했다.

김일성이 소련에 체류한 것은 41년부터 45년까지였고, 물론 그 사이에 소위 빨치산 부대를 지휘하여 일본과의 항쟁에서 많은 공을 세웠다. 지금 십여 살 된 김일성의 아들 정일이도 소련 이름으로는 유라인데, 1942년 2월 16일 소련에서 태어났고, 그 생모는 김정숙이다. 둘째 아들 슈라는 조선 이름이 평일인데, 44년에 태어났으나, 47년 7월에 평양에서 물놀이하다 익사했다. 45년 8월 김일성은 패주하는 일본군을 격멸시키기 위해 자신의 부대와 소련군이 합동 작전을 펴면서 북조선에 돌아왔고, 9월 19일에 평양에 도착했다. 모스크바 삼상회의에서 미국과 소련은 군사 점령을 종결짓고, 조선을 통일시키기 위해 5년 동안 신탁통치를 실시할 것을 합의했으나, 남조선 민족주의자들이 거절함으로써, 신탁통치 안을 설득하려던 소련의 이그나체프 대령의 노력은 실패로 돌아갔다. 이로써 남북조선은 두 개의 진영으로 분열되었고, 이때부터 북조선의 소련파들은 득세하기 시작했다. 46년 2월 8일에 북조선 임시위원회가 수립되었는데 김일성이 위원장이었다. 48년 2월에 소련의 도움으로 김일성은 인민군을 창설했다. 그에 앞서 46년 8월 28일부터 30일 사이에 조선 노동당 창당 대회가 소련 당국의 지도 아래 있었고, 48년 3월 27일부터 30일 사이에 조선 노동당 2차 대회가 있었는데, 이런 대회 때마다 김일성이 주도적인 역할을 했다. 즉 회의의 사회를 본다든지 해서 회의에 참석한 수백 명의 사람들 앞에서 여러모로 돋보이는 존재였다.

준근은 제 1차 노동당 대회가 있은 직후에 남조선에서 월북했고, 얼마 뒤에 농림국장을 맡았지만 그가 소련파가 아닌 국내파라는 이유로 제 2차 노동당 대회에서 사법국장인 최용달, 상업국장인 장시우와 함께 김일성의 비난을 받게 된다. 이들에 대한 김일성의 공격을 부추긴 것은 소련계 조선인들이었는데, 그 대표가 한일무였다. 한일무는 소련에서 태어났으며, 국내 공산주의자들에게는 잘 알려지지 않은 인물이었지만 김일성에 이어 이준근 등에게 개인 영웅주의에 빠져 있다고 비난하면서 당대회에서 잘못을 자아비판하라고 요구했다. 이래서 이들은 잘못(비판자들이 지적한 사안에 대하여)을 사과하며 김일성에게 충성을 바칠 것을 맹세했고, 특히 이 자리에서 이준근은 농업에서의 기술 발전에 심혈을 기울일 것을 약속했다. 그러나 48년 5월 10일 유엔의 감시 아래 남조선에서 총선이 실시되고, 8월 15일 남조선 정부가 수립되자 이준근은 농림국장에서 쫓겨났다. 남조선 정부의 수립은 김일성에게 북한 지도자로서의 지위를 확보시켜주는 계기가 되었던 것이다. 그 이후로 이준근은 '뒷방 늙은이처럼 되어' 권부에서 밀려난 신세로 이날까지 쓸쓸한 생활을 하고 있었다. 이준근은 꽤 오래된 지난날의 역사를 날짜 하나 안 틀리게 기억하면서, 김일성이 확고한 지위를 구축하기까지 있었던 숨 가쁜 정황을 자세하게 설명했다. 그 놀라운 기억력과 그때그때 정세를 비판하고 해석하는 직관력이 놀라웠다. 요컨대 그가 비록 청년 학생 때부터 신봉했던 사상을 펴려고 월북했지만, 소련어에 능통하지 못했고 소련파가 아니라는 것이 결정적인 핸디캡이 되었다는 것이다.

문근이 준근의 집에 묵은 지 나흘째 됐을 때 호섭이 다시 찾아와, 사할린에서 인민군에 입대했다 제대한 사람을 찾아 놓았으니 만나보라고 하였다. 그러면서 미리 문근의 이야기도 그에게 귀띔해 두었다고 하였다. 그들은 즉석에서 그 사람을 만나기로 하고 호섭을 따라 문근은 준근의 집을 나섰다. 그 사람이 있는 곳은 호섭의 집에서 멀지 않은 거리였다. 길을 걸으면서 그들은 수많은 군용차들이 먼지를 일으키며 오가는 것을 보았고, 화물차 위에는 피곤한 모습으로 쭈그리고 앉은 인민군 병사들로 가득 찬 것도 보았다. 전세는 다시 북쪽이 불리해서 유엔군이 파죽지세로 밀고 올라온다고 했다. 맥아더 장군이 인천으로 상륙작전을 감행하여 부산, 대구, 마산을 제외한 남반도의 거의 전역을 점령하고 있던 인민군의 허리를 강타, 그 배후에서 협공을 가하는 일방, 여세를 몰아 곧장 북쪽으로 밀고 올라온다는 것이었다.

그들이 그 제대 군인을 만났을 때, 그는 억센 경상도 억양의 사투리로 문근을 맞이했다.

"참말로 반갑습니더. 고향이 함안이라 캤지예? 지는 김해 아입니꺼. 김종술입니더."

그러면서 손을 내밀었다. 문근이 그의 손을 잡으며 말했다.

"이문근이라고 합니다. 얼마나 고생하셨습니까?"

"지 고상이사 팔자 아입니꺼. 에릴 때는 배 곯음시로 들일 하니라고 고상, 나이 들어서는 징용으로 가라후토에 가서 탄광에서 고상, 또 조선에 전장이 나자 싸움터에서 고상, 시방은 선상님이 보드키 안죽도 이 왼발을 잘 몬 써 고상 아입니꺼."

나이는 스물댓 정도였는데 작달막한 키에 비하여 머리가 어울리지 않게 커 보이는 그는 이마와 뒤통수가 유별나게 튀어나와 있었다. 그래서 그런지 그가 떠드는 고생담이 결코 거짓말은 아니련만 어쩐지 서커스패 어릿광대의 허풍처럼 들리기도 했다. 키가 작은 사람이 머리가 크면 난장이 같은 인상을 풍기기 때문일 것이다. 그는 제대 군인들이 수용돼 있는 그 민가풍의 제대 군인 특별 가옥에서 비슷한 전상자 여러 사람들과 함께 지내고 있었다. 그래서 호섭은 종술을 데리고 문근과 함께 자기 집으로 왔다. 종술은 말수가 많은 것에 비하면 내심은 대단히 용의주도하고 치밀한 사람이었다. 호섭으로부터 이미 문근의 사정을 듣고 알고 있었다면서, 자기가 문근을 데리고 사할린까지 같이 갈 수 있었으면 얼마나 좋겠느냐고 했다.

그는 김해 대동면에서 보통학교를 졸업하고, 금융조합에서 사환 겸 사무직원으로 일하다가 사할린에 가면 금융조합보다 월급도 많고 고기반찬에 쌀밥도 배불리 먹을 수 있다는 꾐에 빠져 19

살 되는 45년 봄에 사할린으로 갔다고 했다. 딱 1년만 돈을 벌어 와서 결혼할 생각이었다고. 그러나 나이부치(소련 지명 브이코프) 탄광에서 죽을 고생을 하면서 월급 통장도 왜놈 노무 관리자에게 맡겨둔 채 돈 한 푼 만져 보지 못했고, 밥을 배불리 먹기는커녕 삼 시 세끼 주는 밥이 '뻥아리 오줌만도 못해' 죽다가 살았다고 했다. 일본이 전쟁에 지고 물러간 뒤에도 고생은 여전했는데, 이번에는 로스케들의 학대가 이만저만이 아니었다고 했다. 그런 중에서도 조선 사람들은 어쨌든 고향으로 돌아갈 날만 기다리면서 끼리끼리 모여 살 길을 찾았다고 했다. 소련군의 명령에 의해 탄광의 광부로 다시 들어간 사람이 있는가 하면, 소련 본토에서 이주해 온 로스케 집에 머슴을 사는 사람도 있었다. 그러나 무엇보다도 심각한 문제는 모두들 결혼을 해야 하는데도 여자가 없어, 많은 조선 사람들이 소련 여자를 아내로 맞이하기도 했다고.

그러니까 사할린에 관한 엄호섭의 상식은 어쩌면 이 김종술로부터 얻어 들은 것이 틀림없을 터였다. 문근이 금년에 벌써 서른다섯 살이니 종술은 문근보다 열두어 살이나 아래여서 종술에 대한 호칭을 어떻게 할까 망설여졌다. 문근이 말했다.

"그럼, 김종술 씨는 사할린에 가족이 있소?"

"가족이 있을 택이 있습니꺼. 안죽 겔혼도 몬 했는데."

"그렇다면 구태여 사할린으로 돌아가야 할 이유가 없지 않소?"

종술은 한동안 입을 닫고 있었다. 그는 마치 잘못을 저지르다 들킨 아이처럼 안절부절 못하는 눈치였다. 문근을 당원쯤으로 오해하고 낭패감에 사로잡힌 게 틀림없었다. 문근이 달래듯이 다시 말했다.

"내 말은 종술 씨를 추궁하자는 것이 아니라, 사할린에 가족도 없다면 차라리 여기에 있다가 결혼을 하든지, 좋은 때를 만나 고향으로 가도 되지 않겠느냐는 뜻이지 다른 의도는 없소."

그때야 종술이 말문을 열었다.

"사할린에는 일가족을 솔건(솔권)하여 온 조선 사람이 많지예. 그런 사람들 중에는 사할린에서 아들, 딸을 낳아 키운 사람도 있다 이 말입니더. 지가 사할린으로 다시 갈라고 하는 이유는, 지하고 결혼을 약속한 처녀가 있기 때민입니더."

여태 입을 닫고 있던 호섭이 끼어들었다.

"아, 그런 일도 있구나. 그러니까 김종술 씨와 이문근 선생은 결국 같은 목적이군 그래."

문근은 말없이 호섭을 바라보았고, 종술은 그러한 문근의 표정을 살피고 있었다. 그러다 종술이 다시 말했다.

"그런데 지가 이렇게 한쪽 발이 빙신이 됐으니, 한심스럽기만 합니더."

"그만한 정도야 활동에 아무런 지장도 없을 테니 걱정 안 해도 되겠소."

문근의 이러한 위로에 그는 힘을 얻은 듯 목소리를 낮추어 은근한 소리로 말했다

"해방 직후부터 지는 사할린에서 소련 사람들의 자동차 정비 공장에서 일함시로 자동차 운전 기술도 배웠고, 소련말도 좀 배웠지예. 그래서 선생님캉 동행이 되몬 서로 도움이 될상 싶습니더."

그날은 일단 이 정도로 헤어졌다. 종술을 먼저 내보내고 문근은 호섭과 마주앉아 사할린으로 건너갈 방법에 대하여 궁리했으나 어떤 생각도 떠오르지 않았다. 호섭의 집에서 늦은 점심 한 술을 뜬 문근은 혼자 터덜터덜 걸어 준근의 집으로 돌아왔다. 결코 김종술이 그의 사할린행에 도움이 될 것 같지 않았다. 어떻게 하면 사할린으로 갈 수 있을까? 우선 김종술부터 북녘 당국의

허락 없이는 평양을 한 발짝도 떠날 수 없는 몸이 아닌가. 그런 그, 더구나 불구자인 그를 데리고 어떻게 함경북도로 올라가 두만강을 건널 것인가. 두만강을 건너도 혼자 다니는 게 훨씬 편할 것 같았다.

## 56

그 무렵, 맥아더 장군이 지휘하는 유엔군의 인천상륙작전과 함께 서울이 도로 이승만 정권의 수중으로 들어갔다는 소식이 들리더니, 북쪽에서 밀고 내려갈 때와는 정반대로 걷잡을 수 없이 밀려올라오고 있었다. 유엔군의 전방 부대는 동부의 산악지대를 타고 북진을 거듭하고 있었다.

문근은 생각다 못하여 호섭의 집으로 다시 가서, 자기 처신에 대하여 의논하지 않을 수 없었다. 호섭도 속수무책이었다. 사할린으로 갈 궁리는커녕 당장 평양에서 더 머물 일이 걱정이었다. 문근은 예상하기는 했지만 식량 배급에 의한 생활이 이렇게 어렵고, 따라서 군식구 하나 더 보태지는 것이 이렇게 위험한 일인 줄은 미처 깨닫지 못했던 것이다. 전세는 하루가 다르게 불리해지고 있었는데, 인민군 오세호가 만들어준 신분증이 아직은 효력을 갖고 있었지만 평양이 유엔군의 수중에 떨어지게 된다면 더욱 위험하게 될 처지였다.

문근은 호섭과 악수만 하고 언제 다시 만나자는 기약도 하지 못한 채 헤어졌다. 준근의 집으로 와서도 그런 식으로 준근에게 하직을 고했다. 그때부터 문근은 평양 시내를 배회하다가 몇 번이고 검문을 당했지만 가지고 있던 신분증으로 위기를 모면했다. 숙식이 일정하지는 않았지만 한편으론 훨씬 홀가분한 마음이기도 했다. 떠돌이처럼 돼서 문근은 10여 일을 위험천만하게 목숨을 부지하고 있었다. 한 끼의 해결도 어려웠지만 밤이면 벌써 추위가 전신을 엄습했다.

10월 16일 평원군 숙천읍에 유엔군이 낙하산 부대를 투하했다는 소식이 들리더니, 이때 벌써 평양 시내는 불안이 극도에 달하여 낮이면 유엔군 제트기의 공습이 귀청을 찢을 만큼 무서운 소리로 사람들의 혼을 빼고 있었다. 10월 14일이 되자, 사람들은 집을 비우고 어디론가 떠나기 시작했고, 문근은 빈 집으로 들어가서 먹을 것도 찾아 먹고 잠을 자기도 했다. 그리고 그때까지 걸치고 다녔던 해진 옷도 벗어버리고 다른 옷을 바꾸어 입었다.

드디어 10월 17일 평양은 유엔군의 손으로 들어갔다. 문근은 그때까지 금지옥엽 이상으로 소중하게 지니고 다니던 신분증을 찢어버리면서 하늘을 향해 실소를 날렸다. 먹고, 입고, 자기가 한결 수월해지면서 그는 사할린으로 가기 위해 북쪽까지 올라온 게 전혀 무의미한 헛수고임을 그제야 깨달았다. 두만강을 건너 소련 땅으로 들어가 사할린으로 가기에는 걸림돌이 너무 많았다. 우선 두만강을 건널 방법, 그 명분, 소련에서의 언어 소통, 이 모든 것이 해결된다 치더라도 사할린으로 건너갈 배편 마련은 아무 보장도 없었다. 그런데도 무턱대고 이 북쪽까지 올라온 자신의 행위가 너무도 무모하고 엉뚱하여 새삼스럽게 한숨이 나왔다. 차라리 일본은 어떤가? 우선 일본에서라면 언어 소통도 자유롭고 북해도까지만 간다면 혹시 사할린으로 가는 배를 얻어 탈 수 있을지도 모른다. 그러나 무엇보다도 부산이나 마산쯤에서의 일본 밀항은 두만강을 건너는 월경보다도 훨씬 안전하리라는 생각이 들었던 것이다.

문근은 마치 오랜 꿈에서나 깨어난 것처럼 국군과 유엔군이 평양을 거쳐 압록강까지 숨 가쁘게 북진하고 있을 때 그는 거꾸로 남하의 길을 재촉했다.

## 20장

# 갚는 은혜, 입는 은혜

### 57

문근이 부산에 닿은 것은 12월 초순. 평양에서 10월 20일 출발하여 약 40일이 소요되었다. 부산은 전에 몇 번 와 본 곳이기는 하지만, 그사이 엄청나게 변해 있었다. 우선 길거리마다 사람들로 붐볐고, 대부분이 피난민이었다. 함안 오석골 고향으로 한번 가 보고도 싶었지만 기왕 죽은 사람으로 돼 있는 자신이 불쑥 모습을 나타낸다는 것은 여러모로 위험하다고 생각되어 갈 엄두가 나지 않았다. 살아 있는 몸이니 언젠가는 만나 뵐 수 있는 부모님이었다. 부모님을 뵙고 싶은 마음도 간절했지만 강화중의 안부도 누구 못지않게 궁금했다. 그러나 알아볼 도리가 없었다. 막상 부산까지 오기는 했지만 무슨 수로 일본까지 갈 것인가. 막막하기만 했다.

지난 7월에 이미 경찰에 끌려가 산 속에서 처형당한 이문근의 이름이었기 때문에 살아 있는 자신이 경찰 당국에 의해 발각된다면 결코 무사하지 않으리라는 생각이 들어, 길거리를 걸으면서도 아는 사람을 만날까 봐 겁이 났다. 그러나 평양에서보다는 안심이 되었다. 우선 말씨부터 같은 영남 말씨가 아닌가.

날씨는 춥고 배는 고팠다. 남포동의 어떤 식당 굴뚝 옆에서 굴뚝에 기대어 부산의 첫 밤을 새운 문근은 갈 데 없는 걸인 모습이었다. 아침도 굶은 채 어디에서 무엇을 좀 얻어먹느냐고 궁리했으나 구걸 외에는 뾰족한 방법이 없었다. 그는 기대어 잔 굴뚝의 식당으로 들어가 상이군인임을 강조하면서 무엇이든지 음식을 좀 달라고 청했다.

"걸뱅이가 빈미 많애야지! 난리가 나니 멀쩡한 인간이 공밥을 얻어묵을라꼬!"

그 식당 아주머니는 욕까지 퍼부으며 그를 밀어내었다. 비참하고 한심한 생각에 얼굴을 들고 하늘을 볼 수가 없었다. 그럴 때마다 그는 다짐했다. 나는 종전의 이문근이가 아니다. 다시 태어난 이문근이다. 어찌하든 이 한 목숨 부지해야 한다! 그는 무턱대고 걷다가 또 다른 식당의 문을 밀었다. 다행히 할머니가 있었다. 살이 찐 그 할머니가 김이 나는 설렁탕 국물에 밥을 말아 주었다. 눈물겹도록 고마웠다. 숟가락을 든 오른손이 사시나무 떨리듯 했다. 할머니가 물었다.

"뭐하는 사람인교?"

그는 거짓말을 했다.

"피난 온 사람입니더."

"고향이 어데요?"

"진줍니더."

함안이란 말을 하기가 무서웠다.

"쯧쯧, 이놈의 시상이 우짤라고 이라는지…."

그것을 먹고 그는 그 자리에 멍하니 앉아 있었다. 갑자기 전신에서 기운이 빠져버린 듯 노곤했기 때문이다. 그러다 고맙다고 인사하고 나왔다. 어떻게 할지에 대하여 생각하느라고 큰 시장 통을 지나 가까운 산으로 올라갔다. 바다가 환히 내려다보이는 시내 중심지에 있는 야트막한 산이었다. 문근이처럼 일 없는 많은 사람들이 양지쪽에 몰려 앉아 있었다. 용두산이라고 했다. 이 산의 어디가 용의 머리를 닮았는지는 모르겠지만 어쨌든 산 이름 하나 괜찮다는 생각을 하면서 다시 산 아래로 내려왔다. 올라갈 때와는 반대 방향이었다. 올라갈 때는 국제시장이라는 복잡하기 짝이 없는 곳을 거쳐 올라갔지만 내려올 때는 대청동 쪽으로 내려왔다. 내려오다 보니까 어쩐지 엄숙해 보이면서도 정다운 모습의 커다란 건물이 보였다. 엄숙하다는 것은 건물의 분위기가 어쩐지 보통의 장삿집이나 살림집과는 판이하게 달라 보이는 데서 오는 인상이었고, 정다워 보인다는 것은 건물 문 옆의 담벼락에 이러한 글씨가 붙어 있었기 때문이었다.

'고생하고 무거운 짐을 지고 허덕이는 자는 모두 나에게로 오너라.'

안 그래도 그는 몹시 지친 상태여서 그 건물의 지붕 위까지 다시 보았다. 십자가와 함께 종이 높게 달려 있었다. 중앙성당이었다. 비록 특정 종교를 믿지는 않았지만 각 종교가 가지고 있는 특징을 알고 있는 문근이었다. 그는 불현듯이 성당을 지키고 있을 신부를 만나보고 싶었다. 지난 7월에 만났던 김종하가 생각났기 때문이다. 신부를 만나보면 무엇인가 도움을 얻을 수 있을 것만 같았다. 그는 성당 안으로 성큼성큼 걸어 들어갔다. 평일이지만 성당 안에는 몇 사람의 신자들이 무릎을 꿇고 앉아 있었다. 그는 피곤하기도 해서 의자에 걸터앉아 앞쪽을 응시했다. 높은 천장, 알록달록 아기자기하게 색칠된 유리창이 천장에 붙어 있었다. 그 유리창을 통해 겨울의 햇살이 여리게 비쳐 들고 있었다. 정면 벽에는 커다란 십자가가 걸려 있었고, 십자가에는 고개를 오른쪽으로 꺾은 거의 벗은 몸의 남자가 양 팔을 벌리고 두 발을 모은 채 달려 있었다. 책을 통해서 예수란 사람의 생애에 대하여 조금은 알고 있었지만 문근은 이날 예수에 대하여 깊이 생각해 보았다. 그리스도라는 말은 구세주란 뜻인데, 저렇게 나약한 모습으로 죽임을 당하고서 어떻게 구세주가 될 것인가. 그런데도 많은 사람들이 왜 그를 믿고 있는가. 대구 의대를 다니다 붙잡혀 온 김종하가 다시 떠올랐다. 죽음을 앞두고도 그렇게 의연하던 청년, 깊은 신앙적 성찰과 침착으로 끝내 자신을 지켜내던 그 김종하의 모습이 자꾸만 눈앞에서 어른거렸다. 그는 의자에 앉은 채 한참 동안이나 십자가에 달린 예수를 바라보다가 마침 일어나 나가는 젊은 여인에게로 다가가 말을 건넸다.

"실례합니다. 신부님을 좀 뵙고 싶은데 어디로 가면 됩니까?"

"이 시간에 신부님을 뵈려면 사제관으로 가셔야지요."

그러나 문근은 사제관이라는 말조차 생소했다. 그래서 다시 물었다.

"사제관이라면…?"

여인은 문근을 잠시 살펴보다가 그의 초라한 행색에 의심이 갔든지 신부님을 왜 찾느냐고 다시 물어왔다. 그는 무턱대고 말했다.

"신부님과 잘 아는 사이기 때문에 뵙고 싶어서요."

여인은 끈질기게 물어왔다.

"신자세요?"

"아, 아닙니다."

"그럼, 신부님 친구분이세요?"

문근은 그냥 그렇다고 대답했다. 그러자 여인은 앞장서서 신부가 있는 곳으로 안내해 주었다. 마침 신부는 있었다. 이렇게 해서 만난 신부가 장병룡 요한 신부였다. 문근을 안내해 간 여인이 친구 분이 찾아오셨노라고 말하자 그는 생면부지의 문근을 아래위로 유심히 살펴보더니 어디서 누구를 찾아왔느냐고 물었다. 문근은 자기를 안내해 준 여인에게 무안한 느낌이 들었지만 꾹 참고 바른대로 말했다.

"우선 신부님께서 저에게 잠시만 시간을 내어주신다면 찾아온 용건을 말씀드리겠습니다마는, 저는 함안에서 국민학교 교편을 잡던 사람인데 신부님을 뵙고 긴히 드릴 말씀이 있어서…."

신부는 서른 중반쯤 되어 보였고 보통 키에 당당한 체구였다. 첫눈에 범상치 않은 인상임을 느낄 수 있었는데, 그것은 음성이 너무 카랑카랑했고, 사람을 바라보는 눈이 무섭게 빛나서였는지 모른다. 국민학교 교편을 잡았다는 자기소개 때문인지 장 신부는 그를 안내해 준 여인에게 돌아가도 좋다는 눈짓을 하고 문근을 방으로 안내했다. 한 벽 가득하게 책이 꽂힌 방이었고, 한쪽 벽에는 십자고상을 걸어 놓고 있었다. 방 가운데는 책상이 있었고 책상 위에도 책이 수북하게 쌓여 있었으며, 서류 같은 것들도 차곡차곡 정리되어 있었다. 순간 이런 좋은 방에서 책이나 보는 신부는 얼마나 행복할까 하는 생각이 얼핏 들었다. 책상 앞에는 여러 사람이 둘러앉을 수 있는 여러 개의 의자들이 탁자를 중심으로 놓여 있었다. 신부가 책상 바로 앞의 의자에 앉으면서 문근이더러 맞은편 의자에 앉으라고 권했다. 문근은 허리를 숙여 예를 표하고 의자에 앉아 단도직입적으로 말했다.

"신부님, 실은 성당 정문 벽에 붙여 놓은 글귀를 보고 들어왔습니다. 고생하고 무거운 짐진 자는 누구나 나에게로 오라 하는 말씀이 저의 발걸음을 이곳으로 오게 했습니다. 저는 국민학교 교편을 잡다가 중등학교 교사 검정시험에 합격했지만 어떤 이유로 발령은 못 받고 전쟁이 나자 유엔군 통역으로 일하면서 평양까지 진격해 갔지만 불행히도 인민군의 포로가 되었다가 구사일생으로 탈출하여 부산까지 내려왔습니다. 따라서 어쩌면 저는 군 기관으로 가서 이러한 말씀을 드려야 하는 것이 마땅하겠지만 군의 도움이나 조처를 받기가 싫어 어제부터 지금까지 부산에서 방황하고 있었습니다. 저는 일본어, 영어를 읽고 쓰고 말할 줄 압니다. 신부님께 말씀드리고 싶은 것은 제가 살 수 있는 길을 마련해 주십사 하는 것입니다."

이렇게 단숨에 주워섬기고 신부를 바라보았을 때, 신부는 문근을 뚫어지게 응시하고 있다가 마치 신문하듯 불쑥 물어왔다.

"함안에서 국민학교 교편을 잡았다는 증거라도 있습니까? 그리고 고향이 함안이라면 고향으로 돌아가시면 될 거 아닙니까? 함안은 지금 수복되어 안전하지 않습니까?"

"제가 학교에 있었다는 물적 증거는 없지만 신부님께서 원하신다면 동료교사나 교감, 교장의 함자는 모두 댈 수가 있습니다. 그리고 고향인 함안으로 돌아갈 수 없는 사정이 있습니다. 그 사정을 말씀드리기가…."

"무슨 사정인지 그걸 굳이 밝힐 수 없으시다면 저로서도 이 선생께 아무런 도움을 드릴 수가 없겠는데요."

신부의 표정은 단호했다. 그 표정이나 음성을 통해 느낄 수 있는 신부의 성격은 한마디로 직선적이고 괄괄했다. 문근은 망설이지 않을 수 없었다. 한참 동안 무릎에 모아진 손등만 내려다보고 있었다. 장 신부는 생각했다. 난리가 나자 온갖 사기꾼이 성당을 이용하고 성당과 신자들에게 해를 끼치고 있지만, 이자는 그런 류의 사기꾼은 아닌 것 같다. 스스로 미군 통역을 했다니 어디 보자.

신부는 말없이 그를 바라보고 있더니 슬그머니 일어나 검은 표지의 무슨 책 한 권을 가져와서 어느 대목을 펼치면서 읽고 해석해 보라고 했다. 그것은 영어로 된 신약 성서였고, 신부가 펼쳐 보인 대목은 로마서 5장 3절이었다. 우선 문근은 신부가 손가락으로 가리켜 보인 대목을 대강 한 번 읽어 보았다. 그러고는 천천해 해석해 내려갔다.

"우리는 어려움을 당하면서도 기뻐한다. 어려움은 참을성을 낳고 참을성은 시험… 아니, 시련을 이겨내는 끈기를 낳고 그러한 끈기는 희망을 낳는다는 사실을 우리는 알고 있다. 이 희망은 우리는 절망시키지 않는다…."

신부가 손가락으로 가리킨 대목을 다 읽고 해석하자 신부는 만족한 표정을 지으며 성서를 다시 뒤적거려 다른 대목을 펼쳐 놓았다. 야고보서 3장 4절이었다. 문근은 어느 정도 자신이 붙었지만 신부가 손가락으로 가리킨 대목을 천천히 한 번 읽어 보고 나서 해석했다.

"진리를 배반하여 거짓말을 해서는 안 될 것이다. 이런 지혜는 위로부터 내려오는 것이 아니고 세상의 것이며 짐승… 동물적인 것이며, 악마적인 것이다."

신부가 말했다. 그의 음성에는 흡족함이 진하게 배여 있었다.

"됐어요. 썩 잘하십니다. 다만 종결어미는 경어체로 해야만 되지요. 이것은 모두들 편지글이기 때문입니다. 제가 이 선생님을 시험한 실례를 용서하십시오. 방금 읽은 구절 가운데서 거짓말을 해서는 안 될 것이라는 대목을 봤는데, 이 선생님께서는 꼭 거짓말은 아니라 해도 무엇인가 사실대로 밝히지 않는 것이 있어요…."

그러면서 다시 한 구절을 펴서 읽어보라고 했다. 마태오복음 17장 20절이었다. 문근이 소리를 내어 해석하려 하자 그럴 필요 없이 그냥 마음속으로 읽어 보라고만 했다. 이런 내용이었다.

"너희의 믿음이 약한 탓이다. 너희에게 겨자씨 한 알만 한 믿음이라도 있다면 이 산더러 저리로 옮겨져라 해도 그대로 될 것이다."

그가 다 읽은 눈치를 보이자 신부는 말했다.

"성서의 말씀대로 믿음을 가지십시오. 이 말씀은 궁극적으로는 굳센 신앙을 가지라는 뜻도 되겠지마는 우선 저는 이 선생님께 신부인 저부터 믿고, 혹시 숨겨두신 말씀이 있으시면 해 보시라는 것입니다. 이 선생님 같은 분이라면 웬만하면 제가 도와드리고 싶습니다. 그러나 고향으로 돌아가실 수 없는 확실한 이유를 모르고서는 이 선생님을 섣불리 누구에게 소개할 수도 없는 일이 아니겠습니까?"

문근은 곰곰이 생각해 보았다. 보도연맹 때문에 경찰에 붙잡혀 죽을 고비를 넘긴 사실을 밝힘으로써 도움을 받느냐, 그러나 신부라는 신분상의 특징(고해성사로 알게 된 남의 비밀을 절대로 발설하지 않는 일)을 잘 모르는 문근이었으므로 어쩐지 자신의 비밀을 밝히기가 두려웠다. 그러다 떠오른 기억이 있었다. 독일의 어느 신부가 나치를 배반한 어떤 신자의 비밀을 끝내 지키려다 그 신자 대신 자기 목숨을 희생당했다는 내용의 책을 어디선가 읽었던 것이다. 신부라면 독일의 신부나 이 땅의 신부나 별 차이가 없으리라는 생각과 함께 문근은 무겁게 입을 열고, 그가 죽을 고비를 넘긴 일만 간추려 털어놓았다. 문근의 조리 있는 이야기를 다 듣고 난 신부는 침통한 표정으로 한동안 침묵을 지키더니 한숨과 함께 말했다.

"풍문으로 그 비슷한 이야기를 듣기도 했지만 세상이 하도 어수선한 판국이라 유언비어도 많고 낭설도 많아 반신반의했습니다.

그랬더니 그런 무서운 일이 실제로 있었군요. 이제 됐습니다. 이 선생님만 조심하신다면 저의 귀는 안 들은 걸로 하겠습니다. 그럼 지금 당장 계실 곳도 없겠군요. 그런 일이 있은 지가 벌써 반 년 가까이나 됐는데 그동안은 어디에 계셨습니까?"

문근은 또 한참 침묵을 지키다가 입을 열었다.

"신부님, 제가 신부님을 속이려고 해서 속인 건 아니었습니다. 이 점 이해를 해 주십시오. 실은…."

"아니, 저에게 아직도 밝히지 않은 얘기가 있습니까?"

그러나 이미 신부의 표정은 불쾌하다거나 추궁하려는 듯한 것은 아니었고, 오히려 인간적인 연민의 눈초리로 문근을 하염없이 바라보는 것이었다. 문근은 그 죽음의 현장에서 기적적으로 살아나 산을 넘고 유엔군 군용열차를 탄 일부터 자초지종을 다 밝혔다. 특히 북쪽으로 향한 이유도 자세히 설명했다. 생사람을 이런 식으로 죽이려고 하는 남쪽에서는 잠시도 발을 붙이기 싫었다는 점, 그리고 사할린으로 가기 위해서라도 북쪽으로 가면 그 길이 있으리라고 오판했다는 것까지 자세히 설명했다. 특히 사할린으로 가야 할 이유는 더 자세히 설명했다. 그러나 사할린으로 가는 길도 없었거니와 북쪽 사회가 너무 감시의 눈초리와 식량난으로 경직되어 있음을 알고는 오히려 남쪽보다 더 심한 생명의 위협을 느껴 도로 내려와 버렸다는 사실을 고백했다. 이야기를 다 듣고는 신부가 다시 물었다.

"그럼 지금도 사할린으로 가시겠다는 결심에는 변함이 없다는 말씀입니까?"

"물론입니다."

"으음…."

신부가 신음인지 탄식인지 분간하기 어려운 혼잣소리를 내면서 두 손을 깍지지어 뒷머리를 받치면서 눈을 천장으로 향했다. 문근으로서는 긴장된 순간이었다. 신부가 문근을 살릴 수도, 죽일 수도 있다는 생각이 불현듯 전신을 휘감으면서 문근은 어떤 불안까지 느꼈다. 그러나 신부의 질문은 조금은 엉뚱한 것이었다.

"일본으로 밀항해서 사할린으로 가시겠다면 엄청난 여비가 필요할 텐데요?"

"그렇습니다. 그러나 충분한 여비를 마련해서 일본으로 밀항해 갈 생각은 없습니다. 되는 대로 돈을 손에 쥐게만 되면 일단 일본으로 가 놓고 볼 생각입니다."

신부가 말했다.

"알았습니다. 미군 부대 통역이라면 좋겠지만, 다른 무슨 일이든 제가 알아봐 드리겠습니다. 3일 뒤에 다시 와 보십시오."

하다가 다시 계속했다.

"참 지금 당장 계실 곳도 마땅치가 않겠군요. 마침 성당 안에 빈 방이 한 칸 있어, 오갈 데 없는 피난민이 몇 사람 있습니다. 가실 곳이 없으시면 같이 계셔도 괜찮아요."

문근은 이루 말할 수 없을 정도로 흔감했다.

"신부님, 정말 고맙습니다. 제가 무엇으로 신부님께 보답하면 되겠습니까?"

"열심히 사시면 되는 겁니다. 하느님의 존재를 믿으시면 더 좋겠고요."

문근은 열심히 살다마다, 그리고 하느님의 존재도 믿겠노라고 다짐했다. 그러나 그것은 자신도 말만 그렇게 했지 알 수 없는 일이었다.

문근은 신부가 약속한 3일 동안을 성당의 한쪽 구석방에서 피난민들과 함께 지내었고 끼니도 피난민들과 한 상에서 들었다. 드디어 3일째가 되었다. 이상하게도 3일 동안 말 한 마디 없이 무뚝뚝하기만 했던 신부가 내심 의심스럽기도 했고 불만스럽기도 했지만 참고 견디는 수밖에 없었는데, 그날 저녁이었다. 신부가 문근을 찾았다. 문근이 사제관으로 들어갔을 때 신부는 편지 봉투 하나를 내밀면서 말했다.

"이것을 가지고 중앙동에 있는 협동해운을 찾아가 보십시오. 박칠규 사장을 만나 이 봉투를 주시면 됩니다. 모든 일이 잘 되기를 빕니다. 오늘은 여기에서 주무시고 내일 오전 11시까지 가셔야 합니다. 내일 성당을 떠나시는 겁니다. 어디에서든 꼭 하느님의 존재를 믿으시기 바랍니다."

그것뿐이었다. 문근이 무슨 말을 더 할 여유도 주지 않고 신부는 약속이 있다며 일어섰다.

문근은 장병룡 신부가 준 봉투를 받고 쫓기듯이 신부 앞을 물러나 하룻밤을 더 묵었다. 신부는 아침 일찍 출타했다. 10시가 넘어도 신부는 돌아오지 않았다. 10시 반이 되어도 돌아오지 않았다.

그는 신부에게 하직 인사도 못한 채 중앙동으로 걸어갔다. 협동해운은 바로 큰 길가에 있었다. 사장도 쉽게 만날 수 있었다. 어제 저녁 그 봉투의 앞뒷면을 훑어보았지만 아무 글씨도 없었고, 풀칠을 해 봉한 자리에는 신부의 것인지 도장까지 찍혀 있어 열어볼 수도 없도록 해놓아, 봉투를 그대로 전했다. 봉투를 뜯어 내용물을 읽어본 사장이라는 사람은 신부님을 어떻게 그렇게 잘 아느냐고 물어 왔다. 문근은 그냥 얼버무릴 수밖에 없었다. 사장이 다시 말했다.

"신부님의 말씀이 이 선생님을 최대한도로 잘 모시라고 했는데, 어떻게 하면 최대한도로 모시는 겁니까?"

그러면서 미소를 띠고 문근을 바라보았다. 신부가 쓴 글의 내용이 어떤 것인지 알아야만 무슨 답을 할 것이 아닌가. 문근은 그때까지도 설마 기껏해야 먹고살 취직자리 하나 마련해 주는 걸로 알았는데, 그런 내용이 아니었던 것이다. 사장의 다음 말에서 그것을 알 수 있었다.

"마침 5일 뒤에 배가 뜹니다."

"예? 배, 배가 뜨다니요?"

"급히 일본으로 가신다면서요?"

"그렇기는 합니다만…."

"5일 동안 어디 여관에서 기다리시면서 여행 준비라도 하십시오."

그는 그렇게 말하면서 5일 동안 묵으면서 먹고, 옷을 살 수 있는 얼마간의 돈까지 내주었다.

"자, 이 정도면 5일 동안 지내시고 옷이라도 새로 갈아입으실 수 있을 겁니다."

그는 도무지 어떻게 된 셈인지 정신을 차릴 수가 없으면서도 주는 돈을 고맙게 받았다. 사장이 다시 이었다.

"5일 뒤 그러니까 12월 10일 오후 5시에 이리로 오십시오."

문근을 내보내고 박철규 사장은 즉시 장병룡 신부에게 전화를 걸었다.

"신부님, 신부님의 부탁이라 말씀대로 했습니다. 그 양반 신부님 덕을 톡톡히 봤네요. 네? 과거 제가 신부님의 춘부장님 덕을 본 것과 같다고요? 허허허, 그렇군요. 그러니까 저는 5년 전 어르신께 갚을 은혜를 그 양반한테 갚는 셈이고, 그 양반은 신부님의 은혜를 크게 입은 거네요. 건 그렇고, 신부님께서 그 양반한테 그렇게 특별한 배려를 하시는 이유를 전 모르겠는데요. 아니 그 양반 말을 직접 들어보면 그렇게 도와줄 수밖에 없을 거라고요? 그 양반이야말로 한국에서 몇 세기에 한 번 날까 말까 한 비극적 운명의 주인공이라고요? 아따, 신부님, 그 양반을 되게 추켜세우네요. 어쨌든 저는 신부님 말씀만 듣고 그 양반을 일본 땅에까지 데려다 주는 것으로 책임을 다하는 겁니다? 예 예, 물론이지요. 10일 오후 7시에 배가 떠나기 때문에 그렇게 했습니다. 예, 모레 주일날 뵙겠습니다."

장병룡 신부의 아버지는 하단에서 어장을 경영하고 있었다. 해방 직후였다.

무더운 밤중에 숨을 헐떡거리며 찾아온 사람이 있었다. 급히 등잔불을 켜고 확인한 얼굴은 땀투성이의 박칠규였다. 어제까지만 해도 기야마(木山)순사였다. 그는 조선인 청년들을 징용으로 잡아들이는 일에 뛰어난 수완을 발휘한 악명 높은 순사였다. 징용 영장을 받고 몸을 숨긴 사람치고 그에게 덜미를 잡히지 않은 사람이 없을 정도였다. 해방이 되자 성난 조선 사람들은 그의 집으로 몰려가 가재도구를 모두 박살내고 그래도 분이 풀리지 않아 집을 불살라 버렸다. 그의 가족들은 이미 도망치고 없었다. 박칠규도 조선인의 손에 붙잡혀 어디론가 끌려가 개죽음을 당했으리란 소문이었다. 그런 그가 밤중에 찾아온 것이다. 지난 일의 잘못을 생각하면 그 자리에서 당장 매로 다스리고 싶었지만 구원을 요청해 온 그를 차마 손댈 수는 없었다. 마침 그때 아들인 요한 신부가 와 있었다. 장 노인은 자는 아들을 깨워 순사질하던 박칠규가 은신차 찾아왔음을 의논했고, 아버지의 의논을 받은 장 신부는 칠규를 데리고 바다의 어선으로 갔다. 물론 아버지의 배였다. 칠규는 어부로 변장하여 목숨을 건질 수 있었던 것이다. 그 박칠규가 지금 해운회사의 사장이 되어 있었다.

## 58

1950년 12월 10일, 문근은 조그마한 동력선 밑창에 몸을 숨긴 채 일본으로 가고 있었다. 그는 지난 5일 동안 충분히 먹고 쉬면서 입을 옷도 한 벌 장만했다. 생각하면 이러한 은혜를 베푼 신부가 고맙기 그지없어, 지금까지도 이게 현실이 아닌 것만 같은 생각이 들었다. 신부의 당부가 아니더라도 그러한 신부가 믿는 하느님이라면 충실히 믿고 싶었다. 배 밑창의 컴컴한 방에는 문근이 말고도 9명의 사람들이 저마다 작은 봇짐 하나씩을 가슴에 품어 안거나 옆에 놓고 웅크리고 있었다. 모두들 일본으로 떠나는 밀항자였다.

선장실에 있던 선장은 사장이 그렇게나 당부하던 그 알 수 없는 손님이 궁금해서 사람을 시켜 배 밑창에 있는 이문근을 불러올렸다. 그는 일본으로 오가면서 이름은 무역이지만 갈 때는 밀항객, 올 때는 밀수를 하면서 돈을 벌고 있는 사람이었다. 그런데 돈을 받아도 엄청나게 받을 수 있는 한 자리를 엉뚱한 사람에게 공짜로 주고 있으니 내심 그가 밉기도 했고 그의 존재에 호기심도 생겨서 그를 불러올린 것이다. 문근이 선장실로 들어오자 그는 선창 밑에 붙은 작은 붙박이 나무의자를 가리키며 앉으라고 손짓했다. 그러고는 대뜸 물었다.

“박 사장하고는 어떤 사이요?”

문근은 무슨 말인지 알아들을 수가 없었다. 그는 신부가 소개해서 만난, 사장이란 사람에 대해서는 성명이 박칠규란 것 외에는 아무것도 모르고 있었기 때문이다. 문근이 머뭇거리자 선장이 다시 말했다.

“협동해운 박칠규 사장을 몰라요?”

"사실은 제가 아는 분은 그 사장님이 아니고…."

"뭐라고요? 사장님을 잘 알지도 못하는데 사장님이 그렇게나 당신을 신신당부를 해요?"

"예, 신부님께서 아마 사장님께 그런 부탁 말씀을 하신 모양입니다…. 아무튼 대단히 감사합니다."

"신부님이라이?…, 아아, 사장님이 다니는 성당의 신부님 말인가요?"

"예."

"그 신부님은 우찌 아시는데요?"

"제가 오래전부터 좀…."

"우쨌거나 됐습니다. 기왕 내 배를 타셨으니 일본에까지 잘 가셔야 되고, 일본에서도 무사히 상륙을 하셔야 됩니다."

"무사한 상륙이라면?"

"예, 이 배는 항구에 정식으로 대지 못합니다. 바닷가 어촌에 적당히 내려 드릴 것이니까네 알아서 흩어져 가야 한다 이 말입니다. 만약에 잘못되어 붙잡히면 오오무라 수용소로 가서 징역은 징역대로 살다가 다시 강제 송환되거든요."

문근은 잠시 불안한 생각에 잠겼지만 평양 같은 곳에도 가서 살아났는데, 하는 생각이 들었다. 다시 선장이 말했다.

"일본말 잘 하지요? 하기는 내가 이런 일을 한 지 한 해 두 해도 아니고 여러 골백번도 더했지마는 별로 실수한 적은 없어요. 그러니까네 안심하이소."

"고맙습니다. 속담에 죽기 아니면 살기라 했는데, 오죽하면 제 나라 제 고향을 버리고 남의 나라로 밀항을 다 하겠습니까? 죽거나 살거나 양판 치고 떠나는 거 아니겠습니까."

"보아하니 댁에도 무슨 피치 못할 사정이 있는 모양이고, 그냥 흙 파먹고 살아온 분 같지는 않은데, 혹시…? 우리 처남도 지난여름에 이 배를 타고 일본으로 갔기 때문에 하는 소립니다마는."

그러나 문근은 이런 사람에게까지 지난 일을 밝히고 싶지 않았다. 그러나 그가 조금만 더 깊은 이야기를 했던들 그는 몽매에도 잊지 못하는 친구 강화중이 이 배를 타고 일본으로 도망쳤다는 사실을 알았을 텐데, 입을 닫고 있는 바람에 선장도 처남인 강화중의 이야기를 더는 할 필요가 없었다. 선장은 바로 강화중의 매형이었기 때문이다.

그 배는 날이 새기 전 새벽녘에 시모노세키 근방의 해안에 닿아 밀항자들을 풀어주고 소리 없이 사라져 갔다. 처음부터 아는 사람이라고는 없었기 때문에 문근은 일본 땅에 닿자마자 부산에서 사온 새옷으로 갈아입었다. 그러고는 혼자 동네로 숨어들었다. 가진 짐이라고는 만약을 위해 준비해 둔 일본어 사전 한 권뿐이었다. 부산 남포동 뒷골목에는 그러한 책을 파는 곳이 많아서 사 둔 것이었다.

문근은 우선 시모노세키로 들어가서 한국 사람이 경영하는 곳이라면 술집이건 식당이건 파친코점이건 가리지 않고 먹고 잘 곳을 물색했다. 밀항자임을 알아본 동포들은 대개는 꺼리는 눈치였지만 여관 겸 파친코업을 하고 있는 청송구락부(青松具樂部)라는 곳에서 문근을 받아주었다. 문근은 거기에서 몸을 숨기고 먹고 자는 일을 해결할 수 있었다. 청송구락부의 주인 조용각(趙鏞珏)은 50대 초반의 남자로 머리에 든 것도 있었고, 특히 후덕한 인품의 소유자였다. 그는 비록 일본 땅에 남아 목숨을 부지하고 있지만 한국의 대성인 함안 조씨의 후예임을 자주 내세웠고, 그만큼 민족의식도 강했다. 따라서 한국어를 잘 못하는 자녀들을 문근에게 맡기면서, 한국말은 물론 한글 교육까지 부탁해 왔다. 문근은 아이들의 가정교사 노릇도 하면서, 여관일이며 파친코일까지 부지런히 거들었다. 그는 고향인 경북 청송에서 15살 때 단신 도일하여 지금까지 살아왔는데, 해방된 지도 5년, 고국으로 돌아갈 날을 받아놓은 판국에 전쟁이 터지는 바람에 귀국을 늦추고 있다고 안타까워했다.

조용각은 이문근을 동생처럼 대해 주었다. 말도 한가를 했다. 어느 날 저녁 그는 가끔 그러는 것처럼 문근을 불러 일본 정종을 함께 마시면서 말했다.

"고생이 많제?"

"고생은 무슨 고생입니까. 덕분에 잘 지내고 있는데요."

이것은 이문근의 진심이었다. 조용각이 만약 문근을 받아주지 않았더라면, 그는 길거리를 헤매다 오무라 수용소로 끌려갔을지도 모를 일이 아닌가. 조용각이 다시 말했다.

"나도 옛날에 일본에 와서 남의 집 머슴살이 비슷한 생활을 했네. 그런데도 이름은 가정교사였거든."

하기는 조용각의 아들딸에게 우리말과 한글을 가르치고 있는 이문근도 속은 썩을 대로 썩고 있었다. 아이들은 부모만 없으면 이문근을 우습게 대하려고 했다. 그래서 그는 조용각의 말에 입을 닫고 있었다. 그때 조용각이 또 엉뚱한 제안을 했다.

"자네, 날보고 형님이라 부르게. 나는 자네 같은 동생이 필요하고, 자네는 나 같은 형이 필요하지 않겠는가?"

"사장님 고맙습니다."

"이 사람이, 사장님이라니! 형이라고 부르라 카는데."

"예, 사 아니 형님!"

"그래 우리는 타국에서 서로 돕고 사는 거네."

"고맙습니다 형님."

문근은 정말 그가 고마웠다.

"전쟁이 어찌 되겠는가?"

"글쎄요. 남쪽이 불리하다가, 다시 북쪽이 불리하다가 종잡을 수가 없네요."

"자네는 어느 편을 드는가. 물론 남쪽 편이겠지?"

이문근은 아무 말도 하지 않았다. 조용각이 말했다.

"나는 고마, 어느 쪽이 이기든 얼른 전쟁이 끝나고 통일이 되었으면 싶네. 어차피 통일을 하자면 한 번은 붙어야 하는 싸움이고, 싸움에는 피차 때리고 맞는 것이 아닌가."

"글쎄요."

그는 착잡했다. 남쪽에도 북쪽에도 정나미가 떨어져 있었기 때문이다. 조용각이 이었다.

"나는 북조선 편을 드는 조총련에도 가입하지 않았네. 사실은 무슨 주의, 무슨 주의 그런 것은 아무짝에도 쓸모가 없는 거네. 미국과 소련이 없으면 자본주의도 없고 공산주의도 없는 거네. 우리에게는 무슨 주의가 중요한 게 아니고, 어떻게 하면 사람이 사람답게 잘 살아 가느냐 하는 것이 문제 아니겠는가. 미국의 자본주의는 죄가 얼마나 많으며, 소련의 공산주의 또한 죄가 얼마나 많은가. 그러니 통일이 돼도 나는 자본주의도 공산주의도 아닌 그런 통일이 돼야 한다고 보네. 자네 생각은 어떤가?"

이문근은 이러한 말을 하는 조용각을 다시 생각하면서, 한참 뜸을 들이다가 말했다.

"저도 형님 말씀에 동의합니다. 그러나 절대로 그렇게 될 것 같지 않습니다. 왜냐하면 지금의 한반도 전쟁은 사실상 미국과 소련의 전쟁이 아닙니까. 그것을 남북이 대신한다고 보면 망발이 될는지 모르겠지만, 지금으로서는 그것은 형님과 저의 이상

일 뿐입니다. 그러나 분명한 것은 세월이 지나면 소위 무슨 주의니, 무슨 주의니 하는 것은 퇴색될 것이라는 사실입니다. 역사를 봐도 어느 민족이건 갈라져 싸울 때 내거는 핑계가 소위 이념이었습니다. 그러나 일단 통일이 되면 그런 이념은 걸레처럼 쓸모가 없어집니다. 물론 역사에서 보는 이념이 오늘의 좌우익과는 다르겠지요."

"그래, 자네는 내 아우이면서 동지군 그래. 어쩌면 생각이 나랑 그렇게 같은가."

"형님도 그렇게 보십니까?"

"식이위대(食以爲大)라는 말이 있지 않은가? 뭐니 뭐니 해도 먹는 게 가장 큰 문제거든. 동서고금의 역사는 잘 먹고 잘 살기 위한 싸움의 연속이네. 그런데 잘 먹고 잘 산다는 게 참 묘한 것이거든. 얼마나 잘 먹으면 정말 잘 먹는 것이고, 얼마나 잘살면 정말 잘사는 것인가. 사람은 반드시 너무 기름지게 먹고 호화롭게 살면 몸과 마음이 한꺼번에 병들게 돼 있어. 그런 세상이 되면 자본주의나 공산주의는 저절로 증발돼 버리고 또 새로운 주의가 나오게 될 거네."

이문근은 그의 말을 가만히 듣고 있었다. 생각할수록 의미 있는 말인 듯했다. 조용각이 결론삼아 말했다.

"그 새로운 주의는 인간이 인간다운 본래의 양심을 되찾는 길이네. 즉 신인문주의네."

일본에 온 지 석 달이 지났다. 한국에서는 1 · 4후퇴의 최악의 비극을 겪었다는 풍문을 들었지만 일단 나라를 떠나고 보니까 소문만으로는 그 비극이 도무지 실감되지 않았다. 2차대전에 패망한 일본은 그사이 죽을 고생을 하면서도 다시금 차츰차츰 되살아나고 있었고, 재일 한국인들의 위상은 여전히 서럽기만 했다. 하지만 재일동포들의 기상 또한 악착같고 끈질긴 데가 있어 온갖 멸시와 천대를 받으면서도 꿋꿋하게 살아가고 있었다. 더러는 고국의 전쟁에 대하여 걱정하면서 무엇인가 기여할 일이 없는가 고민하는 사람들도 있었지만 대개는 강 건너 불 보듯 하면서 일본 땅에서도 동포끼리 헐뜯고 싸우는 일에도 열심이었다. 더욱 안타까운 것은 북쪽을 지지하는 사람들이 남쪽을 지지하는 사람들보다 어딘지 민족의식이나 주체의식이 한결 뚜렷해 보이는 데 비하여, 남쪽을 지지하는 사람들은 그렇지도 못한 것 같았다. 그러나 문근은 이쪽에도 저쪽에도 가담하지 아니하고 묵묵히 자기 할 일만 하면서 한 푼이라도 돈을 모으기에 여념이 없었다. 사할린으로 가기 위한 여비 때문이었다.

시모노세키에는 봄도 일찍 찾아왔다. 교외로 나가면 한국에서와 같이 파릇파릇 새싹이 돋고 있는 들판 위로 아지랑이가 가물거리기도 해서 고향 생각이 절로 났지만 이를 악물고 참아야 했다.

그는 사할린에서 들려오는 온갖 소식에 귀를 기울이며 눈을 빛내었다. 비록 하찮은 풍문이라 할지라도 그것을 수첩에 메모하기를 잊지 않았고, 신문이나 잡지 같은 데에 사할린 기사가 나오면 보는 대로 오려 모으기도 했다.

사할린에 살고 있는 동포들의 고통, 망향의 한을 그런 단편적인 소식으로도 훤히 알 수 있을 듯했다. 한 가지 고무적인 것은 일본으로 먼저 돌아온 사람 중에서는 아직도 사할린에 남아 있는 가족을 구출하기 위해 소련 당국에 뇌물을 쓰고, 몰래 배를 몰아 사할린으로 간다는 사람도 있다는 소문이었다. 특히 해방 직후에는 일본인 고급 기술자의 귀국을 소련이 제지했다고 한다. 소련 사람들에게 기술 이전을 시켜주고 돌아가라는 소련 당국의 억지였다고 한다. 따라서 많은 일본 기술자들이 제때 귀국하지 못했고, 일본과 소련 사이의 정부 차원 외교적 노력에도 불구하고 일본으로의 귀국은 지지부진했다고 한다. 2차대전이 끝난 지 5년이 지난 지금까지도 상당수의 일본인이 사할린에 머물러 있어 그 이산가족들이 애를 태우고 있다는 소문이었다.

일본으로 온 지도 9개월이 되었다. 9월 그믐께 그는 수중에 모인 돈을 계산하면서 9개월 동안 정이 든 청송구락부를 하직했다. 조용각은 그사이 이미 문근으로부터 모든 사정을 들어 알고 있었으므로 문근을 더 말릴 수 없었다. 대신 그는 문근에게 여비에 보태 쓰라며 한달치의 봉급을 덤으로 주었다.

문근은 청송구락부로 올 때는 빈손이었으나 떠날 때는 커다란 가방에 짐이 가득했다. 그는 쉬어가면서 기차를 이용해 북으로 북으로 올라갔다. 조용각이 주선해서 일본에 거주할 수 있는 증명서까지 지니게 된 그는 비교적 편안한 마음으로 북해도의 최북단 왓카나이에 닿았다.

왓카나이에 온 문근은 일단 하숙집 비슷한 여관에 방을 잡고, 온 시내를 돌아다니며 취직처를 물색했다. 취직을 할 만한 곳은 여러 군데가 있었다. 교포가 하고 있는 파친코집, 역시 교포가 하고 있는 일인의 자전거포…. 그러나 이제 아무 데나 취업을 할 수는 없었다. 사할린으로 건너가기에 알맞은 직장이어야만 했다. 그래서 구한 곳이 선박회사, 자그마한 선박회사에 취업했다. 사할린으로 가기 위해서는 그런 곳에 들어가는 것이 안성맞춤이었다. 물론 이번에는 사장이 일본 사람이었다. 문근은 이 회사에서 일하게 되면서부터 처음으로 체중이 조금 늘어났다. 172센티미터의 키에 언제나 57킬로그램을 유지해 오던 문근은 북해도의 왓카나이로 와서부터 62킬로그램까지 불어났다. 문근은 어쩐지 사할린에 가는 것은 이제 시간문제라는 생각이 들었고, 수중에는 돈도 꽤 모여 있었다. 이런 것들이 그의 체중을 늘어나게 한 이유일까. 그러나 여기에서도 사할린으로 가는 기회는 좀처럼 잡히지 않았다.

## 21장

# 유국적자와 무국적자

### 59

1953년 5월, 유즈노사할린스크의 변두리 야산 기슭. 언덕. 겨울이면 러시아인 부자들이 곧잘 스키를 타는 밋밋한 여기에서 박소분은 이웃 아낙네와 함께 고사리를 꺾고 있었다. 옛날의 고향 같았으면 3월이면 산으로 고사리를 꺾으러 갔건만, 이곳 사할린에서는 5월이 돼야 봄이 온다. 그만큼 겨울이 길고, 겨울은 혹독하게 춥다. 그러나 소분이 이곳 사할린으로 온 지 벌써 11년째, 그녀는 이곳의 기후에 웬만큼은 적응이 되어 있었고, 계절에 맞추어 온갖 채소 농사도 지을 줄 알게 되었다.

1943년 8월 '여자정신대령'에 의해 오석골의 첫 희생자로 뽑혀 온 박소분이었다. 그녀의 아버지 박재규는 동년배인 신용갑의 소작농이었으나, 소분은 어른들 사이의 해묵은 원한관계로 무고한 자신이 아버지를 위해 정신대로 끌려오지 않을 수 없었다. 그녀는 43년 가을 일본의 규슈에서 첫 위안부 생활을 하다가 44년 가을 사할린 나이부치탄광의 일본인 간부들을 위한 위안부로 배치되어 꽃다운 나이를 눈물 속에 보냈다. 꽃다운 나이라고는 했지만 실은 막 국민학교를 졸업한 14살의 나이였다. 그러나 그녀는, 탄광의 가스폭발사고에 공을 세우고 특별휴가를 받아 찾아온 조선인 청년 김형개를 알게 되었다. 해방이 되자 탄광의 일본인들이 본국으로 귀환하는 혼란의 와중에 박소분은 그의 협동합숙소로 김형개를 찾아 함께 도망치기를 제안해 그때부터 줄곧 함께 살아온 터였다. 이제 겨우 24살의 나이였지만 10살은 더 들어 보였다. 게다가 벌써 애도 셋이나 되었다.

처음에는 고생도 말할 수 없이 겪었고 특히 해방 직후에는 온 사할린에 불어닥친 식량난의 소용돌이 속에서 굶기를 밥 먹듯 했다. 그러나 10년이 지난 지금은 굶지는 않게 되었다. 우선 남편 형개가 직장을 얻어 출근하고 있을뿐더러 무엇보다도 소분이 재배하는 채소에서 많은 부수입을 얻고 있기 때문이다.

오늘은 채소밭의 손질도 대강 끝내놓고 하루쯤의 여유가 있어 집에서 피곤한 몸을 쉬려고 하는데 이웃집의 경수 엄마가 고사리를 꺾으러 가자고 했다. 그래서 아이들 셋을 모두 데리고 산보 삼아 산으로 올라왔다. 고사리는 고향의 것과는 비교도 안 되게 토실토실 살이 쪘고 여기저기 지천으로 솟아 있었다. 이곳 사람들은 아무도 고사리를 먹을 줄을 몰랐기 때문에 조선 사람들의 독차지가 되었고, 한때는 끼니마다 고사리로 떡을 친 적이 있었다. 고사리국, 고사리나물, 고사리찜…. 그러나 지금은 그저 나물만 해 먹어도 될 만큼 살기가 조금은 나아진 셈이다. 저만치서 고사리를 꺾기에 여념이 없던 경수 엄마가 허리를 펴면서 이쪽을 향해 소리쳤다.

"미옥이 엄마, 미옥이 엄마도 조선에서 고사리 캐 봤는교?"

"고사리 안 캐 본 조선 처녀가 있을라꼬?"

"고향이 경상도 함안이라 캤지요?"

"함안 오석골인데 봄철에 산에만 가면 온갖 산나물이 얼매나 많았다고."

"그런 고향을 두고 우리가 운제꺼정 이라고(이러고) 살 낀지 참…."

"경수 엄마는 고향이 경북 선산이라 캤던가?"

"야아. 나는 다섯 살 때 아부지 엄마캉 같이 이리로 와서…."

경수 엄마는 금년에 20살이고 결혼한 지 4년이나 되어도 이제 겨우 돌 지난 아들 하나가 있을 뿐이다. 그러나 그녀의 남편은 나이 33살이나 되었다. 그 당시 사할린에서는 조선에서 징용으로 끌려간 동포들이 억류되면서, 대부분이 남자들뿐인 동포사회에는 심각한 결혼 난에 부닥쳤다. 동포 처녀가 절대적으로 부족했기 때문이다. 따라서 남자들은 나이 좀 어려도 동포처녀라면 기를 쓰고 아내로 맞이하려고 했다.

경수 엄마의 부모는 38년에 고향을 버리고 새로운 삶의 길을 찾아 일본을 거쳐 사할린까지 솔권해 왔다. 따라서 경수 엄마는 비록 나이는 소분과 동년배라 해도 사할린 동포의 2세에 속했고 소분은 1세에 해당했다. 1세와 2세의 구별은 여러 주장이 있어 서로 엇갈리지만, 대개는 1세를, 나이 들어 사할린으로 온 직접 피해자, 2세는 1세의 자녀로 보기 때문이다. 경수 엄마가 고사리를 캐다 말고 소분이 쪽으로 다가왔다. 5월 하순의 햇살은 제법 쨍쨍하여 경수 엄마의 콧등에는 땀기가 배여 있었다. 소분이도 경수 엄마가 다가오자 허리를 폈다. 소분은 자신의 신분이 정신대였던 것이 언제나 마음에 걸렸고, 그러한 자기의 과거를 아는 사람을 만날까봐 늘 전전긍긍했다. 그런데 다가온 경수 엄마는 소분이 긴장하지 않으면 안 될 질문을 해왔다.

"미옥이 엄마는 운제 사할린으로 왔는교?"

소분은 잠시 입을 다물고 있다가 간단히 답했다.

"10년 전에."

"그라모 왜정 때는 오데서 일했는교?"

소분은 거짓말을 했다.

"가와카미 탄광의 식당에 있었지."

"엄마야, 그라모 우리 경수 아부지캉 같은 탄광이네?"

소분은 아차했다. 경수 아버지 박판도가 가와카미 탄광에서 일했다는 것은 미처 몰랐던 사실이다. 이곳에서는, 동네마다 동포들이 살고 있고 유즈노사할린스크에는 특히 동포들이 많이 모여 살고 있어 그들의 내력이나 전직을 일일이 다 알 수는 없었다. 우선 서로가 먹고살기 바빴고, 여러 가지 면에서 심한 경쟁 상태에 있기도 했다. 강제 징용으로 끌려와 지금까지 고향에 돌아가지 못하고 있으면서도 항상 끼리끼리 모여 다른 사람들을 비난하거나 헐뜯기가 일쑤였다. 그러나 소분이도 박판도란 사람만은 달리 보고 있었다. 나이도 이미 30대 중반은 돼 보였고, 그 처신이나 언행이 보통 동포들과는 어딘지 달라 보였다. 그런데 그냥 해 본 말인 가와카미 탄광이 박판도란 사람이 일하던 곳이었다니, 지금은 그곳을 시니고르스크라고 하고 있지만 가와카미 탄광에도 많은 동포 노무자들이 고생한 곳으로 소분은 듣고 있었다. 틀림없이 경수 엄마는 집으로 돌아가면 남편에게 물을 것이다. 옆집 미옥이 엄마가 가와카미 탄광 식당에서 일했다는데 본 적이 있느냐고. 소분은 이런저런 생각을 하면서 한숨을 쉬었다. 그때 저만치 나무 그늘 밑에 눕혀 두었던 복동이가 울음소리를 내었다. 젖 먹을 시간을 용하게 아는 아이였다. 집에서 밭일을 하다가도 젖이 팅팅 불어 가슴이 무겁다 싶으면 꼭 아이가 울곤 했다. 위로 딸을 둘이나 낳고 얻은 아들이어서 복동이는 이름처럼 복이 있을는지 어떨는지는 모르겠지만 소분에게는 귀한 아들이었다. 그는 복동이를 안고 젖을 물리면서 버릇처럼 머언 남쪽 하늘로 눈길을 보냈다. 아버지 어머니는 어떻게 살고 계실까? 조선 땅에는 지금 전쟁이 한창이라는데 가족들은 무사할까?

그날 저녁, 소분은 직장에서 돌아온 남편 형개에게 말했다.

"보소, 옆집에 경수 아부지는 가와카미 탄광에서 일했다 쿠는데…."

복동이를 안고 어르고 있던 형개가 소분을 물끄러미 바라보았다. 그게 어쨌다는 거지? 하는 뜻이었다. 소분이 다시 말했다.

"오늘 낮에 고사리 꺾으로 가가지고 경수 엄마한테 내가 거짓말을 했거든예."

"거짓말이랑이?"

"경수 엄마가 내 보고 왜정 때는 여기서 무슨 일을 했나고 묻기에 가와카미 탄광 식당에 있었다 캤디이, 저그 남편도 가와카미 탄광에 있었다고 안 합니꺼."

"그라모 됐지 뭐. 탄광에 노무자 식당이 오데 한두 군데라서?"

"해에나(행여나) 경수 아부지가 내보고 가와카미 탄광 어느 식당에 있었냐고 물으몬 우짜노 싶어서…."

"온갖 걱정을 다한다! 당신이 있던 나이부치 위안소는 왜놈들만 출입했고 조선 사람은 아무도 못 들어갔어. 나는 그때 특별 휴가를 받아 조선 사람으로는 처음으로 그런 데 가봤지. 그러니 당신을 아는 사람은 아무도 없어. 설사 알아 봉이(보니) 그기 무슨 죄가 되노?"

그렇게 말하면서 형개는 복동이를 안은 채 다른 한 팔로 소분의 어깨를 감싸 안았다. 언제나 이렇게 따뜻한 남편이었지만 소분은 이러한 남편이 더없이 고맙고 정다웠다.

생각하기조차 끔찍한 그 시절, 데이신따이(정신대)라고 하기에 글자 그대로 소위 성전 완수를 위해 몸 바쳐 봉사하는 직장 여성으로 뽑혀 가는 줄 알았는데, 몸 바쳐 봉사하는 그 일이 왜놈들의 성욕 처리의 도구로 쓰일 줄을 누가 알았는가. 소분은 14살의 나이로 그 험악한 나날을 보내면서 어머니가 보고 싶어 얼마나 울었는지 모른다. 나이는 비록 어렸지만 이미 몸과 마음은 만신창이가 되었을 때 그녀는 형개를 처음 만났고, 형개를 만난 지 얼마 안 되어 해방을 맞아, 소련군이 미처 들어오기 전에 브이코프를 형개와 함께 도망쳤던 것이다. 물론 브이코프는 소련 지명이고 그 당시에는 일본 말로 나이부치라고 했다.

소분은 처음에는 생각 없이 형개라는 조선 청년이 좋기는 해서 그냥 부부처럼 함께 살았지만, 망가질 대로 망가진 몸뚱이여서 옳게 아내 노릇을 할 수 있을지 걱정이었다. 아내 노릇이란 물론 임신과 출산을 뜻한다. 그녀는 아무래도 자신은 평생 임신도 하지 못하리라는 두려움과 불안 때문에 형개 몰래 정화수를 떠다놓고 새벽마다 남쪽을 향해 빌었다. 빌 대상이 소분의 조상밖에 없다는 생각에서였다. 그런데 다행히 태기가 있었고 첫애를 무사히 낳을 수 있었다. 처음엔 아들이건 딸이건 우선 자신도 여자구실을 할 수 있다는 게 더없이 다행스러웠으나, 딸을 둘이나 낳다 보니 욕심이 바뀌어 아들 낳기가 꿈이기도 했었다.

박판도는 아내로부터 옆집의 미옥이 엄마 이야기를 듣고는 얼른 최숙경이란 여자를 떠올렸고, 그다음으로 늘 골골거리며 병색이 짙었던 김말숙도 떠올렸다. 그녀들은 바로 박판도와 같은 합숙소에서 취사와 세탁을 도맡아 하던 조선 여자들이었다. 그러나 해방이 되자 폐갱 자재 창고를 털어 의복이며 식품들을 나누어 갖고 헤어졌다. 헤어지기 전날 밤에는 술판까지 벌이고는 새벽녘에 뿔뿔이 흩어져 가게 했던 게 아닌가. 박판도는 벌써 8, 9년 전의 옛날 일을 떠올리며, 그때만 해도 고향 땅으로 바로 돌아가게 되었다고 얼마나 들떠 있었던가, 하고 생각하니 지금의 사정이 서글프기 짝이 없었다.

이러한 판도에 비하면 아내는 어릴 때 부모를 따라 이곳으로 이주해 온 터여서 고향 땅에 대한 애착 같은 것이 별로 없었고 나이 차이 때문인지 생각하는 게 모두 판도와는 거리가 멀었다. 어찌 보면 너무 순진한 것 같고, 또 어찌 보면 소견머리라고는 없는 맹추 같기도 했다. 그런 여자여서 묻는 말도 그 의도가 전혀 엉뚱한 것 같았다.

"당신, 미옥이 엄마하고 잘 알고 있었음시로 백지(백줴) 내한테 모르는 척하는 거 아입니꺼?"

그러면서 무슨 중대한 비밀이라도 캐어내려는 듯한 눈초리로 판도를 살피고 있었다. 판도는 이러한 아내가 한심스럽기도 하고 같잖기도 해서 한 마디 했다.

"이 여자야, 언제 사람 좀 될래? 그래 미옥이 엄마하고 내하고 잘 아는 사이였다, 와?"

"당신 정말로 그 여자하고 알고 있었지예? 당신이 조선 노무자 감독인가 뭔가 했다 캤으니 그 여자도 당신을 모를 택이 없을 낀데…."

판도는 호미로 막을 일을 가래로도 못 막을 정도로 발전하겠다는 생각이 들어 아내를 향해 정색을 했다.

"아무리 탄광 사정을 잘 모른다고 해도 그렇지. 한 탄광에 2, 3천명의 조선 노무자들이 일을 했고, 합숙소만 해도 수십 군데가 되는데, 미옥이 엄마가 어느 합숙소에서 일을 했는지 서로 어떻게 알 끼라고 쓸데없는 소리하고 있노? 쯧쯧."

판도는 해방이 되고서도 조선 땅으로 돌아갈 때를 기다리느라고 몇 년 동안을 온갖 고생을 하며 혼자 버티었다. 고향에는 그가 떠날 때 임신 중이었던 아내가 있지 않았는가. 게다가 해소로 언제나 기침을 콜록거리는 어머니, 노쇠하신 부친, 그리고 형수와 어린 조카들 셋이 고향에 있지 않은가. 형님도 자신이 이곳으로 끌려오기 전에 이미 이곳으로 징용을 왔다고 했다. 판도는 해방이 되자 형 출도를 찾아 얼마나 수소문하면서 헤맸던가. 그러나 이내 소련군이 사할린을 점령하면서 여행마저 자유롭지 못하게 되자 더 이상 형님을 찾아 헤매는 고된 여행은 계속할 수가 없었다. 그런데 45년 겨울의 어느 날, 지금은 헤어져 소식조차 모르는 어느 동포로부터 대단히 충격적인 이야기를 들었다. 해방 직후 왜놈들이 사할린을 떠나면서 많은 조선 사람들을 학살했는데, 포로나이스크에서는 조선 사람 18명을 소련 첩자 혐의로 경찰서 유치장에 잡아놓고 한꺼번에 총살했다고 한다. 포로나이스크는 소련과 일본 점령 사할린의 국경 가까운 곳이어서 소련군이 가장 먼저 점령한 일본 관할 사할린 땅이었다. 이때 소련군 속에는 시베리아에 살고 있던 조선족 병사가 많이 섞여 있어, 이들과 내통한 조선인 징용자들이 소련군을 안내했다는 것이 당시 일본 경찰들의 주장이었다고 한다. 그래서 소련군이 포로나이스크를 점령하기 직전, 그런 첩자 혐의의 조선인을 잡아 모아 처형했는데, 그 속에 판도의 형 출도가 들어 있을지 모른다는 추측이었다. 판도가 만난 그 사람의 추측은 사실 옳았지마는 판도는 그것을 믿고 싶지 않았다.

무심한 세월은 흘러 해방이 된 지도 4년이 지나, 판도의 나이 29살이 되었다. 이제 고향 땅으로 돌아가기는 어느 모로 보아도 가망이 없어 보였다. 그래서 결혼을 한 것이 지금의 아내였다. 아내의 나이는 당시 16살이었고 많은 동료들이 동포 처녀를 못 구해 사할린에 낙오된 일본 여자와 살기도 하고, 소련 여자들과 결혼하는 일도 많았다는 것을 생각하면 그래도 판도는 행운아였다.

## 60

1950년 최해술도 유즈노사할린스크의 변두리에 집을 얻어 살고 있었다. 일본 사람이 살다가 떠난 빈집이어서 쉽게 구해 들어갔지만, 이내 점령해 온 소련 군인들이 그러한 적산 가옥을 모두 신고하라고 명령했고, 그는 그 집에 같이 살고 있던 허남보에게 신고하도록 했었다. 며칠 뒤에 소련 군인들이 이 집으로 찾아와 5일 안으로 집을 비워 내라고 명령했다. 벌써 여름이 가고 추위가 다가오는데 큰일 날 소리였다. 사할린은 가을이 거의 없었다. 9월 중순이면 첫서리가 내리고, 10월이면 눈이 내리는 곳이 사할린이었다. 그러나 무지막지한 로스케들은 한 번 명령 내리면 요지부동이었다. 소련군인들이 돌아간 다음, 허남보와 최해술은 길게 고개를 빼고 있었다. 최해술은 그때 이미 35살이었고, 허남보는 훨씬 젊어 스무 살 조금 넘어 있었다. 그러나 두 사람 다 그렇게 호락호락하지는 않았다. 최해술은 지난 45년 8월 19일, 사할린 최남단 아니바의 그 무서운 학살 현장에서 구사일생으로 살아남은 사람이었고, 허남보는 45년 4월 하순 탄광을 탈주했다가 붙잡혀 모진 고문을 당한 끝에 다코베야에 갇혔지만 끝내 건강을 지키면서 살아남은 젊은이였다. 최해술과 허남보는 코르사코프 항구에서 우연히 만나, 일본으로 탈출하기 위하여 최숙경, 김말숙 일행과 부부로 가장하기도 했으나 결국 배를 타기 직전 트랩에서 밀려났던 것이다.

"최 선생님, 무슨 수가 없겠습니까?"

최해술의 인품이나 학력, 나이를 참작하여 허남보는 진작부터 최해술을 이렇게 부르고 있었다. 최해술이 고개를 들면서 허남보를 바라보았다. 그는 남보에게 무한한 애정과 신뢰감을 지니고 있었다. 비록 나이는 어렸지만 근육으로 똘똘 뭉쳐진 단단한 체구만큼이나 정신 또한 당찬 데가 있었고, 언동 또한 여느 젊은이와는 달리 신중하고 분명한 데가 있었다.

"허 군, 자네가 무슨 수를 한 번 찾아보게나."

"결혼한 사람들이 사는 집은 임시 조치로 그냥 둔다고 하니, 최 선생님이 천상 결혼을 하셔야겠습니더."

"나야 이 사람아, 고향 합천에 처자식이 있는데 결혼이사 할 수 있겠는가? 자네는 고향에 처자식도 없고, 또 나이도 결혼 적령기이니 자네가 결혼을 하게."

"제 나이 스물두 살이기는 하지만…."

"어쨌든 나는 결혼을 해서는 안 될 몸이니 자네가 결혼을 해야 되겠네. 인간 대사인 결혼을 집을 차지하기 위해서 한다는 것이 좀 뭣 하기는 하지만 어차피 해야 할 결혼이니 달리 생각하지 말고 한번 서둘러 보게. 나도 자네 신부 감을 물색해 보겠네."

남보는 얼굴을 붉히며 뒷통수를 긁었으나 결코 불쾌한 표정은 아니었다. 최해술은 정신이 없었다. 결혼이야 식을 올릴 계제도 못 되고 우선 소련군들에게 부부임을 확인만 시키면 되는 것이어서, 알맞은 처녀 하나만 데려다 같이 살게 하면 되지만, 갑자기 그런 처녀가 어디에 있을 것인가. 그는 사할린 땅에서는 탄광에 있은 것도 아니어서 아는 사람이라고는 없었다. 게다가 아니바의 도로 공사에 투입됐던 동료 35명은 몰살을 당하지 않았던가. 그러나 소련군이 다녀간 그날부터 남보는 매일 외출을 했었고, 돌아올 때는 거의 예외 없이 술을 마시고 오곤 했다. 최해술은 남보 쪽에서 말을 건네오지 않는 이상 자신이 먼저 허남보에게 말을 걸지 않았다. 나이 30 중반이 된 자신도 이렇게 허전하고 외로운데 한창 나이인 허남보의 심경이 어떠할까 싶어서였다.

사흘째 되는 날, 남보는 최해술과 거의 같은 나이의 조선 사람 부부와 앳돼 보이는 처녀 한 사람을 집으로 데려왔다. 남자는 병색이 완연하여 맨몸으로도 숨을 헐떡거리고 있었다. 그 남자를 제외한 세 사람의 손에는 낡은 보퉁이들이 무겁게 들려 있었다. 낯선 손님들을 맞이한 해술은 첫눈에도 그 앳된 처녀가 남보의 신부감으로 생각 되어, 처녀의 부모인 듯한 부부를 정중하게 맞아들였다. 남보가 해술을 보고 말했다.

"최 선생님, 인사하이소. 제 장인 장모 되실 어른들입니더."

"이렇게 뵙게 되어서 반갑습니다. 경남 합천이 고향인 최해술입니다."

그러자 남자가 곧 숨이 넘어갈 듯한 목소리로 겨우 말했다.

"저는 충청도 공주 출신의 이수동입니다."

살결이 새하얀 여자가 이어서 고개를 숙이며 인사를 건네 왔다.

"허 총각 말만 듣고 이렇게 신세를 지게 되어…."

"별 말씀을 다하십니다. 이 어려운 때 동포끼리 상부상조해야지요."

말을 마치자 남보가 해명 겸 양해를 구했다.

"최 선생님, 장인어른 되실 분의 병환이 위중하시기도 하고 계시는 곳도 마땅찮아 선생님의 허락도 없이…."

"아니네, 얼매나 잘 된 일인고!"

수인사가 끝나자 노인 부부는 남보가 안내하는 방으로 들어갔고 처녀는 어색한 모습으로 고개만 숙이고 있었다. 해술이 정답게 말했다.

"어려워 말고 이리로 들어오시오."

그때 남보가 나와 자기 아내 될 처녀를 데리고 들어왔다. 남보는 처녀의 귀에 대고 말했다.

"인사하소."

처녀가 고개를 숙이며 말했다.

"선생님 말씀은 많이 들었습니다."

처녀는 부모를 닮아 충청도 억양의 말씨를 썼지만 제 어머니와는 달리 새까만 피부에 얼굴도 오종종하게 생겨 있었다. 모녀의 피색이 어쩌면 저렇게 다를 수 있을까. 그러나 이러한 처녀라도 조선 사람인 게 어디냐는 생각이 들었다.

허남보로부터 들은 바에 의하면 이수동 일가족도 1930년대 후반기에 고향을 떠나 살 길을 찾아 사할린으로 이주해 왔다고 한다. 이수동은 탄광의 전기 기술자로서 착실하게 살아왔으나 슬하에는 딸 하나뿐이었다. 그런데 불행히도 43년께부터 폐결핵에 걸려 결국 해방되기 전에 벌써 직장을 그만두어야 했다고 한다. 가장인 그가 직장을 잃자 약값이며 식량을 사 먹느라고 살던 집을 헐값에 넘겨야 할 즈음에 우연히 남보를 알게 되어 무남독녀를 남보에게 주기로 하고, 남보가 임시로 살고 있는 집으로 오게 되었다. 이수동은 고향에서 보통 학교를 졸업했지만 논 마지기 있는 것은 형님 차지가 되자 살 길을 찾기에 궁리하던 중, 신천지인 가라후토에 가면 할 일이 얼마든지 있다는 이야기를 듣고는 가족을 데리고 제 발로 걸어와 전기 기술을 익혀 왔다.

한 집에 두 부부가 살게 되었으므로 집 걱정은 덜었지만 당장 양식 걱정이 해술과 남보의 어깨를 눌렀다. 그때까지도 해술과 남보는 직장을 얻지 못한 채였기 때문이다. 그러나 해술과 남보는 부지런히 무슨 일이건 닥치는 대로 막노동을 하여 입에 풀칠을 했고, 더군다나 환자에게는 있는 힘을 다했다.

그러나 그들이 이 집으로 들어온 지 얼마 안 되어 기어코 이수동은 숨을 거두고 말았다. 남보는 장인이 죽고도 1년 가까이나 그냥 최해술과 함께 날품팔이를 했다. 해방 이후 소련 본토에서 많은 러시아 사람들이 사할린으로 건너왔고, 그들은 사할린으로 오면 산으로 가 그 흔한 목재를 베어 와 집부터 지었기 때문에, 조선 사람들은 몸만 건강하고 부지런하기만 하면 일거리는 얼마든지 있었다. 사람들은 대개 그때까지만 해도 고향으로 돌아갈 수 있다는 확신을 가지고 있었기 때문에 직장다운 영구 직장을 구하는 일에는 별로 관심이 없었다. 하지만 1년이 가고 2년이 가도록 고향으로 돌아갈 수 있는 희망은커녕 정세와 상황이 점점 불리하게만 전개되어 갔다. 이때부터 조선 사람들은 결혼 문제와 더불어 직장다운 직장을 구하는 데 혈안이 되었던 것이다. 당시 일본인과 결혼한 사람들은 남녀를 막론하고 일본으로 갈 수 있었기 때문에, 조선인 독신자들은 일본 여자를 아내로 맞이하려고 사생결단이었다. 어떤 사람은 일본에만 가면 놓아줄 테니 임시로 아내가 되어 달라고 하기도 했고, 그러한 일에도 조선 사람끼리는 치열한 경쟁을 벌였다.

드디어 허남보도 직장을 구했다. 그리고 얼마 뒤에는 그 직장에서 사택까지 제공한다고 이사를 가버렸다. 그의 직장은 소련군 부대가 넘겨준 운수 기관이었다. 그래서 해술이 혼자 남게 된 것은 별 문제가 아니었는데, 남편과 사별한 지 1년 남짓한 남보의 장모가 오갈 데가 없었다. 남보한테로 가서 며칠씩 쉬다가 오기도 했지만 영 불편해 보이기만 했다. 그러나 해술은 다른 방법이 없었으므로 거진 1년 가까이나 그 과수댁과 각방 거처를 하며 한 집에서 살았다. 물론 그사이 최해술도 일본이 두고 간 제지회사에 취업을 해 적으나마 월급을 받아 왔고, 남보의 장모는 밥과 빨래를 도맡았다.

그러던 어느 날이었다. 허남보 부부가 보드카보다 훨씬 더 독한 96도짜리 스필드란 술 한 병을 가지고 해술에게로 찾아왔다. 장모가 살고 있는 집이니 처갓집에 온 셈이었다. 모처럼 만난 최해술과 허남보는 술을 마시며 고향 이야기에, 사할린에 끌려와서 겪은 고생담이며, 시국 돌아가는 이야기를 오래도록 했다. 특히 조선에서 벌어지고 있는 전쟁 이야기에는 그들 모두 남조선 출신이지마는 남조선 당국에 대하여 심한 욕을 퍼부었다. 6만 명 가까운 조선 사람들을 이 사할린에 팽개쳐 둔 채 전쟁을 일으켜 북침을 하다니, 조국의 통일도 중요하지만 조국이 불행했던 시절에 외지에 끌려나와 온갖 수모를 당하고 있는 조선 사람들을 구해 갈 생각은 하지 않고 전쟁 놀음이나 벌이다니! 해방 전에는 왜놈들로부터 갖은 구박과 수모를 당했더니, 해방이 되자 로스케 놈들이 건너와, 들어온 놈이 동네 팔아먹는다고 오래전부터 살아온 조선 사람들을 얼마나 천대하고 멸시했는가. 왜놈들이 조선 사람을 조센징이라고 멸시했듯이 이놈들도 조선 사람들에 대하여, 까레이 혹은 까레스키, 하면서 천대와 구박을 마음대로 하고 있는 것이다. 이런 일을 생각하면 최해술은 말할 것도 없고, 나이 젊은 허남보 같은 사람도 울분과 슬픔으로 절로 주먹이 불끈불끈 쥐어지면서 눈물까지 고였다.

특히 조선 사람들이 하나같이 남조선에 대하여 적의를 품게 된 이유는 북조선 사람들의 입김과, 그 입김을 그대로 전달하고 있는 소련 당국의 영향이 무엇보다도 컸다. 남쪽에서 불법 북침을 했다는 것도 북조선에서 전해진 소리였다. 이래서 그날도 최해술과 허남보는 술기운까지 겹쳐 돌아가지 못하는 고향 생각에다 엉뚱하게 전쟁을 일으킨 남조선 당국에 대한 비분강개로 목청을 돋우고 있었다. 그러다 최해술이 허남보를 진정시켰다.

"허 군, 진정하게. 그래도 자네는 꽃 같은 마누라를 두고 깨가 쏟아지는 새살림을 하고 있지 않은가. 나는 고향에 어른들이 지금 어떻게 되셨는지, 그사이 진주사범학교를 졸업했을 아들은 전쟁통에 어떻게 되었는지, 궁금해 못 견디겠네. 또 내가 우리 가친을 살리기 위해 이곳으로 오니라고 집을 떠날 때, 울지도 못하고 눈물만 흘리면서 언제까지나 돌아설 줄을 모르던 집사람이 날이 갈수록 눈에 선연하다네. 밤이 깊어 잠은 오지 않고, 허공에 휘영청 밝은 달을 쳐다보면 정말 창자가 다 녹아내리는 것 같네."

최해술이 이러한 이야기를 하자, 허남보는 고개를 숙이고 듣고 있었다. 어느덧 그의 눈에도 또 다른 의미의 눈물이 맺혀 굵은 방울이 방바닥에 떨어지고 있었다. 최해술도 고이는 눈물을 감추기 위해 천장을 올려다보고 있었다. 이윽고 허남보가 조용한 목소리로 최해술을 불렀다.

"최 선생님!"

최해술이 천장을 향했던 고개를 남보에게로 돌렸다. 그의 눈에는 곧 떨어져 내릴 것 같은 커다란 눈물방울이 맺혀 있었다. 남보가 다시 이었다.

"실은 오늘 제가 선생님을 찾아뵌 것은… 장모님을 더 이상 선생님의 짐이 되시게 할 수는 없다고 생각되어 제 안사람과 의논하고…."

말을 끝맺지 못하고 최해술의 눈치를 살폈다. 최해술은 이제 장모를 허남보가 직접 모시겠다는 말로 알아들었다. 그래서 말했다.

"아암, 사위 자식도 자식인데 자네가 직접 모시는 게 옳고 말고…."

말은 그렇게 했으면서도 한편으로는 서운한 데가 없지 않았다. 1년 가까이나 한 지붕 밑에서 한솥밥을 먹어온 사이가 아닌가. 사실 정도 들 만큼 들었고, 남자로서의 본능적 유혹도 요즘 와서는 숱하게 느껴 오던 터였다. 그런데 허남보의 다음 말은 전혀 뜻밖이었다.

"저어, 제 말씀은 그런 기 아니고, 최 선생님이 제 장인어른이 되어 주시면 좋겠다는 뜻이지예. 실은 장모님한테는 제 안사람이 며칠 전에 말씀을 드렸습니더."

그때야 최해술은 생각나는 게 있었다. 일전, 딸네 집을 다녀온 남보 장모가 그날따라 유달리 얼굴을 붉히면서 수줍은 표정을 지었던 것이다. 평소에 없는 야릇한 표정이어서 최해술은 사춘기 때나 느낄 수 있는 설레는 감정을 어쩔 수가 없었는데, 바로 그날 허남보 부부는 장모에게 재혼을 하라는 권유를 했던가 보다. 최해술은 이런 일을 잠시 떠올리다 쑥스러운 표정을 지으며 잠시 침묵을 지켰다. 자신의 나이 금년으로 43살. 조선 땅으로는 영영 돌아갈 수 없다면 어차피 끝내 독신을 고수하기는 어려우리란 생각이 들었다. 그리고 무엇보다도 1년 가까이나 동고동락을 해온 남보의 장모를 다른 남자와 재혼하도록 두는 것은 어쩌면 일종의 자기 도피이고, 비겁한 짓이라는 생각까지 들었다. 다른 많은 조선인들은 고향으로 돌아갈 수 없게 되자, 벌써 오래전부터 서둘러 재혼을 했었고, 자신처럼 여태 혼자 사는 사람은 거의 없었다. 그래서 용기를 내어 슬쩍 떠봤다.

"자네 장모님 의향은 어떠시던고?"

"장모님도 싫지 않으시던 눈치던데예. 사실 저희들이 장모님까지 봉양을 책임지기는 힘든 일이고…. 또 장모님도 연세가 인자 서른아홉인데 무단히 혼자 고생시럽게 살 필요는 없는 거 아니겠습니꺼?"

이래서 최해술은 힘들이지 않고 재혼을 했었고, 그것이 작년의 일이었다. 그는 남보의 장모를 아내로 맞이하면서 덤으로 딸과 사위까지 얻게 되었고, 무엇보다도 마음속의 모든 희로애락을 터놓고 이야기할 수 있는 말상대를 얻게 된 것이 기뻤다. 그는 기나긴 밤이면 새 아내를 마주하여 고향 산천의 이야기며, 고향에서 물방앗간을 경영했던 일이며, 부친이 한용운 등 독립지사들을 돕다가 경찰서에 갇힌 이야기, 자신이 사할린으로 떠날 때 14살이었던 아들 상필(相弼)은 진주사범에 입학해 수재 소리를 들었다는 등의 이야기를 했다. 그러면 고향 충청도 공주에서 보통학교를 졸업한 그의 아내도 남편 못지않게 많은 이야기를 들려주었다. 즉 아버지가 금광을 시작했다가 실패하는 바람에 좀 더 기다리거나 골라보지도 못하고 급히 시집을 가야 했고, 시가는 가난한 농가여서 차남인 죽은 남편을 따라 사할린까지 오게 되었는데, 지금 생각하니 그게 모두 당신을 만나게 되려고 하느님께서 미리 점지해 주신 일처럼 생각된다는 것. 결혼생활을 20년이나 해 봤지만 정말 여자로서의 행복 같은 것은 당신을 만나고 나서 처음 느낀다는 말도 했다. 그러나 무엇보다도 재미있는 이야기는, 처녀 시절에 뱀한테도 물려봤고, 지네한테도 물려봤고, 벌한테도 쏘여봤고, 심지어는 동네의 황소한테 받혀 봤는데, 그럴 때마다 이상하게도 좋은 남자를 만날 징조라고 자위를 하곤 했다. 그런데 그게 이제야 현실로 나타났다며, 그 준비 과정이 길고 험난했던 만큼 우리들의 사랑도 옹골지고 변함없을 거라고 했다. 요컨대 나이든 재혼이기는 하지만 진실한 사랑을 최해술은 아내로부터 받고 있었다. 그래서 최해술은 이런 말도 아내에게 스스럼없이 할 수 있었다.

"조선에는 귀머리 풀고 나를 맞이한 조강지처가 있소. 만약에 좋은 세상이 돌아오면 나는 고향으로 가지 않을 수 없을 것이고, 고향으로 가면 조강지처를 버릴 수는 없소. 그러면 당신은 어떻게 할라오?"

그러면 아내는 말했다.

"당신이 조강지처를 찾아가시는 거야 당연한 일이지요. 그러나 당신이 지금의 저를 진정한 아내라고만 생각해 주신다면 돼요. 나중의 일은 나중에 생각하고 싶군요."

최해술은 그러한 아내가 사랑스러워 아들이건 딸이건 아이를 낳아 키워 보고 싶었으나 아내는 그것을 달가와하지 않았고, 그래서 그런지 여태 아이는 없었다.

요즘 와서 최해술은 고향 생각도 고향 생각이지만 이곳 사할린에서 사는 동안까지만이라도 동포 사회를 위해 무슨 일을 할 수 있을까에 대하여 생각하고 있었다. 해방될 때에 사할린에 있는 동포의 수는 줄잡아 6만 명에 가깝다고 했는데 만 8년이 지난 지금도 5만 명은 되리라는 생각이었다. 그 5만 명의 조선 동포가 사할린의 전역에 흩어져 살고 있지만 그중에서도 수도인 이곳 유즈노사할린스크시에 가장 많이 모여 살고 있다.

동포들은 대개는 강제 징집에 의해 끌려왔거나 자의에 의해 이주해 온 사람이라 할지라도 고향 땅에서 가난을 벗어나 보기 위해 이곳을 찾아온 사람들이어서 지식수준은 낮았다. 하지만 민족정신, 조국에 대한 사랑만은 아주 강했다. 귀환하고 싶은 간절한 욕망이 민족정신 내지 조국애로 승화됐는지 모른다. 그러나 53년 현재는 그러한 민족정신이나 조국애도 많이 희석되었다고 해술은 생각했다. 그 이유는 대략 두 가지로 볼 수 있었다. 첫째는 북조선으로부터의 끊임없는 국적 취득 유혹과 회유였다. 해방 직후의 자발적인 민족의식 내지 조국애가 하나의 공동체적인 정신으로 수습되고 정리되기 전에 북조선은 남조선 출신이 대다수인 사할린 동포들에게 위협 반, 회유 반의 북조선 국적 취득의 손길을 뻗쳐왔던 것이다. 두 번째는 소련 당국의 작용이었다. 그들은 거의 맹목적이다시피 사사건건 남조선을 비난하고 헐뜯었다. 최해술이 알기로는 이승만 박사도 훌륭한 독립투사이고, 김구 선생도 그런 분으로 알고 있었는데, 이승만 박사가 친일 매국노들을 앞잡이로 삼아 김구 선생 같은 진정한 애국자를 죽인 것은 물론, 전쟁까지 일으켜 조선 천지를 피로 물들이고 있다는 것이다. 최해술이 나가는 제지회사에도 조선인 노동자가 대단히 많은데, 회사의 정문 앞에는 그날그날의 조선 전쟁 상황판까지 설치하여 두고 회사에서는 빨간 물감으로 하루가 무섭게 남조선을 색칠해 가고 있었다. 물론 북조선의 책동이겠지만 어쨌든 소련은 남조선에 대해서 온갖 비방을 서슴지 않았다. 최해술은 비록 남조선이 전쟁을 일으킨 허물은 있지만 손은 안으로 굽는다는 말처럼 고향이 남조선이라서 그런지 남조선이 사할린에서는 동네북처럼 얻어맞기만 하는 일이 못내 불쾌했다. 특히 전쟁이 일어나자 북조선에서는 사할린의 동포에게도 지원병의 유혹을 뻗쳐왔고, 그러한 북조선의 유혹에 빠져 북조선으로 간 사람도 있다고 들었다.

1948년 10월 소련이 북조선을 승인한 데 이어 미국은 49년 1월 남조선을 대한민국이란 국호로 승인했다고 하나, 지금까지도 사할린 동포들은 대한민국이란 낯선 이름 대신 남조선이란 말로만 부르고 있다. 간혹 대한민국으로 돌아가고 싶다는 말을 하는 동포도 있었으나 요즘은 그런 말을 입 밖에도 내지 못하고 있다. 조선에서 듣던 속담, 낮말은 새가 듣고, 밤 말은 쥐가 듣는다는 말처럼 이곳 사할린에서는 '벽에도 귀가 있다'며 말조심을 하게 되었고, 조선 동포끼리 만났을 때 먼저 어느 쪽인지를 알기 전에는 지극히 조심해야 했다. 술이나 차를 함께 마시는 동포들이 '대한민국'을 지지하는 사람들이라면 몰라도 그렇지 않을 경우에는 말을 함부로 하지 못하게 되었다. 말을 함부로 했다가 비밀경찰에 납치되어 흔적 없이 사라진 사람도 더러 있었는데, 그런 사람들은 모두 시베리아로 갔다고 한다. 특히 아직까지 고향으로 돌아갈 희망을 버리지 않는 동포들은 북조선에서 조선 국적 취득을 아무리 권장해도 쉽게 응하지 않았다. 만약 좋은 때가 와 남조선으로 돌아갈 기회가 생겨도 북조선 국적을 취득해 버리면 돌아갈 수 없으리라는 인식이 모든 동포들의 머릿속에 가득 차 있었기 때문이다. 그러나 이러한 생각조차도 잘못 발설했다가는 밀고되어 체포되기 일쑤였다. 한 번 체포되면 일방적인 재판을 거쳐 국가 반역죄란 죄를 뒤집어쓰고 카드르카(강제중노동수용소)가 있는 시베리아로 보내어졌기 때문이다.

지난 51년 6월 말 유즈노사할린스크 인민극장에서는 대연설회가 열렸다. 연사는 '사할린 개발 북조선 인민 위원회 근로대'를 이끌고 온 정치부원 한기옥이란 자였다. 그는 남조선이 이제 곧 해방된다고 하면서 부산만 남았다고 했으나 동포 중에는 일본 뉴스를 듣는 사람이 많아, 전장이 38선 조금 북쪽에서 정체되어 있다는 걸 알고 항의한 적도 있었다. 그런데 그 사람도 그 뒤 종적을 감추었던 것이다. 그때 사할린으로 들어온, 사할린 개발 북조선 인민 위원회 근로 대원들은 조선 동포들이 사는 곳이라면 곳곳에 침투하여 남조선 지지의 동포사회를 분열시키면서 동포들로 하여금 북조선을 지지하게 하고, 조선 국적을 취득하도록 온갖 술책을 동원했던 것이다. 하기는 조선 국적 취득에 관한 계몽 내지 권장은 48년 7월 신분증명서를 갱신할 때부터 강화되어 온 일이다. 당시 그런 일을 맡았던 책임자는 소련 태생의 한국인 2세로, 소련 군인이었다. 그는 유창한 소련어와 조선어를 번갈아 구사하면서 많은 동포를 설득했으나, 최해술은 그를 멀찌감치서 덤덤하게 바라보기만 했다.

그러나 지금은 상당수의 동포들이 조선 국적을 취득했고, 나머지는 거의 소련 국적을 취득해 있었다. 어느 나라 국적이건 국적을 취득해야만 여행도 가능하고, 여행지의 여관 투숙도 가능했다. 직장에서도 좋은 자리를 얻을 수 있었고 승진도 가능했다. 최해술도 이러한 생활상의 불편을 해소하기 위해서 소련 국적을 취득했던 것이다.

요즘도 북한 정치부원은 문화반이란 걸 조직하여 직장의 노동일과를 마친 동포들을 모이게 해, 장시간의 교양학습을 시켰다. 그 내용은 모두 북조선 선전이거나 조선 국적 취득을 권장하는 내용이었다. 정치부원은 언제나 빠른 어조로 말했고, 말할 때마다 두 손을 마구 흔들어 대는 습관이 있었다. 그래서 그것은 흡사 인형극을 잘못 조종하는 것같이 어색했다.

"우리 북조선 국적을 취득하면 여러분의 자녀가 성장했을 때 평양으로 유학도 갈 수 있습니다. 우리 조선인민공화국에서는 돈을 한 푼도 받지 아니하고 학생들을 가르칩니다. 이러한 혜택을 받기 위해서라도 국적을 얻어야 한다는 것입니다. 우리 조선인민공화국이나 소비에트 공화국에서는 개나 소, 돼지 같은 가축에게도 번호를 붙여 그 정확한 숫자를 확인하고 있는데 하물며 사람인 여러분들에게 어찌 번호를 안 붙일 수가 있겠습니까? 여러분은 모두들 고유 번호를 받음으로써 법적으로 사람대접을 받게 된다 이 말입니다. 법적인 사람대접이 국적 취득이라 이 말입니다."

하기는 국적이 없는 사람들, 무국적자(비즈까르단스끼)는 오나가나 천대받기 일쑤였다. 8년제 초등학교는 의무교육이었지만 무국적자의 자녀들은 입학이 허용되지 않았다. 여행허가서가 없이는 한 발짝도 나다닐 수가 없는 사회인데, 무국적자는 어떤 여행 허가서도 발급되지 않는다. 이웃 마을에 사는 부모가 별세해도 무국적자이기 때문에 갈 수가 없었다. 만약에 무국적자가 여행증명서도 없이 나다니다가 검문에서 적발되면 한 달 봉급인 200루블의 벌금을 내야 한다. 여행객을 검문하는 군인들은 군데군데 진을 치고 매서운 눈초리로 조선 사람들의 아래위를 훑었고, 그때마다 조선 사람들은 여행증명서를 갖고 있으면서도 원인을 알 수 없는 불안과 공포에 떨어야 했다.

그래서 요즘 들어 최해술은 구박받고 의지할 곳 없는 불쌍한 동포들을 위해 무엇인가 할 일이 없는지, 곰곰이 생각하고 있었다. 해방 직후에 결혼한 동포의 자녀들은 벌써 학교에 갈 나이가 되었는데, 무국적자의 자녀들은 학교에도 못 가고 있다. 징용 온 동포들 중에도 문맹자가 더러 있었지만, 자유 이주로 들어온 동포들 중 여성들은 거의 문맹자였다. 이런 문맹자들에게 글눈을 틔워주는 것도 중요했고, 점점 잊어가고 있는 조선 사람들의 예절, 조선 사람들의 미풍양속 등을 가르치는 것도 중요하다고 생각하는 최해술이었다. 물론 이런 일은 혼자의 힘으로는 불가능했고 몇 사람의 동지가 필요하다고 생각되었다. 사위 허남보는 좋은 일꾼이었지만 허남보와 같은 인물이 서넛은 더 필요하다는 생각이었다.

53년 7월 18일이었다. 여름이라고 해도 해만 지면 피부에 소름이 돋는 때였다. 이날은 종일 구름이 끼여 낮에도 조선의 봄 날씨 같았다. 이날 허남보 부부가 찾아왔다. 그사이 남보는 첫딸을 낳아, 그 딸애의 첫돌을 맞아 처갓집으로 온 것이다. 이날도 남보는 그 독한 스필드를 어른 팔뚝 같은 소시지와 함께 가지고 왔다. 이곳에서는 흔한 것이 소시지였다. 스필드란 술은 보통 보드카 도

수인 40도의 배가 넘는 96도짜리 술이었다. 아무리 좋은 안주라도 반드시 생수와 함께 마셔야만 했다. 해방 직후 고향으로 돌아가지 못하는 동포들은 끼리끼리 모여 홧김에 이 술을 함부로 마셨다가 많은 사람들이 목숨을 잃기까지 한 술이다. 언젠가 최해술도 이 술을 너무 많이 마셨다가 의식을 잃었을 때, 동료들이 동굴처럼 구멍을 뚫은 무를 그의 입에 물려, 무 끝에 성냥불을 붙여 살려냈던 것이다. 스필드를 과음하여 의식을 잃은 사람의 입에서는 속으로 들어간 술기운이 입이나 코를 통해 밖으로 발산된다. 의식을 잃고 쓰러진 그런 사람의 입에 길게 구멍 뚫린 무를 물려 놓으면 그 무가 굴뚝 역할을 하면서 배속의 술기운을 한결 더 잘 뽑아 올린다. 그 무 끝에 불을 붙이면 마치 제철소 굴뚝 끝에 불이 타듯이 하얀 불꽃이 활활 핀다. 그 불꽃이 꺼지면 위 속의 술기운도 다 증발되어 큰 탈 없이 소생하게 되는 것이다. 이런 경험을 갖고 있는 최해술은 스필드를 보기만 해도 몸서리가 쳐질 텐데, 그래도 볼 때마다 마시곤 했다. 이날은 외손녀의 첫돌이요, 미더운 사위가 가지고 온 술이어서 더욱 맛이 좋았다.

술을 마시다 허남보가 최해술의 계획, 국문 강습에 관한 생각을 듣고 나서 말했다.

"장인어른, 마침 좋은 분 한 사람을 제가 알고 있습니더. 한 번 만나 보실랍니꺼?"

"그래? 허 서방 자네가 소개한다면 여부 있겠는가?"

"이분은 최근에야 사할린으로 들어온 사람인데, 참 팔자도 기구합디더."

"…."

"우리가 모두 고향으로 몬 가서 애를 태우는데, 이 양반은 꺼꾸로 고향 땅에서 굴축시럽거로(뜻밖으로) 이 사지(死地)로 왔다 안 캅니꺼!"

"뭐라? 그기 정말인가? 도대체 그 사람이 어떤 사람인고? 만 사람이 몬 떠나서 애를 태우는 사할린으로 뭐한다고 왔는고?"

"어릴 때, 엄마 찾아 삼만 린가 뭔가 하는 책을 본 기억이 나는데, 이 양반은 아내를 찾아 삼만 리를 왔는데 이름은 이문근이라고 합니더. 우선 먼저 알고 싶은 거는, 해방 직후 장인어른하고 제하고 코르사코프 부두에서 조선 여자 둘 만나가지고 부부로 짠 일 있지예? 그때 서울말 하는 그 여자 이름이 무엇입디꺼?"

"그때 참, 그런 일이 있었지. 그거는 와 묻는고?"

"이문근이란 사람의 부인이 그 여자 같거든예."

"그래? 그라몬 이문근이란 사람은 헛걸음했다 그 말인가?"

"그런 거 같애서 보기에도 너무 딱해서 하는 소리 앙입니꺼."

"보자아, 그 부인이 배운 사람이던데에. 이름이…."

"혹시 최숙경이라 안 캅디꺼?"

"맞네, 최숙경이… 맞아!"

두 사람은 잠시 입을 다물고 있었다. 그러다 남보가 다시 말했다.

"우쨌든지 이문근이란 양반, 장인어른하고는 이야기가 될 낍니더. 그 양반 조선에서 선생질 했다 카니…."

# 22장

# 자신의 제삿날에 나눈 술잔

## 61

그 무렵 전기기사 이시무라는 코르사코프로 내려와 있었다. 종전 직후 나이부치(소련지명 브이코프) 탄광에서 일본인 간부들이 조선인 노무자를 탄광의 갱 속으로 유인하여 학살하려던 음모를 사전에 탐지하여 조선 사람 김형개를 통해 정상봉에게 알림으로써 일대 참사를 모면케 한 이시무라는 소련군이 브이코프에 진주하기 전 탄광을 떠났으나 사할린 전역을 점령한 소련군들은 일본인 중에서도 기술자는 전원 종전의 직장으로 복귀하라는 명령을 내려 8월 그믐께 브이코프로 다시 돌아갔다. 그는 거기에서 정상봉과 다시 만났고, 조선인 노무자들을 갱 속으로 모이라고 일인 간부들의 지령대로 움직인 첩자 이현기가 동료들에 의해 맞아 죽게 되었을 때 정상봉이 살려주는 장면도 멀찌감치서 봤었다.

이시무라는 브이코프 탄광의 전기 기술자로 복귀하여 열심히 일하면서 고향 땅으로 돌아가지 못하는 많은 조선인 노무자들의 정신적인 친구가 되어주었다. 특히 조선에서 신학교를 다니다가 끌려온 정상봉과는 아침저녁으로 만나 기도를 함께 하면서 깊은 우정을 쌓았다. 그러다 1년 반 후인 47년 2월에 귀국하려고 코르사코프로 내려갔으나, 그는 자신도 모르게 소련 잔류 희망자로 분류되어 승선하지 못했던 것이다. 다시 2년 후인 49년까지도 그는 번번이 소련 잔류 희망자로 분류되는, 귀신이 곡할 처지에 있었다. 그러면서도 그는 항구도시 코르사코프에서 재건되는 여러 공장의 전기 기술 고문으로 불려 다녀야 했다. 선박 수리회사, 수산물 가공회사, 펄프 제조회사, 자동차 정비공장 등…. 소련 당국이 국유화하여 새로이 가동하는 모든 공장은 이시무라 같은 고급 전기 기술자를 무한정으로 요구했다. 소련군 당국은 꼭꼭 이시무라 밑에 젊고 유능한 조선인 노무자를 붙여 그들에게 기술을 가르치도록 했고, 이시무라는 자기의 기술을 조선인들에게 열심히 가르쳤다. 일본 땅으로 돌아가고 싶은 생각은 간절했지만, 한사코 놓아주지 않는 소련군 당국에 항의하고 탄원하는 것은 계란으로 바위 치기였다. 2년 전 브이코프를 떠날 때는 정상봉 등 친하게 지내던 조선 사람들에게 일본으로 가게 되었노라고 자랑스럽게 말한 것이 참으로 부끄러웠다. 이럴 줄 알았더라면 차라리 브이코프에 눌러 있으면서 자신과 종교를 같이하는 유일한 친구인 정상봉과 함께 지낼 것을….

하루하루가 이렇게 지겹고 고통스러울 때에, 헛일 삼아 인편으로 일본에 부친 편지가 가족의 손에 들어갔었다. 일본 땅에 닿으면 우표만 붙여 우체통에 넣어 달라고 한 편지가 부모에게 전달되어 소식이 온 것이다. 일본과 이곳이 그래도 편지 연락이 된다는 사실이 놀라웠다. 그는 인편으로 부치는 편지에서 자신이 사할린에 강제 억류되어 있음을 알리면서, 결코 사할린에 잔류하기를 희망한 적이 없다는 사실을 일본 정부에 진정해 달라고 했다. 이러한 소식을 전한 지도 1년이 훨씬 지나서야 일본 가족들은 안심하고 참고 기다리라는 내용의 편지를 보내온 것이다. 이시무라는 안심하고 참고 기다리라는 말이 무엇을 뜻하는 것인지 혼자 두고두고 궁리했다. 그러나 그는 드디어 일본 정부를 원망하면서, 안심하고 참고 기다리라는 말밖에 할 수 없는 부모님의 심정을 이해하려고 노력했다. 그러면서도 억울하고 분한 느낌을 금할 수가 없었다. 결코 이런 것마저도 하느님의 뜻으로는 보기가 어려웠다. 하느님의 뜻이라면 어떻게 누구를 원망하면서 억울하다는 느낌을 품을 수가 있겠는가.

그러나 이때 이시무라의 부모는 어떤 수를 취해서라도 아들을 꼭 일본으로 데려올 계획을 세우고 있었다.

해방 직후 일본인 감독 오카와를 때려 죽인 강신귀. 탄광에서도 말썽을 피우는 조선인 노무자를 가두는 가와카미 탄광 다코베야에서 허남보를 만나 의기투합했던 경남 사천 출신의 강신귀. 사천 곤양에서 유부녀를 건드렸다 남편에게 들켜, 그 남편을 죽이고 도피처로 사할린을 택해 이곳으로 왔던 강신귀는 해방이 되자, 잽싸게 일본인 처녀를 아내로 맞이했다. 일본으로 가서 살기 위해서였다. 살인한 죄인으로 고향에는 돌아갈 수가 없었고, 그렇다고 이 더러운 곳에서는 잠시도 더 머물러 있기가 싫어서였다. 아내로 맞이한 미치코는 그 부모가 본래 북해도 출신의 장사꾼이었다. 미치코는 어릴 때 부모를 따라 사할린으로 들어왔고, 그녀의 부모는 탄광 지대에서 식당 겸 술집을 경영했다. 그러한 술집에는 여자를 두고 조선인 노무자를 상대로 장사를 했다. 미치코의 부모는 돈만 아는 사람이었지만 미치코는 차분하고 얌전해서 많은 남자들의 눈길을 끌었다. 일본인 오카와를 죽이고 가와카미에서 한참 떨어진 노보알렉산드로프스크로 와 있다가 강신귀는 미처 귀환하지 못한 미치코네 집에 머물러 있었다. 물론 미치코 부모는 그가 살인자인 줄은 몰랐고, 후하게 지불하는 숙박비에 눈이 멀어 그를 데리고 있었다. 그사이에 강신귀는 미치코를 유혹해 오늘까지 같이 살게 된 것이다. 미치코의 부모는 46년에 귀환했지만 강신귀 부부는 그때까지도 일본인 장인 장모가 버리고 간 집에 눌러살면서 일본으로 돌아갈 날만 기다리고 있었다. 일본 여자와 결혼한 조선인들은 승선시켜준다는 말만 그는 믿고 있었다.

48년 8월 10일 강신귀는 아내와 더불어 노보알렉산드로프스크 기차역으로 나갔다. 플랫폼에는 화물열차가 서 있었다. 이것이 귀환열차였다. 화물열차이므로 승강구 같은 것도 없었지만 각 차량 앞에는 일본인 귀환객들이 줄을 지어 서 있었다. 어른이건 아이건 등에 짐을 지고 손에도 보퉁이를 들었다. 어린아이들은 그러한 부모 곁에 서서 지친 표정으로 칭얼거렸고, 어른들은 짜증스럽게 아이들을 나무라고 있었다. 강신귀 부부도 그 대열에 끼여 섰다. 강신귀가 미치코에게 말했다.

"삿포로로 돌아가면, 당신 아버지 어머니가 내 직장은 얻어주시겠지."

"그럼요. 떠나실 때 약속하신 걸요."

"인심이 조석변이라는데 당신 부모님이 그사이 우리를 까마득히 잊어버린 게 아닌가 하고…."

"무슨 말씀을 그렇게 하세요. 아무려면 부모님이 우리를…."

"하기는 당신마저 잊어버리시기야 하겠소? 나는 본래 당신 부모님 눈에는 들지 않은 사위였으니까."

"부모님이 당신을 데리고 살아요? 당신과 사는 사람은 이 미치코란 말이에요."

강신귀는 그녀의 희고 작은 손을 꼭 잡았다. 이제 정말 의지할 곳은 미치코밖에 없다는 생각이 들자, 그러한 미치코가 새삼스럽게 소중한 존재로 다가왔던 것이다. 이러고 있을 때에 소련 측의 비밀 경찰이 각 차량들 앞으로 와서, 승차 예정자 명부에서 한 사람 한 사람씩 이름을 읽고 확인된 사람만 화차로 올려 보냈다. 벌써 오래전에 노보알렉산드로프스크 군청에 강신귀 부부도 일본으로 돌아갈 사람으로 등록을 해 두었던 것이다.

이윽고 미치코의 이름이 먼저 불렸지만, 강신귀의 일본식 이름은 불리지 않았다. 그가 비밀경찰에게 다가가 항의하자 비밀경찰은 말없이 그의 어깨를 잡아 대열 밖으로 끌어냈다. 그러면서 비밀경찰은 미치코의 등을 밀어 무개차에 타라고 했다. 미치코는 타지 않고 비밀경찰에게 우리는 부부이고, 오래전에 귀환자 명부에도 등록돼 있다고 말했으나 비밀경찰은 무엇인지 알아들을 수 없는 소리를 빠르게 지껄이며 펜대를 든 오른손을 마구 흔들었다. 미치코는 할 수 없이 강신귀 옆으로 붙어 섰다. 함께 줄을 지어 서 있다가 차에 올라탄 일본 사람들은 모두들 이상하다는 표정만 지었을 뿐, 그 누구도 비밀경찰에게 항의 한 마디 하지 않았다. 일본인들은 자기들 가족 중에 하나가 미치코 부부처럼 승차 거부를 당하지 않은 것만으로도 다행이라는 생각에 모두들 두근거리고 있는 가슴을 쓸어내리며 한숨을 쉬고 있었기 때문이다.

모든 사람들이 무개차에 다 올라탄 다음에야 강신귀가 승차하지 못한 이유를 알게 되었다. 화물차가 떠나자 비밀경찰은 미치코와 강신귀를 데리고 역의 사무실로 가, 통역까지 불러와 설명해 주었다.

"다와리시(동무)는 이 고스빠다(숙녀)와 진짜 부부가 아니라는 밀고가 들어왔소."

미치코가 펄쩍 뛰면서 말했다.

"무슨 소리예요! 저희들이 진짜 부부가 아니라니? 그럼 다른 부부에게는 진짜 부부라는 증명서라도 발부해 주었다는 말씀인가요?"

"물론 부부증명을 발부한 적은 없지마는 당신들은 가짜 부부라는 밀고를 한 사람이 세 사람이나 되었소. 더 중요한 것은 이 다와리시는 살인을 했다고 하니 그 죄를 묻지 않는 것만으로도 다행으로 여겨야 할 거요."

미치코가 기절이라도 할 듯한 표정으로 비밀경찰과 강신귀를 번갈아 보면서 비명을 질렀다.

"뭐라고요? 이이가 사 살인을 했다고요?"

강신귀는 급히 미치코를 부축하여 역사를 걸어나왔다. 그들의 등 뒤에 대고 비밀경찰이 뭐라고 지껄이고 있었지만 더 따져볼 일이 못 되었다. 그는 도로 집으로 돌아와 일본으로 떠난다고 엉망으로 어질러 둔 집안을 정리하면서 미치코를 달래었다.

"내가 조선인이라고 잡아두는 거야. 당신의 이름은 불렀잖아."

"일본 여자와 결혼한 조선인도 귀환이 허용된다고 했잖아요."

"글쎄, 사실은 나만 당한 게 아니고 다른 사람들도 마찬가지였을 거야."

어림짐작으로 둘러댄 신귀의 이러한 말은 사실이었다. 강신귀가 살인자가 아니라고 해도 그는 그때 일본으로 갈 수 없었던 것이다. 바로 그 48년 8월 10일의 귀환열차부터 조선인이 비록 일본 여자와 결혼했어도 소련당국은 보내주지 않았던 것이다. 그것은 노동력의 부족 때문에 소련이 조선인을 놓아주기 싫어해서도 그랬지만, 일본 역시 조선인에 대해서는 받아들이기를 꺼렸기 때문이다.

강신귀는 이를 갈면서 그 집에서 그해 겨울을 보내고는 이듬해 봄에 유즈노사할린스크로 내려와 여기저기 닥치는 대로 막노동을 하고 있었다. 유즈노사할린스크는 소련군이 진주하면서 명실상부한 사할린의 수도로 인구가 급팽창하면서 주택건축이 활발했었고, 신귀는 건축 공사장에 나가 그날그날의 생활을 해결하고 있었다.

소련군이 진주한 사할린에서는 일거리를 얻는 데는 민족의 차별을 두지 않았다. 노동력이 부족한 상태였으므로 일거리는 흔한 편이었다. 건축 공사장의 노동자는 조선 사람들이 대부분이었는데, 어느 날 강신귀는 낯선 사람 하나를 발견했다. 그는 첫인상부터가 사할린에 10년 가까이 살아온 여느 조선 사람들과는 여러모로 달랐다. 우선 피부도 거칠지 않았고, 손도 오랜 노동에 단련된 투박하고 마디 굵은 손이 아니었다. 다른 조선 사람들이 휴식 시간만 되면 어울려 잡담하고 패를 지어 노는 데 반해, 그는 말수도 없었고 늘 혼자 외따로 앉아 멍한 눈길을 어디론가 하염없이 보내곤 했다.

어느 날 강신귀는 그러한 그의 곁으로 다가가 말을 건네었다.

"형씨, 우리 알고나 지냅시다."

## 62

그 무렵 이문근은 코르사코프를 통해 유즈노사할린스크까지 올라왔던 것이다. 코르사코프에서 이미 달포 가까이나 묵으면서 최숙경의 행방을 수소문했으나 오리무중이었다. 코르사코프에도 많은 조선인 징용자들이 살고 있어, 그는 날만 새면 여기저기 뛰어다니면서 알아봤으나 끝내 최숙경은 찾을 수가 없었다. 문근은 최숙경이 처음 사할린으로 와서 일했던 곳이 일본 지명 루다카 군, 지금 소련 지명 아니바였고, 그곳의 비행장 건설 공사장 의무실에서 일했다는 것과, 그러다 옮겨간 곳이 가와카미(시네고르스크) 탄광임을 알았기 때문에 시네고르스크까지 올라가 볼 계획이었다. 그래서 일제 시에 사할린 각 지에 흩어져 일했던 조선인들이 많이 모여 있다는 코르사코프에서 한 달여 동안 최숙경의 행방을 찾아보고는, 조선인들이 코르사코프보다 더 많이 모여 산다는 유즈노사할린스크로 올라온 것이다. 그는 유즈노사할린스크에서도 조선인들이 많이 일하고 있는 직장이 어딘지를 알아보다가 주택건축 공사장임을 알게 되었다. 그러나 선불리 낯선 조선인들에게 함부로 말을 걸기가 조심스러워 눈치만 살피고 있기 사흘째 되는 날, 저쪽에서 먼저 말을 걸어온 사람이 있었다. 그가 강신귀였다. 그 뒤, 며칠 같은 공사장에서 일하는 동안 문근은 강신귀와 많은 이야기를 주고받다가 자신의 정체를 밝혔다. 그러자 강신귀는 우선 자신의 집에 와 묵으면서 최숙경을 함께 찾아보자고 제의했다. 더욱 놀라운 것은 강신귀도 가와카미 탄광에서 일했으나 다코베야로 강제수용되는 바람에 가와카미 탄광의 조선인 일반 노무자들을 잘 모른다고 했다. 그러면서도 가와카미 탄광에서 일했던 사람들이 지금 유즈노사할린스크에는 많이 살고 있으니 최숙경의 행방을 아는 것은 어려운 일이 아닐 것이라고 말해 주었다.

이문근은 52년 가을에 천신만고로 사할린 섬으로 건너올 수 있었다. 북해도의 최북단 왓카나이의 작은 선박회사에 취직해 1년이나 기회를 노리며 고생한 끝에야 얻은 결과였다. 그는 시모노세키에서부터 사할린 관계 신문 기사나 잡지의 기사라면 보는 대로 오려 모아 읽고 또 읽으면서 정리를 해왔지만, 왓카나이에서는 더욱 열성적으로 그런 일에 매달렸다.

그는 52년 초까지만 해도 사할린에 있는 많은 일본 사람들이 귀국하지 못하고 있음을 알았고, 일본으로 먼저 돌아온 가족들은 이제 일본과 소련의 외교적 경로를 통해 사할린에 남아 있는 가족을 귀국시키기란 거의 불가능한 것으로 보고 있었다. 사실 사할린에 있는 일본 사람들의 마지막 귀환선은 지난 49년 7월 3일에 이미 끝났었고, 그것은 46년 3월 16일 체결된 미 · 소 귀환협정에 의한 것이었다. 이 협정에 의하면, '소비에트사회주의 공화국연방 및 동국의 지배하에 있는 영토로부터의 일본인 포로 및 일반 일본인의 귀환에 관해서 본 협정을 체결한다.'고 했고, 이에 따라 재사할린 일본인들은 일본으로 돌아올 수 있었던 것이다.

이때 사할린 내의 주요 도시에서는 일본어와 소련어로 다음과 같은 고시가 붙어 있었다. 물론 이런 일은 문근이 알 턱이 없었다.

> 일본인으로서(러시아인, 조선인과 살고 있는 일본 여성도 포함) 일본으로 귀국을 희망하는 자는 소재 지구 구청으로 출두하여 귀환 수속을 마치고, 7월 10일까지 홀름스크로 집결하기 바람. 또 잔류 희망자 및 소련 국적 취득 희망자는 원서를 7월 9일까지 소재 지구 구청에 제출할 것.
>
> — 남사할린 집행 위원회

이러한 고시가 붙었음에도, 문제는 소련 당국이 정작 필요로 하는 일본 기술자에 대해서는 잔류 희망자인 것처럼 서류를 꾸며 그들을 억류시켰던 것이다. 소련어를 전혀 모르는 일본인들은 본인들도 모르는 사이에 사할린 잔류 희망자로 분류되어 귀환선을 타지 못했던 것이다.

7월 23일 최후의 귀환선이 홀름스크 항을 떠나기 직전에, 홀름스크 귀환인 수용소 소장 코로노프 대좌와 귀환선 하쿠류 호 선장은 각기의 책무에 관해 사무적인 대화를 나누었다. 코로노프 대좌가 다짐하듯 말했다.

"홀름스크에서의 귀환은 이것으로 마지막입니다."

일본인 선장이 확인했다.

"귀국을 희망하는 일본인은 더 이상 없습니까?"

"일본인은 있지만 그들은 소련에 남겠다고 자원해서 남은 것입니다. 스스로 탄원서를 내어서 남겠다는 걸 무슨 수로 귀환선에 태웁니까."

이들이 주고받은 대화에는 조선인 징용자에 대한 이야기는 처음부터 없었다. 그러나 여기에서 이야기하고 싶은 것은 조선인 귀환에 무성의한 미 · 소 당국의 책임을 따지자는 것이 아니고, 자국의 이익을 위해 수단과 방법을 가리지 않는 소련 사람들의 엉큼성이다.

어쨌든 이러한 사정으로 일본으로 돌아가지 못한 일본 사람들이 많이 있었고, 이러한 내용을 어찌어찌 알아챈 일본 가족들은 일본 정부를 믿고 기대기에 앞서 자력으로 사할린에 억류된 가족들을 구출해 오려고 안간힘을 쓰고 있었다. 특히 이러한 일이 썩 드물게나마 가능할 수 있었던 것은, 당시 사할린을 지배하고 있던 소련 말단 공무원이나 군인들까지가 뇌물의 약발을 대단히 잘 받을 만큼 살기가 어려웠고, 부패해 있었던 데 원인이 있었다. 문근은 왓카나이의 그 선박회사에 근무한 지 1년만에야 그러한 일본인들을 만날 수 있었고 바로 선박회사의 직원이란 신분을 100% 이용할 수 있었다.

문근에게 이러한 은밀한 계획을 의논해 온 사람은 일본 도쿄에 거주하고 있는 실업가였다. 훌렁 벗겨진 이마에 백발이 성성한 그 노 사장은 명함 한 장을 내밀었다. 명함에는 石村大雄이라 돼 있었다. 도쿄에서 자동차 부속품 생산회사를 경영하고 있다고 했다.

그는 사할린 코르사코프에 억류돼 있는 아들을 구할 방법이 없겠느냐고 문근에게 은밀하게 물어 왔는데, 그것은 여름이 거의 가고 있는 8월 중순이었다. 코르사코프는 사할린 최대의 항구도시로서 조선인들이 유즈노사할린스크 다음으로 많이 살고 있는 곳이었다. 일본에서 사할린으로 들어가는 관문일뿐더러 조선인 노동자의 한이 서린 곳이기도 하다. 사할린으로 들어올 때도 이 항구를 거쳐 들어왔고, 해방 직후 고향으로 돌아가겠다고 너도 나도 모여든 곳도 코르사코프였으나 조선인이라고 매몰차게 승선을 거부당했던 곳도 이곳이었다.

이시무라(石村) 사장의 조심스런 질문을 받고 문근은 가슴이 울렁거림을 억제할 수 없었다. 혼자 힘으로 배를 사서 사할린으로 들어갈 수는 없었으므로, 이러한 기회를 얼마나 기다려 왔던가. 그러나 문근은 거의 불가능한 일이라면서도 최선을 다해 아드님을 구출하는 데 협력하겠노라고 약속했다. 이시무라 사장은 그 먼 거리를 일주일에 두 번씩이나 문근을 찾아왔다. 문근은, 첫날부터 이러한 일은 다른 길을 찾아 함부로 나설 수도 없을뿐더러, 문근의 회사 안에서도 다른 사람에게는 일절 발설하지 말라고 단단히 주의를 시켜둔 터였다. 문근은 백방으로 노력했고, 노력한 성과를 그 사장을 만날 때마다 성의 있게 설명해 주었다. 모든 계획은 착착 진행되어 갔다. 사실 왓카나이에서 사할린 최남단까지는 지척의 거리였다. 굳이 코르사코프나 홀름스크 항까지 들어갈 필요는 없었기 때문이다. 그러나 바다에 그어진 국경선이 문제였다.

문근은 이시무라 사장에게 쾌속정도 물색해 두었고, 그 쾌속정이 어선으로 가장할 모든 장비도 준비를 완료했다고 밝혔다. 그 장비는 일본어선의 것과 사할린어선으로 위장하는 두 가지인데, 사할린 어선으로 가장할 때는 소련 국기로 바꿔 달기만 하면 된다고 했다. 문근이 와카야마의 눈을 정시하며 또박또박 말했다.

"말씀드린 대로 배는 삯을 받고 대여해 드리는 게 아니고, 아예 와카야마 사장님께서 배를 통째로 사시는 겁니다. 그리고 저는 가라후토 도착까지만 안내합니다. 돌아오는 것은 책임지지 못합니다. 가라후토에 닿아서 아드님을 만나 배가 정박해 있는 곳으로 안내해 오는 것은 사장님이 하실 일입니다. 다소 힘들지만 배는 한 번 왕래하는 것이 유리합니다. 즉 한 번 가라후토로 들어간 배로 아드님을 태워 나오셔야 한다는 것입니다. 그러기 위해서는 아드님이 있다는 코르사코프까지의 지리에 밝은 사람과 소련어에 능통한 사람이 필요합니다. 그리고 검문을 당했을 때 찔러줄 자금은 말할 것도 없고요."

"아니, 코르사코프까지의 길을 안내할 사람이라니요? 배가 바로 코르사코프에 닿으면 될 것 아닙니까?"

문근은 자신만 사할린에 닿으면 그만이라는 생각에서, 왓카나이에서 가장 가까운 거리의 사할린 최남단 지역을 생각하고 있었던 것을 잠깐 반성했다. 문근은 자기의 생각을 수정해서 밝혔다.

"좋습니다. 저는 이곳 왓카나이에서 가장 가까운 곳만 생각하고 있었는데, 사장님 말씀이 옳습니다. 코르사코프까지는 거리가 멀어 애로는 있어도 아드님을 찾아오기가 쉽다는 이점이 있었군요. 그렇더라도 코르사코프의 지리에 밝고 소련어에 능통한 사람은 꼭 필요합니다."

"지리에도 밝고 소련어도 잘하는 사람이라면 한 사람만으로도 족하겠지요?"

"그야 물론입니다. 그러나 지리에 밝은 사람은 아무래도 가라후토에서 오래 살아본 사람일 텐데 그런 사람이 소련어에 능통하기는 힘들겠지요."

"…."

문근이 다시 말했다.

"뱃값은 선불입니다. 일이 일이니 만큼, 반만 지불하고 잔액은 다녀오신 뒤에 지불하시겠다는 것을 우리 사장님께서 허락하지 않으셨어요."

"실패하면 나만 손해 아닙니까?"

"아들을 구하시는 일이 돈으로 계산되는 성질의 것이겠습니까? 이시무라 사장님께서 일시불로 못하시겠다면 뱃값을 두 배로 하고 1/3은 선불, 1/3은 떠날 때, 나머지 1/3은 후불로 하라는 우리 사장님의 지시였습니다."

이시무라 사장은 장사꾼답게 잠시 계산하는 눈치였다. 문근은 기다릴 필요없이 몰아쳤다.

"정 어려우시다면…."

잠시 침묵이 흘렀다. 문근이 다시 한 마디 했다.

"사실 이시무라 사장님과의 약속 직후에 삿포로에 산다는 다른 분도 찾아와서 똑같은 의논을 하더군요. 그러나 이러한 일을 한꺼번에 두 건이나 맡겠습니까? 배도 없고요."

그러자 이시무라가 두 손을 들어 알았다는 표정을 지으며 말했다.

"좋습니다."

"한 가지 더! 만약 소련군 당국의 검문에 걸렸을 때, 흥정은 사장님께서 고용하신 소련어 전문가가 맡아야 할 겁니다."

"물론입니다."

"어느 날짜로 하시겠습니까?"

"달이 없는 밤이면 좋겠지요?"

"가라후토 쪽의 해안에는 탐조등이 있기 때문에 차라리 밤보다는 낮에 입항해야 할 겁니다."

"그게 안전할까요?"

"밤에 출발하여 해상 국경선을 넘어 바다 위에서 시간을 끌다가, 다른 어선들이 귀항하는 시간에 맞추어 코르사코프로 들어가는 것이 좋겠습니다."

문근은 이사무라 사장으로부터 선물로 받은 거액의 일본 화폐를 사할린에 가서 필요한 만큼만 남겨두고 나머지로는 왓카나이에서 생활 일용품과 금을 몽땅 샀다. 좀 안됐기는 했지만 다니던 선박회사에는 난생 처음으로 못할 짓을 했다. 그는, 너희들 일본사람이 우리 조선 사람한테 한 짓에 비하면 아무것도 아니다! 라는 억지 자위를 하면서 밤중에 몰래 어선으로 가장한 쾌속선에 몸을 실었다. 회사의 크고 작은 모든 일을 1년이 조금 넘자 믿고 자신에게 맡겨 온 사장에게는 아무래도 죄스럽기만 했다.

문근은 그 3일 뒤 결행에 옮겼고, 천만다행히도 코르사코프까지 무사히 들어올 수 있었다. 코르사코프에 닿자 문근은 와카야마 사장 일행과 헤어졌다. 문근이 성공을 빈다며 손을 내밀어 악수를 청하자 와카야마는 뜨악한 표정으로 말했다.

"아니, 어쩌겠다는 겁니까?"

"저는 저대로 여기에서 할 일이 있습니다."

"그래도…."

"처음의 약속도 코르사코프카까지의 안내라고만 돼 있었지 않습니까?"

이문근은 그들을 떠나 다시 혼자가 되었다. 와서 들은 이야기지만 이런 계획을 했다가 실패해서 뇌물은 뇌물대로 쓰고 사할린 현지법에 의하여 처벌 받은 일본인이 한 둘이 아니라고 했을 때, 문근은 아찔했었다. 이런 것을 두고 모르는 게 약이라고 했던가.

## 63

이문근은 드디어 강신귀가 소개하는 조선인 한 사람을 만나게 되었다. 허남보였다. 그런데 강신귀의 말에 의하면 허남보 역시 자기와 같이 다코베야에 있었으므로 최숙경을 잘 모르리라고 했다. 그런데도 허남보를 소개하는 이유는, 그는 자기(강신귀)보다도 가와카미 탄광의 조선 사람들을 더 많이 알고 있기 때문에, 틀림없이 허남보를 통해서라면 최숙경의 소식도 알 수 있으리라는 계산에서 그를 이문근에게 소개한다고 했다. 강신귀의 추측이 정확한 것은 아니었지만 결과적으로는 강신귀의 말이 옳았다.

이문근이 만난 허남보는 생각보다는 한참 젊은 사람이었다. 이문근이 그때 38살인데 비해 허남보는 갓 30살이었다. 수인사가 끝난 후 이문근은 강신귀로부터 들은 이야기가 있기 때문에 허남보에게 위로의 말부터 했다.

"그동안 정말 고생하셨습니다. 오늘의 이 고생의 보람이 훗날 반드시 찾아오리라 믿습니다."

"고생이야 저 혼자만 했습니까? 여기 강 형도 온갖 고생을 다 했지요. 일본으로 갈라고 수속을 밟아 기차를 타기 직전에 조선 사람이라고 거절당하고 말았지요. 강 형보다도 아주머니가 참 열녀라고 저는 생각합니다."

허남보의 이러한 말에 강신귀가 받았다.

"무슨 당찮은 소리를 하고 있노? 열녀가 세상에 다 죽었던갑다!"

말은 그렇게 했으면서도 강신귀는 허남보의 말이 싫지는 않은 모양이었다. 강신귀는 이어서 문근의 이야기를 허남보에게 대신 해주었다.

"그거는 그렇고, 여기 이문근 선생이 참 기적이다 싶게 남조선에서 일본을 거쳐 여기꺼정 오신 목적이 부인을 찾는 것이라고 하시니….”

그러자 허남보가 잊었다는 듯이 이문근에게 고개까지 숙이면서 말했다.

“참, 이야기는 강 형한테서 잘 들었습니다. 아마 이 선생님 같은 이런 일은 이 사할린 바닥에서는 없을 겁니다. 방금 제가 강 형의 부인더러 열녀라고 했지마는 진짜 열녀는 이 선생님의 부인이던데요.”

“그런 열녀 부인을 두셨으니 이 선생도 열남 아닌가베. 참 여자한테 열녀라 칸다고 남자한테도 열남이라 카몬 되는가?”

강신귀의 이러한 말에 세 사람이 잠시 미소를 머금었다. 그러다 허남보가 이문근에게 물었다.

“부인의 성명이…?”

강신귀가 이문근을 보고 미안한 표정으로 말했다.

“몇 번을 들었거마는 이노므 대갈빼기가 나빠서 또 까묵고 또 까묵고 하니라고 이 사람한테 이선생 부인 이름은 말 못했지요.”

이문근이 웃으면서 허남보에게 말했다.

“최숙경입니다. 개성 출신이고 사할린에는 43년 3월에 와서, 처음에는 아니바의 군용 비행장 건설현장에서 일하다가 44년 11월에 가와카미로 갔습니다.”

허남보가 말했다.

“저도 가와카미 탄광에 있다가 다코베야로 넘겨졌고, 그 무서운 다코베야에서 강 형을 만났지요. 그런데 가와카미 탄광에서 조선인 감독으로 일하던 사람도 이 유즈노사할린스크에 살고 있지요. 그 사람을 만나면 알 수 있을 낍니다.”

말을 마친 허남보는 눈을 가늘게 뜨고 무엇을 생각하는 눈치더

니 다시 물었다. '

"가마안 있자, 부인 이름이 뭐라 캤습니까?"

"최숙경이라고…."

허남보가 눈을 빛내며 이문근에게 다시 물었다.

"혹시 김말숙이라 카는 환자하고 같이 안 다녔던가요?"

강신귀가 나무랐다.

"이 사람아, 이 선생 부인이 사할린에서 누캉(누구랑) 댕겼는지 그거로 우째 아실끼라고 그래 묻노?"

세 사람은 한꺼번에 웃었다. 웃다가 남보가 다시 말했다.

"해방 직후 코르사코프에서 귀환 연락선을 탈라고 온갖 시바이(연극)를 다했는데, 그때 나는 김말숙이라는 여자하고 부부로 꾸몄는데, 내 동행인 지금의 장인어른하고 부부가 된 여자 이름이 최 무엇이라 했어요. 지금 생각하니 그 여자 이름이 최숙경이라고 했던 것 같네요."

그러자 이문근이 실망 같기도 하고 좌절 같기도 하면서, 한편 반가움 같기도 하고 보람 같기도 한 미묘한 감정의 표정을 감추지 못하면서 허남보에게 다잡아 물었다.

"그래 그 여자들은 무사히 배를 탈 수 있었습니까?"

"예, 그때 아녀자들은 조선 사람이라도 승선이 허락됐지요. 배가 떠나는 것을 보고서야 우리는 돌아섰지요."

이문근이 다시 허남보에게 물었다.

"허 형의 장인어른을 만나 뵈면 그 여자의 이름을 알 수 있을까요?"

"글쎄요, 그기 벌써 8, 9년 전 일인데 지금꺼정 기억하고 있을지 모르겠네요."

그러다가 허남보는 다시 생각난 듯 말했다.

"아참, 우짜문 그 여자가 이 선생님 부인이 맞겠는데요. 말씨가 서울 사람이었던 기 기억나네요."

강신귀가 듣고 있다가 안타까워 못 견디겠다는 듯 이문근에게 말했다.

"이 선생, 좌우간 이 사람 장인을 만나봅시다. 조선에서 여어꺼정 죽을 고비를 몇 분이나 넘김시로 찾아오신 사정을 생각하몬 이 선생 부인이 사할린에 계시야 되는데… 요행히 그때 일본 가는 배를 탔다 캐도 하마 조선에 가 있을 모양이니 괜찮은 일 아니겠습니까?"

이문근은 예감이 썩 좋지 않았다. 허남보의 이야기가 아니라도 어쩐지 자신이 아내와 재회하지 못하리라는 불길한 예감은 진작부터 그의 가슴 한구석을 차지하고 있었는데, 그 첫 번째 근거가 이제 불거지는 것 같았다. 하기야 서울말을 쓰는 최씨 성 가진 여자가 숙경뿐만은 아닐 것이고, 서울말 쓰는 여자는 어쩌면 많을 터였다. 그렇다면 허남보가 말하는 여자는 동명이인일지도 모른다.

이튿날, 7월 18일 저녁 허남보는 아내와 함께 최해술을 찾아갔다. 마침 첫딸의 돌날이기도 해서였다.

허남보가 혼자 최해술을 만나, 이문근이 찾는 최숙경이, 그때 코르사코프 부두에서 본 그 여자가 맞다고 판단하고 사흘 뒤인 21일 다시 강신귀의 집으로 가 이문근을 만났다. 허남보가 강신귀의 집으로 갔을 때, 두 사람은 마주 앉아 술을 마시고 있었다. 허남보가 들어서자 이문근이 허남보에게 말했다.

"오늘은 허 형 장인 어른을 만나뵐 수 있겠소?"

이문근은 허남보가 이미 최해술을 만났다는 사실을 알 리가 없었다. 강신귀도 마찬가지였다. 허남보는 어차피 최숙경이란 여자가 사할린에는 없다는 사실을 이문근에게 알려주어야 한다고 생각했다.

그러나 차마 자기 입으로 알려주기는 너무 잔인한 것 같았다. 허남보가 조심스럽게 말했다.

"이 선생님만 가능하시다면 오늘 저녁이라도 만나 뵐 수 있습니다. 어쩌면 저의 장인께서도 이 선생님을 만나면 되기(되게) 반가와하실 깁니다."

"이 사람아, 쇠뿔은 단김에 빼라는 말이사 있지마는, 밥도 급히 묵으면 체한다 캤으니 마시던 술이나 마자 마시고 가도 가야 할 거 아니가?"

강신귀의 이러한 말에 이문근이 답했다.

"아닙니다. 허 형을 따라 허 형 처가에 가서 다시 술을 합시다. 내가 술을 사겠습니다."

"술이사 누가 사도 되지마는… 이 선생도 성질이 급하시네요."

강신귀가 못 이기는 듯이 허남보와 문근을 따라나섰다. 그들은 골목을 나와 벚나무 가로수가 줄지어 늘어선 큰길을 걸었다. 그 길 이름도 어느새 레닌가라고 불리고 있었다. 유즈노사할린스크는 본래부터 일본에 의해 도시 계획이 잘 되어 있었지만, 사방팔방 큰 길이 바둑판처럼 뻗어 있었고 일제 때 소련의 지배를 받으면서부터 레닌가니 스탈린가니 하는 이름을 붙여 놓았다. 그리고 길마다 일본 국화인 벚나무를 심어 4월 말이나 5월 초가 되면 벚꽃이 온 길을 하나의 커다란 화분처럼 만들어 놓곤 했다. 사할린은 저녁 9시가 돼도 서쪽에 해가 훤했다. 물론 조선이나 일본의 시간에 비해 2시간이 빠르기도 했지만, 어쨌든 늦게까지 해가 지지 않는 곳이었다. 저녁 바람은 상쾌했고 그들의 걸음걸이 또한 가벼웠다. 길에는 이따금 소련 군인들이 타고 다니는 오토바이(보우트 같은 것이 붙어 있는)가 빠른 속도로 지나쳤을 뿐 한적했다. 그들은 30

분 정도나 걸어서야 최해술의 집에 닿을 수 있었다. 최해술은 그들을 반갑게 맞이했다.

"그동안 별고 없었는교? 목구녕이 포도청이라고 묵고 사니라고 찾아보지도 몬하고…."

강신귀의 말에 최해술이 답했다.

"피차일반이지. 허 군을 통해 강 씨 소식은 듣고 있었소."

"아, 말씀 낮추라 캐도. 친구 장인어른이 되는 바람에 호형호제는 못할 값에 말씀마저 그라시몬 우짜는교?"

허남보가 이문근을 최해술에게 소개했다.

"저어, 이쪽은 조선에서 교편을 잡다가 사할린으로 오신 이문근 씹니더."

그러고는 이문근에게 말했다.

"저의 장인어른입니다."

"이렇게 뵙게 되어 반갑습니다. 이문근이라고 합니다."

"최해술입니다. 우리가 만나도 진작 만났을 낀데…."

최해술도 허남보로부터 그의 이야기를 들었다는 말은 하지 않았다. 허남보도 마찬가지였다. 최해술이 다시 이문근에게 물었다.

"저는 경남 합천이 고향인데 이 선생께서는 어디십니까?"

"함안 오석입니다."

여기까지는 최해술도 몰라서 물어본 소리였지만 다음 말은 허남보로부터 들은 것이면서도 물었다.

"사할린으로는 언제 오셨으며, 사할린에서는 무슨 일을 하셨습니까? 우리들처럼 노동을 한 것 같지는 않은데요?"

그러자 이문근은 강신귀를 바라보았고 강신귀가 대신 설명했다. 이문근은 사할린 징용으로 온 사람이 아니고, 부인을 찾아 최근에 사할린으로 입도(入島)했는데, 그 부인의 이름이 최숙경이라고 하니 혹시 아느냐고. 최해술은 금시초문이란 표정을 지으면서 한참이나 입맛을 다시다가 무겁게 입을 떼었다.

"최숙경이란 분이 이 선생의 부인이란 말씀입니까?"

그때 최해술의 부인이 술상을 내어왔다. 최해술이 먼저 이문근 앞의 잔에 술을 채웠다. 그리고 강신귀의 잔에도 술을 채우자, 허남보가 술병을 받아 최해술의 잔에 따르고는 자기 잔에도 부었다. 네 사람은 술잔을 들고 잠깐씩 얼굴을 마주 보다가 입으로 가져갔다. 술잔을 비운 이문근이 최해술의 말에 답했다.

"그렇습니다. 최 선생님께서 혹시 아시나 해서…."

이문근이 다시 채워진 술잔을 들어 입술을 축이며 말했다. 최해술이 천천히 설명했다.

"그때가 해방 직후인 45년 8월 20일께라고 기억되는데요. 나는 그때 조선으로 돌아갈 끼라고 무턱대고 코르사코프 부두로 갔지요. 거기에서 우연히 이 사람을 만났는데, 조선인은 승선시키지 않았지마는 일본인 부부는 승선이 허락된다기에 마침 일본 말을 잘하는 최숙경 씨를 바로 그 부두에서 만나 급조해서 부부가 된 거지요. 순전히 승선하기 위한 수단이었지만 당연히 허 군과 저는 왜놈들에게 덜미가 잡혀 밀려났지요. 그러나 최숙경 씨와 허 군의 부인으로 가장했던 여자 한분은 승선을 했습니다. 그때는 조선 사람이라도 아녀자에 한해서는 배를 태워주었지요. 그 뒤 이내 그런 혜택도 주지 않게 됐지만. 그 배는 일본으로 무사히 갔습니다. 그러니 최숙경 씨는 분명히 일본까지는 도착했을 낍니다. 그리고 시방쯤 조선의 고향으로 돌아가 있을지도 모르는데, 이 선생님이 조선을 떠난 기 언제라고 했습니까?"

문근이 다시 술잔을 들어 입술을 축이며 말했다.

"제가 조선 땅을 떠난 것은 50년 12월이었습니다. 그리고 일본에서는 시모노세키에서 1년, 북해도의 왓카나이에서 1년을 지내고 이리로 왔지요."

최해술은 침통한 표정은 짓고 있다가 잔을 비워 이문근에게 돌리며 말했다.

"그러니까 이 선생님은 부인일지도 모를 최숙경 씨와 같은 시기에 일본 땅에 있었는지도 모릅니다. 사할린에서 일본으로 건너간 조선 사람이라도 곧바로 조선으로 갈 수 있었던 사람은 거의 없었다고 들었습니다."

이문근이 두 번씩이나 들어 입술만 축였던 잔을 비우고 최해술에게 돌리며 말했다.

"그랬는지도 모르겠습니다. 기왕 이렇게 엇갈려 버렸지만 제 아내라도 일본에서 고향으로 돌아가기라도 했으면 다행이겠는데…."

이문근은 한국에서 교편 잡던 시절, 봄 소풍 때 술을 가져온 황장철의 아버지 황수복이 사할린으로 왔다는 걸 생각해내고 물었으나 아무도 몰랐다. 그리고 또 학생들의 일기장에서 읽은, 자살한 안점옥이란 여자의 애인 이름이 김 뭐라고 했고, 그 역시 사할린으로 끌려왔다는 것이 기억났으나, 끝내 김형개란 이름이 떠오르지 않았다.

이날이 바로 1953년 7월 21일. 최숙경은 51년 7월 21일 고향으로 돌아왔고, 오는 날이 바로 문근의 첫 제삿날이어서 숙경은 기절까지 했었고, 그러고 5일 뒤에는 자살 소동까지 벌였던 것이다. 그러니까 53년의 이날은 문근의 고향집에서는 그의 3주기가 되는 제삿날이기도 했다. 그러나 이문근은 최해술이 만난 최숙경은 동명이인일 뿐, 그의 아내가 아닐지도 모른다는 생각을 떨칠 수가 없었다.

# 23장

# 사할린 조선민족학교

## 64

7월 21일 최해술, 허남보, 강신귀, 이문근 등의 4자 회동 이후 이들은 자주 만나 술을 마시면서 망향의 회포를 풀고 객지 생활의 서러움을 달래 왔다. 그러는 사이 최해술과 이문근은 학살의 현장에서 살아남은 기적 같은 일도 일치하는 바 있어, 더욱 친숙해졌다. 나이는 최해술이 가장 많아 43살, 이문근이 38살, 허남보가 30살, 강신귀는 34살이었다. 이래서 강신귀와 허남보는 호형호제하면서도 친구로 지내왔었고, 최해술과 강신귀는 친구로는 나이 차이가 너무 많아 어정쩡한 형편이었다. 더군다나 최해술은, 친구로 지내는 허남보의 장인(비록 의붓 장인이지만)이었으므로 더욱 그러했다. 그런데 중간에 이문근이 끼어들면서 이들 사이는 훨씬 가까워졌다.

그러나 이문근은 아내 최숙경의 행방을 찾는 것이 급선무였으므로 언제까지나 이들의 말벗이 되어 줄 수는 없었다. 유즈노사할린스크에서도 최숙경을 찾지 못하면 어차피 그는 다른 곳으로 옮겨 갈 수밖에 없는 사람이었다. 강신귀도 이문근의 이러한 사정을 알고 있었으므로 보는 사람마다 붙들고 해방 전 가와카미 탄광의 조선인 합숙소에서 일하던 최숙경이란 사람을 아느냐고 묻고 다녔다. 그러나 더러 최숙경이란 여자를 보기는 했어도 해방 후는 어떻게 됐는지 모른다는 사람이 대부분이었다. 자리마다 이문근 대신에 강신귀가 자기 일처럼 최숙경의 소식을 안타까워하는 것을 본 허남보가 말했다.

"강 형, 박판도란 사람 이름 들어 봤지요? 그 사람을 만나면 혹시 최숙경 씨에 대하여 알고 있을지 모르겠는데…."

"그래, 박판도란 사람이 조선인 노무자들의 감독을 했으니 다른 사람카마는 더 잘 알겠네."

이문근이 허남보에게 부탁했다.

"허 형, 그 박판도란 사람을 만나게 해주시오."

"어렵지 않지요."

그들은 이틀 뒤에 허남보가 안내해 온 박판도를 강신귀의 집에서 만났다. 대개는 안면 정도 익히고 있는 조선 사람들이어서 박판도는 전연 낯이 선 이문근을 주시하고 있었다. 이 자도 혹시 북조선에서 온 정치부원이 아닌가 하는 의심이 들었기 때문이다. 이런 사람들과 자리를 함께하면 골치가 아팠다. 사할린에 억류되어 있는 조선 사람들을 도와줄 생각은 하지 않고, 조선 국적을 취득하라느니, 북조선은 사회주의 건설로 인민의 낙원이 돼가고 있는데 비해 남조선은 미제 국주의자의 노예가 되어 전 인민이 도탄에 빠져 있다는 말이 도시 듣기가 싫었다. 전쟁이 일어난 지 얼마 되지 않았을 때는 사할린에 억류되어 있는 젊은 남자들을 인민군에 지원 입대하라고 열을 올렸고, 꽤 많은 청년들이 인민군에 입대하기 위해 북조선으로 간 적도 있었다. 조선에서도 전쟁이 멈추어진다는 소문이 들리는데, 저 자가 만약 북조선에서 온 사람이라면 또 무슨 말을 할 것인가 싶어 판도는 그를 경계하고 있는데 강신귀가 엉뚱한 말을 했다.

"이분은 남조선에서 얼마 전에 일본을 거쳐 입도(入島)한 이문근이란 분이요. 조선에서는 교편을 잡았다고 하는데 여기꺼정 찾아온 목적은 어떤 사람을 찾기 위해서라요."

강신귀의 말이 미처 끝나기도 전에 박판도가 그런 일이 있을 수나 있느냐 하는 눈치로 이문근과 강신귀를 번갈아 바라보았다. 강신귀는 박판도의 그러한 표정을 보면서 당연하다는 투로 다시 말했다.

"사실 참 힘든 일이지만 이 선생은 분명히 일본에서 코르사코프로 상륙하여 이곳에 왔소."

하고는 잠시 그쳤다가

"박 형, 우리는 가와카미 탄광에서 일하다가 다코베야로 끌려가는 바람에 조선인 노무자들을 잘 모르지마는…."

하면서 허남보를 바라보았다. 허남보가 받았다.

"그래서 박 형을 보자고 했는데, 혹시 최숙경이란 여자 한 사람 기억납니까?"

"아, 알지. 참 싹싹하고 학식도 든 여자였지."

이문근이 반색을 하면서 다그쳤다.

"바로 그 사람을 찾고 있습니다."

박판도가 이문근을 뚫어지게 바라보면서 물었다.

"그 여자가 이 선생님하고 어떻게 됩니까?"

"내 아냅니다. 나는 아내를 찾아 여기까지 왔습니다. 허남보 형의 말을 들으니까 내 아내는 연락선을 타고 일본으로 간 것 같지만 혹시 동명이인이 아닌가 해서요."

이때 강신귀의 일본인 아내가 술상을 차려 내왔다. 강신귀의 통나무 오막살이에 벽을 빼꼼하니 뚫어, 밖으로 밀고 안에서 받쳐 놓은 봉창으로 빗방울이 후두둑 들어왔다. 우기가 따로 없는 이곳에는 큰 비는 별로 없었지만 작은 비는 자주 내렸고, 언제나 습기가 심했다. 조금 전 허남보가 박판도를 데리고 올 때 하늘에 구름이 자욱하더니 드디어 비가 오기 시작한 것이다. 비가 오는 날이면 여름에도 두꺼운 옷을 입어야 할 만큼 기온이 급강하하는 곳이 사할린이다. 아내가 내온 술상의 잔에 술을 따르다 말고 강신귀가 일어서서 받쳐둔 봉창문을 내렸다. 방이 컴컴해지자 천장에 매달린 작은 백열등 스위치를 돌렸다. 방이 희미한 전등에 의해 밝아지자 이내 술잔이 돌았다.

박판도는 여기까지 수만 리 길을 아내를 찾아온 이문근에게 무슨 말을 해야 할지 몰라 잠시 망설이다 자신이 알고 있는 대로의 이야기를 할 수밖에 없었다.

"최숙경 씨는 조선에 남편이 있었다고 했습니다. 그것도 그 남편의 치료비를 벌기 위하여 사할린으로 왔다고 했고, 김말숙이란 환자 여인과 같이 있다가 그 여자와 함께 해방 직후 가와카미를 떠났지요."

더는 말할 필요도 없었다. 최해술과 허남보가 말한 최숙경은 아내가 틀림없었다. 허남보도 생각했다. 환자 여인의 이름이 김말숙이라고까지 했으니 그 여자는 이문근의 아내 최숙경이 틀림없구나….

그날 저녁의 술판은 영 기분이 나지 않았다. 빗방울은 점점 더 굵어지면서 이제 바깥에는 땅거미가 지기 시작했다. 그들은 비가 그치기를 기다리며 술을 아꼈다. 비는 무려 1시간 반이나 더 내리다 숙지막해졌다. 비가 그치자 헤어졌다.

그러던 어느 날 다시 모인 자리에서 최해술은 평소에 생각해 오던 바를 밝혔다. 사실 최해술이 이문근을 만나게 된 것도 허남보에게 국문 강습소 같은 것이라도 열어보고 싶은데, 그러자면 같이 일할 동지가 필요하다는 말을 한 데서 비롯된 것이었다. 최해술은 그런 연유로 자신과 이문근의 상봉이 가능했다고 생각하고 있었다. 그러나 만나자마자 그런 말을 꺼내기가 뭣해서 그사이 술자리를 통해 서로 이해하고 어느 정도의 신뢰를 쌓았다고 생각하고서 말을 꺼냈다.

"이 선생, 사실은 내가 진작부터 생각하고 있는 바가 있었소. 그런데 이 선생도 나의 이러한 생각에 동조하리라는 느낌이 들어 꺼내는 소립니다."

이렇게 허두를 떼고 이문근을 바라보자, 이문근도 무슨 말이냐는 듯이 최해술을 응시했다. 허남보가 끼어들었다.

"다른 기 아니고 우리가 고향 땅으로 돌아갈 날만 기다리면서 자앙(늘) 술이나 마셔서야 되겠습니까. 사할린에 살고 있는 조선 사람들 중 국문도 모르는 사람들한테 글자도 깨우쳐 주고, 새로 태어난 후세들한테 우리 예절도 가르쳐 보자는 그런 말입니다."

그도 아내가 일본으로 갔음을 확인한 이상 최숙경의 행방을 찾아 더는 사할린 내의 여기저기를 돌아다닐 필요도 없었고, 사실 그러기도 지극히 힘든 상황이었다. 그는 무국적자였고, 따라서 여행증명서를 발부받지 못하는 사람이었기 때문이다. 그래서 이문근이 눈을 빛내며 찬성했다.

"그거 좋은 생각입니다. 한국에서도 제가 있을 때, 한글 강습소 같은 것이 동네마다 열려 문맹자를 가르치는 것을 보았습니다. 아마 한국에서는 지금쯤 문맹자가 훨씬 줄었을 겁니다."

강신귀가 이문근의 말을 가로챘다.

"그거는 남조선 카마는(보다는) 북조선이 더 좋을 끼구마는. 북조선에서 온 젊은 정치부원 말 안들어 봤는교? 북조선에는 벌써 글자 모르는 사람이 없다 안 쿠던교."

"어쨌거나 이곳 사할린에 살고 있는 우리 동포들에게 우리 힘으로라도 학교를 열어 교육시킨다는 것은 대단히 뜻 깊은 일입니다."

이문근이 강신귀의 말을 받아 결론 삼아 말했다. 최해술이 구체적인 사업 계획을 밝혔다.

"우리가 계획하는 이 일은 사할린 주 정부 당국자도 도와줄 겁니다. 지난번 니콜라이 사령관은 사할린 내의 각 민족은 고유의 민족정신을 일깨움으로써 소비에트공화국의 사회주의 건설에 헌신해야 한다고 강조했으니, 우리가 하려는 일에 방해를 놓지는 않을 것입니다. 따라서 학교의 교실 하나를 빌리는 일부터 먼저 해야 합니다. 그러고 나서 조선인들에게 선전하여 수강생을 모아야 합니다. 아니 그 전에 필요한 것이 교과서인데, 교과서 문제는 이 선생이 좀 서둘러 준비해 주시오."

최해술은 일이 거의 다 된 것처럼 쉽게 말했으나 이문근이 볼 때는 어렵지 않은 일이 없었다. 학교 교실을 하나 빌리는 것과 조선인들에게 홍보를 하는 일은 최해술이 알아서 맡기로 하더라도, 이 사할린 바닥에서 교과서를 어떻게 구하느냐 하는 문제는 난제 중에서도 난제였다. 이럴 줄 알았으면 아무 필요도 없는 일본어 사전을 한국에서부터 준비해 올 게 아니고, 일본의 국민학교 교과서를 준비해 왔어야 했다. 왜냐하면 일본 교과서라도 국문 교과서의 저술에 참고가 되겠기 때문이다. 그러나 이문근은 실망하지 않았다. 그는 한국에서 국민학교 교편을 5, 6년이나 잡은 사람이었다. 그는 그가 가르친 교과서를 상기해 가면서 헌 종이에다 교과서의 원고를 써나갔다. 국어를 가장 중시했다. 그러한 국어 중심의 교과서 중간중간에 우리 고유의 예절, 인사법, 명절날의 풍습, 결혼이나 초상 때의 예법, 제사지내는 법 등 관혼상제의 예절에 대해서도 아는 대로 적어나갔다. 물론 이 교과서의 첫머리에는 조선이란 나라와 유래, 간단한 역사, 민족성, 조선 민족의 우월성, 특히 한글의 우수성과 한글을 창제한 세종대왕의 위대한 업적에 대해서도 적었다. 그리고 현재 조선 동포가 살고 있는 사할린에 대해서도 썼다. 면적이 7500평방킬로미터, 섬의 길이가 925킬로미터, 폭의 넓은 곳이 62킬로미터, 좁은 곳이 25킬로미터, 주민을 종족별로 분류하면, 1953년 현재 슬라브족이 첫째, 우크라이나족이 둘째, 조선족이 세 번째인데 약 5만 명, 그리고 타타르족과 백러시아족들로 구성되어 총 인구는 약 50만 명 등이라는 것도 밝혔다. 이문근은 이런 것들을 알기 위해 애도 많이 썼던 것이다.

이러한 초보적인 교과서 한 권의 원고를 집필하는 데 두 달이 걸렸다. 그사이에 최해술도 허남보와 함께 학교 하나를 빌리는 데 백방으로 노력했다.

허남보는 벌써 소련말(러시아어)을 제법 할 줄 알았으므로 최해술은 관공서를 찾거나 관리들을 만날 때는 꼭꼭 허남보와 박판도를 데리고 다녔다. 특히 박판도는 최해술의 이러한 일에 처음부터 호의적인 반응을 보이면서 많은 관심을 나타내었다. 그래서 최해술은 허남보에게 박판도에 대해서 여러 가지를 물어보았다. 허남보가 유즈노사할린스크로 와서 박판도를 다시 만난 것은 벌써 오래된 일이었다. 그는 프래포스카(신분증명서) 갱신 신청을 하러갔다가 시청에서 우연히 그를 만났고, 반가운 나머지 얼싸안기까지 했으나 서로의 일이 바빠, 헤어진 다음에는 다시 만나지 못하다가 인민극장의 무슨 강연회가 있을 때마다 우연히 만나게 되어 서로의 주소지만 알아두었던 터였다. 그래서 허남보는 이러한 박판도에 대하여 최해술에게 이야기해 주었다.

박판도는 일제 시 탄광에 있을 때부터 많은 조선인 노무자들의 존경의 대상이 된 사람이라 했다. 지도력이 뛰어나 일본인 간부들은 그에게 감독의 직책을 맡겼으나 그는 한 번도 조선인 노무자들에게 등을 돌려 일본인들의 편에 선 적이 없다고 했다. 그러면서 허남보는 자신이 탈주하려다 붙잡혀 온갖 고문을 당할 때도 끝내 자신을 도와준 사람이라고 칭찬을 아끼지 않았다. 그럴뿐더러 박판도란 사람은 담도 크고 결단력도 있다고 극구 칭찬했다. 최해술이 물었다.

"그런 유능한 인물을 와 진작 좀 데려오지 않았나, 이 사람아."

"남의 땅에서 이 눈치 저 눈치 다 당함시로 살아가는 형편에 좀 똑똑한 기 무슨 소용이 있습니꺼?"

"아니지, 남의 땅에서 천대받고 살수록 우리끼리 뭉쳐야 하는데, 우리가 누구를 중심으로 뭉쳐야 하겠는고? 그런 똑똑한 사람들을 중심으로 뭉쳐야 하는 거네."

허남보가 최해술의 말에 이의를 달았다.

"그 사람이 보통 사람카마(보다)는 쪼매이 똑똑키는 해도 그 사람을 중심으로 뭉칠 정도사 안 되지예. 나이도 나이고…."

"그 사람 지금 몇 살인데?"

"지카마(저보다) 3살인가 많을 낍니더."

"이 사람아, 나이 33살이면 무슨 일을 못해? 더군다나 이런 곳에서는 나이 젊은 팔팔한 지도자를 우리가 키워가야 한다네. 조선 사람들이 해야 할 일이 빈미(좀) 많은가."

최해술은 그 뒤로 박판도에게는 특별한 관심을 가지고 대했고, 조선 동포들을 위해서 무엇인가 큰일을 해 줄 인물로 기대하고 있었다. 한 번도 한자리에 앉아 술잔을 나눈 적도, 깊은 이야기를 해 본 적도 없었지만 최해술은 박판도를 허남보와 함께 데리고 다녔다.

최해술은 박판도, 허남보와 함께 유즈노사할린스크 주둔 소련 사령관 아리모프 소장을 만나야만 했다. 사할린에서 군정이 끝난 것은 1946년이었지만 1953년까지도 군인들의 힘은 대단했던 것이다. 최해술이 복잡하고도 어려운 경로를 거쳐, 소련군 총사령관 아리모프를 만나기까지는 사실상 자신들의 희망이 이루어질지 극히 비관적인 태도를 지니고 있었다. 하지만 밑져야 본전이니 일단 부딪쳐놓고 보자고 아리모프 소장을 만났을 때, 최해술은 깜짝 놀랐다. 최해술의 정중한 설명, 박판도와 허남보의 조심스런 통역을 듣고 난 아리모프 소장은

"오오! 까레스끼! 대단히 진취적인 생각입니다. 잘 해 보십시오. 그러한 교육 사업으로 우리 소비에트연방공화국의 사회주의 발전에 이바지해 주십시오."

하면서 격려해 주었다. 아리모프 소장이라면 사할린의 산천초목도 벌벌 떠는 형편이었다. 그런 아리모프가, 건방진 놈들 뭐 조선민족학교? 라고 한 마디만 내뱉아 버리면 그들은 어느 귀신에 잡혀갈지 모를 형편이었다. 그런 판국이었는데 뜻밖에 대찬성을 해주어서 얼마나 기뻤는지 모른다. 아리모프 소장의 이러한 찬성은 말할 것도 없이 학교를 빌리는 데도 큰 작용을 했다.

강신귀는 그때까지도 이문근을 자기 집에 묵게 하면서 이문근이 써 둔 원고를 일일이 읽어보고 의문 나는 것은 물어보는 열성을 보였고, 때로는 원고 중에 잘못된 부분을 지적해주기도 했다. 그러면서 낮의 공사장에서는 많은 조선 동포들에게 조선인 학교가 개설 될 것이라는 홍보를 하는 데 앞장서고 있었다. 특히 강신귀는 어떤 일을 맡으면 무섭게 밀고 나가는 추진력과 박력이 있

었다.

교과서의 원고를 탈고한 이문근은 어렵게 등사 원지를 구해 일일이 필경까지 했고, 등사판에 밀어 책을 만들었다. 원지 한 장으로 수백 장을 밀다 보면 원지가 찢어지기도 하고 온 손이며 얼굴에 등사 잉크가 묻기도 했으나, 등사된 종이를 늘어놓고 한 장 한 장 간추려 책으로 제본할 때는 신바람이 절로 났다. 이런 일은 네 사람이 한꺼번에 달려들어 합동작전을 벌였고, 고된 일을 마치고 나면 보드카로 피로를 씻었다. 학교의 이름은 '사할린조선민족학교'로 결정했으나 교장이 선임되지 않았다. 최해술은 처음부터 이문근을 책임자로 앉히고 싶었으나 이문근이 한사코 사양했다.

"최 선생님의 호의는 고마우나 그것은 받아들일 수 없습니다. 사할린조선민족학교는 이름 그대로 사할린에 살고 있는 조선 사람들을 위한, 조선 사람들에 의한, 조선 사람들의 학교입니다. 그런데 저는 엊그저께 들어온 사람이고 이곳 동포들을 전혀 모르는 상태입니다. 교육은 작건 크건 인간관계에서 시작되는 법인데, 인간관계의 바탕이 전혀 없는 제가 책임을 맡았다가는 우리가 애써 이룩한 여태까지의 보람도 자칫하면 물거품처럼 되기 쉽습니다. 저의 생각으로는 마땅히 최 선생님께서 교장 자리를 맡아 주시고, 저희들은 옆에서 힘껏 보필하는 사람들이 되는 것이 좋겠습니다."

그의 말은 단호한 결심과 함께 논리성도 갖추고 있었다. 허남보는 처음부터 교장 자리는 장인인 최해술이 돼야 한다고 생각하고 있었으나, 엉뚱하게도 최해술이 이문근을 성급하게 추천하는 바람에 마땅찮게 생각하고 있다가, 이문근이 이렇게 말하자 적이 안도하면서 덧붙였다.

"그것은 이문근 선생님 말씀에 일리가 있다고 생각합니다. 직접 가르치는 분이사 이곳의 동포들과 일면식도 없어도 괜찮겠지마는, 교장 교장 해쌓으시니 지도 말합니다마는 초대 교장이라면 아무래도 이문근 선생님이 맡기는 좀 무엇하다고 생각합니다."

허남보의 이러한 의견에 대하여 강신귀는 생각이 달랐다. 앞으로 배우러 오는 사람들과의 관계를 말하면 가르치는 사람이 더 중요하지, 어찌 교장이 더 중요하단 말인가. 지 장인을 교장으로 앉히고 싶으면 말을 해도 이런 식으로 해서는 안 되지… 생각하면서도 침묵을 지켰다. 어느 편이냐 하면 강신귀는 이문근을 교장으로 앉히고 싶었다. 전직도 전직이지만 지금 당장의 학식으로 봐도 최해술이 이문근을 당할 수는 없었고, 무엇보다도 강신귀가 이문근과 함께 지내면서 이문근으로부터 얻은 물질적 도움을 잊을 수가 없었기 때문이다. 이문근은 일본에서 배를 팔아 마련한 순금을 그 사이 꽤 많이 강신귀에게 건넸고, 그것을 소련의 루블화로 환산하면 하숙비를 제하고도 많이 남는 금액이었다.

교장은 최해술로 결정되었다. 교사는 이문근, 강신귀, 허남보에다 박판도를 추가했다. 강신귀도 박판도에 대해서는 그 전력이나 인품에 대해서 익히 듣고 있었으므로 교사로서 함께 일하게 된 것에 동의했다.

드디어 개교하는 날이 왔다. 53년 9월 15일이었다. 여름이 가버리면 바로 추위가 이어진다. 가을은 이름뿐이고 염소 꼬리보다 더 짧았다. 개교하는 날은 청명한 날씨에 질푸른 하늘은 구름 한 점 없이 높았다. 그러나 간간히 불어오는 바람 끝에는 벌써 찬 기운이 느껴졌다. 하기는 첫서리가 내린 지도 열흘이 넘었다.

최해술은 개교식 날에는 박판도에게 사회를 맡길 심산이었다. 가와카미 탄광 시절, 많은 조선 노무자들의 신망을 얻은 사람이라면 조선인 학교 개교식에 판도의 얼굴을 내세우는 것도 여러 가지 효과가 있으리라는 계산에서였다. 그래서 허남보를 통해 개교식

날 꼭 좀 참석해달라고 부탁을 하고, 식 시작 1시간 전쯤에 와 달라는 말까지 덧붙였다. 그 반응을 허남보에게 물었더니, 박판도도 그렇게 하겠다더라는 것이었다.

유즈노사할린스크 중심가에 있는 인민학교 교실 하나를 빌려, 오후 7시부터 10시까지만 사용할 수 있도록 허락을 받았던 것이다. 그러나 개교식만은 오후 5시에 거행하기로 하고 오후 4시에 약속대로 최해술은 박판도를 만났다. 그는 자기보다 나이 한참 어린 박판도에게 오늘 저녁 사회를 맡아달라고 정중히 부탁했고 판도는 두어 번 사양을 하다가 꼭 제가 해야 할 일이라면 해 보겠노라고 수락했다.

운동장에는 마이크가 설치되고 시간이 되자 미리 초대장을 보낸, 학교를 빌려준 러시아인 교장, 재사할린고려인협회 회장, 북조선 정치부원도 내빈으로 참석했다. 운동장에는 강신귀의 홍보운동에 힘입어 4, 5백 명의 동포들이 하루 일과의 반을 희생하면서 모여들었다. 사회를 맡은 박판도가 식순에 의해 개식선언을 하고 먼저 순국선열과, 사할린에서 숨져간 조선인 동포들에 대한 묵념을 올렸다. 다음 간단한 경과보고를 허남보가 종이에 적은 것을 그대로 낭독하였다. 이어 초대 교장인 최해술의 개교 기념사가 있었다.

그는 먼저 오늘 이러한 자리를 마련하기까지 여러 가지 편의를 제공해 준 아리모프 사할린 주둔 소련군 총사령관, 니콜라이 인민학교 교장과 자리를 빛내 준 고려인협회 박진규 회장, 조선정치부원 백낙홍 동지에게 감사의 뜻을 표하고, 사할린조선민족학교 설립 취지에서, 고국을 떠난 이역만리에서도 조선민족끼리 대동단결하여 민족 고유의 전통과 풍습을 수호 계승함은 물론, 조선말과 문자를 잘 간직하고 깨우침으로써 조선민족의 우월성을 발휘하자고 했다. 그리고 이것은 바로 소비에트연방공화국의 발전에 작은 힘이나마 이바지하는 길이다라고 했는데, 이 대목은 전날 최해술 일행이 아리모프 소장을 만났을 때, 그로부터 들은 말이었다. 이어서 그는 이 학교를 통해 우리는 희로애락을 같이하고, 조선민족의 운명을 공동으로 개척하자면서 오늘의 이 작은 학교를 모태로 하여 머지않은 장래에 민족교육의 본격적인 정규학교를 탄생시키자고 말했다.

이날의 개교식은 비교적 성공적이었다. 비교적이란 말을 쓴 이유는, 축사를 하러 등단한 고려인협회 박진규 회장이 엉뚱하게, 사할린조선민족학교의 개교는 김일성 수령님의, 이 지구상 방방곡곡의 조선인민에 대한 뜨거운 사랑의 결과라고 망발을 한 일과, 뒤이어 등단한 백낙홍 정치부원이 다시, 이 자리는 재사할린 조선동포가 조선인민족학교 개교를 계기로 민족의 태양이신 김일성 수령님께 충성을 바치는 다짐의 자리라고 했기 때문이다. 그 당시부터 벌써 북한 국적을 취득한 사람이 많아 박수가 더러 나오기는 했지마는 남조선 출신의 많은 사람들은 그러한 말에 박수도 치지 않았고 더러는 입을 삐죽거리기도 했다.

## 65

학교의 운영은 순조롭게 되어갔다. 이문근은 열심히 가르쳤다. 교사는, 교장인 최해술을 비롯한 박판도, 허남보, 강신귀가 있었지만 강신귀는 아예 교단에 서지 않았고 최해술과 박판도, 허남보는 양념인 듯 가끔씩 칠판 앞에 섰다. 그러나 이문근은 매일 저녁 수업을 혼자 도맡다시피 했다.

그사이에도 교사들은 함께 모여 술판만은 자주 벌였다. 어느 날 교장인 최해술만 빠진 술자리에서 박판도가 탄광의 일인 간부들만이 알고 있는 비밀 자재 창고를 털어 온 이야기를 하던 중, 조선인 노무자들의 마지막 밤을 장식한 술판 이야기가 나왔고 술자리를 마련한 최숙경의 이야기까지 나왔었다. 이때쯤에는 이문근과 다른 사람의 관계도 웬만큼은 친해진 사이여서 농담도 어느 정도는 하고 지내던 터였다. 박판도가 술이 올라 불콰해진 얼굴을 들고 이문근에게 말했다. 그사이에 호칭도 선생에서 형으로 바뀌어 있었다.

"이 형, 가와카미 탄광의 보국합숙소에 있을 때의 이야기요. 그때 이 형의 부인인 최숙경 씨와 늙은 처녀인, 사실은 호적상으로만 처녀이지, 처녀하고는 영 거리가 먼 김말숙이란 여자도 함께 있었소."

강신귀가 재빨리 끼어들었다.

"합숙소에 있는 여자가 이름만 처녀고 실제로는 처녀가 아니라쿠몬 무슨 사건이 있은 거 아이가? 와, 그 김말숙이가 조선인 징용자한테 몸이라도 팔았다 이 말이요?"

박판도가 말했다.

"조선인 징용자한테 몸을 팔았으몬 그래도 낫거로? 그 여자는 일본에 돈 벌로 왔다가 어느 왜놈 꾐에 빠져 몸을 베리고 기왕 베린 몸, 함시로 사할린 술집에까지 왔는데, 그놈의 술집 주인 왜놈이 바로 악덕 포주라, 거기에서 허우적거리고 있는 거를 내가 보국합숙소로 데리고 왔지."

강신귀가 그러는 박판도를 물고 늘어졌다.

"당신이 부처도, 공자도, 예수도 앙인 늑대 비슷한 사람인데 무슨 꿍심이 없고서야 그런 여자를 당신 합숙소로 데리고 올 이치가 없는 거 아니요? 여기 있는 사람 모두한테 다 물어보소. 내 말이 맞나 안 맞나."

이문근이 나섰다.

"그 꿍심은 좀 있다가 듣기로 하고 박 형이 할라고 했던 말이나 마저 해 보소."

강신귀의 억지에 조금은 속이 상했던 박판도가 다시 이었다.

"역시 사람은 사람을 알아보네. 이 형 말 듣고, 내 강 형한테는 참소. 그 김말숙이가 속으로 나를 사모하고 존경하는 눈치라."

강신귀가 다시 말꼬리를 잡고 늘어졌다.

"어쭈, 진짜 지가 예수나, 공자나, 부처나 된 거 맨키로? 하기는 왜놈들은 낮에는 주지육림(酒池肉林) 밤에는 여지모림(女池毛林) 속에 놀았으니…."

박판도가 물었다.

"주지육림은 들어본 소린데 여지모림은 무엇이오?"

"아따, 무식한 척하네. 계집녀, 못지, 털모, 수풀림, 그라몬 알겠능교?"

그러나 박판도는 강신귀의 말에 한 번 웃고는 하던 말을 계속했다.

"그런데 실은 나는 최숙경 씨를 좋아했다아, 이 말이요."

그러면서 그는 눈물까지 글썽거리며 앞에 놓인 보드카 잔을 들어 홀짝 입안으로 털어 넣었다. 강신귀가 이번에는 좀 정색을 한 얼굴로 물었다.

"그거뿐이요? 다른 실수는 없고?"

허남보가 모처럼 입을 열었다. 그는 나이가 그중 어렸으므로 이문근에게는 호형을 하지 않았다.

"아인기 아이라, 이 선생 부인은 내가 봐도 혹하겠데요. 코르사코프 부두에서 임시 부부가 되었을 때, 이 선생 부인은 지금 내 장인하고 짝이 되었는데 그때는 사실 기분도 언짢았지."

강신귀가 또 나섰다.

"어? 너그 장인 영감 없다고 막 그라나? 내 당장 일러 줄끼데이."

그러나 그러한 말에는 아무도 웃지 않았다. 박판도가 이문근을 향해 말했다.

"이 형, 이 형을 앞에 두고 이런 말해서는 좀 뭣하지만 이 형 부인은 정말 훌륭했었소. 환자인 김말숙이를 보살피는 거며, 악밖에 안 남은 우리 노무자들의 온갖 심통을 우째 그리 잘 참아 내던지. 조선으로 보내는 편지 대필도 이 형 부인이 도맡아 했는데… 이 형이사 비록 그런 부인을 찾아 이리로 와버렸지만 그 부인만이라도 지금쯤 조선에 가 계실란가 모르겠네요."

강신귀가 모처럼 정중한 어조로 이문근에게 물었다. 하기는 처음부터 그는 이문근에게만은 그 어떤 가시 섞인 말도 하지 않았고, 할 생각도 아니었다.

"이 형 처가가 개성이라 캤지요?"

"맞소."

"처가가 있는 개성이 지금은 북조선 땅이 됐다 캤지요?"

허남보의 물음이었다. 이문근은 말없이 고개만 주억거렸고, 박판도가 이문근의 말을 대신했다.

"처가가 남조선이면 뭐하며, 북조선이면 무슨 소용인교? 오도가도 못하는 우리 신세에…."

문근은 문득, 해방 직후 강화중과 함께 개성에 있는 최숙경의 친정으로 갔던 일을 떠올렸다. 그때 숙경이 할머니는 숙경이를 데리고 오지 않았다고 얼마나 문근을 원망스럽게 바라보았던가. 그 처가가 있는 개성도 북한 땅이 되었다니…. 그리고 또 생각했다. 이제 더 기다릴 생각 말고 새장가를 들라고 그렇게나 성화이시던 어머니, 과묵한 가운데 깊은 부정을 쏟으시던 아버지께서는 무사하실까? 형님, 형수도 무고하실까. 조카들, 특히 나를 따라 덕곡에까지 가서 고생했던 철환이는 지금 다니던 중학교를 계속 다닐까. 난리 통에 온 마을이 불타거나 사람들이 죽었는데 오석골의 우리 집은 어떠했을까. 문근은 북한까지 올라갔다가 다시 부산으로 내려와, 살아 있는 자기 신분의 탄로를 두려워하여 오석골 가족들에게 말 한 마디 없이 한국을 떠난 것이 못내 후회스러웠다. 어찌 생각하면 너무 목숨 부지에만 연연하여 부모형제에게 두고두고 한스러울 어리석음을 범했다는 생각을 지울 수가 없었다. 여기 와서 생각하게 된 일이지만, 부산에서 쉽게 배를 얻게 되었다고 당장 일본으로 건너가는 게 아니었다. 부산에서 좀 더 숨어 살다가 형편 봐가면서 고향 마을로 돌아간다 한들 전쟁이 끝난 마당에 생사람을 다시 잡아다 죽이기야 하겠는가. 만약 죽지만 않고 살아 있다가 지금쯤 오석골로 돌아갔을지 모르는 아내를 만날 수 있었다면…. 문근은 갑자기 소변이 마려웠다. 술 때문이기도 하지만 잘못 판단한 자신에 대한 돌이킬 수 없는 후회가 온몸을 소름 돋치게 수축시켰기 때문이다. 그는 어둠 속을 더듬어 변소로 가 소변을 보면서 혼자 울었다. 눈물은 한 번 흐르기 시작하자 봇물이 터지듯 건잡을 수 없이 쏟아져 나왔다.

방안에서는 이제 노래 소리가 들려오고 있었다. 노래가 한 번 불려지면 사람들은 약속이나 한 듯이 조선 땅에서 부르던 노래를 모두 불렀다. 타향살이며 아리랑, 황성옛터, 북국은 5천키로 청노새는 달린다에서, 두만강 푸른 물까지 아는 노래란 노래는 전부 다 부르게 된다. 많지 않은 곡목은 언제나 그게 그거여서 이문근도 사할린으로 와서 배운 옛날 노래가 많았다. 문근은 밖에서 노래를 들으며 혼자 눈물을 훔치고 있는데 누가 그의 어깨를 쳤다.

박판도가 소변을 하러 나왔다가 그를 본 것이다. 소변을 보면서 판도도 으흑! 하고 짐승 울음 같은 소리를 내었다. 두 사람은 눈물을 훔치며 손을 잡고 방으로 들어갔다. 그러자 약속이나 한 듯이 그들은 한 덩어리가 되어 부둥켜안고 울었다.

다른 방에서 헌옷을 깁고 있던 강신귀의 아내 미치코가 일손을 멈추고 멍하니 천장을 바라보면서 땅이 꺼지듯 한숨을 쉬고 있었다. 일본으로 돌아가고 싶은 망향의 한은 그녀라고 다를 바가 없었고, 그사이 조선말도 배워, 남의 말의 이해는 물론 의사표시도 어느 정도 할 줄 아는 미치코였다.

## 66

사할린조선민족학교는 그 뒤 얼마 가지 않은 54년 초에 사할린사범학교로 승격, 발전하게 되었다. 그러나 이 학교의 교원으로는 소련 본토에서 이주해 온 사람들이 교사로 일하게 되면서 무국적자인 이문근, 무자격자인 최해술, 박판도, 허남보, 강신귀 등은 모두 학교를 그만두고 떠나게 되었다.

"이 형, 조선 강가의 갈대밭에 사는 개개비란 새 알지요? 이놈의 새는 남의 둥지에 알을 낳아서 새끼를 깐다요. 로스케놈들 하는 짓이 영판 개개비 안 같은교?"

박판도의 이러한 말에 이문근이 답했다.

"그래도 우리 조선 사람들을 위한 사범학교를 세워 준다는 게 얼마나 고맙소."

"고맙기야 하지만 우짠다고 우리가 그 어렵게 터를 잡아 놓은 학교를 뺏아 가지고 사범학교를 새로 세운다 쿠요?"

"글쎄, 서운하기야 하지마는…."

허남보가 못 참겠다는 듯이 말했다.

"사범학교는 정규학교이니 정규학교에 댕기지 못하는 사람들을 위해 민족학교를 새로 하나 만듭시더. 그래야 국문도 모르는 사람이 글을 배울 수 있을 거 아닙니꺼?"

여태까지 교장을 맡아 왔던 최해술이 허남보의 말에 찬성했다.

"힘이 들더라도, 역시 문맹자들을 위하여 출발한 것이 민족학교이니 새로 하나 엽시다."

"이래서 이들은 처음의 사할린조선민족학교를 뺏기고 새로운 사할린조선민족학교를 세우기로 했다. 유즈노사할린스크 당국에서도 이 일에는 적극 협조하여 그들은 두 달 뒤에 두 번째의 사할린조선민족학교를 개교하였다. 첫 번째의 사할린조선민족학교였던 사할린사범학교는 빌려 쓰던 학교의 바로 옆의 빈터에 새 건물을 신축했고, 이문근 등은 처음 자리에서 얼마 멀지 않은 곳의 빈 창고를 학교 건물로 쓰게 되었다. 그 창고는 일본인들이 탄광에 배급하던 양곡의 창고였는데, 그때까지도 그대로 방치된 채 있었다. 해방 직후에 조선동포들이 몇 가구나 한꺼번에 몰려들어 마치 피난민 수용소처럼 공동으로 산 적도 있었으나 추운 겨울에는 도무지 사람이 살기에는 부적당하여 한 집 두 집 떠나가고 빈 채로 남아 있었던 것이다. 이곳은 빈 땅도 많고 목재도 흔하여 누구든지 새 집을 지어 살려고 하지, 헌 집 더군다나 이런 창고 같은 것은 아무도 돌아보지 않아 쓸모가 없었는데, 그런 창고를 교사로 쓰게 된 것이다.

흑판 하나를 구해다 달고 책걸상을 얻어다 놓으니 그런대로 쓸 만한 교실이 되었다. 조명시설만 새로 하고 여기저기 구멍 난 나무 벽을 때우기만 하면 되었다. 그들은 이 학교에서 10년 가까이나 동고동락을 하면서 많은 사할린 동포를 가르쳐내었고, 이 학교를 마치고 정식으로 사할린사범학교의 입학자격시험을 쳐 사범학교에 진학한 사람들도 있었다. 처음에는 문맹자인 조선동포의 눈을 틔워주고 우리 조선의 미풍양속이나 예절을 가르치는 데만 신경을 썼다. 그러다 졸업생 중에 사할린사범학교에 진학하는 사람이 생기자 그런 사람들을 위해서 별도로 가르치기도 했다. 전문교과목 담당 교사는 물론 교재도 변변치 못한 형편이었다. 그러자니 자연히 이문근 혼자 북 치고 장구 치는 격이었다. 요즘 말로 과외 같은 것을 하게 되었는데 보수도 따로 없었고 방학도 없었다.

사할린에는 방학이 4번 있는데, 여름방학이 5월 25일부터 8월 31일까지, 가을방학이 11월 4일부터 11일까지, 겨울방학이 12월 30일부터 1월 12일까지, 봄방학은 3월 23일부터 4월 1일까지였다. 그러나 이문근 등 교사들은 방학도 거의 없이 낮의 직장 일과만 마치면 학교로 와서 살다시피 하면서 학생들의 지도에 전력을 기울였고, 앞서 말한 사할린사범학교 진학 희망자를 위해서 더욱 그러했다. 이러는 사이에 많은 조선동포들이 이들을 칭송해 마지않았고, 이들도 커다란 보람을 느끼고 있었다. 다만 강신귀만은 3년 뒤인 57년에 드디어, 일본인 아내를 얻은 덕분으로 일본으로 돌아갈 수 있어, 학교를 떠나게 되었다.

강신귀도 오랜 세월을 함께 살며 정이 들었던 동료들을 두고 떠나기가 몹시 서운했지만 모든 사람이 이곳을 떠나는 게 소원인 판에, 더군다나 아내 미치코를 생각해서라도 일본으로 떠나지 않을 수가 없었다. 사실 미치코는 진작 떠날 수 있었는데도 남편 강신귀가 조선 사람이라고 귀향 열차의 승차를 거부당하는 바람에, 미치코 스스로가 승차 가능한 사람들의 대열에서 빠져나와 강신귀와 행동을 같이하지 않았던가. 그러고서도 미치코는 일본으로 돌아가 있는 부모 형제가 그리워 강신귀 몰래 혼자 많이도 울면서 돌아갈 날만 기다려 왔었다. 그런데 드디어 '일 · 소공동선언'이 1956년에 조인되면서 일본으로 돌아갈 기회를 잡게 된 것이다.

일 · 소공동선언 조인 때 하토야마(鳩山) 일본 수상은 전권대사의 자격으로 모스크바로 갔었다. 그는 시베리아에 억류되어 있는 일본인 구출문제(재사할린 일본인 구출문제도 포함), 일 · 소영토문제, 어업 · 통상문제 등을 일 · 소공동선언의 내용으로 거론했었다. 그러나 이때 하토야마는 사할린에 억류되어 있는 조선인 징용자 문제는 일언반구도 꺼내지 않았던 것이다. 어쨌든 이 일 · 소공동선언 조인 이후 일본인 처의 조선인 남편도 일본으로 갈 수 있는 길이 열렸다. 다만 무국적자에 한하여 일본으로 돌아가게 했던 것이다. 57년부터 58년 사이에 474세대 2200명 정도의 일본인 혹은 일본인 처를 둔 조선 남편들이 일본으로 돌아가게 되었고, 그 속에 강신귀가 포함되어 있었다.

사실, 56년 일 · 소공동선언이 조인되던 무렵인 그해 여름, 사할린의 소련 당국은 조선인으로 무국적자에 한하여 출국 신청을 받는다고 창구를 개설했다. 이것은 이제 사할린에 살고 있는 조선 사람들도 피복이나 식량난이 웬만큼은 해결되어 조선으로 돌아갈 생각이 없으리라고 판단한 나머지 소련 당국은 그런 결정을 내렸던 것이다. 전쟁 후 극도의 궁핍으로 남조선 천지가 거지 판이라고 선전해 왔고, 조선 사람들도 그것을 믿는다면 결코 조선으로 돌아가지 않으리라고 생각한 것이다. 그러나 예상 외의 많은 사람들로 창구 앞이 인산인해를 이루자 소련 당국은 당황한 나머지 창구를 폐쇄해 버렸다. 이날 거기에 모여들었던 천여 명의 조선인들이 귀환 차별에 항의하여 연좌데모를 벌이기도 했었고, 이 데모대를 진두지휘한 사람이 박판도였다. 그러한 소용돌이를 거친 끝에 57년 5월 21일 강신귀는 출국 허가를 받은 것이다. 강신귀가 유즈노사할린스크를 떠나기 전날 밤 그는 그동안 동고동락해 왔던 사람들을 자기 집으로 초대했다. 그때는 이문근도 혼자 따로 나가 살고 있던 참이어서 초대된 사람들은 이문근 최해술 박판도 허남보 등이었다. 모이기만 하면 술판을 벌이는 그들이어서 이날도 예외는 아니었다. 스필드와 통조림 돼지고기와 냉수가 술상 위에 올라 있었다. 96도나 되는 스필드라는 술은 그냥 마시면 식도와 위장이 타버리므로 술잔을 들어 목구멍으로 넘기자마자 냉수 컵을 들어 물을 홀짝 마셔야 하는 것이 음주법이었다. 아니 스필드를 들기 전에 돼지고기 등 기름기 있는 음식을 뱃속으로 잔뜩 채워두는 것이 원칙이기도 했다. 술판은 어쩐지 좀 침울했다. 솔직한 말로 가장 즐거운 사람은 미치코뿐이었지만 그녀도 마냥 즐거운 표정을 지을 수는 없었다.

"우쨌거나 강 형은 잘 됐소. 부디 무사히 돌아가 행복하게 사소."

박판도의 말에 최해술이 나이에 어울리지 않게 농담을 했다.

"이럴 줄 알았으몬 나도 일본 여자를 얻는 긴데…."

그는 말하면서 허남보를 바라보았다. 허남보가 웃으면서 받았다.

"지금이라도 늦지 않을 낀데예."

"그리 되몬 자네 장모는 우짜노?"

박판도가 받았다.

"아따, 이놈의 땅 맹키로 여자 귀한 판에 설마 같이 살 남자 없겠습니까?"

말하면서 이문근을 힐끔힐끔 바라보았다. 이문근은 여태 무국적에 독신이었기 때문이다. 그러나 이문근은 박판도의 말에 미소만 지었을 뿐 아무 말도 하지 않았다. 이윽고 강신귀가 말했다.

"일본 여자를 아내로 얻어도 국적을 가졌으몬 안 된다 캐도."

"말이 그렇지 우리사…."

최해술의 스스로를 체념하는 말에 이문근이 처음으로 입을 열었다.

"강 형, 한국까지는 안 갈 거 아니오?"

그들은 이미 강신귀가 고향에서 살인을 한 것을 알고 있었다. 강신귀도 담담하게 답했다.

"우찌 가겠는교? 그 죄가 세월이 지났다고 없어지겠는교? 형편만 되몬 고향에 계시는 부모님을 일본으로 모셔 왔으몬 싶소."

"그래서 하는 말인데 강 형이 일본으로 가면 여기서 돌아간 많은 조선 사람들과 힘을 합하여 우리를 구출하는 데 힘을 써 주어야겠소. 그러자면 조선인끼리 예컨대 '재사할린조선인 귀환촉진위원회' 같은 단체라도 조직해야 할 거요."

이문근의 말에 박판도가 이었다.

"그거 좋은 생각이요. 우리와 같이 고생을 했으니 반다시 그런 좋은 일을 해 주기 바라요."

이튿날 강신귀는 유즈노사할린스크를 떠나, 홀름스크의 일본 귀환인 수용소에서 2달 가까이 대기하고 있다가, 10월 15일 하쿠산(白山) 호를 타고 일본으로 갔다.

강신귀가 떠난 뒤에도 남은 사람들은 힘을 모아 학교를 운영했다. 학교는 더 발전될 필요도 없었고 더 발전하지도 않았다. 다만 이 학교를 졸업해 나간 졸업생 한 사람이 강신귀 대신 교사로 들어와 선배들과 함께 열심히 일했다. 해방 전 사할린으로 이주해 온 2세 동포로 그동안 우글레고르스크(일본지명 에스토루)에서 살다가, 단신으로 이곳 수도인 유즈노사할린스크로 내려와 전기회사의 기술자로 일하는 김진규였다. 그는 금년에 23살로, 해방 전에 에스토루에서 일본으로 갔다가 해방 후 조선으로 돌아간 김종규의 사촌동생이었다. 진규도 그의 아버지 김상문의 후예답게 기골이 장대해서 키가 180cm가 넘는 청년으로, 술을 잘 마셨지만 어떤 자리에서도 선배들의 심부름이나 시중을 도맡아 했다. 그렇지만 불뚝성이 있어 한 번 화를 내면 무서운 모습을 보이곤 했으나, 그것은 직장에서의 일이고, 여기 야간 학교에서는 아직까지 그런 모습을 한 번도 보이지 않았다.

세월은 흘러 다시 6년이 지난 63년이었다. 이해 5월 13일 학교는 드디어 강제 폐쇄를 당했다. 그것은 사할린사범학교도 마찬가지였는데, 그 이유는 소련 당국의 정책이 바뀌었기 때문이다. 소련은 처음에는 소수민족의 고유성을 존중하여 각 민족들의 언어와 전통 교육을 허용했으나, 이때부터 이것이 소비에트연방공화국의 일체성 도모에 지장을 초래한다고 생각하여 소수민족의 언어, 풍습, 전통 교육을 국가적 차원에서 금지시켰던 것이다. 이리하여 사할린조선민족학교는 10년 가까운 세월을 조선동포들의 문맹 퇴치와 민족의식 고취에 헌신하다가 문을 닫게 되었다.

24장

# 이시무라의 편지

## 67

64년 초겨울 정상봉은 아직도 브이코프에서 살고 있었다. 이곳의 일본지명은 나이부치였고 해방 전에는 3500여 명의 조선인들이 탄광에서 중노동을 했다. 정상봉은 금년에 벌써 중년인 44살로 머리카락이 반이나 세었다. 그러나 조선에서 신학교를 다니다 끌려온 그인지라 그에게는 아직도 신앙이 완전히 잊히지 않았다. 세례명이 요셉인 정상봉은 신학교 4학년 때인 44년 여름방학을 맞아 집으로 갔다가 학교로 돌아오는 길에 붙잡혀 강제로 끌려왔던 것이다.

그의 할아버지 베드로가 노망 기운을 보이고 있을 때여서 그는 사할린으로 끌려와서도 할아버지 걱정을 많이 했으나, 할아버지가 지금까지 살아 있을 까닭은 없어, 요즘은 자나깨나 부모님 생각이었고, 형을 따라 자기도 신부가 되겠다는 말을 하던 동생 상규가 생각나곤 했다. 상규는 그가 잡혀올 때 국민학교 5학년이었으니 11살 차이인 상규도 지금쯤 32살이 되었을 것이다. 이 형이 못 이룬 사제의 꿈을 그는 이루었을까. 하기는 성소(聖召)가 사람의 힘으로 되는 것은 아니므로 상규는 결혼을 했을지도 모른다. 그의 아버지 안드레아 밑으로는 상봉, 상규 형제뿐이었으므로 상봉은 동생 상규가 사제가 되지 않고 결혼 생활을 해도 좋다는 생각을 하고 있었다. 결혼을 했다면 슬하에 아이는 몇이나 두었을까. 이런저런 생각을 하게 되면 잠을 못 이루는 밤이 허다했다.

독신 생활은 역시 고달프기 짝이 없다. 어차피 고국으로 돌아갈 희망도 사라졌고, 돌아간다 한들 다시 신부가 되기는 틀렸으니 결혼을 해도 좋겠지만 그는 여태 결혼을 하지 못하고 있었다. 사할린에서의 결혼이란 여간한 적극성과 대담성이 없으면 쟁취할 수 없다. 그렇다. 이곳의 결혼은 하나의 커다란 작전이 필요한 전쟁이었고 결혼에 성공하는 것은 전쟁에서 이기는 쟁취라 할 만했다. 그러나 정상봉 요셉은 결혼에 한해서는 적극성을 발휘하지도 대담하지도 못했다. 그러다 보니 오늘까지 고달픈 독신 생활을 하고 있는 것이다.

그는 해방 직후 아주 가깝게 지냈던 일본인 전기기술자 이시무라로부터 받은 편지를 다시금 꺼내 읽었다. 이시무라와는 같은 신앙인으로서 민족과 국적을 초월하여 각별한 사이로 지냈었다. 특히 이시무라는 일본에서 신부 생활을 하다가 사할린으로 징집된 인물이었다. 한참 뒤에야 우연히 그런 사실을 알게 된 정상봉은 그와 더불어 기도를 함께 한 적도 여러 번 있었지만, 특히 그를 잊지 못하는 이유는 그가 자기네들 일본 간부들의, 조선인 노무자 학살 음모를 김형개에게 귀띔해 주어, 김형개가 이 사실을 자신에게 알려옴으로써 참변을 모면할 수 있었던 데 있었다. 그때 만약 이시무라가 아니었더라면 조선인들은 탄광의 쌍굴에 모여 한꺼번에 폭사당했을 것이다. 그런 은인인 이시무라도 해방 직후 일본으로 돌아가지 못하고 오랜 기간 이곳에 강제로 붙잡혀 소련 당국에

혹사당해야 했다. 그는 고급 기술자였기 때문이다. 그런데 놀랍게도 코르사코프에서 일하고 있던 그에게 일본의 부모가 구출선을 몰래 보내어, 이를 타고 구사일생으로 사할린을 탈출, 일본으로 돌아갈 수 있었다고 했다. 생각하면 부모 잘 만난 덕분이기도 하지만 기적에 가까운 일이었다. 정상봉도 그런 소문을 더러 들었다. 하지만 대개는 사할린에서 무모하게 해상 탈출을 시도하다가 실패했다는 소문이었다. 실패하면 그 자리에서 총살되거나, 요행히 소련 말을 잘 하여 말이 통해도 시베리아의 강제노동수용소로 끌려간다고 했다. 개중에는 그러한 모험으로 북해도까지 건너간 사람이 없지는 않은 모양이었으나, 이 경우에는 사할린 안에서나 일본에서 특별한 후원이 있어서 성공한 것이라고 했는데, 이시무라가 바로 그 경우에 해당되는 사람인 줄은 몰랐다.

그런 이시무라로부터 두 번째의 편지가 우송되어 왔는데, 이번 편지는 그가 사할린에 억류되어 있는 조선인들의 일본 귀환을 위해 백방으로 노력하고 있는 중이라고 하면서, 아직까지 그 보람은 내세울 것이 없지마는 노력은 계속할 것이라고 했다. 사할린에서 일본으로 돌아간 조선인들 수가 2천 명은 된다고 하는데, 그 사람들이 모두 이시무라와 같은 생각을 하고 노력해 준다면 얼마나 좋을까 싶었다.

그러나 이번에 보낸 편지에서 무엇보다도 정상봉의 가슴을 아프게 한 것은 다음과 같은 내용 때문이었다.

(전략) 대강 아시고 계실 일이지만, 지난 44년에 그곳 사할린에 징용 가 있던 한국인 노무자 중 약 천 명이 사할린 내의 각 탄광에서 차출되어 일본의 큐우슈 탄광으로 재징용된 일이 있었지요. 그런 분 중에는 사할린에 처자를 두고 규슈로 왔다가, 종전 후 한국

으로 돌아간 분도 있고, 한국으로의 귀국을 포기한 채 일본에서 살고 있는 사람도 있습니다. 일본에서 살고 있는 분 중에 그곳 사할린에 남아 있는 가족을 애타게 찾고 있는 분이 있어, 이분의 이름을 알려 드리오니 수고스럽지만 좀 찾아봐 주시면 고맙겠습니다. 마침 이분은 그곳 나이부치 탄광에서 일하다가 일본으로 왔다 하니 가족들이 지금도 나이부치에 살고 있으리라고 하기에 이런 말씀을 드립니다. 이분의 이름은 황칠남(黃七男), 고향은 경남 함안이라고 합니다. 황 씨는 일본에서 일본 여인과 재혼하여 아들딸 낳고 그런대로 잘살고 있지만 사할린에 남아 있는 가족들을 잊지 못하고 있습니다. 현재 그곳 사할린에 남아 있는 가족의 이름은 부인 허점이(許點伊), 47세. 2남 1녀가 있었는데, 장남 갑수(甲洙), 25세. 차남 을수(乙洙), 23세. 딸 복자(福子), 26세라고 합니다. (후략)

정상봉은 며칠 뒤 황칠남이란 사람을 알고 있는지, 그보다는 그의 아내 허점이나 아들, 딸을 알고 있는 사람이 있는지 수소문하기 시작했다. 그러나 현재 이 브이코프에 살고 있는 조선 사람들의 수도 워낙 많았지만 이미 20년 전인 44년에 일본 규슈로 간 황칠남을 아는 사람은 아무도 없었고 그의 아내 허점이를 아는 사람도 없었다. 물론 아들, 딸들도 아무도 몰랐다. 정상봉은 생각다 못해 브이코프 지구 고려인협회 사무실로 가서 수많은 조선인들의 이름을 일일이 확인했다. 고려인협회 사무실을 지키고 있던, 아마 사할린 내에서는 가장 연장자인 72세의 최동진 노인이 가랑가랑한 소리로 물어왔다.

"정상봉이, 인자(이제) 장개갈 뜸이 돌았나? 시방 신부감 찾는 기제?"

그러나 정상봉은 그저 웃으면서 예, 하고는 눈은 명부에 둔 채 최동진 노인의 전력을 떠올렸다.

그는 29년에 일본에서 이곳 사할린으로 들어온 자유 이주자라 했다. 고향은 경북 대구. 그는 대구에서 보통학교도 졸업한 사람으로, 일본에서는 철도국에 근무하다가 사할린이 돈벌이가 좋다는 말을 듣고 부모 처자식과 함께 왔다고 한다. 당시로서는 보통학교 학력도 학력인지라 그는 사할린 철도국에서도 일본인과 같이 펜대만 잡고 편한 생활을 했다고 한다. 그러다 44년에 어쩐지 예감이 안 좋아서 부모와 큰아들만 조선으로 먼저 귀국시키고 자기도 남은 가족을 데리고 막 사할린을 떠나려던 참에 해방을 맞아 고향으로 돌아가지 못했다고 했다. 그런 그도 벌써 나이 일흔이 넘었으니 조선 동포들이 나이 대접을 해서 고려인협회 브이코프 지구 회장으로 추대했지만 하는 일은 아무것도 없이 그저 사무실만 지키고 있는 형편이었다. 일제 때 조선인 노무자를 많이 보살펴 준 덕분에 해방 직후에 무사할 수 있었다고 했다. 최동진 노인이 이번에는 정상봉의 곁에까지 다가와 말했다. 그의 입에서는 독한 보드카 냄새와 함께 니코틴 냄새가 섞여 풍겨 나왔다. 아마 그는 혼자서 술을 마시고 있었나 보았다. 정상봉이 최 노인에게 물었다. 헛일 삼아서였다.

"회장님, 혹시 44년에 이 나이부치 탄광에서 일본 구주로 재징용되어 간 황칠남이라는 이름 들어보셨습니까?"

"내사 그때 이 브이코프에 살기는 해도 철도국에 있었으이 탄광에서 일한 사람을 알 수 있어야제."

"그럼 혹시 그 사람의 부인인 허점이, 아들인 갑수 을수, 딸 복자란 이름도 안 들어 보셨습니까? 이 사람들은 아직도 이 브이코프에 살고 있다는데요."

"옛날 겉었으믄사 나도 총기가 있었는데 지금이사 툉히 알 수가 있어야제."

정상봉은 처음부터 무엇을 기대한 질문은 아니었다. 그런데 최 노 인이 되물어왔다.

"가만 있자, 딸아 이름이 복자라 캤나?"

"예, 복자라고 했습니다."

"저그 아부지 성이 황가라 캤제? 황복자…, 황복자라. 야아가 가아 아이가!"

"야아가 가아라니요?"

"작년꺼정 이 사무실에 있던 사람 이름이 황복자였지, 그리고 우리 집에 있었지. 이 사무실에서 5년이나 일했는데, 시집도 내가 보내줬는데 즈그 서방이 덜렁 죽어삐자 다른 직장에 간다고 여기서 나갔지. 지금 어떻게 사는지 온…."

정상봉은 황복자의 집이 어딘지를 최 노인으로부터 알아 그녀의 집으로 찾아갔다. 그녀의 집은 탄광촌을 가로질러 흐르는 강기슭의 잡목 안에 있었다. 통나무 집은 퇴락할 대로 퇴락해, 문을 흔드는데 문설주가 연방 내려앉을 것 같았다. 그러나 그녀는 집에 없었다. 정상봉은 집만 알아두고 돌아왔다.

정상봉은 지금도 브이코프 탄광에서 일하고 있다. 다만 지금은 탄광의 중앙보일러실 기술자로 근무하고 있었다. 탄광의 규모가 워낙 커서 사무실이며 식당이며 탄광 종업원 아파트의 규모도 엄청나게 컸다. 그런 곳의 난방을 책임지는 보일러실 또한 큰 규모였고 거기에 종사하는 사람들 수 또한 많았다. 그러나 일은 별로 고되지 않았다. 사할린의 국영기업체가 거의 다 그렇지만 종업원들은 출근부에 서명만 해 두면 열심히 일을 하거나 하지 않거나 월급에는 아무런 차이가 없었고, 조선 사람들은 아무리 열심히 일

해도 하는 것만큼 손해를 볼지언정 이익 되는 것은 없었다. 그러나 책임 맡은 부서만은 철저하지 않으면 책임 추궁을 당해야 했다. 정상봉의 밑에서 일하고 있는 조선인 2세 종업원 한 사람이 이유 없이 며칠간을 무단결근하고 있었다. 참으로 문제였다. 조선인 2세들은 1세들만큼 책임감도 성실성도 없었고 예절도 신의도 없었다. 정상봉은 조선인 2세들의 이러한 면이 늘 마뜩찮았는데 이 젊은이가 무단결근을 며칠씩이나 하고 있어, 그 사람의 집으로 가 보아야 했기 때문에, 마침 가는 길이기도 해서 이틀 뒤의 늦은 저녁에 황복자 여인의 집으로 다시 찾아갔다. 다행히 그녀는 집에 있었다. 젖이 떨어질까 말까 한 아이를 안고 있다가 의아스러운 눈초리로 그를 맞이했다. 정상봉은 방으로 들어가지도 않고 이름만의 현관 겸 주방에서 방문턱에 걸터앉아 자기 신분과 찾아온 이유를 밝히고 부친의 이름이 황칠남이냐고 물었다. 그래도 그녀는 의심의 눈초리를 풀지 않고 되물었다.

"우리 아부지는 오래전에 일본으로 가시고 우리는 소식도 모르는 데 와 그랍니꺼?"

정상봉은 다시 자세히 설명했다. 즉 일본에서 댁의 아버지가 어머니와 동생들과 댁을 찾고 있노라고. 그제야 그녀는 반색을 하면서 다시 물었다.

"일본에 계시는 우리 아부지가 우리를 찾는다고예? 지금 우리 아부지는 오데 계시는데예?"

정상봉은 이시무라가 보낸 편지 이야기를 자세히 설명해 주고 우선 그녀의 아버지가 찾고 있는 그녀의 어머니 소식부터 물었으나, 그녀는 갑자기 얼굴을 숙이며 낭패스러운 표정을 지었다. 정상봉은 대강 짐작하면서도 그렇더라도 확실한 소식은 일본으로 전해 주어야겠기에 좋은 말로 타일렀다.

“사할린에 사는 사람은 누구나 우리 동포들의 그 어떤 사정이라도 모두 이해를 할 수 있습니다. 혹시, 댁의 어머니께서 재혼을 하셨다고 해도 그것이 불가항력인 줄을 모르는 사람은 없을 겁니다. 여기서는 남편을 한꺼번에 두 사람을 두는 여자도 있지 않습니까?”

이 말은 사실이었다. 해방 직후 여자가 귀했을 때 어떤 여자는 몰래 두 남편을 섬기는 웃지 못할 비극이 없지 않았고, 이런 일 때문에 남자들끼리 칼부림을 벌였던 일도 허다했던 것이다. 이런 사정을 모를 리 없는 황복자가 울먹거리면서 말했다.

“그래도 우리 옴마는 우리 아부지가 확실히 살아계신 줄 알았으몬 절대로 개가를 안 했을 끼라예. 그런데 아부지는 소식도 없고, 동생들 하고 지는 배가 고파 우리 옴마 치매 꼬랭이만 잡고 늘어졌으이 옴마가 우째 혼자 살 껍니꺼… 흑, 흑.”

그녀는 기어코 흐느끼기 시작했다. 그러자 품에 안겼던 아이마저 울음을 터뜨렸다. 정상봉은 해방 직후부터 2, 3년 동안의 상황을 잠시 떠올렸다. 굶어죽는 조선인들이 얼마나 되었던가. 특히 힘없는 아녀자, 보호자를 잃어버린 아녀자들의 비극은 필설로 형용할 수 없는 일이었다. 그렇다면 이 황복자 여인의 어머니에게 누가 침을 뱉을 수 있을 것인가. 한참 만에 정상봉은 다시 찾아오기로 하고, 그 강가의 오두막 통나무집을 나왔다. 날이 저물었는데도 숲속에서는 까마귀 소리가 요란했다. 이놈의 새는 날씨만 추워지면 이렇게 시끄러운 소리를 내곤 했다. 조선에서 보던 까치는 한 마리도 없는 대신, 조선 까마귀보다 훨씬 커서 중닭만씩 한 까마귀는 웬 게 이리 흔한지. 이놈의 까마귀는 밤이나 낮이나 울어대어 괴로운 사람들의 심사를 더욱 심란하게 하고 있었다. 석탄 가루 때문에 언제나 시커먼 빛을 면할 수 없는 강물 위로 그래도 조각달이 떠 있었다.

## 68

이튿날 저녁 정상봉은 다시 황복자의 집으로 찾아갔다. 이시무라의 부탁에 의한 방문이라기보다는 이제 황복자의 어머니 허점이 여인의 그 뒤 소식이 무척이나 궁금해서였다. 어제 황복자에게 내일 저녁에 다시 오겠다는 말을 해 두어서인지 황복자는 정상봉을 맞이할 준비를 해둔 듯했다. 그가 어제처럼 방문턱에 걸터앉자, 제법 깨끗한 방석까지 내놓고는 한사코 방으로 들어오라고 했다. 방에서는 스팀 기운이 훈훈히 감돌고 있었다. 사할린에서는 아무리 못살아도 방안에 커다란 쇠파이프가 가로 세로로 벽에 붙어 있고 그 파이프 안으로는 뜨거운 물이 돌고 있는 것이다. 주방에 설치된 석탄 난로에는 겨울 내내 불이 떨어지지 않는다. 그 석탄 난로를 이용하여 취사도 하고 난방도 하게 되어 있다. 그러니까 석탄 난로에는 커다란 보일러가 붙어 있어 여기서부터 쇠파이프는 방에까지 연결된다.

정상봉이 방으로 들어가자 황복자는 소반에다 감자 삶은 것과 염장가자미에 보드카 한 병을 차려 놓았다가 정상봉 앞으로 내어 놓는다. 사할린에서는 감자는 밥 다음으로 치는 주식인 동시에 긴긴 겨울밤 심심함을 달래주는 간식거리이기도 했다. 더군다나 이 감자는 요즘 와서 조선 사람들이 주로 생산하여 사할린 내의 모든 인민들에게 공급하고 있는 형편이다. 염장가자미란 조선에서는 볼 수 없는 것으로, 생가자미를 소금에 절여 꺼들꺼들 말린 것이다. 밥반찬도 되고 술안주도 된다. 조선의 젓갈에서 암시를 받은 것 같지만 젓갈은 발효식품인데 이것은 발효식품이 아니다. 따라서 조선 사람들이 개발한 것은 아닌 것 같고, 아마 러시아 사람들의 고유 식품인 듯했다. 정상봉도 해방 전 탄광에서는 이런 것을 먹어보지 않았는데 탄광의 합숙소를 떠나 살면서 언제부턴가 먹기 시작했다. 처음에는 소금에 절인 생고기여서 짠 맛과 비린내가 섞여 입에 맞지 않았으나 지금은 누구나 잘 먹는 식품이다. 황복자가 빈 잔에 술을 부었다. 그녀는 새끈새끈 잠들어 있는 아이의 머리카락을 몇 번이고 쓰다듬으면서 말했다.

"어지(어제)는 지가 고만 눈물을 흘려서… 아부지도 아부지지만 옴마만 생각하몬 눈물이 나오지예. 자실 것도 아무것도 없고 해서… 술이라도 한 잔 드시지예."

"예, 고맙습니다. 뭘 이런 걸 다 준비하신다고. 눈물이 안 나오면 어찌 자식이라 하겠습니까."

정상봉은 집에서 밥 한 술을 뜨고 왔지만 술을 마셨다. 술이 목구멍을 넘어 식도를 타고 내려가면서, 짜르르한 느낌을 전달했다. 정상봉이 묻기 시작했다.

"지금 동생들은 다 어디에 가 있습니까?"

황복자는 다시 고개를 숙이며 손등을 눈으로 가져갔다. 그러더니 겨우겨우 말했다.

"아부지가 일본으로 가시고 해방이 되자, 우리 삼남매는 뿔뿔이 헤어졌지예. 큰동생은 러시아 사람 집에 머슴으로 들어갔고, 둘째 동생은 아들 없는 조선 사람 집에 양자로 갔고예. 지만 옴마캉 함께 새아부지 집에서 살았어예."

"그럼 어머니는 그 새아버지랑 지금도 살고 계십니까?"

"어언지예(아니예요), 새아부지가 사고로 죽자 옴마는 또 다른 데로 살로 갔지예. 지는 그때부터 옴마랑 헤어져 혼자 살아왔지예."

"그럼 동생들하고는 연락이 됩니까?"

“1년에 한두 번은 만납니더. 설하고 추석 때…. 그렇지만 동생이 살고 있는 러시아 사람 집이 오데 우리 조선 설, 추석을 압니꺼?”
“큰동생은 지금도 그 러시아 사람 집에 삽니까?”
“예. 그 집 딸하고 결혼해서 아이도 둘이나 되는데예.”
정상봉은 이시무라의 편지에서 밝힌 복자의 큰동생 갑수를 떠올렸다. 황갑수가 지금쯤은 성도 이름도 갈았겠구나, 생각하면서 복자에게 물었다.
“큰동생 이름은 무엇입니까?”
“조선 이름은 황갑순데, 지금은 그냥 알렉세이라고 부릅니더.”
정상봉은 그의 예측이 들어맞자 또 한 번의 비애를 느끼지 않을 수 없었다. 자작으로 술 한 잔을 다시 부어 마신 정상봉이 염장가자미를 물어뜯으며 다시 물었다.
“작은동생 이름은 무엇입니까?”
“본래 이름은 황을순데, 양자 간 집 성을 따서 지금은 윤치도가 되어 있지예.”
정상봉은 생각했다. 그러니까 삼남매가 아버지를 잃어버리자, 딸만 본래의 성명을 간직할 수 있었고, 아들들은 모두 성과 이름조차 잃어버리고 말았구나. 그러다 다시 말했다.
“아버지는 기왕 일본에 계시니까 그렇더라도 삼남매가 함께 어머니는 가끔씩 찾아뵈어야 합니다.”
“지는 우짜다 옴마를 찾아가지마는 동생들은….”
잠시 쉬었다 그녀가 다시 이었다.
“옴마는 처음 개가한 데서 아들 하나를 낳고, 그다음 개가한 데서 딸을 하나 낳았지예. 처음에 낳은 아들도 옴마가 데리고 갔지예. 그런께네 옴마 밑으로 5남매가 난 셈인데 성이 모두 다르니,

넘 부끄러버서 오데 가서 이런 소리를 하겠습니꺼."

그러면서 그녀는 한숨을 땅이 꺼지도록 내쉬었다. 정상봉은 생각했다. 황칠남이란 사람이 일본에서도 일본 여인과 결혼을 해 아들딸을 낳았다니, 그러면 도대체 어떻게 되는가. 누가 지어내도 너무 가혹하게 들릴 이런 비극이 이 지구상에 실제로 있다는 사실, 그것도 나라 잘못 만난 탓에 사할린으로 끌려온 사람들한테서만 볼 수 있는 이 비극을 누가 짐작이나 할 수 있을 것인가. 정상봉은 그사이에 술 한 병을 거의 마시고 있었다. 도무지 술이라도 마시지 않고서는 견딜 수 없을 지경이었다.

"혼자 사신다는 말을 들었는데 퍽 힘들겠습니다."

정상봉의 이러한 위로 같기도 하고, 언제까지나 이렇게 살 것이냐는 질문 같기도 한 말에 황복자는 더욱 고개를 숙인 채, 말을 하지 못하고 있었다. 그때서야 정상봉이 몇 번이고 자작을 하던 술잔을 그녀에게 건네며 물었다. 여자들은 아예 술을 마시지 못하리라는 고정 관념은 도대체 어디에서 연유한 것일까.

"참, 이 술 조금 마셔 보실랍니까?"

"어언지예! 쪼매만 마셔도 얼굴이 붉어쌓아서…."

마실 수는 있다는 뜻이었다. 정상봉은 심심해서 그냥 권해 본 소리였는데 권하기를 잘했구나, 생각하며 술을 따라 건넸다. 그녀가 조심스럽게 받아 약간 고개를 돌리며 얼굴을 찡그리고 반쯤 마셨다. 정상봉이 말했다.

"이 보드카는 적당히만 마시면 몸에도 좋습니다. 조선에서 마시던 동동주나 막걸리는 아무래도 속이 좀 거북했는데, 이 술은 뒤끝이 깨끗해서 좋아요."

"선생님은 술도 좋아하십니꺼?"

"혼자 살다 보니…."

정상봉은 말하다 말고 안 할 소리를 괜히 했구나, 후회했지만 이미 뱉어버린 말이었다. 황복자가 술잔을 비우고 두 손으로 정상봉에게 돌리며 조심스럽게 물었다.

"상처하셨어예?"

정상봉은 아무 말도 하지 않고 황복자가 따라준 술잔을 입으로 가져갔다. 잠시 뒤 황복자가 다시 물었다.

"자제분은 몇이나 두셨는데예?"

정상봉은 뜻밖에도 짓궂은 장난말을 하고 싶었다. 순전히 술 탓이었다.

"나도 아들딸 셋을 두었습니다."

"아이구, 아들딸 셋을 선생님 혼자 손으로…."

정상봉은 껄껄껄 웃으면서 말했다.

"어머니를 한 번 만나보고 싶은데 시간이 나시겠습니까?"

"울 옴마는 와예?"

"아, 그냥 어떻게 사시는지 알고 싶기도 하고, 무엇보다도 일본에 계시는 복자 씨 아버지가 어머니 소식을 물어 왔으니까요."

"참, 그라고 보이 지도 아부지 소식을 안 묻고 있었네예. 울 아부지는 우찌 지내시는고예?"

"건강하게 잘 지내신답니다."

"혼자 사시는가예? 조선에는 와 안 가시는고예?"

정상봉은 황칠남이란 사람이 일본에서 일본 여자와 결혼했다는 사실을 이야기해야 하느냐, 하지 않아야 하느냐, 하고 생각해 보았지만 얼른 판단이 서지 않았다. 그러다 애매하게 얼버무렸다.

"혼자사시겠습니까."

"울 아부지는 참, 팔자가 기박한 분이라예. 조선 고향에서 우리 할배가 삼대독자라고 사대독자인 우리 아부지를 이름만이라도 일

곱 번째 아들이라고 칠남이라고 지었다 안 캅니꺼. 13살에 장개를 보낸 기라예. 그런께네 우리 큰옴마는 아부지카마 3살이나 더 많은 16살에 시집을 왔다 안 캅니꺼. 아부지는 17살 되는 해에 아들 하나를 낳았지마는 큰옴마가 보기 싫었던 기라예. 그래서 20살 될 때꺼정 억지로 같이 살다가 고만 일본으로 도망을 친 기라예. 그래가이꼬 이 사할린이 좋다고 찾아오신 기라예. 그때가 38년이고, 아부지 연세가 24살이었어예. 그 이듬해 울 아부지는 총각이라 속이고 울 옴마하고 결혼을 했지예. 울 옴마는 15살 때 경북 월성에서 외할배 외할매 따라 이리로 왔고예. 그래서 지는 39년에 태어났지예."

정상봉은 또 한 번 놀라야만 했다. 결국 황복자의 어머니 아버지와 결혼한 남녀가 모두 모이면 몇 사람인가. 아버지가 세 번, 어머니가 세 번. 그러한 사람들의 몸에서 난 2세는 모두 몇인가. 복자의 아버지가 첫 결혼해서 아들 하나, 복자의 어머니와의 사이에서 아들딸 셋, 복자의 어머니가 두 번 개가하여 아들딸 둘, 복자의 아버지가 일본에서 일본 여자와 결혼하여 아들딸 둘, 게다가 만약에 복자 아버지가 조선에 버리고 온 첫 번째 아내마저 조선에서 개가를 했다면 어떻게 되는가. 그러다가 정상봉이 의문나는 것이 있어 물었다.

"어머니가 개가하실 때 어린 동생들은 남의 집에 맡기면서 맏이인 복자 씨는 어떻게 데리고 가셨습니까?"

"그거는 지도 모르겠는데예. 그때 해방 되고 나서 남동생들은 일이라도 시킬라고 데리고 갈 사람이 있었는데 지는 나이도 어린 쓸 데 없는 가수나라고 아무도 데리고 갈 사람이 없어서 끝까지 옴마캉 같이 살다가 옴마 따라 갔지예."

"아아, 그러니까 어머니가 개가하시기 전에 동생들은 이미 다른 집으로 맡겨졌네요?"

"예, 그라다가 의붓아부지가 죽고 옴마가 또 다른 데로 시집 감시로 좀 큰 지(저)도 떼내삘고 갔지예."

"그러면 복자 씨는 최동진 회장님 댁에서 학교도 다녔습니까?"

"예, 지 은인이지예. 초급 과정 5학년을 마쳤지예."

"그런데 왜 연락도 하지 않습니까, 최동진 회장님께는?"

"그동안에 입은 은혜도 말할 수 없는데… 연락하는 기 바로 폐를 끼치는 거 아이겠습니꺼."

소련의 학제는 한 번 입학하면 11학년까지 다니는데, 5학년까지가 한국의 국민학교 과정이고 나머지 4년이 중고교 과정이다. 따라서 대학에는 이 11년을 마치고 바로 입학하게 되고, 대학의 수업 기간은 보통 5년 내지 6년이다. 황복자는 한국으로 치면 국민학교를 졸업한 셈이었다.

그래서 황복자는 러시아말(소련어)도 꽤 잘한다고 얼굴을 붉히며 말했다. 정상봉이 다짐하듯 말했다.

"내일은 일요일이니까 아침 먹고 일찍 오겠습니다. 복자 씨의 어머니를 만나야겠어요."

"울 옴마를 꼭 만나 보실라고예?"

## 69

정상봉은 혼자 사는 오두막집으로 돌아와서도 쉽게 잠들 수가 없었다. 밤은 이미 깊었지만 바람 또한 심했다. 온 산의 숲이 잠자다 일어나 아우성치며 싸우는 듯, 거친 바람 소리가 들떠 있는 지붕 한 자락을 비집고 방 속으로 마구 스며들었다. 지붕이 낡아 비가 샐 때마다 조심스럽게 올라가 그때그때 판자로 때우곤 했는데,

그것이 또 들뜬 모양이었다. 겨울철에는 지붕 위에 엄청난 부피와 눈이 쌓이고, 그러면 들뜬 지붕도 잠자기 마련이었다. 그런데 금년에는 아직까지 눈이 내리지 않아서 세찬 바람에 때워둔 판자가 들뜬 모양이었다. 그래서 외풍이 심해 천장에 외줄로 매달린 백열등이 마치 그네처럼 흔들리고 있었다. 그러나 난로의 석탄불이 이글거렸고, 보일러 또한 최대한도의 기능을 발휘하고 있어, 방안은 외풍과 난방 파이프에서 풍기는 열기가 조화를 이루고 있었다.

사할린에는 조선 사람들도 언제부턴가 모두 침대를 쓰고 있었다. 러시아 풍습이었다. 하기는 방바닥이 조선처럼 온돌이 아니어서 맨 방바닥에는 등을 붙이고 잘 수가 없을 터였다. 그래서 조선의 평상 같은 것을 방에다 두고 그 위에 두툼한 요를 깔고 누워 이불을 덮고 잤다. 정상봉은 혼자 살고 있으므로 침대도 일인용이었다. 방 한 칸에 응접실 겸 주방이 딸려 있고, 투박하게 짜서 단 문을 밀고 내려서면 맨흙바닥의 현관이었다. 그 현관까지도 가옥 내에 있었다. 그 현관을 지나 다시 문을 열면 바깥이었다. 그러니까 길에서 나지막한 울타리 사립문을 열고 좁은 마당을 거쳐 현관문을 열고 들어오면 마당보다 조금 높게 맨흙바닥의 현관이고, 거기에서 신발을 벗고 문을 밀고 올라서면 거실 겸 주방, 이 주방에 보일러가 붙은 난로가 놓여 있다. 이 거실을 지나 맨 안쪽에 한 칸짜리 방이 있는데, 정상봉은 해방 후부터 오늘날까지 줄곧 이 집, 이 방에서 혼자 살아왔다.

정상봉이 처음 이 집을 구해 들어왔을 때도 소련 군인들은 혼자서는 집 한 채를 차지할 수 없다고 어거지를 쓰는 바람에, 많은 조선 노무자를 데리고 함께 산 적도 있었다. 그러나 시간이 지나면서 조선인 노무자들도 하나둘 각기의 살 길을 찾아 떠나고, 다시 정상봉 혼자 살게 되었다. 그도 지금까지 무국적이었다. 조선에서 전쟁이 한창일 때 이곳 브이코프에도 소위 학습조라는 게 조직되어 조선 사람들은 모두 강제로 이 조직에 가입하지 않으면 안 되었다. 여기에는 북조선에서 건너온 정치부원이 아니면 소련 본토에서 태어나고 자란 소련 국적의 조선인 2세가 정치부원과 함께 교육을 담당했다. 주로 북조선의 정치 선전이었고, 남조선에 대한 험담과 비방이었다. 그러나 정상봉은 진작부터 헌 라디오 한 개를 사서 방 안 깊숙한 곳에 숨겨 두었다가 밤이면 꺼내 몰래 듣곤 했다. 해방 직후에는 이런 라디오조차도 못 듣게 했고, 조선 사람이건 일본 사람이건 가지고 있는 라디오도 소련군 당국에 신고하고 소련군에 맡겨 두라고 했다. 맡겨 두라는 말은 말만 그랬고, 소련 군인들은 보는 대로 자기 것으로 만들었다. 그러나 정상봉은 들키면 혼이 날 각오를 하고 끝내 숨겨 두고는 요긴하게 이용했다. 주로 일본 방송이 잡혔는데, 그 일본 방송을 통해 전쟁 때는 그날그날의 전세도 환히 알고 있었고, 남조선의 정치 경제 등 제반 상황을 어느 정도 알고 있었다. 남조선이 북조선보다 못사는 것은 분명했지만 학습조에서 북조선 정치부원이 선전하는 것만큼 그렇게 허무하지는 않다고 생각했다. 그런데도 정치부원은 남조선 인민들은 모두가 미국놈들의 종이 되어 헐벗고 굶주려, 굶어 죽은 시체가 온 천지에 즐비하다고 했다. 사할린에 남아 있는 대개의 조선 사람들은 모두 그런 줄로 믿고 있었다. 그러면서도 모두들 그래도 좋으니 그런 남조선 고향 땅으로 돌아가겠다는 마음을 바꾸지 않았다. 정상봉은 웬만하면 그렇게까지 남조선이 형편없지는 않다는 것을 누구에겐가 귀띔해 주고 싶었으나 조선 사람들 중에는 실제로 북조선을 찬양하고 편드는 북조선 국적 취득자도 많았으므로 함부로 말할 수가 없었다. 특히 소련 본토에서 건너온 사람들 중에 그런 사람이 많았다. 소련 본토에서 건너온 사람들 중에도 남조선 출신이 있었지만, 1910년대 혹은 20년대나 그보다 훨씬 이전에 조선을 떠나 소련 천지를 방랑하다가 사할린까지 흘러들어온 사람들이어서 남조선에 대한 애착보다는 오랜 세월 몸담아 왔던 소련과 가까운 북조선을 더 좋아하고 미더워했다.

특히 지난 10월 10일 동경 올림픽 개회식의 실황 방송을 듣는 정상봉은 마음이 착잡했다. 남조선에서도 선수단을 대거 파견했다고 하고, 남조선 인민들 중에도 올림픽을 구경하러 많은 사람이 일본으로 왔다고 하는 방송을 듣고는 정상봉은 한편 반가우면서도 너무 서운하여 한숨을 쉬었다. 조선 사람들이 일본까지 올림픽 구경을 갔다는 것은 그래도 잘사는 사람들이 많다는 증거이고, 북조선보다는 자유가 보장되어 있다는 이야기가 아닌가. 이것은 정상봉에게 기쁜 소식이 아닐 수 없었다. 하지만 혁명을 일으켜 정권을 잡은 박정희라는 사람도 사할린에 억류되어 있는 조선 동포의 구출에 대해서는 전혀 관심을 갖고 있지 않는 것이 서운했다. 그런데도 올림픽 기간 동안 라디오에서는 내내 '세계는 하나!'라는 구호를 외쳐대었다. 세계가 하나 되자면 우리처럼 버림받은 사람들이 다 구해진 다음의 일이어야 하지 않은가. 아, 사할린에 남아 있는 4만여 명의 조선 동포들은 이제 영원히 버림받은 국제적인 미아란 말인가, 이런 생각에 그는 혼자 밤마다 얼마나 한숨 쉬며 눈물을 흘렸던가. 조선 동포의 수도 줄어, 5만 명에서 4만 명 정도로 그는 보고 있었다.

그런데 황복자의 집을 다녀온 이날 밤도 그는 그때 느꼈던 원망과 울분 이상의 감정을 주체할 수 없었다. 황복자의 어머니 아버지, 그리고 동생들과 같은 기구한 운명의 조선 사람들이 이 사할린 안에 얼마나 많을 것인가. 한마디로 사할린에 살고 있는 동포치고 눈물을 흘려 보지 아니하고, 한숨을 쉬어 보지 아니한 사람은 한 사람도 없을 것이다. 아니 몇 번쯤 자살의 유혹에 빠져 보지 않은 사람 또한 없을 것이다. 정상봉도 명색 신앙을 잊어버리지 않았으면서도 얼마나 많이 자살의 유혹에 시달렸던가. 사실 사할린에서는 조선 사람의 자살쯤은, 조선에서 동네 강아지나 병아리 한 마리 죽는 것보다도 대수롭지 않았다. 그리고 자살의 방법도 아주 간단했다. 스필드란 거의 100도에 가까운 독주를 안주나 물 없이 한 병만 마셔버려도 그 자리에서 식도와 위장이 타서 죽어버린다. 한 병이라야 고작 두 홉 반쯤 되는 양이었다. 이보다 더 무서운 것이 모레츠라는 것이다. 이것은 소련 사람들이 먹는 식초이다. 95도나 되는 초산이다. 이것은 한 병에 100g밖에 들어 있지 않지만 반 병만 마시면 즉사한다. 언제라도 구할 수 있는 식품이다. 해방 직후 많은 조선 사람들은 대부분 이것을 사 두고 있었다. 따라서 정말 자살하려는 사람은 이 모레츠를 마셨고, 스필드를 마시다 죽는 사람은 처음부터 죽을 마음을 먹은 사람은 아니다. 스필드를 마시다 보니 취하고, 취하다 보면 맑은 정신을 잃어버리고 무리해서 마시다 죽게 되는 것이다. 모레츠를 마실 경우 소생시킬 방법이 없지만 스필드를 마신 경우에는 살려낼 방법도 있다. 물론 훨씬 후에야 알아낸 방법이긴 하지만. 스필드를 과음한 사람의 입에 길쭉한 대롱 같은 것을 물리고 좀 있으면 대롱 끝으로 사람이 마신 술기운이 가스가 되어 새어나온다. 대롱 끝에 불을 붙이면 하얀 불꽃이 꽤 오랫동안 활활 탄다. 불꽃이 꺼지면 위에 남아 있던 술은 다 증발된 것이다. 이렇게만 되면 후유증으로 좀 앓기는 해도 죽지는 않는다. 그러나 초기에는 이런 비법도 몰랐기 때문에 많은 사람들이 죽어갔다.

정상봉은 해방 직후에 이 집에서 송장을 둘이나 쳐냈다. 한 사람은 몰래 모레츠를 마셨고, 다른 한 사람은 정상봉 등 여럿이 어울려 스필드를 마시다 죽었다. 스필드를 마실 때 정상봉 등 네 사람이 함께 마셨는데 죽은 사람은, 죽기 전 술이 취하자 방바닥을 치며 통곡하면서 절규했다.

"아이구, 부뚤이 오매애! 우찌 사노오?"

술이 취하지 않아도 아들 부뚤이 이야기며, 아내인 부뚤이 엄마 이야기가 자주 하던 그였다. 그는 경남 동래 출신의 젊은이였는데 이렇게 마치 장난처럼 방바닥을 치며 울부짖더니 반 이상 남은 스필드 병을 거꾸로 들고 나팔을 불었다. 정상봉이 이내 낚아챘다. 그러나 두 손으로 술병을 움켜잡은 그는 단숨에 꿀꺽꿀꺽 빨아들였다. 천장을 향한 입 가장자리며 턱으로 술이 줄줄 흘러내렸고, 그는 술병을 비우자 빈 병을 방바닥에 내리쳤다. 온 방 안에 유리조각이 흩어졌다. 그러나 유리조각보다도, 그가 더 급했다. 이내 벌렁 드러누운 그는 눈을 허옇게 치뜨고 온몸을 비틀며 사지를 버둥거렸다. 속수무책이었다. 대롱 같은 것도, 구멍을 뚫어 물릴 만한 무도 없었기 때문이었다.

정상봉은 목침대에 혼자 누워 지나온 세월의 이 일 저 일을 떠올리기도 하고, 조금 전에 보고 온 황복자 일가족의 비극을 생각하느라고 좀처럼 잠이 오지 않았다. 이럴 때 묵주기도라도 올렸으면 싶었지만 묵주는 오래전에 닳고 닳아서 알을 꿴 실마저 터져 못쓰게 되었던 것이다. 그는 누운 채 손가락을 꼽으며 기도하기 시작했다.

이튿날 눈을 뜨고 봉창문을 밀었을 때, 눈앞의 온 산이 눈으로 하얗게 덮여 있었다. 밤 사이에 내린 눈이었고 눈발은 잠시 그쳐 있었다. 사람의 통행을 막을 만큼의 눈은 아니어서 상봉은 시장에서 사다 둔 소시지에 빵조각으로 아침을 때우고 집을 나섰다.

바람 끝이 매서웠다. 그는 금년 들어 처음으로 털모자를 눌러쓰고 챙을 내려 귀까지 덮었다. 정상봉이 황복자의 집에 닿았을 때, 그녀는 아이에게 젖을 물리고 있다가 당황해하며 옷섶을 덮고 일어섰다. 입안에서 젖꼭지가 빠져나가자 아이가 앙, 하면서 울음을 터뜨렸다.

"아침은 들었습니까?"

정상봉의 물음에 그녀가 대답했다.

"어언지예. 눈이 오기에 안 오실 줄 알고…."

"어머니한테로 가자면 탄광 발전소 옆으로 가야 하지 않습니까? 눈이 더 오기 전에 지금 나갑시다."

"이래 일찍 가실라고예?"

그녀는 아마 아침도 안 먹은 식전에 집을 나서기가 꺼려지는 눈치였다. 그러나 정상봉은 탄광 식당에서 그녀에게 아침을 먹일 생각이었다. 정상봉은 탄광의 보일러실 상위직에 있었으므로 아무리 그날그날 계획된 양만큼의 밥을 해내는 식당일지라도 정상봉의 부탁은 들어줄 터였다. 자신도 따끈한 아침을 들고 싶었다.

정상봉은 복자가 탁아소에 아이를 맡기러 갈 때 탁아소까지 함께 갔다. 좀 전까지만 해도 일요일에는 탁아소를 운영하지 않았으나 최근 들어 석탄 증산을 강조하면서 일요일에도 작업을 하는 부부가 늘어나면서 탁아소의 문을 열었다. 아이를 맡기고 나올 때 눈발이 흩날리기 시작하더니 얼마 걷지 않아서 눈발은 점점 굵어지기 시작했다. 교통수단이 지극히도 나쁜 곳이어서 차를 이용하는 일은 특권층이 아니면 엄두도 낼 수 없었다. 복자가 말한 그의 어머니 집까지는 1시간은 족히 걸릴 시간이었다. 눈을 맞으면서 정상봉은 복자를 데리고 탄광의 식당으로 갔으나 그날따라 식당은 문을 닫고 있었다. 일요일 아침 식사는 되지 않는다는 사실을 그는 몰랐던 것이다. 눈은 점점 더 세차게 내렸다. 그는 국영 상점에 들러 채소와 고기와 밀가루를 사서 들고 눈 속을 걸었다. 복자가 걱정스럽게 말했다.

"눈이 이리 많이 오몬 몬 가겠는데예."

"그렇네요. 복자 씨 어머니한테 가기는 힘들겠고, 복자 씨나 나나 아침을 못 먹었으니 우리 집에 가서 아침밥이나 먹읍시다."

복자가 잠시 걸음을 멈추며 상봉의 얼굴을 쳐다보았다.

"선생님 집으로예?"

"예, 우리 집에 가서 아침이나 먹고 가봅시다."

이윽고 그들은 정상봉의 집에 닿았다. 문을 따고 현관으로 들어선 그들은 눈은 털고 다시 거실문을 열고 올라섰다. 난로의 열기가 꽁꽁 언 그들을 맞이했다. 어색해하는 복자를 방으로 안내해 놓고, 정상봉은 급히 외투와 모자를 벗고 주방으로 들어갔다. 사온 고기를 잘게 썰어 냄비에 볶는 한편, 야채를 씻어 썰었다. 고기가 대강 익자 들어내 놓고는 익숙한 솜씨로 밀가루 반죽을 했다. 그때 황복자가 주방 쪽으로 와서 말했다.

"눈이 이리 많이 오시는데 아들딸 삼남매는 어데로 가고 안 돌아옵니꺼?"

그녀는 정상봉의 농담을 진담으로 듣고 걱정스러운 얼굴로 물었다. 정상봉이 예사롭게 받았다.

"설마 지놈들이 배고프면 들어오겠지요. 에미 없이 키우다 보니 애들이 지 멋대로랍니다."

"아무리 제멋대로라도 이 추운 날씨에 오데로 가고 안 오까예?"

그때서야 정상봉이 껄껄 웃으며 말했다.

"나는 혼자 삽니다. 혼자 사는 몸에 아이 셋이 어디서 생기겠소?"

"뭐라꼬예? 아무도 없이 혼자 사신다꼬예?"

"그렇다니까요."

그러자 잠시 다시 한 번 눈길을 돌려 집안을 살펴보던 황복자가 말했다.

"지가 할께예. 밀가리 반죽하시는 거 보이, 피로시키 맨들 모양이지예?"

"방에 앉아 계십시오. 피로시키 맨드는 거는 내가 전문갑니다."

피로시키란 만두와 같은 것이다. 밀가루 반죽 속에 야채와 고기를 섞어 넣고, 쪄내거나 기름에 튀겨내는데, 사할린에서는 많이 먹는 음식이다. 정상봉이 오면서 고기와 야채를 산 것도 이런 피로시키를 만들기 위해서였다. 그런데 복자가 밀가루반죽을 만들어 야채와 고기를 만두 속에 넣는 일까지 자청했다. 정상봉은 밥도 하고 감자국도 끓였다. 피로시키를 쪄내어 밥과 국과 함께 차려 놓으니 모처럼의 성찬이었다. 그는 해마다 김장김치도 손수 담갔고 된장 간장은 조선 사람들의 가게에 가서 사다 먹었는데, 된장찌개도 끓여 놓았다. 생각하면 정상봉이 여자와 함께 밥을 먹는 것은 조선을 떠나고는 처음이었다.

눈발은 점점 더 거세어져 그들이 식사를 끝냈을 때는 벌써 밖으로 밀도록 되어 있는 현관문이 안 열릴 지경이었다. 눈은 그칠 것 같지 않았다. 황복자가 연거푸 봉창 밖을 내다보며 울상을 지었지만 사할린에서는 한 번 눈이 내리면 2, 3일은 보통이었다. 생각다 못해 정상봉이 말했다.

"이 눈 속으로 복자 씨가 탁아소에 갈 수는 없습니다. 내가 눈이 더 오기 전에 달려가서 아이를 데리고 올 테니까 가만히 있어요."

"지도 같이 갈랍니더. 우리 인자가 얼매나 울끼라고예."

"복자 씨가 간다고 안 웁니까?"

"얼굴을 개리거든예. 지가 보듬으몬 안 울어도 다른 사람이 보듬으몬 죽는다고 울지예."

"좀 울어도 괜찮아요. 이 폭설 속에 복자 씨가 나갔다가는 모녀가 다 큰 변을 당합니다."

억지다시피 복자를 달래놓고 정상봉은 방한장비를 철저히 하고 집을 나섰다. 뛰다시피 걸었지만 발목까지 차는 눈 때문에 걸음이 더딜 수밖에 없었다. 마침 바람이 등을 밀어주기는 했으나 올 때가 걱정이었다. 그는 걸으면서, 이왕 고향에는 가기 틀린 몸, 신부는 더군다나 되기 틀린 형편, 이참에 국적도 취득하고 늦었지만 결혼도 해볼까, 혼자 생각했다. 청춘을 다 보내고 나이도 불혹의 중반에 가깝지만 복자와 함께 음식을 만들고 밥을 먹는 시간이 그럴 수 없이 즐거웠다. 이게 사람 사는 보람이라면, 그리고 하느님께서 사람들에게 허여하신 은총이라면 굳이 그러한 사랑을 거역할 필요가 없다는 생각도 해 보았다. 특히 1년이면 한두 번씩은 앓는 몸살이나 감기 같은 병에도 얼마나 불편하고 고적했던가. 도무지 몸을 움직일 수 없을 만큼 온 뼈마디가 쑤시고 머리통이 온통 빠개질 만큼 아프면서 지독한 오한마저 겹칠 때는 머리에 물수건은커녕 냉수 한 그릇도 떠다 먹을 수가 없었다. 이런 때는 며칠이고 굶기도 예사여서 한 번씩 앓고 나면 엄청나게 늙어버리는 것 같았다. 그러면서도 여태 독신을 고수해온 이유는 무엇이었을까. 그것은 차라리 자의에 의한 고집이라기보다는 생존 경쟁에서의 패배라는 표현이 옳을 것이었다. 여자만 있으면 그녀가 유부녀이건 과부이건 먼저 덮치는 사내가 임자가 되다시피 했던 지난날, 어떻게 정상봉마저 그런 경쟁에 뛰어날 수 있었겠는가. 또 그때만 해도 고향으로 돌아갈 수 있으리라는 실낱 같은 희망이라도 있었기에 참고 참은 세월이 오늘에까지 이르고 만 게 아닌가.

이윽고 정상봉은 입에서 하얀 김을 풀풀 풍기며 탁아소의 문을 밀고 들어갔다. 인자는 마침 자고 있었다. 여벌로 입고 간 외투를 벗어 아이를 단단히 감싸 품에 껴안고 온 길을 되짚어 걸었다. 눈발은 올 때보다 훨씬 더 거세어져 틀림없이 며칠을 계속해서 퍼부을 조짐이었다.

## 25장

# 브레즈네프에게 보낸 탄원서

### 70

이문근도 오랜전부터 헌 라디오 한 개를 사서 몰래 듣고 있었다. 그도 라디오를 듣는 것이 유일한 재미였다. 한국에 대해 섭섭한 것은, 한국 국민들이나 정부가 일본 국민들이나 정부보다도 사할린에 억류되어 있는 조선인들의 문제에 대해서 더 무관심한 점이었다. 일본에서는 그래도 민간인 중에서도 다카기 겐이치(高木健一) 변호사 같은 사람이 있어, 사할린 조선인들을 위해 많은 힘을 쓰고 있었다. 최근에는 사할린에서 탈출해 일본으로 돌아갔다는 이시무라(石村) 같은 이도 자신이 직접 체험한 사할린의 비극을 방송, 신문, 잡지 등에 기고하면서 사할린에 억류되어 있는 미귀환 일본인과 4만여 명의 조선인 징용자에 대한 일본 국민과 정부의 관심을 환기시키고 있었다. NHK의 방송을 즐겨 듣는 이문근은 이러한 일본 내의 움직임을 소상하게 알고 있었다. 그는 일본 방송을 듣기 시작하면서부터 사할린이 한국이나 일본보다도 2시간이나 앞서 가는 것을 알 수 있었다. 즉 사할린의 낮 12시는 한국의 오전 10시였다.

요즘은 민간인이 라디오를 가지고 방송 청취를 하는 것이 많이 완화되었으나 해방 직후에는 개인이 라디오를 가지고 있다가 발각되는 날에는 무서운 처벌까지 받았다고 한다. 그러다가 50년 전후부터는 라디오를 가지고 있다가 발각되어도 조선인들은 아직 러시아말을 모르기 때문에 러시아말을 공부하기 위해서 라디오를 듣고 있으니 봐 달라고 애걸하면 봐주기도 했었다.

이문근은 다른 조선 사람처럼 종전 전부터 사할린에서 살던 사람도 아니고 53년도에야 일본을 거쳐 들어왔기 때문에 신변에 항상 위험을 느끼고 있었다. 그래서 소련 당국의 비위에 거슬리는 일은 되도록이면 삼가고 조심하느라고 라디오를 살 수 있는 돈도 있었지만 꾹 참고 살아왔다. 그러나 지금은 비록 무국적자이긴 하지만 고려인협회에 가입되기도 했고 사할린조선민족학교의 오랜 봉사를 통해 유즈노사할린스크의 동포사회에서는 웬만큼 인정받고 있을뿐더러 이문근의 그러한 위치를 소련 당국에서도 인정하고 있는 것 같았다. 그리고 허다한 사람들이 라디오를 사서 듣고 있는 것을 보고야 그도 라디오를 샀던 것이다.

NHK 방송의 뉴스나 가요를 듣는 것은 참으로 즐거웠다. 하루 종일 낡은 자동차와 함께 씨름을 하다가 기름투성이의 몸을 대강 씻고 집으로 돌아와 밥 한술을 뜨고 나면 할 수 있는 유일한 일이 라디오 청취였다. 신문도 잡지도 읽을거리라고는 아무것도 없었다. 러시아어로 된 서적이나 신문은 아직도 잘 읽히지 않았다. 지금도 러시아어 공부를 열심히 하고 있는 편이지만 나이 탓인지 도무지 진보가 없었다,

지난번에 강신귀가 일본으로 떠나자 그가 살던 집을 인계받아 계속 살고 있기는 하지만 강신귀와 함께 나가던 건축공사장에는 혼자 나갈 수가 없었다. 건축공사장의 경기가 그 당시보다 못한

이유도 있었지만, 사할린에서 목숨을 부지하고 살자면 무엇보다도 고급 기술자가 되지 않아서는 안 되겠다는 판단이 섰기 때문이다. 특히 소련사회에서는 펜대를 잡는 사람보다는 노동자, 노동자 중에서도 기술 노동자가 우대받는다. 그래서 그는 자동차 정비 기술을 배우기에는 늦은 나이였지만 인생을 새로 출발하겠다는 결심으로 자동차 정비 공장에 막노동꾼으로 들어가 러시아인 기술자 밑에서 열심히 일했다. 러시아말도 배우고 기술도 익히는 일석이조의 보람이 있었다.

참고로 이무렵 건축공사가 한물가고 자동치 정비 기술이 각광을 받는 이유는 이러했다. 45년 말에 일본인과 조선인을 제외한 사할린의 인구는 약 20만 명이었으나 57년에는 64만 명으로 불어났다. 이때가 건축 경기의 전성시대였다. 이때를 고비로 소련 본토에서 유입되는 러시아인들은 주춤해지면서 인구증가 현상도 갑자기 둔화된다. 그러면서도 사할린은 동북아시아의 소련의 주요 군사기지로 변하면서 군용차량이 대폭 증가하는데, 이 군용차량은 대거 민간인에게 흘러나와, 러시아 민간인들의 차량 소유가 늘어나기 시작했던 시기였다. 특히 지난 도쿄 올림픽을 계기로 일본의 중고 자동차까지 사할린으로 흘러들어 와 이제 자동차 정비공은 최고의 기술자로 각광받는 직종이 되었다.

이문근은 NHK의 저녁 7시 뉴스를 사할린 시간 9시에 들을 수 있었다. 따라서 그는, 여름철의 9시라면 해가 다 지기도 전이었지만 그 시간 안으로는 어찌하든지 혼자 사는 집으로 돌아오려고 애썼다. 그는 한때 일본에 잠시 머물면서 그랬던 것처럼 사할린에 와서도 라디오를 듣게 되면서부터는 사할린에 억류되어 있는 조선인들에 관한 방송 내용이라면 빠뜨리지 않고 일기장에 기록해 나갔다, 일기장이란 말이 나왔지만 그는 일본에서부터 오늘까지 거의 하루도 안 빠지고 일기를 써오고 있었다. 그의 일기 중 일본에서 움직여지고 있는 사할린 조선인들의 구출에 관한 내용을 몇 가지만 간추려 보면 이런 것이 있다.

54년 사할린 동해안의 마카로프 펄프 공장에서 2천여 명의 조선인 노동자들의 폭동이 일어났다. 공사현장에 투입된 북조선 노동자들이 대부분의 남조선 출신의 노동자들에게 고자세로 군림하려는 데 대한 반발이었다….

56년 8월 사할린에서 일본으로 귀환한 조선인들의 '재사할린억류조선인귀환운동본부'가 도쿄에서 결성되어 일본 국회에 탄원서를 제출했다….

58년 1월에 사할린에서 일본으로 귀환한 일본인 처를 둔 조선인들이 귀환선에서 '사할린억류귀환한국인회'를 조직하고 일본에 닿는 즉시 도쿄 한국 대표부 최규하 참사관에게 탄원서를 제출했다….

58년 2월에는 일본 국회 중의원 예산위원회에서 사회당의 시마카미 의원이 정부 측에 질문하기를, 일본 여성과 결혼하여 귀환한 한국인들에 대해서는 왜 여타의 일본인 귀환자에게 지급하는 귀국 수당이나 여비를 지급하지 않았느냐, 이런 불평등한 처사를 해도 좋은가. 이에 대한 고노 정부 측의 답변은, 비록 일본 여인과 결혼은 했지마는 그들 한국인은 제3국인이지 일본인이 아닙니다….

이러한 내용은 이문근의 일기에 이루 헤아릴 수 없이 많이 기록돼 있다.

그런데 65년으로 접어들자 흐루시초프 서기장이 실각되고 브레즈네프가 서기장에 올랐다. 그런데 NHK 방송은 이문근의 귀에 새로운 뉴스를 전해주었다 그의 나이도 벌써 50살이어서 노인 티가 나고 있었다. 그가 들은 뉴스는, '사할린억류귀환한국인회'에서 끈질기게 일본 정부에 사할린 억류 한국인의 귀환을 교섭한 결과, 소련 정부에서만 재사할린 조선인을 출국시켜준다면 일본 정부도 고려해 보겠다는 내용이었다. 그러나 어찌된 셈인지 이러한 고무적인 내용의 방송은 두 번 다시 청취되지 않았다. 이문근은 그가 들은 놀랄 만한 방송 내용을 최해술, 박판도, 허남보 등에게 전했는데, 그들 중에도 그러한 내용의 방송을 들었다는 사람이 있었다. 그런데 그들 역시 그 뒤에는 그와 관련된 어떤 방송도 듣지 못했다고 했다. 허남보가 단정적으로 말했다

"아매 소련에서 우리를 놓아 줄라고 하지 않기 때민에 일본에서는 차라리 잘 됐다고 가만히 있는 길 낍니더."

모두들 잠시 입을 닫고 있었다. 그들의 표정에는 하나같이 허남보가 내린 단정이 그릇된 것이기를 바라고 있었다. 금년에 42살의 허남보도 아이가 넷이나 되었고 치밀하고 근면한 성격 탓으로 살기도 따뜻한 편이었다. 하기는 생활 정도는 모두들 사할린 안에서는 중류 이상이었다. 물론 러시아 사람을 포함한 이야기이다. 조선 사람들은 천성이 부지런하고 두뇌가 우수해서 러시아 사람들의 시기를 받을 만큼 그런대로 잘살고 있었다. 처음에는 러시아 사람들의 생활수준이 훨씬 높았지만 세월이 지날수록 바뀌어 상황이 역전되고 있었던 것이다.

박판도가 말했다. 박판도는 그사이에 재사할린고려인협회 회장

을 맡고 있었다. 모두들 그랬지만 박판도는 45살의 나이보다 훨씬 더 늙어 있었다. 이마에는 깊은 주름살에다 머리칼도 반백이 되어 있었다.

"이때 남조선 정부에서 쪼매만 힘을 써도 좋을 낀데."

최해술도 라디오를 듣고 있었기 때문에 한국의 정세에 대해서 어느 정도는 알고 있었다. 그도 벌써 55살의 나이에 어울리지 않게 노쇠해 있었다. 그러나 눈빛만은 언제나 맑고 초롱초롱한 것이 젊은이 못지않았다. 술을 마셔도 절대로 과음을 하지 않는 탓인지 몰랐다. 라디오로 세상 돌아가는 사정을 알고 있는 그가 말했다.

"한국에 박정희라는 사람이 대통령이 되어 일본하고 국교를 맺을라고 애쓴다는데…."

박판도가 다시 말했다.

"국교를 맺기 전에, 우리 겉은 사람들을 일본이 책임지고 귀국시키라고 한국인가 남조선인가 하는 우리 정부가 정정당당하게 요구해야 될 꺼 앙입니까? 왜놈들이 필요해서 무고한 사람을 억지로 잡아다가 부려먹었으면 노임 청산은 이왕지사 틀렸다 치고라도 조선 땅으로 보내주는 거는 당연한 책임 앙입니까."

허남보가 분해서 참을 수 없다는 듯 투덜거렸다.

"한국 정부가 하는 꼬라지 보몬…."

박판도가 다시 말했다. 그도 허남보에 이어 흥분된 어조로 말했다.

"남조선 정부에서 일을 옳기 할라몬 36년 동안 왜놈이 조선 사람한테 보인 온갖 손해를 전부 다 배상해라고 해야지요. 지난번 도쿄 올림픽 보이소. 좀 잘살게 됐다고 온 세계에 자랑하고 뻐기는 거 안 봤습니까. 그런데도 손해배상 청구는커이사(커녕) 여게서 피눈물을 흘리면서 고향 땅만 생각하는 우리를 헌신짝 내삐리듯

하고 있는 남조선 정부 앙입니까."

계속 침통한 얼굴로 입을 닫고 있던 최해술이 이문근을 보면서 의논조로 말했다.

"이 형, 우리가 한번 앞장서서 우선 사할린 정청에 탄원서를 내 봅시다. 이 형만 국적이 없고 우리는 모두 소련 국적을 가지고 있으니 탄원서 내용만 이 형이 좀 수고를 해 주시고 탄원인 이름은 우리들 이름으로 하고."

사실 이 무렵의 사할린 거주 한국인의 75%가 북한 국적을 취득해 있었고, 15%가 소련 국적, 10% 정도가 무국적으로 남아 있었다. 이문근이 무겁게 입을 떼었다

"사할린 정청에 탄원서를 내는 것은 어렵지 않습니다. 그러나 사할린에 억류되어 있는 우리 동포들의 일은 사할린 주가 속한 러시아공화국, 러시아공화국이 속한 소련 정부 차원의 문제이지, 여기 사할린 정청의 문제가 아니지 않겠습니까."

모두들 잠시 입을 닫고 있었다. 그러다 최해술이 다시 말문을 열었다.

"대개는 알겠지만 일본에서도 일본 사람들이 하는, 우리들을 위한 노력이 있고, 또 여기에 살다가 일본으로 돌아간 우리 동포들이 하는, 우리를 위한 노력도 있는데, 정작 우리 자체의 노력이 전무해서야 되겠습니까? 하늘도 스스로 돕는 사람을 돕는다고 하는데… 우리는 모두들 생각은 뻔하면서도 글이 짧아 탄원서 하나도 쓸 도리가 없는 깁니다."

잠시 말을 그친 최해술은 박판도를 유심히 바라보면서 다시 말했다.

"박판도 씨가 유즈노사할린스크에 살고 있는 동포들 중에서는 이 형 다음으로 글이 들었지만 아무래도 탄원서 같은 문장은…."

이문근이 한참 생각하다가 답했다.

"박 형이 도와준다는 조건으로 한번 써보겠습니다. 그러나 이 탄원서는 모스크바의 서기장에게 보내는 것이고, 되도록이면 사할린에 살고 있는 조선인들 중 대표성을 띤 모든 인사들의 연명으로 보내야만 좋을 것 같습니다."

"그 문제는 내가 나서 보겠습니다."

박판도의 이러한 말로 이날의 만남은 이쯤에서 끝났다.

## 71

이문근과 박판도는 이튿날부터 소련 브레즈네프 서기장에게 보내는 탄원서 초안 작성에 들어갔다. 꼬박 이틀이 걸려 초고를 만들었다.

그러고는 러시아어로 번역할 사람을 찾았다. 이문근이나 박판도 두 사람 다 익히 소문을 듣고 있는 사람이 있었다. 그는 유즈노사할린스크 사범대학에서 교편을 잡고 있는 송봉규 교수였다. 경남 진주가 고향이었지만 어릴 때인 1930년대 후반기에 부모를 따라 연해주로 가서 살았다고 한다. 공부를 잘한 그는 모스크바에서 대학을 마치고 사할린에 사범대학이 설립되자 가족과 함께 부임해 온, 말하자면 소련 본토 출신 2세 동포였다. 30대 후반인 그는 소련 본토에 오래 산 사람 치고는 우리말도 유창했고 한글도 잘 읽었다. 그는 이문근과 박판도가 가져온 원고를 자세히 읽어 보고는 마땅찮은 표정을 지었다. 그런 그가 말했다.

"이런 글은 위선 브레즈네프 서기장의 마음에 싹 들어야 되는데 두 동무가 써 오신 이 글은 남조선을 그리워만 했지, 남조선의 실상을 전혀 이야기하지 않았어요."

박판도가 물었다.

“남조선의 실상이라면?”

송봉규 교수가 야릇한 표정을 지으며 말했다.

“나는 북조선에는 여러 번 다녀왔어요. 전후 복구가 오래전에 완성되었고, 인민들의 생활도 세계 어느 사회주의 나라에 뒤떨어지지 않습디다. 그런데 남조선에는 내 부모들의 고향이 있지만 못 가봤어요. 못 가봤지만 남조선 실상은 동무들도 알고 있지 않아요? 걸뱅이가 버글버글하고 어른이나 아이나 모두 깡통을 차고 미국 놈들이 먹다가 버린 임석(음식) 찌끄레기를 주워 먹는다고 합니다. 미제국주의자들이 남조선 인민들을 착취하기 때문이지요. 브레즈네프 서기장 동지도 남조선의 이런 실상을 잘 알고 있어요. 그런데 무턱대고 남조선으로 돌아가겠다고 떼만 쓴다고 보내 주겠습니까? 남조선의 이러이러한 점이 나쁜 줄을 알지마는 그래도 부모 형제가 있으므로 돌아가지 않을 수 없다는 그런 내용으로, 대단히 수고스럽지마는 귀환을 희망하는 4만 명 가까운 동포들을 대변하는 일을 하시는 김에 이 탄원서를 한 번 더 고쳐 써 오시면 나도 정성껏 번역을 해 드리겠습니다. 혹시 내 말에 어떤 의문이 있으면 저기 신문사에 가서 상급 기자인 민희숙 기자 동무를 만나서 의논해 보셔도 좋겠습니다.”

그들은 송봉규 교수 곁을 떠나왔다. 걸으면서 박판도가 혼잣말로 구시렁거렸다.

“더어러바서! 똑 지는 남조선 사람도 앙이고 북조선 사람맨치로 말하네.”

“나는 무국적자, 박형은 소련국적을 가졌다는 것을 알고 있을 거요, 송 교수는.”

“신문사 민희숙 기자도 송 교수와 똑같은 말을 할 낀데, 갈 거 있습니까?"

"글쎄요, 송 교수 시키는 대로 그냥 다시 씁시다, 꿩 잡는 기 매라고 탄원서 내용이야 어떻든 우리가 귀국만 할 수 있으면 되는 거 아니겠소?"

그들은 '레닌의 길로'라는 제호의 신문사로 가는 것을 포기했다. 이 신문은 1949년에 창간된 한글 신문으로, 그동안 소련 당국의 홍보지 역할, 특히 북조선의 정치 선전을 주 내용으로 하면서도 동포들의 억울하고 딱한 사연도 부지런히 실어내었으나 발행 부수가 워낙 미미하여 그 파급 효과는 신문이 있으나 마나였다. 송봉규 교수가 소개한 민희숙 기자도 소련에서 공부하고 사할린으로 들어온, 그것도 북한 출신의 여기자였다. 그러므로 그들은 민희숙 기자를 만나볼 필요가 없었던 것이다.

다시 이틀 뒤 손보아 완성한 원고를 송봉규 교수에게 가져갔을 때, 그는 번역을 쾌히 승락했다. 그 원고 즉, 탄원서의 내용은 다음과 같다.

존경하는 브레즈네프 서기장 동지에게 보내는 탄원서

국가의 중임과 전 세계 인류들의 행복한 생활을 위하여 헌신하시는 존귀하신 동지의 건강을 축원하오며 본인들이 아래와 같은 서신을 감히 동지에게 올리는 것을 허락하여 주시기 바랍니다.

본인들은 2차대전 발발 후 일본 제국주의자들에 의하여 징용으로 남사할린에 와서 강제 로동에 종사하다가 8·15의 해방을 만나 아직까지 고향으로 돌아가지 못한 조선인들이올시다. 소련 군대로 말미암아 생명이 구원되었고 일본의 강제적 억압 속에서 해방된 은혜는 이루 말할 수 없사오나 우리들에게 남아 있는 다른 한 가지의 문제만을 해결하여 주신다면 다시없는 영광이 되겠습니다. 그리고 그것은 곧 우리들에게 생에 대한 의의를 더 한층 높여주시는 것이며, 사람다운 생활의 길을 열어주시는 것인바, 또한 이 문제는 동지 이외는 아무도 해결하지 못하는 문제인 것입니다 솔직하게 말씀드려서 저희들을 저희들의 고향인 조선민주주의인민공화국 남반부로 보내달라는 것입니다. 무슨 까닭에? 소련의 따뜻한 배려에 불만이 있어서인가? 아닙니다. 그럼 남조선의 괴뢰정권을 찬성하여서인가? 그런 것도 아닙니다. 사람으로서 사람을 착취하는 자본주의 사회가 그리워서인가? 그런 것은 절대로 아닙니다. 저희들을 위한 소련 국가의 따뜻한 배려는 고맙기가 말할 수 없사오며, 일본제국주의시대의 식민지 정책을 되풀이하는 것 같은 남조선 정책을 찬성하여서 그런 것은 절대로 아니며, 항차 과거에 그렇게도 심하던 압제와 착취 속에 신음하던 몸이기 때문에 자본주의 사회가 그리울 리 만무한 일입니다.

그러면 무엇일까요? 존귀하신 브레즈네프 동지! 그곳에는 우리들의 늙으신 부모들과 형제며 처자들이 있습니다. 먼저 간단히 해방 당시까지 남사할린에 거주하던 조선인들에 대해서 말씀드리겠습니다. 해방 당시에 남사할린에는 약 50,000명가량의 조선인이 있었습니다. 이 중에서 혁명 당시에 시베리아에 출병하였던 일본군이 철병할 때 함께 따라온 사람과(주로 고향은 북조선) 사할린 개척 대원으로 자유로이 온 사람이 약 3% 될까 말까이며 나머지는 전체 남조선에서 모집이니 징용이니 하여 일본제국주의자들이 데려온 사람입니다. 이 나머지 39,000명가량 중에서도 가족을 조선서 데려온 사람은 10%가량에 불과하고 나머지 90%는 전체 독신으로 여기에 온 것입니다. 이 90% 중에서도 남조선에 처자를 두고 온 사람이 60%이요, 결혼하지 않고 온 사람이 30%입니다. 현재와 같은 형편에 있는 사람들은 남조선에다가 자기 아내와 아들딸 그리고 부모를 모두 두고 이곳에 와서 20년이 넘는 동안 그들의 생사도 모르며 혼자 술과 한숨으로 세월을 보내는 2만여 명의 이들을 브레즈네프 동지께서는 어떻게 보십니까? 또 20세 전후에 이곳에 총각으로 온 1만 명가량의 청년들이 지금 40세 전후가 되어도 혼자 몸으로 늙는 이 현상은 어떻게 하여야 됩니까? 중세기 시대의 종교인들이 종교적 수련으로 시행하던 금욕주의가 남사할린에 있는 조선인 사회에 20세기인 지금도 계속되고 있는 문제는 간단하다고는 볼 수 없지 않습니까? 원래 사할린에는 잡혀올 때 남자만 왔기 때문에 극도의 여성 부족은 괴상한 현상들을 이곳에서 속출시키고 있습니다. 딸을 팔아먹는 사람이 있는가 하면 어린이 4, 5 남매를 내버리고 달아나는 여자들 등, 윤리와 도덕을 잃은 이런 일이 수없이 발생하고 있고, 이런 문제를 정치부장이나 신문기자들이 말로나 글로써 책망하지마는 그런 말과 글이 절대로 근본 치료는 될 수 없는 것입니다.

존귀하신 브레즈네프 동지! 우리들이 로동력을 상실한 늙으신 부모가 죽기 전에 그들을 받들게 하여 주십시오. 우리들이 20년간이나 한시도 잊지 않고 그리워한 아내를 늙어 죽기 전에 다시 만나게 하여 주십시오. 어린 것들이 주렁주렁 매달리어 "아버지야!"라고 부르는 것을 뿌리치고 온 그 자식들을 제발 다시 한 번 만나게 하여 주십시오. 20년 동안 우리들의 늙으신 부모가 짓밟힌 남조선 하늘 밑에서 이곳에 있는 아들의 이름을 부르고 있는 것을 생각할 때, 또 젊어서 두고 온 아내가 아이들을 데리고서 한숨과 눈물로 지금쯤은 늙어 쪼그라졌을 것을 생각할 때, 애비 없는 자식이 된 아이들이 아버지 있는 아이들을 부러워해서 이 아비를 부르는 것을 생각할 때, 저희들의 가슴은 미어지는 것 같습니다. 더욱이 늙으신 부모님이 미국인들이 내버린 깡통 찌꺼기를 주워 먹으러 다니는 것을 생각할 때, 두고 온 아내가 고픈 배를 움켜쥐고 산비탈에서 풀뿌리를 캐다가 미국인들 총알에 맞아 죽지나 않았는가 생각할 때, 애비 잃은 아이들이, 내 자식들이 미국인들의 구두를 닦다가 발길에 차여 병신이나 되지 않았는가 생각할 때, 저희들의 마음은 미칠 것 같습니다. 우리들은 로동자나 농민들의 자식입니다. 당시 아무리 전쟁이 가혹하였어도 자본가나 지주의 자식들은 한 사람도 모집이나 징용으로 온 사람이 없습니다. 이 사정만을 생각하여 보셔도 아실 것입니다. 직접 총을 들고 인민을 살상하던 일본 군인들도 자기의 고향으로 돌아가 혈족들을 만나서 행복한 생활과 평화를 누리고 있는 이때에, 일본 제국주의자들에게 강제로 끌려와 그 무서운 혹사를 당하던 4만여 명의 우리가 벌써 20년간이나 가족들을 만나보지 못하게 된 이 비극을 동지께서는 어떻게 생각하십니까?

존귀하신 브레즈네프 동지! 이런 사정을 이곳에서 지도계급 일꾼들과 이야기하여 보아도 아무런 해결을 얻지 못하였습니다. 그러기에 나라 일에 바쁘실 줄 알면서도 동지에게 귀중하신 시간을 빼앗게 된 것이오니 이 점을 모두 통찰하시와 딱한 형편에 처하여 있는 남사할린 조선 사람들의 문제를 해결하시와 우리들로 하여금 사람으로서 뜻이 있는 생활을 하게끔 하여 주시기 바랍니다.

존귀하신 몸, 우리들 인민들을 위하여 존귀하신 몸 만수무강하옵시기 축원하오며 붓을 놓습니다.

탄원서의 번역까지 완성되자 최해술을 비롯한 이문근 박판도 허남보 등은 다시 모여 재사할린 조선인들의 각종 모임 대표들로부터 받을 서명에 대하여 의견을 모았다. 우선 각 지역별 고려인협회 지부에 연락할 것은 물론, 각 직장별로 조직되어 있는 동포들의 모임에도 빠짐없이 연락하여 가능한 한 최대한도의 서명을 받아내자는 의견이 모아졌다. 사실 사할린에 살고 있는 전 동포의 서명을 다 받으면 가장 좋겠지만 교통도 지극히 불편한 터에, 사할린 전역의 구석구석에 흩어져 살고 있는 사람들을 일일이 찾아 서명을 받기는 애초에 불가능한 일이었다. 이래서 다시 나온 안이 유즈노사할린스크에 살고 있는 조선인들만이라도 더 많이 모아 이 방대한 작업의 취지와 추진 방향을 설명하고, 도움을 받자는 것이었다. 이러한 의견은 그대로 채택되었다.

다시 모였을 때는 30여 명의 그만그만한 얼굴들이 모였다. 최해술이 이날 모인 목적과 취지를 설명했고 이문근이 러시아어로 번역되기 전의 조선말 탄원서 원고를 낭독했다. 모이면 술부터 마시는 조선인들이었지만 이문근이 낭독하는 탄원서 내용을 듣고 벌써 천장을 보거나 창밖으로 눈길을 보내며 눈물을 글썽거리는 사람도 더러 있었다.

박판도가 이 탄원서 끝에 첨부할 재사할린 조선인들의 서명을 어떻게 받느냐가 문제라면서, 좋은 의견이 있으면 말해 달라고 했을 때, 맨 먼저 손을 든 사람이 김형개였다. 그러나 이문근이 김형개를 알 리는 없었다. 물론 이름도 이때쯤에는 완전히 잊어버리고 있었다.

그도 벌써 38살이었다. 슬하에는 아들딸이 넷이나 되었고, 맏딸 미옥이는 20살이나 되어 사방에서 며느리로 달라는 말을 듣고 있는 터였다. 딸 미옥이는 어머니를 닮아 하얀 피부에 인물도 예뻤지만 인민학교 11학년을 마치고 본토로 가서 대학을 다니겠다는 걸 말려, 사할린 사범대학에 다니고 있었다. 그런 김형개는 부부가 열심히 일한 덕분으로 살기도 따뜻했고 그만큼 자존심도 있었다.

"오늘 와서 들으니 몇몇 분의 수고가 참으로 놀랍십니다. 먼저 수고하신 분들에게 경의를 표합니다. 그러나 솔직한 말로 회장님 이하 간부 되는 분들이 그동안 무신 일을 하고 있었는지에 대해서는 좀 불만입니다. 기왕 일이 이만큼이나 되었으니 지난 일은 더 왈가왈부할 필요가 없겠지마는 처음부터 좀 더 많은 분들이 참여한 가운데 출발했더라몬 더 좋았겠다는 생각이 듭니다. 그랬더라몬 오늘 이러한 모임은 사실상 필요가 없는 것이기 때문입니다. 자아, 그거는 그렇고 박판도 동무가 말씀하신 대로 이 서명을 받을라몬 우째야 되느냐, 제 생각으로는 뽕도 따고 임도 본다는 말이 있드키 이번 참에 조선 사람 가운데 모일 수 있는 사람은 모두 한번 모아 보자 이깁니다. 우리가 이 낯설고 물선 사할린에 와서 산 제(지)가 벌써 금년으로 20년이 안 넘었습니까. 일찍 오신 분은 30년이 된 사람도 많이 안 있습니까. 그런데 안죽 한 번도 모여 보지를 못했으니 그기 다 우리가 어렵게 묵고 사니라고 그랬지마는 인자 다아 밥술 떠 묵고 살고 안 있습니까. 그러니 한번 모입시다."

김형개의 이러한 제안에 모든 사람이 환호와 더불어 박수까지 쳤다. 그들은 사실 같은 동네 사람끼리는 생일 잔치다, 자녀들 결혼이다 해서 더러 모이지만 대표성을 띤 사람들만이라도 사할린 내의 전체가 모인 적은 한 번도 없었다.

이날 모임은 여러 의견이 나오는 가운데 술 마시고, 노래하고, 떠들면서도 썩 의미 있는 시간이 되었다. 결론은 이러했다.

첫째, 가을이 시작되는 8월 15일 대표성을 띤 모든 사람을 모은다.

둘째, 그 연락책임은 이 자리에 모인 모든 사람들이 각 지역별로 책임을 맡아 담당한다. 다만 전혀 연고자가 없는 지역에 한해서는 재사할린고려인협회 박판도 회장이 책임진다.

셋째, 모임의 장소는 브이코프 탄광 상류 계곡의 유원지인 폭포수로 한다.

넷째, 유즈노사할린스크에 집결한 참석자는 이문근의, 자동차 정비 공장에서 버스를 내어 수송책임을 진다.

다섯째, 그날 먹고 마시는 점심과 술은 각 지역 혹은 각 직장 단체 대표들이 충분히 준비해 온다. 다만 놀이에 필요한 마이크 시설, 프로그램만 박판도 회장 등이 책임진다.

모임을 마치고 돌아오는 길에 박판도는 바로 이웃에 사는 김형개와 같이 걸었다. 직장은 달랐지만 그동안 좀 더 가까워질 수 있었을 텐데도 그들은 좀처럼 만날 기회가 없었다. 박판도는 아내가 무슨 연유인지 김형개의 부인에 대하여 경계와 질시의 눈초리를 잊지 않는 것을 생각하면서 어쩌면 자신이 김형개를 더 가까이하지 못한 것도 아내 탓이리라는 막연한 생각을 했다. 아내는 김형개의 딸 미옥이 사할린 사범대학에 들어갔다는 말을 듣고도 입을 비쭉했던 것이다.

김형개는 박판도에 대하여, 그래도 명색이 재사할린고려인협회 회장이란 작자가 이웃에 살면서도 자기를 그렇게 무시할 수 있느냐며 속으로 늘 괘씸해하던 터였다. 그런데 답답하니까 모임에 나오라고 부르는 꼬락서니란! 이런 심경으로 아까 발언에서도 꽤 가시 있는 말을 했지만 좀 더 심하게 하려다가 참았던 것이다, 박판도의 부인이나 그 아들딸들을 볼 때 김형개는 언제나 좀 한심스러웠기 때문에 자기가 박판도보다는 몇 배 괜찮게 되어 있다는 자부심이 있었다. 박판도의 아들은 노랑대가리(러시아 사람)계집애와 결혼하겠다고 한때 온 동네가 떠들썩하게 시끄러웠던 것을 김형개는 익히 알고 있었다. 박판도의 부인도, 아내의 말을 들으면, 쓸

데없는 말 잘하고 도무지 든 데가 없어 보이는 사람이었다. 그런데 술기운에서 그랬는지 박판도가 걸으면서 김형개의 손을 잡고 말했다. 어두운 밤길이었다.

"김 형, 우리 서로 돕고 삽시다. 김 형이 브이코프 탄광에서 용감한 일 한 것도 알고 있소. 가스폭발 때 말이오."

김형개는 남이 자신의 전력을 알아주는 것이 불쾌했다. 그것은 자기의 아내가 정신대 출신임도 알 가능성이 있었기 때문이다. 그러나 그는 판도의 말에 담담하게 답했다.

"다 젊을 때 일이지요."

"그러나 나는 김 형이 더 큰 공을 세운 것을 알고는 마음으로 김 형을 존경해 왔소."

김형개는 그러는 박판도의 얼굴을 어둠 가운데서도 유심히 바라보았다. 공이라니? 무슨 공을 세웠다는 것인가 판도가 다시 이었다.

"사실 김 형의 그 공훈 이야기를 들은 것은 최근이오. 물론 이시무라 선생과 정상봉 씨라는 분의 이야기도 최근에 들은 것이오."

그때야 자신도 잊고 있던 일을 떠올렸다. 해방 직후 왜놈들의 쌍굴 폭파 미수사건이었다.

"아하, 그래서 저에게 정상봉 씨가 살고 있는 브이코프 지역을 맡기셨네요?"

"그럼요. 그러나 브이코프 사람들은 유즈노사할린스크로 내려올 필요는 없지요."

"그기사 그렇지요."

"김 형, 이번 일 잘 도와주시오. 김 형을 진작 알았던들…."

김형개는 세상에 마음이 근본적으로 나쁜 사람은 별로 없는 법이라고 생각했다. 그리고 자기를 알아주는 것이 고마웠다. 아는지 모르는지는 모르겠지만 아내 이야기를 한 마디도 비치지 않는 것도 다행이었다.

"박 회장님을 열심히 돕겠습니다."

"고맙습니다."

7월 하순, 날씨는 본격적인 여름이지만 밤공기는 상쾌했다.

풀벌레 소리에 섞여 어디선가 밤인데도 산새 울음소리도 궁상맞게 들려오고 있었다. 조선에서는 한 번도 들어보지 못한 저 소리는 어떤 새일까? 어쩌면 조류가 아닌 야생 짐승의 소리인지도 올랐다.

## 72

그해 1965년 8월 15일, 이날은 일요일이면서 광복절이었다. 그리고 사할린 내의 조선인들 대표가 모두 한자리에 모이는 뜻 깊은 날이었다. 11시까지 유즈노사할린스크 역 광장의 레닌동상 앞에 집합하기로 된 각 지역, 각 직장별 대표들은 9시가 넘자 하나 둘 모여들기 시작했다.

최해술 이문근 박판도 허남보 김형개, 그 외의 전날 모임에 참석했던 몇몇 사람들은 일찍부터 나와 서둘렀다. 다 모여도 버스 한 대면 되겠지만 만약을 위해서 승용차 한 대도 동원되었다. 그 승용차도 이문근의 직장에서 나왔다. 김형개와 허남보 등이 승용차에 마이크와 본부에서 준비한 몇 가지 음식물을 싣고 먼저 현장으로 올라갔다. 박판도는 현장으로 가지 않고 김형개에게 지시했다. 마이크를 설치하고 음식물들을 내려놓고는 허남보만 두고 김형개는 바로 차를 몰고 내려오라고 했다. 이무렵 조선 사람들은 상당수가 자동차 운전면허를 취득하고 있었다. 출고된 지 20년이다 된 고물차였지만 차를 장만한 사람도 더러 있었다. 한국은 80년대에 들어 갑작스럽게 자동차가 보급되었지만 이곳 사할린에서는 60년대 중반부터 민간인들의 자동차 보유 대수가 상당한 수준에 있었고, 종족별 인구수에서 3위에 있는 조선 사람들은 어느 모로 보나 러시아 사람들의 수준에 어금버금했다. 다만 의사나 법률가, 정치인 같은 특수 직종만은 그때까지만 해도 러시아 사람들을 따르지 못했지만 평균적인 생활수준은 러시아 사람을 웃돌고 있었다.

사할린에 러시아 사람들이 처음으로 들어온 것은 혁명 전인 제정 러시아 때, 흉악범들을 다시는 돌아오지 못할 곳인 이 사할린 섬으로 유배 보냈던 것이 그 시초였다. 그러니까 사할린에 살고 있는 러시아 사람으로서 종전 이후에 자유의사에 의해 이주해 오지 않은 사람들은 대개 본토에서 죄를 짓고 유배된 살인범, 강도범, 강간범, 절도범들의 후예라고 보면 거의 틀림없는 것이다. 따라서 이런 사람들의 후예인 사할린의 일부 러시아 사람들은 지독한 게으름뱅이, 알콜중독자, 동네에서 늘 싸움질이나 하는 말썽꾸러기였다. 종전 후에 이주해 온 러시아 사람들이라 할지라도 조선 사람들이 보기에는 정말 곰같이 미련하고 우둔하면서 멧돼지처럼 거칠고, 사납게만 보였다. 러시아 사람들은 조선 사람들에 비하여 실제로 우둔하고 미련하고 거칠고 사납기만 해서 집집마다 대단히 넓은 텃밭을 지니고 있으면서도 전혀 그 땅을 이용할 줄을 몰랐다. 집도 새 집을 지어서 한 번 들어가기만 하면 전혀 손볼 줄을 몰라서 지붕 한쪽이 허물어지거나 울타리가 망가져 있기 일쑤였다. 쉽게 말하면 길을 가다가도, 집 안의 너른 공터에 잡초가 우거져 있고 울타리가 허물어진 폐가 같은 집은 러시아 사람의 가옥이고, 텃밭에 온갖 채소며 과일 나무가 우거지고 깨끗하게 단장된 집은 틀림없이 조선 사람들이 살고 있는 집이다.

이래서 이때부터 벌써 사할린 내의 채소나 화훼의 공급은 조선 사람들이 거의 도맡다시피 하고 있었다. 그러니 생활이 조금씩 윤택해질 수밖에 없었다. 해방 직후에 비하면 그야말로 엄청난 발전이요 변화였다. 이렇게 조금씩 살기가 나아지면 고향도 덜 그리워지고, 두고 온 부모형제나 처자식도 덜 보고 싶어져야 하는데, 이것만은 전혀 그렇지 않았다. 이래서 오늘 이 모임에는 초청받은 사람들이 한 사람도 빠짐없이 모여들었고, 초청받지 못한 사람들은 몹시 서운해했는가 하면, 넉살 좋은 사람들은 불청객으로 유즈노사할린스크 기차역전 광장으로 찾아왔는데, 그런 사람들은 대개 지난날에 무슨 대표인가를 했던 사람들이었다.

이날 모여든 사람 중에는 멀리 우글레고르스크에서 온 사람도 있었는데 그가 김상문이었다. 그는 벌써 환갑이 지났으나 190cm가 넘는 키, 웬만한 사람 장딴지 같은 팔뚝은 여전했다. 그는 경북 청도가 고향이었는데 3형제가 몽땅 30년대 중반에 사할린으로 이주해 와 우글레고르스크(일본지명 에스토루)에서 벌목꾼들의 숙식을 제공하는 한바를 운영했었다. 그러다 해방 전에 조카 종규만은 공부를 시켜야 한다고, 동생 상주 일가를 일본으로 내보냈는데, 해방 뒤 조선으로 돌아갔는지 어쨌는지 궁금하기만 한 것이다. 상주의 아들 종규는 자기의 아들 진규보다 몇 살 위였다. 한때 우글레고르스크에 유행했던 돌림병 때문에 4살이나 된 큰아들을 잃어버렸기 때문이다.

김상문은 이제 나이 들어 옛날만큼 힘도 잘 못 썼지만 그래도 우글레고르스크에 있는 조선 사람들은 모두 그를 두려워했고 그의 말이라면 아무도 거역하지 않았다. 조카 종규보다 두어 살 아래인 아들 진규도 아버지를 닮아 키가 180cm가 넘는 장사였지만 아버지 앞에서만은 숨도 크게 못 쉬었다. 김상문은 지금도 눈만 감으면, 집안에서는 가장 영리하고 똑똑한 종규 공부를 시키라고 일본으로 떠나보낸 동생 상주가 떠올랐다. 그게 언젠가. 벌써 20년이 넘었다. 그러한 동생 일가의 소식이 그리워 오늘 여기에도 불청객으로 참석한 것이다.

이윽고 시간이 되어 이문근이 직접 몰고 온 누르띵띵한 색깔의, 회사 종업원 출퇴근용 통근 버스에 조선 사람들이 올라탔다. 불론 버스는 진작부터 와서 광장 한쪽에 대기 중에 있었다. 좌석은 42개뿐이었는데 사람들은 70명이 넘었으므로 입추의 여지없이 올라타고도 몇 사람은 승강대에 매달려 한 발씩만 들어가자고 소리소리 쳤다. 마침 여분으로 승용차 한 대가 더 있었지만 운전수 외에 네 사람밖에 더 탈 수 없어, 버스에 기름 짜는 셈 치고 두 사람이 더 비집고 올라야 했다.

이윽고 출입문을 닫고 버스가 출발했다. 승용차가 앞장을 서서 길을 인도했다. 날씨는 전형적인 가을 날씨로 쾌청해, 끝없이 높은 하늘에는 구름 한 점 없었다. 차는 레닌가를 거쳐 스탈린가로 접어들어 곧장 북상했다. 유즈노사할린스크 시내를 벗어나자 이내 우둘투둘한 비포장 도로여서 먼지가 구름처럼 일었다. 열어젖힌 차창을 통해 흙먼지가 마구 들어왔지만 아무도 그런 것을 탓하지 않았다. 다만 보수한 지 오래된 도로여서 여기저기 움푹 패인 곳을 피하느라고 이문근이 급정거를 하거나 급커브로 차를 몰 때마다 사람들은 장난 반 원망 반의 즐거운 비명을 질렀을 뿐이다

"아야야, 이 사람들아! 사람 죽는다 시방. 이 궁딩이 좀 치워라!"

"허허어, 내 궁딩이가 무신 죄가 있노? 흔들리는 이 차에 죄가 있지."

또 다른 사람이 받는다.

"차한테 무슨 죄가 있어? 차를 모는 운전수한테 잘못이 있지."

정확한 표준 억양의 이 말씨에 이번에는 호남 사투리가 받았다

"뜬금없는 소리 하는 거 좀 보랑께. 운전수한테 무슨 죄가 있다요? 길이 안 좋아뿌렀는데."

또 누가 받는다.

"마아, 치아라! 이것도 재미다. 우리가 운제 한분 이리 모여 봤더노?"

앞만 보면서 차를 몰고 있는 문근은 즐겁기만 했다. 왜 진작 이러한 모임을 한번 갖지 못했던가 후회되기도 했다. 조선에서는 빈 땅이라고는 없이 논, 밭 아니면 산이고, 산자락마다 올망졸망 사람 사는 동네가 있건마는 사할린이란 곳은 온 천지가 허허벌판이었다. 드넓은 벌판에 잡초가 무섭게 우거져 있지 않으면 은사시나무 같은 낙엽수가 온 들판을 가득 매우고 있었다. 은사시나무는 조선에서 국민학교 운동장 가장자리에나 심어 키우는 나무였는데, 여기는 길 양면의 들판이 온통 눈부시게 반짝거리는 은사시나무숲이었다

길은 넓어졌다 좁아졌다, 급경사를 이루다가 다시 완만하게 내리막길로 이어지고 있었다. 가끔 가다 둔중한 화물차가 마주 달려오기도 할 때는 조심스럽게 길 언저리에 비켜서 있었는데도 화물차를 운전하는 러시아 청년은 허연 이빨을 드러내 웃으며 위험천만하게 버스 옆을 과속으로 스쳐 지나기도 했다. 도무지 상대할 수 없는 아이들이었다. 길을 달리면서 바라본 전방 시야에는 새파란 히말라야시다의 숲이 우거져 그 사이로 길이 틔어 있어, 마치 숲의 터널을 지나듯 짙은 나무 그늘 밑을 한참이나 달릴 때도 있었다. 멀리 보이는 산들은 별로 높지는 않았으나 능

선이 대단히 험악하게 보여 조선에서서 보던 산의 인상과는 딴판이었다. 문근이 사할린으로 온 지가 10년이 넘었지만 유즈노사할린스크 위로는 한 번도 올라와 본 적이 없었다. 그때만 해도 철저한 여행 제한 때문에 꼼짝달싹할 수도 없었지만 무엇보다도 다른 곳을 나다닐 만한 마음의 여유가 없었기 때문이다. 사실 이번의 이 행사도 박판도가 아니었으면 안 될 뻔했다. 소련 당국이 가장 꺼리는 것이 조선 사람들의 모임이었다. 10명 이상만 모여도 알기만 하면 눈에 불을 켜고 경계의 눈초리를 번뜩이는 그들이었다. 오늘의 이 행사는 소련 국적을 취득한 지 오래된, 재사할린고려인협회 회장인 박판도가 소련 당국을 설득하여 겨우 받아낸 허가였다.

이윽고 앞서가던 차가 높다란 고개 위의 길 가장자리에 멈추어 섰다. 정상봉 일행이 기다리고 있는 브이코프 입구에 닿은 것이다. 이문근도 앞차를 따라 버스를 길옆으로 세우고 눈길을 길 밑으로 보냈다. 거기에는 비스듬하게 깎아지른 낭떠러지가 나 있었고, 그 밑에는 시커먼 강물이 넘실넘실 흘러내리고 있었다. 강물을 따라 시선을 옮기면 약 2km 전방에 강을 사이에 두고 큰 도시가 형성되어 있었다. 바로 유명한 브이코프 탄광촌이었다. 강 오른쪽에는 주로 탄광 종업원들의 주택지였고, 왼 쪽의 산 밑으로는 굵직굵직한 건물들이 적당한 간격으로 서 있었는데, 가까이 가서 보았을 때 그것들은 발전소, 탄광 종업원 식당과 사무실, 전동차고, 주택지 등으로 스팀을 공급하는 거대한 기관실(보일러실) 등이었다.

고갯마루에서 잠시 쉬다 그들은 내리막길을 달려 브이코프 탄광촌의 한가운데를 가로지르는 강을 따라가다가, 놓은 지 오래된 듯한 다리를 건넜다. 다리를 건너 조금 더 올라가자 탄광 사무실 건물 앞의 광장에 10여 명의 조선 사람들이 기다리고 있다가 손을 흔들며 버스에서 내리는 사람들을 반갑게 맞이했다. 정상봉 일행이었다. 이문근도 옷을 털며 운전대에서 내렸다. 온 옷에 먼지가 마치 눈처럼 앉아 있었다. 사무실 건물 벽에는, 사할린 어디에서나 마찬가지로, 레닌의 커다란 초상화가 사무실 벽에 붙어 있었고, 그 초상화 밑에 게시판이 있었다. 게시판에는 이 탄광의 역대 노동자 가운데 영웅 칭호를 부여받은 사람들의 실물 크기의 사진이 눈비에 맞지 않도록 견고한 액자에 넣어져 수십 개나 걸려 있었다. 높다란 사무실 건물의 옥상 위에도 빨간 러시아 문자의, '사회주의 혁명 만세, 노동자의 천국이여 영원하라'는 구호가 가로로 설치되어 있었다.

잠시 숨을 돌린 그들은 다시 버스에 올랐고, 브이코프에서 기다리던 사람들은 정상봉이 몰고 온 화물차에 올라타고, 먼지를 피하기 위해 버스의 한참 뒤에 떨어져 따라왔다.

이문근은 앞서가던 승용차를 따라 차를 몰면서도 처음 보는 주변 경치에 쉴 새 없이 눈길이 갔다. 계곡의 냇물을 거슬러 좁은 골짜기 길로 접어들자 시냇물 소리가 요란하게 들렸다. 핸들을 잡은 채 눈을 들어 전방을 보니 허공에는 굵은 쇠밧줄에 커다란 현수차(케이블카)가 곧 떨어질 듯이 불안하게 주렁주렁 달려 있었다. 석탄을 실어 날랐던 것이었고, 한때는 저런 괴물들이 공중으로 바쁘게 오갔을 것이고, 그런 작업으로 해서 얼마나 많은 우리 동포들이 피땀을 흘리며 신음했을까를 생각하니 핸들을 잡은 두 손에 절로 주먹이 불끈 쥐어졌다. 운전석 뒤에서 주고받는 말소리가 이문근의 귀에 유난히 속속 박혀 들어왔다.

"아, 지나치기만 해도 지긋지긋하다. 내 청춘을 뺏은 이 브이코프 탄광."

"저 냇물가의 풀밭이 옛날에는 모두 우리 조선인 노무자들의 숙사 터였지. 지금도 가까이 가서 살피면 숙사의 기초가 되었던 공굴(콘크리트)이 남아 있을 끼다."

"다코베야는 저쪽 언덕 위에 있었는데, 그새 저리 숲이 우거졌네."

"다코베야 다코베야 말도 하지 말아라. 이가 갈린다."

다코베야가 무엇인가. 이문근이 사할린으로 와서 몇 번이나 들었던 말이다. 문어집이란 뜻이다. 조선인 노무자 가운데 탈출을 시도했거나 말썽을 부린 사람들을 잡아 가두어 굶기고 고문해서 사람들을 문어처럼 흐느적거리게 만든다는 곳이 다코베야였다. 다코베야에 한번 들어가면 살아 나오는 사람은 거의 없고, 살아 있다손 치더라도 정신 이상이 된 폐인들뿐이라고 했다. 조금 더 올라가자 길 왼쪽 산발치에는 커다란 구멍이 뻥뻥 뚫린 폐광이 군데군데 눈에 띄었다. 대개는 전봇대 같은 나무 두 개를 X 형태로 만들어 출입금지 구역임을 표시하고 있었다.

앞서 달리던 승용차가 멈추면서 운전석에서 김형개가 내려 이문근에게 다 왔다는 신호를 보내 왔다. 조심스럽게 차를 세우려고 하는데 어느새 달려왔는지 정상봉이 차창 밖에서 이문근을 향해 좀 더 올라가라고 손짓을 했다. 이문근이 별 싱거운 사람 다 보겠다고 속으로 투덜거리며 조금 더 올라가니 펑퍼짐한 평지가 길 가장자리에 닦여 있었다. 거기에 차를 세우고 승객을 내리게 한 다음, 정상봉이 그때까지 서 있는 곳으로 왔더니, 놀랍게도 무서운 낭떠러지 위였다. 바로 낭떠러지 위에 차를 세워 차문을 열었더라면 어떻게 될 뻔했는가. 아찔했다. 왜 이러한 실수를 했을까. 차속의 입추의 여지없이 들어선 사람들에 의한 시끄러운 잡담, 그 사람들에 가려져 오른쪽 차머리에 붙은 반사경을 볼 수도 없었던 사정, 지난날 이 험악한 탄광에 갇혀 일하던 사람들의 고생을 생각하느라고 그저 전방만 바라보고 차를 몰던 중 앞서가던 김형개가

다 왔노라는 신호를 하기에 무턱대고 길 가장자리에 정차하려 한 것이 큰 실수였다. 이문근은 정상봉을 보기가 부끄러웠다. 그들은 여태까지 서로 듣도 보도 못한 사이였다. 그러나 이날의 이러한 일로 더욱 가까워지게 된다.

## 26장

# 헛수고

### 73

차를 내린 사람들은 조심스럽게 급경사의 오솔길을 따라 계곡으로 내려갔다. 급류가 온 골짜기를 뒤흔드는 아우성을 치며 흘러내리고 있었다. 그러한 급류를 거슬러 팔뚝만씩 한 물고기들이 힘차게 뛰놀고 있는 것이 보였다. 계곡 주변에도 너럭바위가 여기저기 마치 방석을 깔아놓은 듯 흩어져 있었다. 그러한 너럭바위에서 조금만 위로 올라가면 4, 5미터 높이의 자그만 폭포가 있어, 그 폭포수가 쏟아지는 소리는 그들이 자리 잡은 너럭바위까지 뇌성처럼 들려오고 있었다. 비록 반석은 더없이 훌륭했지만 물소리가 너무 시끄러워 그들은 다시 자리를 옮기지 않을 수 없었다. 계곡에서 좀 떨어져 안으로 들어가니 물소리도 훨씬 덜하면서 숲속에 펑퍼짐한 공터가 있었다. 일행들은 거기에 와서야 비로소 정신을 차릴 수 있었다.

일행은 돌아가면서 마이크를 잡고 간단한 자기소개부터 했다. 자기소개의 순서는 남조선의 고향 지명, 사할린으로 온 연도와 일한 곳(30년대에 자유 이주로 온 사람들은 탄광에서만 일하지는 않았고, 이날은 그런 사람들도 많이 섞여 있었다) 현재의 거주지와 직업, 그리고 나이와 성명이었다. 이러한 자기소개만 하는 데도 꽤 오랜 시간이 걸렸지만 하나같이 귀담아 들으면서 어떤 사람은 일일이 메모까지 하고 있었다. 자기소개가 끝나자 최해술의 간단한 경과보고가 있었고, 박판도의 인사 말씀 겸 이날 모임의 취지 설명이 있었다. 그러고 나서 이문근의 탄원서 낭독이 있었다. 마지막으로 사회를 보고 있던 허남보가 미리 준비해 온 서명 용지를 돌리며 인주를 들고 다니면서 도장이 없으면 지장을 찍어도 좋다고 설명하고 있었다. 이름 석 자를 잘 못 써서 얼굴을 붉히는 사람도 없지는 않았지만 서명 날인도 무사히 끝났다. 시계는 벌써 오후 2시가 가까워졌다. 선들선들한 계곡 바람이 어느덧 찬 기운을 느끼게 했지만 모처럼 반가운 사람들끼리 만난 재미가 찬 기운을 덜어주고 있었고, 이내 꺼내놓은 푸짐한 안주와 술, 점심밥이 그들을 더욱 흥겹게 했다. 삼삼오오 둘러앉아 주거니 받거니 술을 마시는가 하면 어떤 사람은 아예 술병과 빈 잔을 들고 다니면서 다른 사람에게 덮어놓고 술을 권하기도 했다.

"아따, 이 삼들아, 한 잔 받아라. 임자나 내나 만리타향에서 오매불망 고향 산천만 생각다가 오늘 이래 모이니 얼매나 좋노."

"좋고말고 자아, 임자도 한 잔 해라."

또 어떤 이는 계곡물을 가리키며 말했다.

"우리는 저 물괴기보다 못한 기라. 연어라는 놈은 바다에서 살다가 이 물로 따라와서 알을 낳고 새끼를 까지, 그라몬 그 새끼는 다시 바다로 내려가 살다가 3년만 되몬 지 고향인 이 계곡으로 도로 올라와 알을 낳고는 이 고향 계곡에서 죽는데, 우리는 사람이면서도 고향으로 못 가니 저 미물인 연어보다 못한 거 아이가!"

"그러니 자나 깨나 고향 타령이나 하면서 벌써 이렇게 늙은 거 아니오."

"나는 이 브이코프에 살면서도 남들이 몇 번씩이나 와 본 이 폭포에는 이번이 처음입니다. 고향 산천 그립고, 부모처자 보고 싶어 한 맺힌 사람이 무슨 마음으로 이런 곳에 경치 구경하러 오겠습니까."

이러면서 밥을 먹고, 술을 마셨다. 시간이 흐르면서 웬만큼 술기운이 오른 사람들은 끼리끼리 모여 앉은 자리에서 손뼉에 노래를 하는 축도 있었으나, 어떤 사람은 저만치 벗어져 나와 흘러가는 계곡 물가에 앉아 연방 두 손으로 얼굴을 씻는 사람도 있었는데, 자세히 보면 그는 눈물 자국을 감추려고 하는 행동이었다.

분위기가 산만해지는 것을 눈치 챈 박판도와 몇 사람들이 잠깐 의논하더니 허남보가 마이크를 잡고 소리치기 시작했다.

"자아, 여러분 점심도 자시고 약주도 많이 드셨습니까? 지금부터 각 지구별로 대표가 나와 장기자랑을 시작하겠습니다. 먼 데서 오신 분부터 먼저 모시겠습니다. 우글레고르스크에서 오신 분부터 나오십시오."

우글레고르스크에서도 5, 6명의 대표가 왔건만 아무도 선뜻 나서지를 않았다. 그러자 키가 무섭게 큰 거인 한 사람이 연방 자빠질 것처럼 비틀거리면서 앞으로 나와 마이크를 들었다. 만취 상태에 빠진 김상문이었다. 그는 마이크를 잡고, 거의 풀린 눈동자를 있는 힘을 다해 치뜬 채 한참이나 위험스럽게 허우적거리다 말했다.

"나아 남조선 청도가 고향인 김해 김가요오. 이름은 상문이요오. 오늘 이리 모이니 너무 기분이 좋아 한 잔 했소오. 노래는 석탄백탄이요오."

그러더니 쉰 목소리를 쥐어짜듯 뱉어 놓기 시작했다.

"석타안 백타안 타는 데는 연기나 폴폴 나지마는 요내 가슴 타는 데는 연기도 짐(김)도 안 나네."

노래를 부르다가 그는 마이크를 잡은 채 그 자리에 풀썩 주저앉았다. 껄껄거리고 웃는 사람이 있는가 하면 혀를 끌끌 차며 외면을 하는 사람도 있었다. 우글레고르스크에서 온 일행들이 뛰어나와 민망한 표정들을 지으며 엄청나게 큰 김상문의 몸뚱이를 끙끙거리며 들고 나갔다. 마이크는 이내 다른 사람에게 옮겨졌다. 이러한 노래자랑 겸 장기자랑이 약 1시간쯤 이어지다가 공식 행사를 일단 끝냈다. 공식행사의 종료가 선포되었지만 끼리끼리 모인 사람들은 일어날 줄 몰랐다. 차를 몰아야 할 이문근이나 정상봉, 김형개도 거나하게 취해 있었다.

이문근이 먼저 정상봉을 찾아가 아까 정차할 때의 일을 감사하며 술잔을 건넸다. 나이로 치면 이문근이 정상봉보다 다섯 살이나 위였지만, 정상봉의 언동이나 표정에서는 나이를 초월한 어떤 무게 같은 것이 느껴졌다. 여느 조선 사람처럼 고향에서 땅이나 파먹던 무지렁이는 아니었다. 오랜 고생살이에 피부는 가무잡잡했지만 그 눈매나 과묵함이 아까부터 이문근을 끌어당기고 있었다.

정상봉은 두고 온 아내가 걱정되어 막 일어서려던 참인데 자기 자리로 찾아온 이문근을 차마 뿌리칠 수가 없었다. 그는 조마조마한 마음을 억누르며 조금만 더, 조금만 더 하면서 이문근에게 붙잡혀 있어야 했다. 정상봉의 아내는 산일이 오늘 아니면 내일이었다.

두 사람은 다시 한 번 출신지와 고향에 두고 온 가족 이야기를 했다. 그때 박판도와 김형개가 술잔을 들고 그들에게로 다가왔다. 박판도와 김형개는 그사이에 상당히 친근해져 있었다. 그리고 김형개는 모처럼 만난 정상봉에게 술잔을 권하고 싶었고, 그런 형개를 따라 박판도가 함께 온 것이다. 와서 보니 이문근이 있었으므로, 그는 이문근과 정상봉에게, 박판도는 자기가 알고 있는 두 사람을 소개했다. 이때도 이문근은 김형개란 존재에 대해서 아무것도 떠올리지 못했다. 옛날 제자의 일기장을 본 것이 너무 오래된 일이기 때문이었다. 이문근의 고향이 어딘지를 들었다면, 김형개가 먼저 놀랐을 것이다. 아내 박소분과 같은 마을이기 때문이었다.

"정상봉 선생님은 조선에서 신학을 공부하셨답니다. 천주교 신부가 될라고 했는데 사할린에서 이렇게 살아가시고, 이문근 선생님은 조선에서 교편을 잡으시다가 해방 훨씬 후에 부인을 찾아 여기꺼정 오셨는데 부인은 사할린을 떠난 뒤였지요."

박판도의 이러한 소개는 서로에게 많은 호기심을 갖도록 했다. 이래서 정상봉은 아내의 걱정을 하면서도 시간 가는 줄을 모르고 여러 가지 이야기를 주고받았다. 물론 사이사이에 김형개가 정상봉의 과거를 들추었고, 박판도는 최숙경의 이야기를 집어넣기도 했다. 이문근은 정상봉에게 장병룡 신부를 아느냐고 물었고, 정상봉은 되려 이문근에게 장병룡을 어떻게 아느냐, 자신의 신학교 선배라며 장병룡 신부에 대해서 파고 묻기도 했다. 이래저래 정상봉은 시간을 늦추고 있었다.

이렇게 서로가 서로를 꽤 깊이 이해할 수 있을 만큼 됐을 때, 저쪽 낭떠러지 쪽에서 심상찮은 소리들이 들려왔다.

"그렇게나 정신을 못 채리고 마실 때 알아봤다."

"불청객이 자래(不請客自來)라더니 괜히 따라와 가지고서는 좋은 자리 막판을 베리놓네."

"오죽하몬 청하지도 않았는데 왔겠노. 과부사정 과부가 안다고, 다 우리가 이해하고 참아야지. 안죽꺼정 할 일이 많은 사람인데,

참 안 됐다….”

박판도와 이문근들은 얼른 일어나 소리 나는 곳으로 가 보았다. 낭떠러지 위의 길에서도 많은 사람들이 내려다보고 웅성거리고 있었고, 낭떠러지 중간쯤의 나뭇가지와 바위 사이에 커다란 사람의 몸뚱이가 끼어 있었다. 길에서 내려오기도 힘들었고, 이문근이 서 있는 계곡에서 올라가기도 힘들었다. 김상문이었다. 몸을 가누기 힘들 정도로 대취한 그가 큰길로 올라가다가 실족해서 추락했다고 한다. 그는 이미 숨이 떨어졌는지 미동도 하지 않았다. 김형개 또래의 비교적 젊은 사람들이 조심조심 그를 계곡으로 끌어내렸을 때는 벌써 해가 지고, 계곡의 찬바람이 맨 팔뚝에 소름을 돋게 했다.

이문근 일행이 유즈노사할린스크로 돌아온 며칠 뒤, 또 한 번 놀라 게 된 것은 그 김상문이 유즈노사할린스크의 전기회사에 다니는 김진규의 부친이라는 사실 때문이었다. 김진규는 강신귀 후임으로 사할린 조선민족학교 교사로 일했던 동료가 아닌가. 사할린 동포사회는 이렇게 멀고도 가까운 것이었다.

이러한 불상사 때문에 그날의 행사는 유종의 미가 아니고 ‘유종의 비(悲)’가 되었지만 그 행사의 뒤끝만큼 탄원서의 뒤끝도 허무하게 끝나고 말았다. 모스크바로 보낸 탄원서는 그 뒤 몇 달이 지나도록 일언반구의 답변이 없었기 때문이다. 이러한 집단 탄원서를 내기 전에도 후에도 개인이 낸 탄원서는 헤아릴 수도 없이 많았다. 사할린청 장관, 소련 외상, 소련 서기장, 일본 수상이나 한국의 정부 등에 개인이 띄워 보낸 탄원서는 부지기수였지만 단 한 건도 사할린 동포들이 답변을 얻은 것은 없었다.

그들은 허탈과 분노 때문에 모이면 비분강개하면서 술만 더 퍼마셨다. 이러는 사이에 알콜 중독자도 날로 생겨, 이제 조선 사람

중에는 러시아 사람 이상으로 게으르고 생활 능력을 잃어버린 사람조차 늘어났다. 이문근이 또 한 가지 불쾌한 일은, 기왕 북한 국적을 얻은 사람 중에는 진짜 공산주의자가 된 것처럼 남조선으로 돌아가려는 동포들을 모함하고 훼방 놓는 일까지 하고 있는 것이었다. 사실 이런 탄원서를 낸 직후에는 무국적자만이 남조선으로 돌아갈 수 있다는 헛소문이 나돌면서 북조선국적을 가졌던 많은 사람들이 북조선국적에서 벗어나 무국적으로 돌아가는 사례를 각처에서 볼 수 있었다.

그 무렵 일본으로 돌아간 조선인 노무자들이 결성한 '사할린 억류 귀환 한국인회'에서는 사할린 고려인협회 회장에게 서한을 보내 왔다. 그것은 사할린에 있는 조선 동포들이 보낸 탄원서를 받은 소련 당국에서, 일본 정부에 제의해 오기를 '일본 정부가 재사할린 조선인의 입국을 허가한다면 무국적자에 한해서 소련 정부는 출국의 편의를 제공할 수 있다.'는 정보를 일본 정부로부터 입수했으니 귀 사할린 고려인협회에서는 이 점을 참작하여 일본으로 돌아올 준비를 하라는 내용이었다.

탄원서를 보낸 지 몇 달이 지나도록 아무런 소식이 없어 애를 태우고 있던 박판도 이문근 등은 뛸 듯이 기뻐하며, 무국적자에 한해서 일본으로 돌아갈 수 있다는 풍문이 결코 낭설이 아님을 알았다. 그러면서 한편으로는 그런 소문에 민감한 일부 동포들에게 얄미운 감정을 숨길 수가 없었다. 왜냐하면 그런 정보를 입수했으면 자기들끼리 꿍꿍이수작을 취할 것이 아니고, 박판도 등 조선인 대표에게는 귀띔해 주었어야 할 일이 아닌가 해서였다. 이래서 남조선으로 돌아갈 희망자를 조사해 본 결과, 무국적을 고수해 온 사람은 물론이고, 북조선 국적이나 소련국적을 취득한 사람들도 대거 신고하여 약 1300세대에 5800여 명이나 되었다.

그러나 안타까운 것은, 그것 역시 아무 결실을 보지 못했고, 그러한 정보를 제공해준 일본의 '사할린 억류 귀환 한국인회'에서도 그 뒤 확실한 해명을 해주지 않고 넘어갔다. 그들도 일본에서 최선을 다 해 보았지만 불가항력이었던 것이다.

그때 소련이 일본 정부에 그러한 제안을 한 것은 사실이었다. 하지만 일본 정부는, 수만 명의 사할린 억류 조선인들이 이런 식으로 일본으로 돌아와서 한국으로는 가지 않고 일본에 눌러 앉아 버리면 큰일이라는 생각을 했다. 일본은 그래서 소련 정부에 대해, 사할린에 거주하고 있는 조선인들의 일본 입국을 인정할 수 없다고 회신했던 것이다. 이러저러한 자세한 사정을 모르는 조선 사람들은 발을 동동 구르다가, 좋아서 날뛰다가, 다시 좌절하여 폭음을 하고 많은 사람들은 실망한 나머지 자살까지 했던 것이다.

일본에 있는 '사할린 억류 귀환 한국인회'에서는 혼신의 힘을 다 쏟아 일본 정부에 재사할린 조선인의 귀환을 교섭했지만 일본 정부 당국자의 변명은 이러했다.

"당신들의 고충이나 간절한 희망은 충분히 인정하지만 이 일은 정부가 수립되어 당당한 독립국이 된 당신네들의 나라 한국정부에서 맡아 할 일이거나 한국 국민 전체가 나설 일이 아니겠소. 당신들의 소망이 이처럼 절절한데 당신네들 국민을 대표하는 정부가 왜 말 한 마디 없겠소. 그러니 조금만 기다려 주시오. 일 · 한 간에 관계가 좀 더 본궤도에 올라 정상 가동되면 당신들의 희망은 보다 전향적으로 고려될 것이오."

## 74

조선 사람들은 결국 고향으로 돌아갈 수 없게 되면서, 2세들의 결혼만이라도 고향으로 돌아가 일가친척들 앞에서 올리자던 생각을 바꾸어 나이만 차면 사할린에서 결혼을 시키고 있었다. 요행히 한국사람끼리 결혼이 되면 더할 수 없는 다행이었지만 총각에 비해 처녀가 여전히 부족한 형편이었으므로 웃지 못할 현상도 벌어지곤 했다. 한 형제가 같은 처가를 두어 동서가 되는가 하면, 어떤 집안은 한쪽은 아들을 장가보내어 며느리를 맞아 오는 대신에, 딸을 그 며느리 친정집으로 시집보내기도 했다. 그러니까 며느리의 남동생 즉 아들의 처남이 나의 사위, 아들에게는 매제가 되기도 하는 얽히고설키는 혼인 관계가 맺어지기도 했다. 이러한 혼인 관계는 그래도 괜찮은 편이었다. 이보다 더 망측한 일도 생겼는데, 그것은 처삼촌이 손아래 동서가 된다거나, 제수가 혼자되어 개가하고 보니, 남편이 전시숙의 장인이 되는 수도 있었다.

그러나 김형개는 요즘 와서 색다른 고민을 하게 되었다. 그것은 딸 미옥이가 러시아인 총각과 열애에 빠져 있는 일이었다. 해방 직후 많은 조선 사람들이 한국인 아내를 구하지 못하여 울며 겨자 먹기로 러시아 여자를 아내로 맞이한 일도 있었고, 지금도 한국인 2세 청년들 이 러시아 처녀에게 장가드는 일도 있지마는 조선인 처녀가 로스케한테 시집가는 일은 아직은 거의 없었다. 조선 처녀는 가히 금값이라 해도 지나치지 않았다. 더군다나 큰딸 미옥이는 제 어머니를 닮아 깨끗한 피부에 얼굴도 예뻤고 키도 훤출했다. 그뿐인가, 미옥이는 사할린 사범대학에 재학 중인 재원이었다. 졸업을 하고 나면 소련 본토에 유학 보내어 조선 사람으로서 좀처럼 넘볼 수 없는 귀한 직종에 종사시켜, 김형개 부녀 개인의 명예는 물론 사할린에 살고 있는 전체 조선인들의 자존심도 살릴 아이였다. 그러한 직종은 어떤 것인가. 의사, 법률가(변호사), 교수, 정부기관의 고위 공직자 등이었다. 김형개는 미옥이에게 어릴 때부터 늘 그런 것을 주입시켜 왔고, 이 아버지는 너의 그러한 희망을 보고 산다며 말해왔었다. 실제로 그렇기도 했다. 아내 소분의 전력을 생각하면 지금도 등에서 식은땀이 흐를 만큼 남이 알까 두렵기만 하지만, 이제 이렇게 훌륭한 딸을 가진 터에 아내의 전력이 탄로나 봐도 두려울 게 없다는 생각을 하고 있던 참이었다. 그러던 며칠 전이었다. 퇴근해서 저녁을 막 먹었을 때였다. 딸의 교육문제나 진로 문제에 한해서는 전적으로 남편에게 미루어 왔던 아내 소분이 걱정스러운 투로 말해 왔던 것이다.

"보이소, 아무래도 미옥이가 요새 좀…."

그녀는 말을 얼버무리면서 남편을 바라보았다. 형개가 예사롭게 되물었다.

"미옥이가 와?"

그러면서 숭늉으로 입을 가셔내고 있었다.

"미옥이가 요새 러시아 총각하고 사귀는 모양이라예."

"대학에 러시아 아아들이 많이 있은께네 그렇겠지 뭐."

그러나 아내의 표정은 그렇게 쉽게 보려는 눈치가 아니었고 걱정스럽기만 했다.

"그런 기 아니고…."

"그런 기 아니고 뭐란 말이고? 설마 우리 미옥이가 로스케 머스마한테 시집갈 생각이야 안 하겠지."

김형개의 안심하고 한 이러한 말은 의외에도 정곡을 찌른 결과였다. 그의 아내가 그때서야 바른 말을 했던 것이다

"어제 낮에 미옥이가 러시아청년 하나를 집으로 데리고 왔어예. 그런데…."

형개는 간이 쿵 떨어졌다. 로스케를 집으로 데리고 오다니, 도대체 이게 무슨 뚱딴지같은 소린가.

"사람은 착해 보이데예."

형개는 참을 수가 없었다. 사람이 착해 아니라, 착해 할애비라도 미옥이를 로스케가 감히 넘보다니, 있을 수 없는 일이었다. 비록 이 쇠쌍놈의 세상인 소련 땅하고도 변방 중의 변방인 사할린이란 고도(孤島)에 와서 살기는 하지만 조선 땅에서는 뼈대 있는 경주 김 씨의 후예요, 밀양 박 씨의 후예인 자기 부부가 아닌가. 아내 박소분이 남부끄럽기 짝이 없는 왜놈들의 성욕의 제물로 한때를 보냈을망정 그것은 결코 본인의 의사와는 무관한 것이었다. 그렇다면 그것은 조선이란 나라와 민족 전체의 허물일지언정 한 개인에게 책임을 물을 수는 없는 것. 그렇기에 젊은 나이이기는 했지만 그런 여자를 아내로 택한 것이 아니었던가. 그래서 하늘도 무심치 않아 금지옥엽 같은 아들딸을 낳게 되었고 그 아이들이 하나같이 건강하고 두뇌가 명석한 것은 결코 우연이 아닐 것이다. 김형개는 이런 척박한 곳에서 연명해 갈지라도 민족의 긍지와 자존심, 혈통을 길이 보존하는 것이 자기의 둘도 없는 책무로 생각하고 있었다. 그런 터수에 뭣이 어쩌고 어째? 로스케 놈이 감히 우리 미옥이를 넘봐? 남편의 이러한 분개를 잘 이해하지 못하는 아내가 그렇게 실망스러울 수가 없었다. 그래서 그는 평소에 없이 아내에게 화를 내었다.

"이봐라, 임자도 그렇지. 로스케 놈이 우리 미옥이를 넘보는 눈치라면 내한테 이러니 저러니 쓸데없는 헛소리를 늘어놓을 끼 앙이고 당장 미옥이부터 잡아 족치야 될 꺼 앙이가. 그래, 임자는 우째사 되겠노?"

"그런께네 내가 지금 이녘한테 이런 의논하는 거 아입니꺼."

"이거는 의논이 앙이고 임자도 벌써 미옥이하고 한통속이 반은 된 거 겉은데?"

"그라모 야아가 시방 이일 때민에 죽니 사니 하는데 낸들 우짜란 말입니꺼."

"아아니, 미옥이가 이일 때민에 죽니 사니 한다고?"

"그라모 이녘은 요새 미옥이 얼굴도 예사로 봤습니꺼? 잠 몬자고 밥 몬 문 지가 벌써 며칠이나 됐건마는…."

"잠을 몬 자고 밥도 몬 묵는다고?"

형개는 정말 그런 줄은 몰랐다. 열심히 공부하느라고 언제나 밥 늦도록 미옥이 방에는 불이 켜져 있기 일쑤였고, 그러다 보니 혈색도 핼쓱했는데, 그것이 이러한 일 때문이라니. 형개는 미옥이가 밉기도 했지만 한편 안쓰러운 마음도 들었다. 그래서 다소 누그러진 투로 아내에게 말했다.

"지가 그런 일을 부모 모르게 저질렀으몬 저질렀지 밥도 몬 묵고 잠도 몬 잘 꺼는 뭐꼬?"

그러자 그의 아내 소분이 눈물을 훔치며 밝혔다.

"내가 이 일을 안 제(지)는 벌써 오래됐습니더. 이녘 성질을 내가 아는데 우째 그냥 두겠습니꺼. 함부래(아예) 고만두라고 사정도 하고 나무래기도 했지마는 그기 잘 안 되는 모양이라예. 미옥이도 이녘 성질을 알기 때민에 그 머스마캉 더 안 만낼라고 애도 많이 썼는데 머스마가 죽을판 살판 따라댕김스로 혼인을 안 하몬 죽겠다고 한다 안 캅니꺼."

그의 아내는 말과 함께 한숨을 땅이 꺼지게 쉬면서 눈물까지 훔치는 것이었다. 그러니까 여태까지 나름대로는 미옥이와, 따라다니는 러시아 청년과의 관계를 정리시키려고 애도 무던히 썼는데 이제 어쩔 수가 없어 남편에게 토로하는 셈이었다. 그러면서 그녀는 공책 한 권을 형개에게 넌지시 내미는 것이었다. 형개는 평소에도 딸 미옥이에게 웬만한 글은 모두 국문으로 쓰기를 주장해 왔기 때문에 일기 같은 것도 한글로 쓰고 있었다. 사실 미옥이 세대는 러시아어가 조선말보다 훨씬 더 쉬웠고 쓰기도 러시아어로 쓰는 것이 더 편했을 것이다. 아내가 내민 것은 미옥이의 일기장이었다. 아내는 벌써 그것을 미옥이 몰래 익히 읽어 본 듯했다. 형개는 아내가 펼쳐 주는 미옥이의 일기장을 받아 들었다.

오늘도 나는 수업을 마치고 쁘레제인과 함께 가가린 공원으로 갔다. 쁘레제인은 평소에 하던 대로 나의 허리를 껴안고 입맞추기를 요구했지만 난 오늘 한사코 그를 뿌리쳤다. 오늘따라 유난히 아버지의 얼굴이 쁘레제인과 얼굴이 겹쳐 나타나셨기 때문이다. 아버지는 나에게 조선민족의 혈통을 지키라고 요구하시는데 쁘레제인은 나와 결혼하자고 오래전부터 고집부리며 나를 따라 다닌다. 나도 사실 늠름하고 매사에 마음이 넓고 깊은 쁘레제인이 싫지는 않다. 하지만 아무래도 아버지의 요구가 마음에 걸린다. 쁘레제인과 입을 맞춘 일은 자주 있었는데도 오늘따라 나는 그의 요구를 받아들이고 싶지 않았다. 나의 마음을 이해 못하는 쁘레제인은 처음부터 마지막까지 시무룩해 있다가 돌아갔다. 나는 그를 혼자 보내고 터덜터덜 집으로 돌아왔다. 발걸음이 왜 그렇게 무거운지 어깨를 내려뜨리고 힘없이 멀어져 간 쁘레제인의 뒷모습이 지금도 머릿속에서 사라지지 않는다. 나는 어떻게 해야 될까? 모든 일이 귀찮고 지겹기만 하다.

가가린 공원이란 소련 최초의 우주 비행사 유리 가가린의 우주탐험의 위업을 기념하여 조성된 유즈노사할린스크 한복판의 공원이었다. 숲이 우거지고 숲속에는 작은 호수도 있어 많은 사람들이 즐겨 찾는 곳이다. 김형개도 언젠가 아내와 더불어 아이들을 데리고 그곳에서 한나절을 보낸 적이 있다. 그때도 보니까 젊은 남녀들이 손을 잡고 거닐기도 하고, 쌍쌍이 붙어 앉아 사람이 앞으로 지나쳐도 아랑곳하지 아니하고 포옹을 하거나 애무하고 있었다. 그런 광경을 떠올리는 김형개는 잠시 눈살이 찌푸려지다가도 어쩐지 미옥이가 측은해지기도 했다. 다음 날짜의 일기를 읽었다,

어제 일로 쁘레제인은 오늘도 마음이 풀리지 않은 모양이었다. 하기는 그가 나의 마음을 알아줄 까닭도 없고, 더군다나 그네들 러시아 사람들의 사고방식이나 행동을 쉽게 이해 못하는 나를 이해하지 못하는 것은 당연한 일인지도 모른다. 그런데도 나는 그가 좋다. 그를 멀찌감치서 보기만 해도 나의 가슴은 뛰고 내 눈 앞은 어둠 속에서도 환히 밝아지는 것 같다. 아, 그가 우리 조선 민족이었으면 얼마나 좋을까. 아니다. 차라리 내가 조선 피가 아닌 러시아의 딸로 태어났더라면 얼마나 행복할까. 이런 생각을 하고 있는 나를 우리 부모가 아신다면 얼마나 실망하실까. 나는 학교에서 쁘레제인을 만나고부터 다시 태어난 느낌이어서 그만큼 큰 행복과 기쁨도 맛보았지만 요즘처럼 새로운 슬픔과 고통도 맛보고 있다. 도무지 종잡을 수 없는 이 혼란 상태. 공부도 귀찮고 미래도 부담스럽다. 나의 이러한 생각을 짐작도 못하는 쁘레제인이 원망스러우면서도 그를 내 생각에서 밀어 내기가 이렇게 힘들구나. 쁘레제인을 잃느니 나는 차라리 나 자신을 버리고 싶다. 영원히 이 세상에서.

이 대목에서 김형개는 눈이 확 뒤집히면서 가슴이 쿵쿵쿵 쉴 새 없이 뛰는 걸 억제할 수 없었다. 그는 일기장을 탁 소리가 나게 덮으면서 고개를 꺾었다. 이렇게 미옥이가 고민하고 있을 줄은 몰랐

다. 그는 고개를 숙인 채 한동안 우두커니 앉아 있었다. 딸아이에게 이러한 고민이 있는 줄도 모르고 그는 딸아이에게 너무 많은 것을 요구하고 있었다. 눈앞에서는 언제나 순종만 하던 미옥이가 아니었던가. 그런 미옥이에게 배신당했다는 느낌이 들면서도 손아귀에 들었던 커다란 보배 하나를 놓쳤다는 허무감이 한꺼번에 그를 엄습해왔다. 그때 아내가 다시 남편을 설득하고 위로하듯 말했다.

"이래서 자슥도 품에 있을 때 자슥이란 말이 안 있습니꺼. 머리 커지면 다 이리 부모 속을 태우는 기라예."

그러나 김형개는 아내의 이런 말을 듣는 순간 실제와는 전혀 다르게 미옥이에게 욕을 퍼부었다. 그것은 공연히 아내에게 트집 잡는 마음에서였다.

"이너무 가수나, 부모를 속여도 분수가 있지. 어데 사내가 없어 노랑대가리 로스케 놈한테…."

그는 숨을 씩씩거리며 집을 박차고 뛰어 나갔다. 그 길로 이웃에 있는 박판도의 집으로 달려갔다. 마침 판도도 집에 있다가 그를 반갑게 맞이했다.

"어, 김 형, 내일은 해가 서쪽에서 뜨겠네. 웬일로 내 집을 다 찾아오고…."

"박 형, 내 참 더러워서 몬 살겠소."

밑도 끝도 없는 이러한 말에 박판도가 의아스러운 듯이 되물었다.

"와? 무슨 일이요? 우리 조선 사람들 가슴에 한 맺히는 일을 처음 당한다고 새삼시리 이래 쌓는교?"

말하면서 그는 찬장 위에 얹혀 있는 보드카 병을 방바닥에 놓았다. 방으로 들어선 김형개는 박판도가 따라주는 잔부터 받아 한 입에 털어 붓고는 말했다.

"박 형, 박 형 아들이 만약에 노랑대가리 처녀한태 장개 든다 하몬 박 형은 우짜겠는교?"

판도도 술잔을 비우고는 김치 안주를 입에 넣어 우적거리면서 말했다.

"그런 일을 오데 한두 번 보는교? 김 형은 아들 우에 딸이 둘이나 있는데?"

"그렁이 하는 소립니더, 내 큰 가수나가 죽을 판 살 판 공부시켜 놨딩이 로스케 놈하고…."

"뭐라고요? 아, 미옥이 이야긴교?"

"그래서 내가 지금 속에 천불이 나서 박 형한테로 달려 온 거 앙입니꺼. 우짜몬 좋겠는교? 가수나가 시방 죽을 궁리꺼정 하고 있는 모양인데."

"김 형 마음은 내가 이해하고도 남겠소만 젊은 아아들 생각을 우리 마음대로 꺾을라 쿠몬 그기 벌써 우리 잘못 아니겠소. 우리 생각에는 조선 사람은 조선 사람끼리 혼인하는 기 다시 없이 좋은 일이지만 우리 밑에 세대는 그렇지도 않을 것이오. 사랑에는 국경도 없다는 말을 김 형도 알고 있지 않소?"

"그라모 내가 참으라 그 말이요, 박 형 말씀은?"

"안 할 말로 딸아가 덜렁 못 할 짓이라도 해 보소. 러시아 청년 사위 보는 기 그것카마는 낫겠지…."

김형개는 눈물을 글썽거리며 술잔을 들이켰다. 그러한 김형개를 바라보는 박판도도 마음이 편치 않았다. 하기는 그럴 것이었다. 온갖 고생을 다해가면서 키워낸 딸이 아닌가. 특히 아내의 지난날의 비극을 가슴에 품고서, 이를 남이 알까 봐 전전긍긍하면서 살아온 김형개에게는 딸의 러시아 청년과의 결혼이야말로 아내의 비극을 보상받으려는 그에게 치명적인 타격인지도 모른다고 박판도는 생각했다. 박판도는 진작부터 김형개의 부인에 대하여 은밀히 들은 바가 있었지만 입 밖에 내는 것은 물론, 김형개에게도 전혀 그런 눈치를 보이지 않고 이웃에서 살아왔던 터였다. 김형개가 딸을 통해 그가 못 다 푼 한을 풀고 소망을 이루려고 한 꿈이 물거품으로 돌아갔다면 박판도 자신은 무엇인가. 그는 과묵한 성격에 말은 않고 견뎌왔지만 아내가 도무지 마음에 차지 않았다. 반드시 아내 탓만은 아니겠지만 아들딸들도 모두 공부를 하지 않고 말썽만 피웠다.

## 75

정상봉은 그무렵 황복자를 아내로 맞이하여, 황복자가 데리고 온 딸과 함께 한 가족이 되어 그런대로 때늦은 인생을 새롭게 출발했으나 어찌된 셈인지 아내의 건강이 좋지 못해 고민이었다. 정상봉은 지금도 그 눈 내리는 날 혼자 탁아소로 가서 맡겨 두었던 딸아이를 안고 오던 날의 기억을 잊을 수가 없다. 눈이 어떻게나 무섭게 퍼붓는지, 눈을 제대로 뜰 수가 없었다. 여분으로 가져간 외투로 아이를 단단히 싸 가슴에 껴안기는 했지마는 이 무서운 눈보라의 찬바람이 아이에게 미칠까 얼마나 염려했던가. 눈보라는 마치 세찬 파도가 밀려오듯 거의 수평으로 날아와 무서운 기세로 정상봉의 얼굴을 때렸다. 눈은 녹아 이내 물로 흘러 내렸고, 얼마 못 가 온 목줄기께 외투 깃이 빳빳하게 얼어붙기 시작했다. 눈이 녹은 물이 그대로 얼어붙은 것이었다. 얼굴을 가린다던 아이는 의외에도 정상봉이 아이를 안았을 때 방싯방싯 웃기까지 해서 다행이었다. 그러나 눈보라 속을 안고 걸었을 때, 얼마 못 가 칭얼거리기 시작하더니 기어코 울음을 터뜨렸다. 먹일 것도 없었고 달랠 재주도 없었다. 그는 그저 아이를 안은 두 팔에 힘을 주면서 '오냐 오냐, 조금만 참으래이. 엄마한테 가고 있다.' 하면서 형식적으로 아이를 달래는 수밖에 없었다. 아이는 있는 힘을 다해 뻗대기 시작했고 그 바람에 아이 얼굴을 가렸던 포대기며 외투를 좀 벌리지 않을 수 없었다. 눈보라는 그 작은 아이 얼굴에도 사정없이 몰아쳤다. 아이 울음소리, 미친 듯 휘몰아치는 눈바람소리, 가만히 서 있어도 몸은 절로 허공으로 떠오를 것처럼 바람은 무서웠다. 정상봉은 이제 아이를 달래는 것을 포기한 채 맞바람을 안고 죽을 기운을 다해 걸음을 옮기는 수밖에 없었다. 눈은 발목까지 푹푹 빠져 바람이 불지 않더라도 한 발 한 발의 행보가 더할 수 없이 힘들었다. 애초에 이런 날 황복자의 어머니를 찾아보겠다는 계획부터가 너무나 무모했음을 그는 후회했다. 황복자와 더불어 그녀의 어머니를 찾아보기 위해 아이를 탁아소에 맡긴 게 아닌가. 그러나 그녀의 어머니를 찾아보지도 못한 채 눈에 갇혀 황복자는 지금 정상봉의 오두막집에서 눈이 빠지게 아이를 기다리고 있을 터였다. 정상봉의 얼굴에는 땀, 눈 녹은 물, 콧물이 범벅이 되어 온 얼굴로, 턱 밑으로, 목줄기로 흘러내렸지만 이를 닦을 수도 없었다. 만약에 얼굴을 닦기 위해 한 손을 아이에서 떼었다가는 바람결에 아이를 허공에 날릴 판이었다. 길에는 사람 하나 보이지 않았고 또 보일 턱이 없었다. 그렇게 요란하게 울던 까마귀조차 자취를 감추고는 쥐죽은 듯 조용했다. 들리는 것은 오로지 귀를 울리다 못해 귀청을 찢을 것 같은 사나운 바람 소리와, 보이는 것은 수평으로 몰려와 얼굴을 총알처럼 때리는 눈보라뿐이었다. 그는 목구멍에서 단내가 올라오는 것을 느끼고 있었다. 만약에 이 고비를 넘기지 못하고 주저앉아 버리면 그로써 두 생명은 이내 끝장날 터였다. 그는 가물가물하는 정신 속에서도 있는 힘을 다하여, 온몸을 뻗대며 울어대는 아이를 안고 죽을 힘을 다해 걸었다. 걸으면서 그는 거의 무의식 상태에서 어떤 환상에 빠져 들고 있었다. 그리고 보았다. 안고 있는 아이가 자기더러 아버지라고 부르면서 무릎을 타고 목에 매달리는 모습, 그러한 아이를 환히 웃으면서 바라보는 황복자가 '여보, 피곤하실 낀데 아아 이리 주고 여어(여기) 누우시소.' 하는 소리였다. 그는 곧 끊어질 것 같은 의식 속에서도 '그래, 황복자는 이제 내 사람이다. 나는 황복자의 주인이다.' 하는 소리를 넋두리처럼 중얼거리면서 걸었다. 쓰러지면 죽는다는 생각, 그렇게 되면 황복자는 내 아내도 될 수 없다는 생각을 하면서 걸었다.

이윽고 그가 산발치의 통나무 오두막집으로 돌아왔을 때, 황복자는 문을 반쯤 열어 놓은 채 눈보라를 맞으면서 그를 기다리고 있었고, 정상봉은 황복자에게 아이를 건네주면서 그 자리에 쓰러졌던 것이다. 그때까지 울고 있던 아이 울음소리가 까마득한 동굴 속으로 잦아드는 것 같은 느낌과 함께 그도 정신을 잃고 말았다.

그가 눈을 떴을 때 눈은 그쳐 있었지만 그 눈이 벽 중간의 봉창에까지 쌓여 있었다. 황복자 혼자서 기절한 정상봉의 몸뚱이를 겨우 방 안까지 끌어다 눕히고 밤을 새워 간호했던 것이다. 황복자는 먼저 쓰러진 정상봉을 있는 힘을 다해 방으로 끌어 올려 눕히고는 우선 아이에게 젖부터 물렸다. 젖이 심하게 불어 빨지 않아도 절로 지고 있던 참이었다. 인자는 미친 듯이 젖을 빨아대고는 잠들었고, 그때부터 황복자는 정상봉에게 매달렸다. 더운 물에 수건을 적셔 땀과 콧물로 얼룩진 턱과 목덜미, 온 얼굴을 닦아 내었다. 그리고 마시기 알맞을 정도의 더운 물을 숟가락으로 떠 몇 번이고 입술 속으로 떠 넣었다. 한쪽 손으로 정상봉의 입술을 비집고 물 숟가락을 떠 넣을 때마다 정상봉은 무서운 숨만 푸르르푸르르 내쉬었다. 혹시 이 길로 숨을 거두고 말 것이나 아닌지 그는 무서움에 떨어야 했다. 윗옷을 벗기고 두터운 바지도 벗겨내었다. 난로 불을 활활 지펴 온 방 안이 스팀 기운으로 후끈후끈한 가운데 황복자는 정상봉을 내려다보고 앉아 있었다.

이튿날 잠에서 깨어난 정상봉은 밤새워 그를 지켜준 황복자에게 정중하게 감사의 인사를 했고, 황복자는 그저 얼굴만 붉힐 뿐이었다. 눈이 녹기까지는 오도 가도 못할 황복자였다. 정상봉은 어제 인자를 안고 오다가 결정적인 고비에서 듣고 보았던 환청과 환시를 떠올리며 혼자 싱긋 웃었다. 황복자가 왜 웃느냐고 기어드는 소리로 물었다.

"어제 내가 세찬 눈바람 속에서 복자 씨가 내 아내가 된 환상을 보았소. 나는 그 환상이 현실로 되기 위해서는 절대로 길 위에서 쓰러지면 안 된다고 다짐하면서 죽을 힘을 다해 걸었던 거요. 이 집에 복자 씨가 기다리고 있지 않았다면 나는 필경 눈보라 속에 묻혀 죽었을 거요."

그렇게 말하고는 그녀를 물끄러미 바라보았다. 황복자는 윗볼이며 온 얼굴을 붉히면서 고개만 숙이고 있었다.

이렇게 해서 그들은 부부가 되었다. 정상봉은 초혼이었고, 복자에게는 재혼이었다. 물론 나이 차이는 컸지만 황복자는 남편이 더없이 자랑스러웠고 존경스럽기까지 했다. 죽은 전 남편은 나이는 복자와 비슷했지만 말도 함부로 하고 행동도 거칠기가 말할 수 없었다. 성미도 급해서 걸핏하면 손질부터 하고 보는 사람이었다. 복자는 세상 남자는 본래 이런 것이거니 생각했다. 옛날에 일본으로 재징용되어 가기 전의 아버지도 어머니에게 늘 그렇게 욕질하고 손찌검하는 것을 보아왔기 때문이다. 그러나 정상봉은 나이 차이가 그렇게나 많지만 말도 늘 조심스럽게 했고, 행동도 아주 점잖았다. 복자는 처음 남편의 그러한 언동이 자신을 진정으로 사랑하지도 않고 따라서 옳은 아내로 보지 않기 때문이라는 엉뚱한 오해까지 했지만 결코 그런 것이 아니었다. 몸을 가까이해서 살아갈수록 정상봉이란 남편은 정말 세상에 보기 드문 남자란 것을 알게 되었다. 더욱 복자로 하여금 남편을 조심스럽게 대하도록 하는 것은, 남편이 항상 무엇인가 마음속으로 중얼중얼하면서 경건한 표정을 짓는 일 때문이었다. 기쁜 일이건 슬픈 일이건 웃기 전에 그는 반드시 그렇게 중얼거리면서 오른손을 들어 가슴께에다가 이상한 형용까지 해 보이곤 했다. 슬플 때도 한숨을 쉬거나 탄식을 하기 전에 먼저 그렇게 했던 것이다. 그것은 상봉이 습관대로 남이 알게 모르게 얼른 성호를 그으면서 기도하는 모습이었다.

정상봉에게는 말할 것도 없이 나이 들어 맞이한 아내가 더없이 소중하고 사랑스러웠다. 그는 간간이 고향 이야기도 들려주었고, 앞으로의 꿈도 조용조용한 소리로 들려주었다. 아내가 낳아 온 딸이 하나 있으니 이제 아들만 하나 더 있으면 얼마나 좋겠는가. 아들딸 남매를 데리고 고향으로 돌아간다면 인자가 내가 낳은 딸이 아니라는 사실을 아무도 모를 것이다. 다른 사람처럼 고향 땅에 처자식들도 있는 것도 아니다. 당신은 내가 세상에 태어나서 가장 믿고 사랑하는 나의 여자다·…. 이런 말도 겨울철 기나긴 밤 감자를 구워 먹으면서 나누곤 했었다.

정상봉 소원대로 아내가 임신을 했다. 황복자는 배가 불러올수록 생각이나 말이나 행동에 특별한 조심을 했다. 정상봉이 일러주는 태교를 생각해서였다. 이제 아이를 낳게 될 산월이 다가왔다. 출산일은 8월 중순께라고 아내가 말했다. 그런데 8월 10일부터 진통이 시작되었고, 그때부터 정상봉은 아내 옆에서 손도 잡아주고

위로의 말을 잊지 않았다. 바로 그 즈음에 '재사할린 조선인 협회'의 대표자모임을 갖게 되었다는 연락이 왔고, 더군다나 그 모임의 장소가 정상봉이 살고 있는 곳에서 머지않은 브이코프 광산 위 계곡의 폭포수라고 했다. 그러면서 꼭 정상봉에게는 참석해 달라는 간곡한 부탁이 있었다. 진통이 시작된 지 이미 5일이나 되었고, 그때까지 시름시름 앓으면서 가끔씩 배가 아프다고만 했으므로 하루쯤은 설마 어떻겠거니 하고 집을 비웠던 것이다 그런데 모처럼 만난 동포들과 실컷 놀다가 집으로 왔을 때 인자가 죽는 소리로 울고 있었다. 어쩐지 그때야 불길한 예감이 들어 방으로 들어간 그는 또 한 번 기절을 할 뻔했던 것이다. 아내는 이미 숨이 멎어 있었고, 아내의 아랫도리에는 갓난애의 발 두 개와 고추만 보였다. 정상봉은 어처구니가 없었다. 역산을 하느라고 이렇게 진통만 계속되면서 아이를 낳지 못했던 것인지, 아니면 아이를 낳기 전에 모든 임부는 그만한 정도의 진통을 겪는 것인지 몰랐지만, 하필 자신이 집을 비운 사이에 이런 일이 벌어지다니, 너무나 원통하고 후회스러웠다.

외딴 오두막집이라 이웃에 사람 하나 살지 않았다는 것도 큰 불행이었다. 설령 아내의 해산을 옆에서 지켜보고 있었다손 치더라도 이런 식의 역산이라면 그도 속수무책이었을지 모른다. 하지만 그는 유즈노사할린스크의 재사할린고려인협회에서 부탁해온 요청을 거절하지 못한 것이 너무나 후회되었다. 아내와 아들을 한꺼번에 잃다니, 숨이 멎기까지 발버둥치면서 비명을 질러댔을 아내의 표정을 상상하자 그는 자신도 모르게 아내의 싸느랗게 식은 얼굴 위에 한없는 눈물을 쏟으며 울었다. 그때까지도 울음을 멈추지 않고 있던 어린 인자마저 그러는 상봉의 가슴에 안겨왔다.

조선동포들이 연명으로 소련 서기장 브레즈네프에게 보낸 탄원서도 헛수고, 김형개가 애지중지 키운 딸로, 자신의 명예는 물론 조선 민족의 자존심과 영광까지를 생각하던 김형개의 꿈도 헛수고, 늦게야 아내를 얻어 인생살이의 또 다른 행복을 맛보겠다던 정상봉의 꿈도 모든 것이 헛수고로 끝나고 말았다.

사할린 ❷

초판 1쇄 발행 2017년 5월 15일

지은이 이규정
펴낸이 강수걸
편집장 권경옥
편집 정선재 윤은미 문윤호
디자인 권문경
펴낸곳 산지니
등록 2005년 2월 7일 제333-3370000251002005000001호
주소 부산시 해운대구 수영강변대로 140 BCC 613호
전화 051-504-7070 | 팩스 051-507-7543
홈페이지 www.sanzinibook.com
전자우편 sanzini@sanzinibook.com
블로그 http://sanzinibook.tistory.com

ISBN 978-89-6545-415-1 04810
978-89-6545-413-7(세트)

* 책값은 뒤표지에 있습니다.
* 이 도서의 국립중앙도서관 출판예정도서목록(CIP)은 서지정보유통지원시스템 홈페이지(http://seoji.nl.go.kr)와 국가자료공동목록시스템(http://www.nl.go.kr/kolisnet)에서 이용하실 수 있습니다.(CIP제어번호: CIP2017010533)